Donald Hounam

SMI
Smart Magical Investigation

DONALD HOUNAM

SMI

SMART MAGICAL INVESTIGATION

Aus dem Englischen
von Friedrich Mader und Alexander Wagner

cbj

cbj

Kinder- und Jugendbuchverlag
in der Verlagsgruppe Random House

MIX
Papier aus verantwortungsvollen Quellen
FSC® C083411
FSC
www.fsc.org

Verlagsgruppe Random House FSC® N001967

1. Auflage 2016

Die englische Originalausgabe erschien 2015
unter dem Titel »Gifted« bei Corgi Books,
einem Imprint von Penguin Random House, UK
Übersetzung: Friedrich Mader, Alexander Wagner
Umschlagkonzeption: semper smile, München
unter Verwendung eines Fotos von
© Stephen Carroll/Trevillion Images
MP · Herstellung: AJ
Satz: KompetenzCenter, Mönchengladbach
Druck: CPI books GmbH, Leck
ISBN 978-3-570-17206-3
Printed in Germany

www.cbj-verlag.de

Für Cecily

1.
Kapitel

Ich war die ganze Nacht auf, solange die Katze noch frisch war.

Jetzt bin ich völlig erledigt. Ich habe das tote Tier mit exorziertem Wasser gewaschen, in Rosmarindampf geräuchert, in alle vier Himmelsrichtungen gehalten und die ganzen notwendigen Reinigungsformeln heruntergerattert. Ich habe die Schnurrhaare in eine extra Schüssel gegeben und das Fell fein säuberlich gefaltet in einen Eimer auf dem Boden gelegt.

Ich biege den Brustkorb auf und studiere die Leber, die Lunge, das Herz und den ganzen Rest, der dort hineingestopft ist wie schmutzige Wäsche in eine Tasche. Mir ist leicht übel und ich fühle mich irgendwie schuldig …

Aber tot ist tot, und ich brauche die Teile. Die Zähne kann ich für diverse Schutzzauber verwenden; die Augen und Schnurrhaare benötige ich für Elementargeister; und einige mir bekannte, unangenehme Präsenzen haben eine Vorliebe für getrocknete Katzenleber.

Tja, die Zeit vergeht wie im Flug, wenn man Spaß hat. Meine Werkstatt war früher eine Kapelle und hat diese dicken Steinwände, daher scheint die Außenwelt gar nicht zu existieren. Das Kaminfeuer an der Ostseite des Raums, dort wo früher der Altar stand, ist zu einem schwachen Glimmen heruntergebrannt. Meine Handschuhe sind mit allem möglichen Glibber und Schleim verschmiert und meine Nase juckt wie verrückt. Während ich mein Gesicht an meiner Schulter reibe, flackern die Lampen gespenstisch, als ob irgendetwas den Raum durchqueren würde …

Ich habe ständig mit toten Leuten zu tun, drüben im Leichenschauhaus, daher sollte mich diese Katze eigentlich nicht weiter stören. Trotzdem gruselt mir vor ihr, wie sie so daliegt, mit aufgerissenem Maul, geschlossenen Augen und schimmernden Eingeweiden. Sie wirkt überhaupt nicht glücklich, und ich verspüre den Drang, mich bei ihr zu entschuldigen. Rasch werfe ich einen Blick auf meine magische Armbanduhr, die an einer sicheren Stelle an einem Haken hängt. Es ist gleich vier Uhr dreißig. Bring es endlich hinter dich, Frank. Ich taste nach meiner Pinzette …

Da ertönt hinter mir ein scharfes Klicken.

Erschrocken zucke ich zusammen. Mit pochendem Herz drehe ich mich um und sehe, dass meine Tür sich selbst verriegelt hat und die Innenseite sich kräuselt wie die vom Wind aufgewühlte Oberfläche eines Sees.

Das bedeutet Ärger.

Stimmen dringen durch das Loch, das ich zwischen meiner Werkstatt und dem Korridor in die Wand gebohrt habe. Meinetwegen könnt ihr mich paranoid nennen, aber ich mag nun mal keine Überraschungen. Die Termiten – diese Mönche, die mir zu essen geben, mich überwachen und mir, wenn ihnen der Sinn nach Unterhaltung steht, eine Tracht Prügel verpassen – nun, ich vertraue ihnen nicht. Und in diesem Fall handelt es sich um eine besonders giftige Termite: eine Stimme, die ich kennen und lieben gelernt habe.

»Haben Sie zuvor schon mal mit einem Magier zu tun gehabt?«

»Ja, klar.« Die Stimme eines Mädchens. Was geht hier vor?

»Die sind schwierig im Umgang.« Bruder Thomas: die von mir am wenigsten geschätzte Termite. Er schafft es immer wieder, mich auf die Palme zu bringen. Meine Tür hält auch nicht sonderlich viel von ihm. Die Holzfasern sträuben sich wie die Nackenhaare eines Hunds.

»Wenn es nach mir ginge, sollten sie alle auf dem Scheiterhaufen brennen.« Er klopft hart an die Tür. Sie gibt ein tiefes, gefährlich grollendes Geräusch von sich.

Es geht mir nicht um die fünf Pfund – der übliche Preis, den man in den finsteren Gassen von Oxford für ein tote Mieze zahlt –, es sind die Stunden, die ich damit verbracht habe, den Kadaver zu häuten und zu reinigen. Und jetzt werde ich ihn in den Müll schmeißen müssen, samt den dringend benötigten Teilen.

Eilig zerre ich eine Plane über die Katze: Zerstückelte Tiere können für einen schlechten ersten Eindruck sorgen. Ich breite ein Tuch über den Eimer mit dem Fell. Dann schaue ich mich um. Im Raum mieft es ein bisschen, also werfe ich ein paar Zweige Rosmarin in die Feuerschale. Ich pfeffere mehrere Bücher in den Wandschrank und renne durch den Raum, um die Lampen runterzudrehen. Dann schnappe ich mir eine Unterhose, die über der Lehne eines

Stuhles hängt. Falls sie zuvor noch nicht schmutzig war, ist sie es spätestens jetzt: Ich wische mir damit das Blut von den Händen und schmeiße sie anschließend in den Wäschekorb. Schließlich streife ich ein Hemd über. Jetzt bin ich sauber und vorzeigbar. Vielleicht gehen sie ja von selbst wieder.

»Bruder Tobias!«

»Verzieh dich, Papageiengesicht!«, rufe ich.

Jemand rüttelt am Türgriff.

Nur damit ihr diesen Typen gegebenenfalls aus dem Weg gehen könnt: die Termiten sind agrippinische Mönche, ein kleiner Orden, der vor Urzeiten um 1747 gegründet und in die große böse Welt hinausgesandt wurde, um Magier wie mich in Schach zu halten. Ich bin jetzt mehr als ein Jahr bei ihnen, aber sie sind immer noch ein Mysterium für mich. Dieser Blödmann weiß über die Tür Bescheid – schließlich hat er schon einige Narben davon zurückbehalten. Und er mag ja vielleicht beschränkt sein, aber ist er auch stocktaub? Kann er denn das Knurren nicht hören? Er beginnt, dagegenzuhämmern. Ein bösartiges Fauchen ist die Antwort. Selbst auf dieser Seite wölbt und verbiegt sich die Tür.

Eine lange, befriedigende Stille. Dann ist wieder seine Stimme zu hören, ein bebendes Flüstern: »Vielleicht reden Sie besser mit ihm.«

Daraufhin sie: »Hier ist Kommissarin Marvell und ich bin nicht scharf auf solchen Scheiß!«

Oh zur Hölle, nicht die schon wieder! Ich hätte meinen Scryper nicht ignorieren sollen. Ich befehle der Tür, sich zu öffnen. Sie gehorcht und zwar mit allem Drum und Dran:

unheimliches Knarren, flackernde Lichter und ein eisiger Luftzug über dem Boden.

Sie ist angezogen wie eine bunte Campingliege. Roter Dufflecoat, an dem ein Knebel fehlt, Bluejeans und eine gelbe Umhängetasche. Sie ist etwa so alt wie ich, klapperdürr, hat lockiges schwarzes Haar, blasse Haut und diesen irren, bohrenden Blick, den alle Sehenden haben.

Während ihre Augen meine Werkstatt absuchen, taucht über ihrer Schulter das dicke, selbstzufriedene Mondgesicht von Bruder Thomas auf. Sein kahler Schädel glänzt fettig im Gaslicht. Er saugt an einem Finger, also hat sich die Tür wohl ein Stück von ihm geschnappt.

Sie tritt ein und mustert dabei weiter meinen Raum. Er ist nicht unbedingt das, was man gemütlich nennt. Nackte graue Steinwände. Keine Fenster, einmal abgesehen von der schmutzigen runden Glasscheibe an der westlichen Wand hoch oben überm Ofen.

Sie legt den Kopf in den Nacken und starrt zu den steinernen Bögen der Gewölbedecke hinauf. Dann huscht ihr Blick über meinen Kram: Bücherregale, Wandschränke mit Instrumenten aus Metall und Glas, ein Drahtkäfig, in dem ein paar weiße Ratten herumhuschen. Bruder Thomas versucht ihr in den Raum zu folgen. Gerissenes, kleines Wiesel: Er war noch nie hier drinnen, und das wurmt ihn maßlos. Er schafft gerade mal einen Schritt, bevor ihm die Tür vor der Nase zuschlägt.

Sie zuckt zusammen, dreht sich aber nicht um. Sie steht einfach da, gibt sich jede erdenkliche Mühe, cool zu wirken, und mustert mich von oben bis unten. »Du bist früh auf.«

»Was willst du?« Ich werde nicht so tun, als würde ich mich freuen, sie zu sehen.

»Ein bisschen mehr Licht könnte nicht schaden.«

»Ich mag, wie es ist. Hilft mir beim Nachdenken.«

»Die düsteren Gedanken eines Teenagers, schätze ich mal.« Sie schnuppert. »Was ist hier drin verendet?« Sie zieht eine flache, runde, silberne Dose aus ihrer Tasche und wedelt damit in meine Richtung. »Ich habe dich angescrypt. Warum bist du nicht drangegangen?«

»Weil ich gesehen hab, dass du es bist.« Ihr Gesicht zuckt, und ich stelle befriedigt fest, dass sie verärgert ist. »Falls du es genau wissen willst, hab ich das Ding nicht mal gehört. Ich war zu beschäftigt.«

Ihr Name ist Magdalena Marvell. Ohne Scheiß. Wir haben noch nie zusammengearbeitet; aber vor ein paar Wochen habe ich etwas unglaublich Bescheuertes gemacht: Ich habe einem Toten im Leichenschauhaus einen Augapfel geklaut, wenn ihr es unbedingt wissen müsst. Es war für einen guten Zweck, okay? Und niemand hätte Wind davon gekriegt, wenn sie mich nicht verpfiffen hätte.

Sie starrt hinauf zum verblichenen Foto eines älteren japanischen Herrn, der wie ein Weihnachtsbaum gekleidet ist: seine Heiligkeit Papst Innozenz XVII. Schließlich murmelt sie: »War nicht meine Schuld.«

»Ach, und ich dachte schon, du kommst vielleicht, um dich zu entschuldigen. Wegen dir stecke ich nämlich bis zum Hals in der Scheiße.«

Sie fixiert mich. Nach einer Weile frage ich mich, ob vielleicht mein Hosenschlitz weit offen steht. Oder ob mein Mund mit Zahnpasta verschmiert ist.

»Also, was willst du dann hier?«, frage ich.

Sie blickt zu Boden, auf die verschmierten Überreste eines mit Symbolen übersäten Kreidezirkels. Der Rauch des Rosmarins aus der Feuerschale umhüllt sie, als sie sich umwendet und mit den Fingerspitzen über den Arbeitstisch streift, der in der Mitte des Längsschiffs steht: über Karten, Glaskrüge, Fläschchen und Phiolen, Pakete von Papieren, Kräuterbündel, Waagen, Messer und einen Mörser mit Stößel – die übliche Junior-Magier-Ausrüstung. Sie späht hinüber zu der Schiefertafel neben der Tür, auf die eine Formel gekritzelt ist, die ich selbst nicht mehr verstehe, die aber dafür sorgen könnte, dass man mich vor einer großen, johlenden Menge grillt.

»Ich geb dir einen Tipp«, sagt sie. »Es ist kein Freundschaftsbesuch.«

Wie gesagt, es war eine lange Nacht, und dementsprechend habe ich eine lange Leitung. Ich stehe einfach mit offenem Mund da, bis sie ihre Arme verschränkt und sagt:

»Du bist immer noch der forensische Junior-Magier, ja?«

»Soweit ich weiß.«

»Also kommst du?«

»Wohin?«

»Das wirst du rausfinden, sobald wir dort sind.«

Ich ducke mich in die Nische, die früher mal das südliche Querschiff war, und tauche unters Bett.

»Was suchst du da?«

»Meine Stiefel.«

»Da steht ein Paar neben der Tür.«

Das weiß ich selbst, aber ich brauche einen Augenblick, um meine Gedanken zu sortieren. So geht mir das jedes

Mal, wenn ein neuer Auftrag ins Haus flattert. Ich mag die Aufregung, aber in meinem Kopf mache ich bereits eine Liste all der Dinge, die schiefgehen könnten …

Ich krieche wieder unter dem Bett hervor und stelle fest, dass sie etwas Neues zum Anstarren gefunden hat: ein verkohltes Buch, das unter einer Glasglocke auf einem roten Samtkissen liegt. »Was ist das?«

»Du bist doch hier die *Toffie*.«

Sie wirft mir genau das zu, was ich provozieren wollte: einen wütenden Blick. Sie hebt die Glasglocke an und zieht das Buch darunter hervor. Geschwärzte Papierfetzen fallen herab, als sie es umdreht, um die Schrift auf den Überresten des Buchrückens zu studieren.

»*Zur Verteidigung der Magie.*« Sie blickt zu mir auf. »Braucht Magie denn Verteidigung?«

»Dieses Buch hat sich wohl kaum von selbst in Brand gesteckt.«

»Der Name des Autors wurde herausgekratzt, bevor man es angezündet hat. Die Titelseite ist verbrannt …« Sie hebt das Buch unter ihre Nase und riecht daran. »Aber es ist hier gedruckt worden. Das ist der Leim, den die Druckerei der Kathedrale verwendet.« Sie schnüffelt erneut: Toffies stecken ihre Nasen in eine Menge Dinge. »Das hier wurde mit geweihtem Öl in Brand gesteckt – dasselbe Zeug, das sie in Kirchen verwenden …«

»Und in Termitenbauten.«

»Hä?«

»Ich hab es vor meiner Tür gefunden.« Ich lasse mich rückwärts auf mein Bett fallen, einen Fuß in der Luft, und binde meine Schnürsenkel.

Sie schnüffelt erneut und verzieht das Gesicht. »Hast *du* da draufgepinkelt?«

»Nein, das war der großzügige Spender.«

Sie legt das Buch zurück auf das Kissen und durchquert den Raum, um ihre Hände am Waschbecken in der Ecke zu waschen.

»Wozu hebst du es auf?«

»Als Mahnung, dass ich ebenfalls brennbar bin.« Ich rolle wieder nach vorne auf die Füße. »Also los.«

Aber sie ist wieder zurück am Arbeitstisch und dreht die Lampe hell. Werden wir jemals hier rauskommen? Sie greift nach einem Notizbuch, das ich nicht rechtzeitig verstecken konnte. Ich reiße es ihr aus der Hand und schleudere es in die Ecke. Das ist das Problem mit den Toffies; sie können einfach nichts in Ruhe lassen. Sie greift nach der Plane über der Katze …

»Zieh eine Karte.« Ich schnappe mir das Tarotblatt und mische. »Irgendeine, such es dir aus.«

Ich fächere die Karten auf. Sie zögert, dann nimmt sie eine.

»Merk sie dir.«

Sie späht hinab auf das Bild. »Was ist es?« Wenn mich meine Fähigkeiten als Falschspieler nicht verlassen haben, dann ist es *La Force* – Kraft oder Standhaftigkeit – eine Frau, die das Maul eines Löwen geöffnet hält.

»Merk dir einfach, wie sie aussieht. Das kannst du doch, oder nicht? Und jetzt steck sie zurück.« Ich schiebe die Karten ineinander, mische sie mit einer dramatischen Geste – und schleudere sie dann ins Feuer. »So, und jetzt lass uns abhauen.« Ich schnappe mir eine Wollmütze von dem Hirschgeweih an der Wand.

»Warum hat er dich Bruder Tobias genannt? Der Mönch …«

»Die Termiten verwenden meinen Künstlernamen. Du kannst mich Frank nennen.«

»Wie alt bist du, Frank? Fünfzehn?«

»Fast sechzehn. Und du, Magdalena?«

»Sechzehn.« In dem Alter bringen Toffies ihre Höchstleistung. Ihr bleiben vielleicht noch zehn Jahre oder so, bevor sie ausbrennt. »Und wenn du mich noch mal so nennst, bring ich dich um.«

Ich schlüpfe in meine schwarze Lederjacke und schnappe mir meinen Koffer. Die Tür öffnet sich.

»Was ist mit meiner Karte?«, fragt sie und blickt zurück zum Feuer. Ich zucke nur mit den Achseln und winke sie hinaus in den Flur. Keine Spur mehr von der verletzten Termite; nur das Gaslicht flackert im Windzug.

»Willst du keinen Mantel anziehen?«

Ich übergehe das. Sie murmelt: »Tja, ist ja deine Beerdigung.« Die Tür schließt sich. Marvell verfolgt, wie ich sie von außen verriegle: eine Berührung und ein paar geraunte Worte. Als ich mich abwende, kann sie es nicht lassen, geht ein paar Schritte zurück und stößt dagegen. Ein Teil der Tür verwandelt sich in einen Wolfskopf, der knurrt und nach ihr schnappt. Sie springt zurück und erschaudert. Das Holz kehrt in seine ursprüngliche Form zurück.

»Einer der einfachsten Schutzzauber der Welt«, erkläre ich. »Ich kann dir einen für dein Zuhause machen.«

»Aber klar doch, meine Mum wäre sicher begeistert. Nee, mir reicht ein einfacher Schlüssel. Musst du irgendjemandem Bescheid geben, bevor du ausgehst?«

Das fehlt gerade noch! Ich bin schließlich kein Gefangener.

Ich öffne die Außentür und halte auf der obersten Treppenstufe inne. Es ist eiskalt und stockfinster. Der Mond ist vor genau siebenundfünfzig Minuten untergegangen.

Woher ich das weiß? Ich bin Magier, okay? Solchen Kram weiß ich einfach. Jedenfalls ist von der Morgendämmerung noch keine Spur zu sehen. Ich schließe die Augen und atme tief ein. Die Termiten waren gestern Abend noch spät unterwegs und haben im Gemüsegarten Stallmist verstreut. Der Dünger riecht ziemlich reif – aber das ist eine willkommene Abwechslung zu vergammelnder Katze.

Ich schnappe nach Luft, als sich ein spitzer Ellbogen in meine Seite bohrt. Marvell drängt sich an mir vorbei und stürmt dann den Fußweg entlang.

»Also, wohin geht's?«, rufe ich ihr hinterher, während sie in der Dunkelheit verschwindet.

»Nach Osney. Zum Palast des Bischofs.«

»Wer ist tot?« Ich kann sie nicht mehr sehen und folge dem Knirschen ihrer Schritte auf dem Kies. Ihr Mantel streift flüsternd eine Hecke; ein Duft nach Lavendel schwebt in der Luft.

»Wer sagt, dass jemand tot ist?«

»Die schleifen mich doch nicht extra an, wenn es sich um geklaute Fahrräder dreht.«

»Vermutlich weil sie wissen, dass *du* sie geklaut hast.«

Die Silhouette der Klosterkapelle hebt sich gegen den schmutzig-braunen Schimmer des Himmels über Oxford ab. Marvell ist jetzt nur noch ein dunkler Schatten, der vor mir auf und ab hüpft. Ich erwarte, dass sie vor uns an der Biegung des Pfads gegen die niedrige Steinmauer knallt. Aber sie nimmt die Kurve, als hätte sie ihr ganzes Leben hier verbracht, und flitzt eine Freitreppe hinauf.

»Die haben mir nur gesagt, dass jemand tot ist«, erklärt sie. »Im Palast des Bischofs. Keine Ahnung, um wen es sich handelt.«

Sie kämpft mit der schweren Tür. Ich stelle mich neben sie, um ihr zu helfen, aber sie schubst mich weg und wirft sich selbst gegen das schwarze Holz. Die Tür fliegt krachend auf, und unsere Schritte hallen auf dem Steinboden eines Korridors wieder, der uns zum quadratischen Innenhof des Klosters führt. Wasser plätschert in einen Springbrunnen.

»Bist du für's Erspähen zuständig?«, frage ich. Das ist die Aufgabe von Toffies: Sie sehen Dinge, die dem Rest der Kriminalpolizei entgehen, weil die entweder zu blind, zu dumm oder zu faul sind. Bis sie dann irgendwann selbst erblinden.

»Was denn sonst?«

»Wer ist der Erwachsene?«

»Caxton.«

»Na großartig!«

Wir sind am Pförtnerhaus angelangt. »Kundschaft!«, rufe ich. Eine Klappe öffnet sich. Ein Junge, ein paar Jahre älter als ich, mit Pferdegebiss und karottenrotem Haar, glotzt misstrauisch heraus.

»Bruder Andrew! Öffnet die Pforte und lasset mich auf die ahnungslose Menschheit los.«

Er ist nicht gerade mit Sinn für Humor gesegnet. »Wo willst du hin?«, jault er.

»Geht dich nichts an.«

»Und wer ist die da?«

»Geht dich auch nichts an«, brummt Marvell. Wider bessere Vernunft laufe ich Gefahr, etwas weniger Abneigung gegen sie zu empfinden, als es eigentlich ratsam ist. »Mach das Tor auf, du aufgeblasener Gnom.«

Andrew kommt herausgeschossen und hantiert mit einem Ring, an dem schwere Eisenschlüssel hängen. Die Schlösser knirschen. Das Tor öffnet sich knarrend. Marvell tritt hinaus in die große weite Welt.

Ich setze einen Fuß über die Schwelle … und erstarre.

Fast direkt gegenüber steht ein einsamer Lampenmast, und darunter wartet eine Transportkutsche im charakteristischen Blau der City-Polizei. Eins der Pferde bewegt sich in seinem Geschirr, und ich höre eine Reihe leise klatschender Geräusche. Kurz darauf steigt Dampf von einem Häufchen Pferdemist auf.

Ich blicke prüfend in die Schatten rechts und links der schmalen Straße. Gestern war der Feiertag des heiligen Cyprian von Antiochia. Und da er der Schutzpatron der Magier ist, hatte sich hier draußen eine Schar Protestierender versammelt und gefordert, dass ich rauskommen und mich ihnen stellen sollte.

Ich schenkte ihnen keine weitere Beachtung und kletterte einfach über die hintere Mauer raus und wieder rein. Offenbar haben sie sich inzwischen verzogen, allerdings haben sie auf der gegenüberliegenden Mauer eine gekritzelte Nachricht hinterlassen: »Schmoren sollst du in der Hölle!«

»Kommst du jetzt endlich?«, zischt Marvell mir über die Schulter hinweg zu.

Natürlich komme ich. Schließlich ist es immer nur eine Frage der Zeit, bevor ich genug davon habe, Haustieren Schaden zuzufügen und mich stattdessen lieber selbst in Gefahr bringe.

Ein letzter prüfender Blick die Straße hoch und runter. Alles ruhig. Ich trete hinaus, und sobald die Tür hinter mir zuschlägt, wird mir klar, dass eine Lederweste zwar ein starkes modisches Statement ist, mich aber kein bisschen vor dem arktischen Wind schützt.

»Ich hab's dir doch gesagt!«, krächzt Marvell hämisch, als ich mir die Mütze tief über die Ohren ziehe.

Während wir die Straße überqueren, streckt der Kutscher, der gebückt vorne auf dem Transporter hockt, seine Hand in meine Richtung aus. Den Mittel- und den Ringfinger hat er unter den Daumen geklemmt, Zeigefinger und kleiner Finger weisen auf meine Augen.

Solchen abergläubischen Quatsch zu ignorieren, gehört für mich zur Alltagsroutine. Schließlich ist es ja nicht so, als würden solche Gesten irgendwas bewirken …

Doch diesmal spielt dem Kutscher der Zufall in die Hände, denn plötzlich donnern hinter mir Hufschläge, und eine Taxi-Droschke biegt kreischend um die Ecke.

Unbegreiflicherweise bleibt Marvell mitten auf der Straße stehen und hebt wie eine Verkehrspolizistin die Hand. Der Taxifahrer reißt an den Zügeln, kann das Pferd aber nicht mehr stoppen. Ich renne los und stoße sie im allerletzten Moment von der Fahrbahn. Wir landen unter dem Pferdegespann der Polizeikutsche, und ihr Ellbogen schlägt hart aufs Kopfsteinpflaster. Während ich mich aufrappele und Pferdescheiße spucke, fliegt die Tür der Droschke auf, und dieser Typ geht auf mich los.

Ich packe meinen Koffer fester und brate ihm damit eins über.

Nicht fest genug. Er zieht ein Messer.

Ich frage mich, ob er mir wohl aus Fairnessgründen die Zeit gibt, meinen Koffer abzustellen, ihn zu öffnen und mein eigenes Messer hervorzukramen.

Ich schätze, eher nicht.

Also stolpere ich rückwärts, wobei ich den Koffer schützend vor mich halte. In solchen Situationen nimmt man die Welt, die man zu verlassen droht, mit einer Art Tunnelblick wahr. Keine Ahnung, wo Marvell gerade steckt. Alles, was ich bemerke, ist ein plötzliches Aufblitzen reflektierten Lichts, als die Messerklinge durch die Luft zischt …

Ein lauter Knall ertönt. Der Typ und ich fahren herum.

Marvell hält eine Pistole mit dem Lauf gen Himmel gerichtet. Während sie die Waffe drohend auf ihn richtet, fällt mir auf, dass mein Angreifer eine Armbinde mit einem Emblem darauf trägt: einem brennenden, fünfzackigen Stern.

Er springt zurück ins Taxi. Die Peitsche knallt. Die kleine Droschke donnert mit immer noch geöffneter, schwingender Tür davon.

2. Kapitel

»Wer zum Teufel war das?«, fragt Marvell.

»Warum hast du ihn nicht erschossen, um es rauszufinden?«

Wir quetschen uns in den Transporter. Marvell lässt sich auf die Sitzbank mir gegenüber fallen und hält ihren linken Ellbogen mit der rechten Hand umklammert.

»Lass mich mal schauen«, biete ich an. Aber sie schubst mich weg und zieht ihren Ellbogen dichter an die Brust.

Ich hasse Polizeitransporter. Diese schmutzige gelbe Innenverkleidung. Die überquellenden Aschenbecher und den abgestandenen Geruch nach Tabakqualm. Der Kutscher hat offenbar für diese Nacht genug Aufregung; er geht kein Risiko mehr ein und nimmt, anstatt durch das *Loch* genannte Viertel in der Mitte der City zu fahren, den langen Weg außen herum durch Iffley und über die Brücken zum Grandpont.

Der Ärmel von Marvells Mantel hat einen klaffenden Riss, und ihr Blut tropft auf den Ledersitz.

»Himmel, ich kann jetzt unmöglich ins Hospital«, ächzt sie. »Caxton bringt mich um!«

»Zur Hölle mit Caxton.« Das ist Marvells Boss. Meiner auch, auf gewisse Weise. »Ich kann das in Ordnung bringen.«

Ich hämmere gegen das Dach und brülle dem Kutscher zu, er soll unter einer der Straßenlampen anhalten. Marvell vertraut mir nicht; sie zieht eine Grimasse und gibt zischende Geräusche von sich, während ich ihr aus dem Mantel und dem Pullover helfe. Ich reiße den Ärmel ihres Hemds bis hoch zur Schulter auf.

Sie hat magere, kleine Arme, als hätte sie nie in ihrem Leben irgendwas Schweres gehoben, und ganz offenkundig schämt sie sich dafür. Am Ellbogen direkt über dem Gelenk hat sie eine tiefe Wunde. Ich kann bis auf den Knochen sehen.

Ich öffne meinen Koffer.

»Blutige Hölle, was ist das denn!«, knurrt sie.

Ihr Erstaunen ist nicht ganz unberechtigt. Einer der Bräuche unserer Zunft sieht vor, dass man nach Erlangen der eigenen Lizenz von seinem Meister feierlich einen Koffer geschenkt bekommt. Mein Meister ist ein hohes Tier in der Sozietät der Magier, außerdem ist er reich wie Krösus.

Übrigens legt die Sozietät großen Wert auf Keuschheit und noch mehr Wert auf Gehorsam, aber Armut ist für sie das Letzte.

Wie auch immer, mein Koffer ist außen mit Krokodilleder überzogen, hat silberne Beschläge und ist innen ganz aus Schlangenhaut und Ebenholz gefertigt. Er ist in einzelne, mit schwarzem Seidenfutter ausgeschlagene Fächer unterteilt für die Instrumente, Kräuter und den anderen

Kram, den ich bei Einsätzen vor Ort benötige. Es gibt sicher gute magische Gründe für diesen ganzen Schnickschnack, aber ehrlich gesagt scheinen den anderen Magiern ihre einfachen Koffer aus Kalbsleder und Messing ebenfalls gute Dienste zu erweisen. Lange Rede kurzer Sinn, mein Koffer ist das totale Angeberteil – und ich liebe ihn.

Ich quetsche ein paar Tropfen Aloe in meine Handfläche – ich habe immer ein paar Blätter dabei, weil ich eine Tendenz habe, Dinge in Brand zu stecken, inklusive meiner eigenen Person. Ich spritze etwas Beinwell darauf, füge ein paar Tropfen exorziertes Wasser hinzu und mische alles mit der Spitze eines kleinen Silbermessers.

»Im Namen Adonais, des Allerhöchsten. Im Namen Jehovas, des Allerheiligsten!«

Marvell reißt entsetzt die Augen auf, als ich ihr den Brei auf die Wunde klatsche. Mit einer Hand halte ich ihren Ellbogen umklammert, damit sie sich nicht loswinden kann. Es ist ein einfacher Zauber, und entweder er wirkt schnell oder überhaupt nicht. Mit Zeige- und Mittelfinger meiner freien Hand male ich ein Symbol in die Luft.

»Im Namen des Herrn, der alle Dinge wieder zusammenfügt. Im Namen des Herrn, der geheiligt ist. Im Namen des Herrn, der die Kranken genesen lässt.« Wie ihr vielleicht schon gemerkt habt, halte ich viel von dem alten Sprichwort: Aller guten Dinge sind drei. Dann löse ich meinen Griff. »Du kannst es jetzt abwischen.«

Sie verdreht ihren Arm und starrt ungläubig auf ihren Ellbogen. »Das ist unfassbar.«

»Reiner Routinejob.«

Sie starrt mich einen Augenblick an, dann brummt sie:

»Wie du meinst.« Sie untersucht ihren Ellbogen an der Stelle, wo die Wunde vollständig verschwunden ist. Sie wird nicht einmal eine Narbe zurückbehalten. »Dieser Wahnsinnige vorhin.« Sie streift ihren Ärmel herunter. »Wer war dieser Kerl?«

»Hast du seine Armbinde nicht gesehen?« Ich deute auf meinen Arm, wo der Mann das Emblem mit dem brennenden Pentagramm trug. Sie schüttelt den Kopf. »Er war von der AMB.«

»Anti-Magier … Brigade?«

»Bruderschaft.«

Die Demonstranten vor dem Termitenbau sind einfach nur lästig, aber die Typen vom AMB sind echt durchgeknallt. Ich schließe meinen Koffer und klopfe gegen das Dach des Transporters.

»*Braucht Magie eine Verteidigung?* Tja, da hast du die Antwort!«

Wir kommen an Lagerhäusern vorbei und am Schlachthof, wo uns durch die Gatter Rinder mit irren Augen anglotzen. Dann rasseln wir auf der Hauptbrücke über die Isis. Durch die bröckeligen Steinsäulen der Balustrade kann ich am Flussufer die Werften ausmachen. Gaslicht schimmert auf den nackten, muskulösen Oberkörpern von ein paar Kerlen, die sich strecken wie verlorene Seelen in der Hölle, um eine an einem Kran baumelnde Palette zu stabilisieren. Und da ist ein Junge von vielleicht acht oder neun Jahren, der oben auf einer Leiter hockt, eine Ladeliste kontrolliert und einem weiteren Dutzend Kerle etwas zubrüllt, die Waren in ein Boot werfen.

Genieß es, solange du kannst, Kleiner!

Draußen in der dunklen Mitte des Stroms treiben langsam die Lichter einer Kette Müllbarken vorüber. Selbst bei geschlossenem Fenster lässt der atemberaubende Gestank des verrottenden Abfalls die in meinem Gesicht verschmierte Pferdescheiße geradezu nach Rosen duften.

Marvell hat die zerrissenen Überreste ihres Hemdsärmels an der Manschette befestigt. Sie schaut sich nach ihrem Pullover um, merkt, dass ich mir damit die Hände abwische, und reißt ihn mir weg.

»Du siehst auch nicht gerade blendend aus«, sagt sie.

»Mir geht's gut.« Aber das stimmt nicht. Mir ist übel, und ich schwitze – reine Nervosität wegen dem, was mich im Palast erwartet. Trotz der regelmäßigen Übung mit Katzen habe ich mich nie an den Anblick von zerstückelten und im Raum verstreuten Menschen gewöhnt. Mit meinem rechten Zeigefinger male ich schützende Pentagramme auf die beschlagenen Fensterscheiben.

»Wozu soll das gut sein?«, fragt Marvell.

Ich schüttele den Kopf. Ohne die entsprechenden magischen Formeln und weitere Symbole besitzen die Pentagramme keine echte Wirkkraft. Trotzdem fühle ich mich ein bisschen erleichtert.

Marvell beugt sich vor. Ich schubse ihre Hand weg, bevor sie auch etwas auf die beschlagene Scheibe schmieren kann.

»Du weißt nicht, was es ist«, knurre ich. »Also fummle nicht daran herum!«

Sie runzelt die Stirn und schaut sich im Transporter um. Offensichtlich überlegt sie, woran sie als Nächstes rumfummeln kann. Sie greift nach meinem Koffer.

»Lass ihn in Ruhe!«, schnappe ich. »Er könnte dir die Hand abreißen.«

Ein wütender Ausdruck flackert über ihr Gesicht. Sie schlüpft in ihren Pullover und sagt: »Ich hab noch nie wirklich mit einem Magier zusammengearbeitet.«

»Mach dir um mich keine Sorgen. Halt mir einfach nur Caxton vom Hals.«

»Du hast immer noch Pferdescheiße im Gesicht.«

»Vielleicht brauche ich deine Hilfe bei ein paar Dingen.« Ich wische mir mit dem Hemdsärmel übers Gesicht. »Nur so hier und da. Wenn es so weit ist, frage ich dich danach.«

»Wie du meinst.«

»Tu nie mehr als das, was ich verlange. Dieser Kram ist bissig – so wie meine Tür.«

Sie nickt, ist aber offenkundig alles andere als begeistert darüber, dass man ihr Anweisungen erteilt. Zu meiner verletzenden Bemerkung füge ich noch eine Beleidigung hinzu: »Du wirst den richtigen Dreh mit der Zeit schon rausbekommen.« Ich bin gefährlich nah dran, ihr das Knie zu tätscheln.

Erstaunlicherweise erreichen wir unser Ziel, ohne dass sie mich erwürgt.

Von Oxpens aus erkenne ich die Silhouette der Kathedrale, die hinter den Gaswerken emporragt. Die Kirchturmspitze, die bei den Montgolfieren-Überfällen vor zwanzig Jahren zerstört wurde, ist immer noch mit Gerüsten verkleidet.

Als wir unter der Eisenbahnbrücke durchfahren, rumpelt über uns der Frühzug nach London, spuckt Asche aus und hinterlässt eine dichte Qualmwolke. Wir biegen nach links in die Palace Road ein. In dem Obst- und Gemüsegeschäft an der Ecke hält der Ladenbesitzer eine Lampe hoch, damit ein kleiner Bursche die Preisschilder beschriften kann. Der Junge dreht sich um und starrt uns hinterher, worauf ihm der Ladenbesitzer eine schallende Ohrfeige verpasst.

Wir rattern an einer baufällig wirkenden Häuserzeile vorbei auf das Torhaus des Palasts zu, ein schäbiger gotischer Steinhaufen mit einem Loch in der Mitte, durch das Fuhrwerke ein- und ausfahren. Über die Jahrhunderte hinweg haben die unzähligen eisenbeschlagenen Räder tiefe Spurrillen ins Pflaster gegraben. Nirgendwo ist ein Sicherheits-Elementargeist zu sehen, nur ein uniformierter Bulle und ein krummbeiniger alter Knacker – irgendein Torwächter, schätze ich. Sie winken uns ohne Kontrolle durch.

Der Transporter umrundet eine Art Rasenfläche und hält auf dem gepflasterten Platz vor einem roten Ziegelsteingebäude. Es ist viel zu riesig für einen einzelnen Bewohner, wie heilig er auch immer sein mag, und es ist sicher mörderisch schwer zu beheizen. Ein paar brennende Fackeln stecken in Halterungen an der Außenwand.

In der Mitte des Rasens, in einer Art Zierteich, stehen zwei uniformierte Polizisten. Sie haben die Hosen über die Knie hochgekrempelt und tasten mit den Händen im Wasser herum. Hinter ihnen bemerke ich einen weiteren Bullen, der eine Lampe hochhält, während ein junger Typ mit weißem Haar in den Büschen herumstochert.

Ich lasse Marvell vor mir aus dem Transporter steigen. Dann beuge ich mich hinüber, um das Pentagramm vom hinteren Fenster zu wischen: Es ist gefährlich, irgendwelche Spuren zu hinterlassen. Ich schnappe mir meinen Koffer, und während ich hinausklettere und dabei mit meinem Ärmel das zweite Pentagramm auslösche, höre ich Marvell brummen: »Zur Hölle! Ich kann diese Dinger nicht ausstehen.«

Ich schaue mich um. Ein Löwe tappt auf uns zu. Seine Mähne fluoresziert im flackernden Fackellicht. Mit glühenden Augen bleibt er ein paar Schritte vor uns stehen. Marvell streckt ihre zitternde Hand aus. Der Löwe kommt näher, senkt den Kopf und stößt ein Grollen aus, als würde tief unter der Erde eine gewaltige Maschinerie in Gang gesetzt.

Aber er ist keine Maschine; er ist ein Elementargeist. Er schnüffelt an dem kleinen Rubin, der in den Ring an ihrem kleinen Finger eingelassen ist, und leckt dann ihren Handrücken. Sie wird fast ohnmächtig vor Erleichterung.

Nun bin ich an der Reihe. Stil zählt. Ich halte ihm meine Hand hin, die Innenfläche nach oben. Der Löwe verfolgt interessiert, wie ich sie zur Faust balle. Abrakadabra! Als ich meine Hand wieder öffne, rennt eine weiße Maus darauf herum. Ich werfe die Maus in die Luft. Der Löwe öffnet das Maul und verschluckt sie in einem Stück.

Nicht sehr nett gegenüber der Maus, aber Marvell ist beeindruckt. Der Löwe auch – er dreht sich um und tappt davon. Die Eingangstür des Palastes schwingt auf.

»Angeber!«, murmelt Marvell, allerdings einen kleinen Augenblick zu spät.

Wir betreten eine Eingangshalle mit einem schwarz-weiß gemusterten, schachbrettartigen Kachelboden. Ein durchdringender Geruch nach Möbelpolitur hängt in der Luft.

Die Halle ist ziemlich düster, aber durch eine offene Tür auf der linken Seite sieht man ein paar Leute um einen Tisch sitzen. Unter ihnen ist ein Junge in meinem Alter und eine Frau mittleren Alters mit rot gefärbten Haaren. Sie schaut zu mir herüber, bekreuzigt sich und fummelt an einigen um ihren Hals hängenden Ketten herum. Sie braucht ein paar Sekunden, um sie vollständig zu entwirren und eine Lesebrille von dem Silberamulett zu lösen, das sie nun an die Lippen hebt.

Vermutlich eine Hausangestellte. Meiner Erfahrung nach, die zugegebenermaßen nicht sehr umfassend ist, machen Bischöfe ihr Bett nicht selbst.

Als ich mich in der Halle umsehe, bemerke ich ein halbes Dutzend Ölporträts, die hoch oben über der Täfelung an den Wänden hängen: tote Bischöfe, die ein waches Auge auf die Besucher haben. Ganz offensichtlich gefällt ihnen mein Anblick nicht; und mir gefällt der ihre auch nicht.

Rechts von mir führt eine breite Treppe nach oben. Sie wird erleuchtet von einem mit Kerzen bestückten Kronleuchter, der hoch oben im Treppenhaus hängt. Und als die Kerzen im Windzug flackern, beugt sich zwei Stockwerke über uns jemand über die Brüstung.

Sie hat blondes, superkurzes Haar. Aus der Entfernung ist es schwer einzuschätzen, und möglicherweise ist es auch reines Wunschdenken, aber ich glaube, sie starrt mich an. Vielleicht soll das eine Art Ermutigung sein. Vielleicht denkt sie aber auch nur: Wer ist denn dieser Trottel?

Tja, ich und Mädchen – kein sehr ergiebiges Thema; ich bin einfach die meiste Zeit zu sehr damit beschäftigt, Haustieren die Haut abzuziehen.

»Da durch«, sagt Marvell und deutet auf eine massive Tür.

Woher sie das weiß? Einfach weil sie eine Toffie ist und manchmal … okay, es *ist* ziemlich merkwürdig, aber manchmal wissen Toffies einfach Kram, ohne dass man ihnen was davon erzählt hat. Dagegen wirkt der uniformierte Bulle, der an einer Ecke auf einem Sessel hängt, als sei er ganz zufrieden damit, von nichts eine Ahnung zu haben. Er erhebt sich und stößt die Tür auf. Ich drehe mich noch einmal kurz um und spähe ins Treppenhaus hinauf.

»Mach dir keine falschen Hoffnungen«, brummt Marvell.

Das Mädchen ist verschwunden.

Wir stolpern einen langen, dunklen Korridor entlang, an dessen Ende eine einzelne Kerze brennt. Der steinerne Boden ist uneben und schlüpfrig. Wir kommen an den Umrissen von Türen vorbei, an schweren Möbeln und düsteren Gemälden, auf denen wenig zu erkennen ist. Weitere tote Bischöfe, vermute ich. Schätzungsweise handelt es sich bei diesem Fall nicht um Mord, sondern um Selbstmord, ausgelöst durch die depressiv machende Inneneinrichtung.

Auf halbem Weg schreckt Marvell zusammen, als sich aus einem Stuhl eine dunkle Gestalt erhebt. Ich kann sein Gesicht nicht erkennen, trotzdem habe ich mit seinem Auftauchen gerechnet.

»Netter Löwe, Charlie!«

Das Kerzenlicht blitzt auf seinen Zähnen, als er grinst.

Mein alter Kumpel Charlie Burgess hat ziemlich große Beißerchen; aber ansonsten ist er ein zartes, kleines Kerlchen mit lockigem Haar, das wie bei der Kriminalpolizei üblich weiß gefärbt ist.

Er flüstert: »Zeig dich von deiner besten Seite, Frank. Du kriegst es mit Caxton zu tun.«

»Ja, ich weiß. Kann es kaum erwarten.«

Wir erreichen die Kerze am Ende des Korridors, die in einer in den nackten Stein geschraubten Halterung steckt. Links von uns ist eine Tür. Marvell langt bereits nach dem Türgriff …

»Warte!«

Ich leide plötzlich unter einem Anfall von akutem Lampenfieber. Mein Magen schlägt Purzelbäume, und ich zittere wie ein Affe auf einer Drehorgel. Ja, ich bekenne es frei heraus, okay? Ich bin nervös wegen dem, was mich hinter der Tür erwartet. Und nicht nur wegen der Leiche. Beryl Caxton unterscheidet sich in nichts von allen anderen Bullen, denen ich bisher begegnet bin: Sie verhält sich äußerst aggressiv gegenüber Magiern. Und ich scheine dieses besondere Talent zu besitzen, sie zusätzlich auch noch die Wände hochgehen zu lassen.

Tatsache ist, in Gegenwart von Leichen mangelt es mir einfach an guten Manieren. Und wenn ich aufgeregt bin, führe ich mich wie ein kompletter Blödmann auf.

»Mr Memory?«, krächze ich.

»Er ist drinnen bei Caxton.« Charlie sieht auch nicht allzu frisch aus: Es ist zwar nicht weiter kompliziert, Elementargeister heraufzubeschwören, aber es kostet eine Menge Energie. »Bestens vorbereitet und startklar.«

Marvell öffnet die Tür. Als ich an Charlie vorbeigehe, flüstert er: »Entspannen und tief durchatmen.«

Guter Tipp. Caxton ist nämlich eine ziemliche Nervensäge, falls ihr bisher noch kein ausreichendes Bild von ihr haben solltet.

Charlie schließt die Tür hinter uns.

3. Kapitel

Beim Betreten des Raums fällt mein Blick als Erstes auf den Anlass, weswegen wir alle hier so früh am Morgen versammelt sind. In der Mitte des Raumes steht ein massiver hölzerner Schreibtisch, und in dem Stuhl dahinter sitzt reglos ein mit einem blauen Seidenmorgenmantel bekleideter Mann und hält ein geöffnetes Buch umklammert.

»Wow!«

Hauptkommissarin Beryl Caxton funkelt mich böse an. »Entweder Sie reißen sich zusammen, Sampson, oder Sie können auf der Stelle verschwinden.«

Ich reiße mich ja zusammen. Ich habe es geschafft, mich nicht zu übergeben.

Dieser Typ hat nämlich keinen Kopf mehr.

Kurz sehe ich etwas Silbernes aufblitzen, als Caxton das unvermeidliche Amulett zurück in ihre Manteltasche steckt. Verdammt, ich möchte gerne wissen, wovor sie Angst hat; sie ist doppelt so groß wie ich und hat Hände wie Bratpfannen. Irgendwann habe ich mal einen Blick in ihre Akte geworfen, daher weiß ich, dass sie fünfunddreißig ist, doch ihr beständig schlecht gelaunter Gesichtsausdruck lässt sie noch eine Ecke älter wirken. Ebenso wie Charlie hat sie ihr Haar schneeweiß gebleicht. Bei ihr schaut es allerdings kein bisschen cool aus.

Sie nimmt ihre Brille ab und starrt auf Marvells zerrissenen Mantel. »Was ist denn mit Ihnen passiert?«

»Gar nichts, Chef. Mir geht's gut.«

Ja, klar doch. Vielleicht hat Caxton Marvells zitternde Hände nicht bemerkt, bevor sie diese in ihre Taschen gestopft hat, aber mir sind sie nicht entgangen. Jetzt steht Marvell einfach da, mit ausdruckslosem Gesicht, zieht schnuppernd die Luft ein und mustert aufmerksam den übrigen Raum.

Die Show kann beginnen. Ich stelle meinen Koffer auf dem Boden ab und krame in meiner Tasche. Ich ziehe ein paar winzige silberne Pentagramme heraus und sehe mich nach geeigneten Orten dafür um. Wir befinden uns in einer Art Bibliothek. Unmittelbar neben der Tür beginnen Regale, die mit dunklen, ledergebundenen Büchern vollgestopft sind und rundum an beiden Wänden entlang verlaufen. Die ersten Vorboten der Morgendämmerung schimmern durch das offene französische Fenster, das von der hohen bemalten Decke – jede Menge Schäfchenwolken und rosafarbene Putten – bis hinab zum Parkettboden reicht.

»Dort sind sie reingekommen«, erklärt Caxton. Wo die Fensterscheibe eingeschlagen wurde, spiegelt sich das Licht in scharfen Glassplittern.

Marvell bückt sich, um den silbernen Kerzenleuchter zu begutachten, der neben den Scherben auf dem Boden liegt. Er ist reich verziert, etwa dreißig Zentimeter lang und schwer genug, um beträchtlichen Schaden damit anzurichten.

»Er stammt aus der Kathedrale. Gehört zu einem Paar identischer Leuchter.« Caxton schiebt ihre Brille wieder auf die Nase und blinzelt auf ihr Notizbuch hinab. »Offensichtlich aus der Marienkapelle.«

»Und wer ist der Typ, der den Löffel abgegeben hat?«, frage ich, während ich Pentagramme an beiden Enden des Kaminsimses platziere. Es sind überall schwache magische Schwingungen wahrzunehmen, aber damit ist bei einem so alten Gebäude immer zu rechnen.

»Zeigen Sie gefälligst etwas mehr Respekt, ja?«, knurrt Caxton. »Es ist der Bischof.«

»Sagt wer?«

Auf dem Schreibtisch stehen eine Schreibmaschine und eine elektrische Lampe. Diese hat offenbar die ganze Nacht über gebrannt, denn die Batterie schwächelt bereits, und sie wirft nur noch einen schwachen Schimmer auf die Bücherstapel und Dokumente. Ich hole tief Luft und beuge mich über die Leiche, um sie zu untersuchen. Um wen auch immer es sich handelt, er ist unglaublich tot. Dort wo der Hals durchtrennt wurde, klebt jede Menge geronnenes Blut.

»Saubere Arbeit«, sage ich und versuche meiner Stimme einen ruhigen Klang zu verleihen. »Ein Schlag, vielleicht auch zwei. Eine Axt oder ein Fleischermesser – möglicherweise auch eine Guillotine, wenn der Täter gerade eine zur Hand hatte.«

»Ein Schwert?«, schlägt Marvell vor.

»Wer zur Hölle schleppt heutzutage noch ein Schwert mit sich rum?«

»Sie zum Beispiel, Sampson.« Caxton hat erneut ihre Brille abgenommen und putzt sie wütend. Sie schiebt sie zurück auf die Nase und kneift die Augen zusammen, während sie den Tisch umrundet, um das Buch zu studieren, das die Leiche umklammert hält. »Marvell, was ist das?«

Aber bevor Marvell hinzutreten kann, meldet sich eine Stimme aus dem Sessel neben dem reich ornamentierten Marmorkamin. »*Zur Verteidigung der Magie* von Henry Wallace, Doktor der Medizin und Bischof von Oxford.«

Mr Memory sieht Charlie verblüffend ähnlich. Was nicht wirklich ein Wunder ist: Schließlich hat Charlie ihn ja inkarniert. Er ist bei diesem Fall der für die Datenerhebung zuständige Elementargeist. Er muss alle Fakten abspeichern, um sie später bei Bedarf wieder auszuspucken. Und da Charlie Sinn für Humor hat, trägt Mr Memory einen ausgebeulten, leicht abgewetzten Abendanzug über einem zerknitterten weißen Frackhemd und einer fleckigen schwarzen Krawatte. Er hat die Augen geschlossen. Er wirkt müde. Allerdings sehen Charlies Elementargeister immer irgendwie müde aus.

Marvell dreht sich zu mir um. »Es ist dasselbe Buch, das bei dir im Arbeitszimmer lag …«

»Gut aufgepasst. Die Termiten lieben es.«

»Termiten?«

Ich deute mit den Händen eine Gebetshaltung und dann eine Frisur mit einer Tonsur an. »Natürlich sind sie blind wie die Maulwürfe« – Caxton funkelt mich wütend an – »deshalb mussten sie jemanden auftreiben, der es ihnen vorliest. Und offenbar hat es ihnen so gut gefallen, dass sie ein Exemplar davon verbrannt und es, wie bereits erwähnt, vor meiner Werkstatt abgelegt haben.«

»Um was geht es darin?«, will Caxton wissen.

»Im Wesentlichen darum, dass Wallace nicht versteht, was die Kirche gegen Magier hat.«

Caxton zieht eine Grimasse.

»Seiner Ansicht nach sind diese ganzen Bemühungen, uns wegzusperren und zu verbrennen, nur weil wir mit Dämonen spielen, eine Ablenkung von der wahren Mission der Kirche. Insbesondere verteidigt er den von hier stammenden Oswald Devereaux …«

»Du meinst … den Heiligen Oswald?«, fragt Marvell.

»Genau den.«

»Meine Mum redet ständig über ihn. Er wurde enthauptet, richtig?«

Mr Memory schaltet sich ein. »Während der großen Hexenjagd von 1493 hat sich der Heilige Oswald geweigert, Oxford zu verlassen. Er wurde vom Altar weggeschleift und vor der Kathedrale enthauptet.«

Marvell deutet auf den kopflosen Körper hinter dem Schreibtisch. »Reiner Zufall?«

Caxton wirft ihr ein paar Seidenhandschuhe zu. »Probieren Sie mal, ob er das Buch loslässt.«

Marvell streift sich die Handschuhe über und nähert sich der Leiche.

Es ist etwas ganz fundamental nicht in Ordnung mit einem kopflosen Körper. Als ich noch Student in St. Cyprian war, sah ich mal einen und dachte damals: *Ich muss nur kurz wegschauen, und wenn ich dann wieder hinsehe, hat das irgendjemand repariert.*

Sorgsam jeden Blick auf den blutigen Stumpf vermeidend nimmt Marvell das Buch in die eine Hand und die toten Finger in die andere und zieht leicht daran. Das Buch bewegt sich … und der gesamte linke Arm mit ihm. Der Sessel knarrt. Marvell packt den Daumen, der auf dem Buch liegt, und biegt ihn nach oben. Widerwillig löst er sich und gibt das Buch frei. Sie legt die linke Hand der Leiche auf dem Rand des Schreibtischs ab und beugt sich über den Körper, wobei sie möglichst das grausige Schlamassel dicht neben ihrem Gesicht ignoriert.

»Totenstarre?«, frage ich.

»Hat eingesetzt. Willst du mal probieren?«

Erneut zieht sie an dem Buch. Es rutscht leicht aus den Fingern der rechten Hand.

»Da ist ein Daumenabdruck, Chef.« Sie deutet auf einen braunen Fleck auf der Seite.

Caxton nickt gleichgültig, vermutlich um die Tatsache zu verschleiern, dass sie ihn nicht sehen kann.

Der Fachbegriff für ihr Problem ist übrigens Presbyopie, aber weil das ein ziemlicher Zungenbrecher ist, nennt man es gemeinhin einfach nur *die Trübung*. Was dabei geschieht, ist Folgendes: Ab einem Alter von etwa zwanzig Jahren beginnt man, die Sehkraft zu verlieren. Man kann nicht mehr bei schlechtem Licht lesen; man kann zwar noch Dinge in der Entfernung deutlich erkennen, aber die Nahsicht trübt sich, und wenn man etwas länger fixiert, kriegt man fürchterliche Kopfschmerzen. Es gibt nichts, was Heiler dagegen tun können. So um die fünfundzwanzig herum haben die meisten Leute eine stark eingeschränkte Sicht und brauchen dicke Brillen, um Dinge zu erkennen, die näher als ein paar Meter sind. Und mit dreißig steckt man dann in echten Schwierigkeiten. Wie gesagt, Caxton ist bereits weit über diesen Punkt hinaus, und ohne Marvell, die für sie Dinge in der unmittelbaren Umgebung genau betrachtet, wäre sie hilflos.

»Blut auf der linken Handinnenfläche – er hat dort einen Einstich.«

Marvell hebt ihre Hand auf Brusthöhe und deutet eine Verteidigungshaltung an. »Er kann unmöglich das Buch gehalten haben, während es geschah. Und es würde mich ziemlich wundern, wenn er es danach noch an sich genommen hätte …«

Ich spähe über ihre Schulter, als sie den Morgenmantel öffnet. Wer auch immer der Tote war, er war sicher kein Adonis. Geplatzte Äderchen. Leberflecke. Schwarze, schon leicht ergraute Körperbehaarung auf einem zusammengesackten Brustkorb …

Caxton mag halb blind sein – selbst mit Brille –, aber trotzdem: Hätte sie sich nicht von dem fehlenden Kopf auf eine falsche Spur führen lassen und stattdessen die Mühe gemacht, einmal unter dem Morgenmantel nachzusehen, wäre ihr möglicherweise noch etwas anderes aufgefallen.

»Er wurde nicht hier getötet«, sagt Marvell. »Es ist nirgendwo im Raum Blut zu finden.«

Caxton nickt. »Er wurde woanders ermordet, hierher gebracht, an seinen Schreibtisch gesetzt, das Buch wurde in seine Hände geschoben …«

»Todesursache?«, frage ich.

»Soll das ein Witz sein?«

»Er wurde zuerst erstochen.« Ich deute auf eine schwarze

Blutkruste direkt über dem Herz. Caxton schlägt meine Hand beiseite und beugt sich mit weit aufgerissenen Augen und offenem Mund zu der Stelle herab.

Vermutlich hätte ich Mitleid mit ihr, wenn sie nicht so eine totale Nervensäge wäre und wenn der scharfe Rand ihres Sicherheitsrings nicht gerade meinen Handrücken zerkratzt hätte. Wie gesagt, sie scheint es auf mich abgesehen zu haben.

»Wie alt war der Bischof?«, fragt Marvell.

»Henry Alfred Wallace«, erklärt Mr Memory. »Geboren am 13. August 1960 …«

»Also fünfundfünfzig«, unterbricht Caxton den Elementargeist, während sie den Morgenmantel wieder schließt.

»Wie auch immer. Aber sollten wir nicht zuerst mal feststellen, ob es überhaupt Wallace ist?«, schlage ich vor. Ich habe einen kleinen Tisch von der Wand herbeigerückt, meinen Koffer daraufgestellt und geöffnet. Mir ist nicht mehr übel und die ganze Geschichte fängt langsam an, mein Interesse zu wecken. Ich wickle gerade ein kleines Messing-Feuerbecken aus, da geht hinter mir die Tür auf und eine vertraute Stimme jault:

»Was macht *der* denn hier?«

Ein ganz großer Willkommens-Applaus für Ferdia McKittrick! Er ist groß. Er ist attraktiv – zumindest starrt Marvell ihn mit diesem merkwürdig glasigen Blick an. Und die Makellosigkeit seiner Tonsur ist eigentlich nur damit zu erklären, dass täglich ein persönlicher Dämon einfliegt, um ihr den letzten Schliff zu verpassen.

Es gibt eine Menge Geld in Oxford und folglich auch eine Menge Magier – vielleicht ein Dutzend oder so. Ich habe nichts mit ihnen zu tun, aber ich weiß, dass es draußen in der großen Phantom-Fabrik bei Cowley einen gibt, ein paar andere arbeiten beim *Büro für Geniale Ideen* im Industriegebiet. Die Stadtverwaltung beschäftigt einen, auch wenn er nichts taugt. Ein weiterer macht die Runde durch die hiesigen Hospitäler und versucht zu verhindern, dass die Heiler zu viele Patienten ins Jenseits befördern.

Es gibt ein paar High-Society-Magier, die für die Superreichen arbeiten. Außerdem lizenzierte Schönheits-Magier, Privatdetektive und Schatzsucher, die unverbesserlichen Dummköpfen das Geld aus der Tasche ziehen.

Die Bullen setzen zwei von uns ein, meistens für forensische Untersuchungen: Ferdia und mich. Ferdia ist ein Hohlkopf. Er ist einundzwanzig und schon über seinen Höhepunkt hinaus. Weit hinaus. Meilenweit jenseits davon. Eine Nullnummer.

»Ich habe Marvell angewiesen, Sampson mitzubringen«, erklärt Caxton. »Wir können uns bei diesen Ermittlungen keine Fehler erlauben.«

»Ich schaff das sehr gut alleine.« Ferdia mustert Marvell von Kopf bis Fuß, während er hinüber zu dem Tischchen stolziert und seinen Koffer neben meinen stellt. Beiläufig schiebt er die kleinen Kräutersäckchen zusammen, die ich ausgebreitet habe, und wirft sie zurück in meinen Koffer.

»Hey!«, protestiere ich. Es verstößt gegen die Regeln der Sozietät, mit den Utensilien eines anderen Magiers zu hantieren …

Tja, wie oft haben wir damals in St. Cyprian über diesen Spruch gelacht: »*Sir, Jenkins hantiert schon wieder mit meinen persönlichen* Utensilien*!*«

Wie auch immer, Ferdia ignoriert mich. Er stopft meine Feuerschale zurück in meinen Koffer, schlägt den Deckel zu und springt zurück, als ihn dieser böse anknurrt.

Ich bin stinksauer, kann aber im Augenblick keinen Streit gebrauchen. Außerdem hat die Katze, die ich in meiner Werkstatt zurückgelassen habe, Sehnsucht nach mir. Ich greife gerade nach meinem Koffer, da angelt Ferdia meine Pentagramme vom Kaminsims.

»Die werden dir ganz bestimmt wahnsinnig viel nützen!« Er wirft sie mir zu. Eins davon fange ich auf, dem anderen muss ich hinterherrennen und es vom Boden auflesen.

»Und wenn du schon dabei bist, kannst du den da draußen aufhängen.« Ferdia deutet auf einen kleinen, runden Spiegel, der rechts neben der Tür an der Wand hängt.

Am liebsten würde ich ihm vorschlagen, dass er ihn sich sonst wohin stecken soll, aber mein besseres Selbst trägt den Sieg davon. Nachdem ich die Pentagramme in meine Tasche gesteckt habe, deponiere ich den Spiegel draußen im Korridor. Gerade als ich in die Bibliothek zurückkehre, spaziert der junge Typ mit den gebleichten Haaren, der vorhin draußen in den Büschen rumgestochert hat, durch das französische Fenster herein. Er heißt Gary Ormerod und ist einer von Caxtons Kriminalassistenten.

»Eine der Pforten steht offen.« Er hat eine hohe, quiekende Stimme.

»Wo?«, fragt Caxton.

»Unten am Fluss.«

Caxton dreht sich zu Marvell. »Würden Sie sich das für mich anschauen?« Sie nickt in meine Richtung. »Und nehmen Sie Sampson mit.«

»Keine Zeit. Ich hab noch was zu erledigen.« Ich schnappe mir meinen Koffer und gehe zur Tür.

»Kommen Sie sofort zurück, Sie kleine Wanze!«

»Sie haben doch dieses junge Genie da.« Ich nicke in Ferdias Richtung. »Wie viel Magie brauchen Sie denn noch?«

»Das entscheide ich allein.«

Ich deute auf Marvell. »Hören Sie, erst schicken Sie die da, um mich hier anzuschleifen, obwohl ich gerade mit was extrem Wichtigem beschäftigt war …«

»Und was war das?« Paxton ragt über mir auf wie ein Gebäude.

Ich ziehe es vor, nicht mit meinen geheimen Plänen herauszurücken. Daher starre ich zu Boden, als gäbe es dort etwas Bedeutendes zu sehen.

»Also, halten Sie einfach die Klappe und befolgen Sie meine Anweisungen!« Caxton rammt mir ihren Zeigefinger in die Brust, der etwa den Umfang einer Fleischwurst hat, und stößt mich beinahe um. »Wenn ich noch einen einzigen flotten Spruch von Ihnen höre, beschwere ich mich bei Ihrer Sozietät – und ich denke, Sie haben bereits genug Ärger mit denen. Habe ich recht?«

Marvell starrt uns mit weit offenem Mund an. Ein weiterer Fingerstoß. »Ich sagte, habe ich recht?«

Ich nicke widerwillig. Natürlich könnte ich mich rächen – beispielsweise könnte ich Caxtons Nase bluten lassen oder ihr Pickel ins Gesicht hexen. Aber natürlich wüsste sie dann genau, dass ich dahinterstecke. »Klar, okay.« Ich stelle meinen Koffer ab.

Caxton wendet sich an Marvell. »Also, worauf warten Sie noch?«

Marvells Blick zuckt zu mir, dann zu Ferdia. Er setzt eine Miene auf, die offenbar sein Mitempfinden ausdrücken soll, aber mehr nach akuten Verdauungsbeschwerden aussieht.

»Ja, Chef.«

»Und halten Sie mir nach Möglichkeit diesen mageren kleinen Spinner hier vom Hals.«

»Das ist nicht meine Aufgabe.«

»Tun Sie's trotzdem.«

Als ich durch das französische Fenster marschiere und dabei an Gerry vorbeikomme, flüstert er: »Ich hätte auch gerne so einen Fanclub wie du.«

Draußen auf der Terrasse knöpfe ich meine Lederjacke zu und ziehe mir die Mütze tief über die Ohren.

»Ich hab dir gesagt, dass es kalt ist«, erinnert mich Marvell.

Als wir die Ziegelsteintreppe zum Garten runtersteigen, preschen ein paar Schafe davon. Die Superreichen lassen ihren Rasen von Elementargeistern trimmen; die lediglich Wohlhabenden müssen mit Schafen vorliebnehmen. Und die Armen haben gar keinen Rasen.

Am östlichen Himmel steht ein kalter Lichtschein. Entgegen weitverbreiteten Gerüchten schrumpfe ich nicht beim ersten Sonnenstrahl zusammen und zerfalle zu einem kleinen Häufchen Asche; dennoch fühle ich mich bei Tageslicht nie wirklich sicher. Von der andern Seite des Rasens aus schaue ich zurück zum Palast. Der heller werdende Himmel spiegelt sich in den französischen Fenstern, und die zerbrochene Scheibe wirkt schwarz wie ein fehlender Zahn. Als ich zum zweiten Stock hinaufblicke, bemerke ich ein Gesicht, das auf mich herabstarrt. Blonde Haare, raspelkurz geschnitten.

Einen Augenblick später ist das Gesicht verschwunden. Während ich Ormerod auf einem Weg zwischen Buchenhecken folge und mich dabei selbst umarme, um mich warm zu halten, höre ich das Geräusch eiliger Schritte.

Ein Mann hastet quer über den Rasen hinter uns her. Er ist schätzungsweise Anfang zwanzig, trägt ein kirchliches Gewand – ganz hübsch, wenn man Lila mag –, und eine randlose Brille baumelt an einer Schnur um seinen Hals. »Edward Akinbiyi«, keucht er. »Ich bin der Sekretär von Bischof Wallace.« Ein großer Ring blitzt an seinem Mittelfinger, als er mir seine Hand entgegenstreckt.

Ich weiche zurück. »Nein, danke, ich bin im Dienst.«

Akinbiyi verzieht das Gesicht. Was soll's? Soll er doch denken, dass ich ein Rüpel bin. Bei dieser Art von Arbeit schüttelt man nicht die Hand möglicher Zeugen oder Verdächtiger; das kann die ganze Magie durcheinanderbringen.

»Brauchen Sie Hilfe?«

»Nö.« Marvell setzt sich wieder in Bewegung und folgt Ormerod.

»Als ich den Bischof verlassen habe, saß er unten in der Bibliothek. Das war etwa gegen zweiundzwanzig Uhr dreißig.« Akinbiyi heftet sich an Marvells Fersen. »Er wollte ein paar persönliche Briefe schreiben.«

»Haben Sie das schon Hauptkommissarin Caxton erzählt?«, fragt Marvell.

»Natürlich.«

Sie wirft mir einen Blick zu. Ich schätze, wir fragen uns

beide dasselbe: Wenn er es bereits Caxton erzählt hat, was will er dann von uns? Und Marvell hat noch eine weitere Frage: »Hat er Sie denn nicht extra für diese Aufgabe angeheuert? Briefe schreiben und solchen Kram.«

»Nein. Ich erledige nur die offizielle Korrespondenz und Verwaltungsangelegenheiten. Bischof Wallace konnte sehr gut in der Nähe sehen.«

»Wie kommt's?«

»Ich schätze, er war einer der wenigen Glücklichen.«

Mit Glück hat das nichts zu tun, aber ich beschließe, meinen Mund zu halten. »Wie lange arbeiten Sie schon hier?«, frage ich.

»Etwas über ein Jahr. Davor war ich Priester in einer kleinen Gemeinde in Nigeria.«

Ich nicke. »Ich habe mal eine Arbeit über die Voodoo-Gottheit Legba geschrieben …«

»Ich bin Yoruba und lehne Hexerei ab.«

Ich könnte ihm jetzt erklären, dass Magie etwas anderes ist als Hexerei, aber er ist zu sehr damit beschäftigt, sich weiter darüber auszulassen, wie er die Leiche gefunden und die Polizei gerufen hat. Vielleicht möchte er einen Verdienstorden.

Wir gehen weitere Stufen hinab und dann einen Kiesweg entlang. Das zum Palast gehörige Grundstück endet an einem Zaun aus oben spitz zulaufenden Eisenstangen. Er ist knapp zwei Meter hoch und unten in einer niedrigen Ziegelmauer verankert. Ein paar uniformierte Bullen stehen neben einer offenen Pforte, die zu dem von Bäumen überschatteten Pfad am Flussufer führt. Hinter den Bäumen erkenne ich ein halbes Dutzend rote und weiße Lichter, die dunklen Umrisse eines Schleppbootes und eine Reihe von Kähnen, die flussabwärts unterwegs sind.

Dicht neben der Pforte kniet Charlie und hat den Arm um eine im Gras hockende Gestalt gelegt: ein junger Typ in blauem Anorak und blauer Hose, der den Kopf in den Händen vergraben hat und verzweifelt schluchzt.

»Ein Sicherheits-Elementargeist«, flüstere ich Marvell zu.

Elementargeister gehorchen aufs Wort. Sie können rund um die Uhr arbeiten, sieben Tage die Woche. Sie können im Dunkeln sehen und eine Fliege furzen hören. Sie müssen nicht mit Nahrung und Getränken versorgt werden, freuen sich aber über einen gelegentlichen belobigenden Klaps auf den Rücken. Sie langweilen sich nie, sie verlangen keinen Lohn und erhalten keine Rente. Man zahlt einfach nur eine Mietgebühr an den Betreiber, um die Kosten für die Inkarnation und die Instandhaltung abzudecken. Wenn der Auftrag erledigt ist, dann lässt man sie einfach wieder verschwinden. Puff!

Charlie erhebt sich. »Ich kann nichts Vernünftiges aus ihm rausbringen.«

»Irgendeinen Verdacht?«, fragt Marvell.

»Jemand ist hier eingedrungen.«

»Aber wie? Ich meine, wenn er ein Sicherheits-Elementargeist ist …«

Wenn du wirklich etwas über Elementargeister erfahren willst, dann ist Charlie dein Mann. Eine Menge Magier arbeiten mit Elementargeistern, wenn ihnen die Gabe genommen wird und sie keine wahrhaften Präsenzen mehr kontrollieren können. Es ist im Wesentlichen Routinearbeit, die gelegentlich ganz amüsant ist und keinerlei persönliches Risiko mit sich bringt.

Doch Charlie zuckt hilflos mit den Achseln. Ich schlendere hinüber, um mir ein genaueres Bild zu machen. Ich mag Elementargeister. Man gibt ihnen eine Aufgabe und sie bleiben dran, ohne Wenn und Aber. Stellt man ihnen eine Frage, kriegt man eine ehrliche Antwort. Sie tuscheln nicht hinter deinem Rücken über dich und versuchen nicht, dich wie einen Trottel aussehen zu lassen.

Das Problem ist, sie sind emotional instabil. Wenn irgendwas schief geht, brechen sie in sich zusammen. Ich knie mich neben ihn und lege meine Hände auf seine. Wie alle Elementargeister ist er eiskalt. Er blickt zu mir auf, sein Gesicht ist tränenüberströmt.

»Es ist doch nur ein Elementargeist«, brummt Ormerod und kneift sich mit zwei Fingern den Nasenrücken.

Der Sicherheits-Elementargeist vergräbt das Gesicht in den Händen und schluchzt hilflos. Da mir nichts Besseres einfällt, tätschele ich ihm die Schulter.

»Ist schon in Ordnung«, sage ich. Was natürlich eine Lüge ist.

Marvell ist durch die Pforte hinaus zum Uferweg spaziert, doch der Boden dort ist knochentrocken, also besteht keine Hoffnung auf Fußabdrücke. Akinbiyi steht einfach nur da und beobachtet sie. Charlie dreht sich eine Zigarette. Es ist zwecklos, ihn zu fragen, ob die Wache sich noch so weit beruhigen wird, dass sie etwas Sinnvolles berichten kann. Das tun sie nie. Man wird ihn einfach aus dem Verkehr ziehen müssen.

Ich wende mich an Akinbiyi. »Wer hat hier eine Zutrittsberechtigung?«

»Das gesamte Personal«. Es blitzt rot, als er seine rechte Hand ausstreckt, um mir den Sicherheitsring an seinem kleinen Finger zu zeigen.

»Die Leiche in der Bibliothek hatte keinen solchen Ring«, ruft Marvell.

»Der Zauber war bestimmt in den Stein an seinem Bischofsring integriert.« Ich blicke kurz hinab auf meinen eigenen Ring, ein schmaler goldener Reif mit eingravierten Symbolen und einem kleinen Saphir. Wenn ich nicht gerade versuche, weibliche Toffies zu beeindrucken, dient er mir dazu, durch Polizeiabsperrungen zu kommen.

»Er trug überhaupt keinen Ring.«

»Ich bin mir sicher, dass er ihn noch trug, als ich ihn verließ.« Akinbiyi wirkt völlig verstört. Er zuckt zusammen, als Charlie ein Streichholz anzündet.

»Was ist, wenn jemand die Leiche des Bischofs transportiert hat?«, frage ich Charlie. »Hätte der Elementargeist sie durchgelassen?«

Er schüttelt den Kopf. Der Wind reißt eine Rauchfahne aus seinem Mund. Er packt meinen Arm und führt mich ein Stück beiseite. Dann flüstert er: »Was ist mit Magie?«

Akinbiyi hat das gehört. Seine Augen werden groß wie Untertassen.

»Und was ist mit seinem gestohlenen Ring?«, schlage ich vor.

Charlie schüttelt den Kopf. »Ein Ring wirkt nur, wenn ihn die richtige Person trägt. Mein Tipp: *Magie.*«

»In Ordnung, aber bitte kein Wort darüber zu …«

»Was flüstert ihr beiden da?« Marvell steht unten am Fluss und hält sich mit einer Hand an einem Ast fest, während sie sich hinaus übers Wasser beugt, um den Uferverlauf zu studieren. Hinter ihr schimmern noch die Gaslampen der Seven Bridges Road, die westlich des Bahnhofs den Fluss überquert.

Ich kehre ihr den Rücken zu und flüstere in Charlies Ohr: »Kein Wort mehr darüber, bis ich mich deswegen mit der Sozietät besprochen habe.«

Akinbiyi ist ebenfalls durch die Pforte gewandert, um Marvell Gesellschaft zu leisten. »Nach was halten Sie Ausschau?«

»Nach einem Boot.«

»Ein bisschen kalt für eine Bootspartie«, werfe ich ein.

Niemand lacht. Der Ast, an dem Marvell hängt, knackt verdächtig, während sie sich über das dahinströmende, braune Wasser beugt. Sie fängt meinen Blick auf: »Ich weiß genau, was du dir jetzt wünschst.« Sie hangelt sich zurück auf festen Grund.

»Ich hab nicht mal im Entferntesten an so was gedacht.« Ehrlich.

4. Kapitel

Als wir in die Bibliothek zurückkehren, hängt der Geruch von auf Zedernholz brennenden Kräutern in der Luft.

Caxton steht vor dem Kamin und blinzelt demonstrativ empor zu dem Ölgemälde eines selbstzufrieden wirkenden Mannes mittleren Alters in bischöflichen Gewändern.

»Das ist er, oder?« Marvell wendet sich an Akinbiyi. »Wie lange ist das her?«

»Zwei Jahre. Es wurde kurz nach seiner Ernennung gemalt.«

Falls er das da in dem Stuhl ist, hat er seitdem ganz schön zugenommen. Der Typ auf dem Porträt hat ziemlich langes schwarzes Haar, und die Andeutung eines Lächelns umspielt seine Lippen, als hielte er das alles für einen Witz – oder als würde er sich an etwas erinnern, das niemand außer ihm weiß. Beispielsweise, wo das ganze Geld versteckt ist.

Mr Memory steht neben dem Toten, hebt ein Dokument nach dem anderen vom Schreibtisch und liest es.

Er wird sich später an die genaue Position und den Inhalt von allem erinnern; er kann sogar Dinge re-materialisieren, damit man sie selbst untersuchen kann. Ich schenke ihm ein breites Lächeln, aber er erwidert es nicht. Er zieht ein Blatt aus der Schreibmaschine, überfliegt es und legt es dann beiseite, sodass es in der Luft schweben bleibt. Ein netter kleiner Trick von Charlie.

»In Ordnung«, verkündet Ferdia. »Ich bin bereit.«

Er trägt eine weiße Leinenschürze, die mit Symbolen bestickt ist, und einen viereckigen Papierhut, auf dem die Buchstaben »EL« geschrieben stehen. Auf dem Tischchen hat er eine kleine Feuerschale aus Messing entzündet, daneben liegen ein paar Messer, ein Zauberstab aus Haselholz sowie diverse Porzellanschüsseln und Papiersäckchen. Die gemalten Putten an der Decke starren besorgt auf den Rauch, der zu ihnen emporkräuselt.

»Ich werde jetzt die Kontiguität untersuchen.« Ferdia wendet das strahlende Licht seiner Persönlichkeit Marvell zu. »Jedes Mal, wenn sich zwei Objekte direkt berühren, bleibt eine gewisse Affinität zurück, die ein Magier aufspüren kann. Ich kann sagen, ob ein Messer eine bestimmte Wunde zugefügt hat oder ob eine Kugel von einer bestimmten Waffe abgefeuert wurde.« Er deutet auf den Tisch, was ganz offensichtlich nur für sie bestimmt ist. »Ich habe hier zwei Haarproben – die eine stammt von der Leiche und die andere von einer Bürste aus Bischof Wallace' Schlafzimmer …«

Marvell gelingt es, interessiert zu wirken. Akinbiyi wirkt unglücklich.

Caxton brummt: »Jetzt legen Sie schon endlich los.«

Ferdia hebt theatralisch seinen Zauberstab. »Im Namen Adonais, des Allerhöchsten …«

Akinbiyi runzelt die Stirn. »Mir ist nicht wohl bei dieser ganzen Angelegenheit.«

»Ohne Grund«, sage ich. »Denken Sie an das zweite Trienter Konzil von 1907. Die Kirche erkennt seitdem Magie offiziell als legitimes Forschungsfeld an, als wertvolles Instrument sozialer Ordnung und als Ausdruck der Allmacht des göttlichen Willens.«

Caxton funkelt mich an. »Wie sind Sie nur so ein altkluger kleiner Rotzlöffel geworden?«

»Ich bin Magier. Was will man da schon anderes erwarten?«

»Im Namen Jehovas, des Allerheiligsten«, skandiert Ferdia mit seiner merkwürdigen, hohen Stimme. Er war immer schon ein verzweifelter Angeber, aber seit er über seinen Höhepunkt hinaus ist, ist es noch schlimmer geworden.

Ich wende mich an Marvell. »Wusstest du, dass unser gegenwärtiger Papst die Gabe hatte?«

»Er war nur ein Jahr in St. Cyprian«, protestiert Akinbiyi.

»Manche Leute behaupten, er sei dadurch überhaupt erst zum Papst geworden. Einige weitere Kandidaten für das Amt sind nämlich ganz unerwartet verstorben.«

»Das sind doch nur bösartige Gerüchte.«

»Gibt es denn so was wie ein nicht-bösartiges Gerücht?« Caxton scheint gerade einen ihrer seltenen Momente geistiger Klarheit zu haben. »Und hätte so was überhaupt einen Sinn?«

Wir nehmen uns alle ein paar Sekunden Zeit, um uns das gründlich durch den Kopf gehen zu lassen.

»Es ist ein reiner Routine-Kontiguitäts-Test«, komme ich auf seine Bedenken zurück und beruhige Akinbiyi. »Es werden keine Tiere zu Schaden kommen und keine übernatürlichen Wesen heraufbeschworen. Außerdem müssen Sie ja nicht zuschauen.«

»Das hier ist geweihter Boden. Und nach den Bestimmungen des Konkordats ist die Sozietät der Magier dazu verpflichtet, die Zustimmung der Diözese einzuholen, bevor hier irgendwelche thaumaturgischen Rituale stattfinden dürfen.«

»Thaumaturgisch?«, flüstert Marvell.

»Magisch«, flüstere ich zurück.

»Das kann ja Wochen dauern«, wendet Caxton ein.

»Ich übernehme die Verantwortung und werde die Leiche offiziell identifizieren«, erklärt Akinbiyi. »Ich habe über ein Jahr lang eng mit Bischof Henry Wallace zusammengearbeitet, und ich bin mir zu hundert Prozent sicher, dass er es ist.«

»Also treffen die Gerüchte zu«, sage ich. »Die Kleriker gehen zusammen in die Sauna.«

Caxton wendet sich Ferdia zu, um ihr Lächeln zu verbergen. »Ich schätze, wir können das auch bei uns im Laboratorium machen.«

»Na gut«, brummt Ferdia. »Von mir aus!« Dann beginnt er, seinen ganzen Kram zurück in seinen Koffer zu werfen.

Mr Memory hat das Sichten sämtlicher Dokumente beendet und legt nun alles genau an seinen ursprünglichen Platz zurück.

»Nun?«, erkundigt sich Caxton.

»Es gibt da eine längere Korrespondenz über Grenzstreitigkeiten zwischen der Diözese und einem gewissen Thomas Stevens.« Mr Memory hebt seine Hand über dem Tisch, die Handfläche nach unten gerichtet. Ein halbes Dutzend Briefe, die verstreut umherliegen, leuchten kurz auf. »Stevens fordert …«

»Was noch?«

»Ein Rücktrittsgesuch von James Groce, dem Pfarrer von St. Ebbe.« Ein weiteres Dokument leuchtet auf. »Eine Anfrage des Kirchenältesten …«

»Irgendwas, das nichts mit den Angelegenheiten der Diözese zu tun hat?«

»Notizen für Predigten.«

»Herr, gib mir Kraft!«

Mr Memory blickt sie verwirrt an.

»Irgendwas Persönliches?«, fragt Caxton.

»Diverse anonyme Briefe.«

Ein Bündel Papiere erhebt sich vom Schreibtisch. Caxton setzt die Brille auf. Akinbiyi ebenfalls, der sich nun dicht neben sie drängt.

»Hat er viele davon bekommen?«, fragt Caxton.

»Ziemlich viele, seit sein Buch erschienen ist.« Akinbiyi will nach einem lose in Seide verpackten Bündel auf dem Tisch greifen. »Ist es das?«

Als ob er es nicht wüsste. »Nicht berühren!«, rufe ich. »Kontiguität …«

»Danke, Sampson.« Caxton dreht sich wieder zu Akinbiyi. »Hat er in dem Buch gelesen, als Sie ihn gestern Abend verlassen haben?«

»Nicht, dass ich wüsste.« Akinbiyi nimmt seine Brille wieder ab und schaut sich im Raum um. »Aber er hielt es, als ich ihn fand.« Seine Augen werden weit. »Also, wer auch immer ihn ermordet hat …«

»Offensichtlich.« Caxton schlägt ihr kleines Notizbuch auf.

Akinbiyi verfolgt, wie sie rasch etwas in Blockbuchstaben notiert. Seine Stimme wird zu einem dramatischen Flüstern. »Sie versuchen, uns irgendetwas mitzuteilen!«

Wir stehen alle herum und sehen gebannt zu, wie Caxton in ihr Notizbuch krakelt, bis ein uniformierter Bulle hereingeschlendert kommt und verkündet, dass der Leichenwagen eingetroffen sei. Caxton wendet sich an Mr Memory. »Haben Sie alles, was Sie brauchen?«

Er nickt. Sie dreht sich zu mir. »Dann sind Sie an der Reihe. Und bitte, Sampson.« Bedeutungsvolle Pause. »*Versuchen* Sie, es nicht zu vermasseln.«

Ich bin immer noch dabei, einen empörten Blick auf sie abzuschießen, als eine metallisch glänzende Transportliege durch die Tür scheppert. Sie wird von zwei genervt wirkenden Kerlen in schwarzen Seidenoveralls geschoben. Ich nenne sie Assistenten, was aber nur ein hochtrabender Ausdruck für Leichenträger ist. Jedenfalls drängen sie sich an Marvell vorbei und parken ihre Transportliege neben dem Schreibtisch.

Marvell knufft mich in die Seite und zischt: »Sind das auch Elementargeister?«

Einer der beiden Assistenten, der sich gerade ein paar schwarze Seidenhandschuhe überstreift, blickt zu ihr auf und knurrt: »Glauben Sie ernsthaft, wir würden uns mit solchem Scheiß abgeben, wenn wir Elementargeister wären?«

Marvell verfolgt aufmerksam, wie sie Beutel aus Seide aus einem Fach unter der Transportliege ziehen. Ich erkläre ihr: »Sie sind aus Fleisch und Blut, und wenn sie die Leiche berühren, erzeugen sie eine neue Kontiguität. Seide ist ein magischer Isolator, und Schwarz ist die undurchlässigste Farbe.«

»Das ist ein bisschen sehr …«

»Buchstäblich? Ja, in der Magie geht es verdammt buchstäblich zu, wenn man es genau betrachtet.«

Einer der Assistenten pfeift durch die Zähne, während er die Beutel über die Hände des toten Mannes streift. Sie hieven ihn aus dem Stuhl auf den Wagen, wo sie ihn mit mehr schwarzer Seide bedecken.

»Ich muss mich jetzt um den Todeszeitpunkt kümmern«, erkläre ich Marvell. »Falls du zuschauen willst.«

»Macht *er* das denn nicht?« Sie wirft Ferdia einen raschen Blick zu, der knallrot wird.

»Das erklär ich dir später!«, flüstere ich.

»Wie lange wird es dauern?«

»Drei bis vier Stunden.«

»Also, dann verschwenden Sie jetzt nicht länger meine Zeit und machen sich an die Arbeit«, schaltet sich Caxton ein.

Wir folgen der Transportliege durch den Korridor zurück in die Eingangshalle. Die Bediensteten sitzen immer noch um ihren Tisch in dem Seitenraum und spielen mit Kreuzen und Amuletten.

Und am Fuß der Treppe steht das Mädchen. Bevor irgendjemand sie aufhalten kann, prescht sie los und reißt das Tuch herunter, das die Leiche bedeckt.

Sie schreit – mehr wie ein Vogel und nicht wie ein menschliches Wesen. Die Assistenten bleiben wie angewurzelt stehen, unsicher, was sie tun sollen.

Das Mädchen wirkt völlig erstarrt und hält das Tuch mit ihren weißen Händen vor der Brust umklammert. Ihre Augen sind weit aufgerissen, als könne sie nicht glauben, was sie dort sieht.

Charlie steht neben ihr. Er nimmt ihren Arm und sagt: »Kommen Sie, meine Liebe. Sie sollten das nicht unbedingt sehen.«

Aber sie rührt sich nicht – vielleicht kann sie es nicht. Sie zittert, ihr Gesicht ist weiß, und Tränen laufen über ihre Wangen. Sie zieht die Ellbogen eng an den Körper, immer fester und fester, als könnte sie sich gar nicht klein genug machen.

Akinbiyi kommt hereingewatschelt. Er drängt sich an Charlie vorbei, packt das Mädchen bei den Schultern und schüttelt sie. »Kazia!«

Einen Augenblick lang habe ich den Eindruck, er würde sie gleich ohrfeigen. Sie starrt ihn an, als wollte sie sich in seine Arme stürzen. Aber dann lässt sie das Tuch fallen und vergräbt ihr Gesicht an Charlies Schulter. Er blinzelt überrascht, dann legt er seinen Arm um sie.

Und während er sie in den Raum führt, aus dem die Bediensteten uns immer noch wie Eulen anglotzen, kann ich nicht anders und denke: Warum habe ich zum Teufel denn nicht auf seiner Seite der Transportliege gestanden?

Die Frau mit den roten Haaren flüstert dem Jungen etwas zu.

Er erhebt sich und umrundet den Tisch. Er schaut mir direkt in die Augen, bevor er mir die Tür vor der Nase zuschlägt. Die Assistenten breiten das Tuch wieder über die Leiche.

»Wer war das eben?«, frage ich, da es niemand sonst tut.

»Die Nichte des Bischofs«, erklärt Akinbiyi.

Ich bin verliebt.

5. Kapitel

Wenn ihr euch die Mühe machen wollt, stellt euch einen runden, überkuppelten Raum von etwa zwanzig Metern Durchmesser vor. Dunkle Holztäfelung. Der Boden aus Zedernholz …

… und elektrisches Licht. Möglicherweise der einzige Punkt, in dem Ferdia und ich je übereinstimmten. Früher wurden die im Stil von Amphitheatern errichteten Obduktionssäle mit Gaslicht erleuchtet. Doch da für die eigentlichen Rituale brennende Kerzen unerlässlich sind, bedeutete es jedes Mal einen ziemlichen Aufwand, ein Dutzend Gasleitungen abzudrehen. Die Modernisierung war Ferdias Idee – er litt schon immer unter dem leicht wahnhaften Selbstbild, ein fortschrittlicher, innovativer Magier zu sein –, und ich war schon versucht, mich seinem Vorschlag einfach nur aus Trotz zu widersetzen. Aber Licht und Dunkelheit durch ein kleines Schalterknipsen zu erzeugen, ist einfach verdammt cool.

Pech hat nur der arme Teufel, der ständig die Batterien auswechseln muss.

Der äußere Ring verläuft etwa einen Meter vor den

rundum ansteigenden Bankreihen: zwei konzentrische Kupferkreise, die in einem halben Meter Abstand voneinander in den Boden eingelassen sind. Die Assistenten tragen kleine runde Tische herein und rücken sie zurecht, bis die Tischbeine in den Vertiefungen am Boden rund um den äußeren Kreis einrasten.

Zur Mitte des Raumes hin gibt es einen weiteren Doppelkreis von etwa sechs Metern Durchmesser. Fest installierte magische Zirkel können manchmal etwas unflexibel sein; doch sie ersparen einem eine Menge Zeit, da man ansonsten umständlich mit Schnur und Kreide hantieren müsste.

Die Seitentür schwingt auf, und einige Assistenten rollen den Seziertisch herein: Er ist ganz aus Messing und hat auf einer Seite eine Konsole mit Messuhren und Schaltern. Die mit Seide verhüllte Leiche liegt bereits darauf.

Sie schieben ihn in die Mitte des inneren Kreises. Einer der Assistenten ist etwa Anfang zwanzig und verfügt daher noch über eine gewisse Nahsicht. Er geht auf alle viere und arretiert mit leicht zusammengekniffenen Augen die Bolzen des Fahrgestells in den dafür vorgesehenen Bodenvertiefungen. Der Atem der Assistenten hängt weiß in der kalten Luft, während sie die inzwischen völlig entkleidete Leiche auswickeln. Der Tote hat eine ziemliche Wampe, und sie wabbelt herum, als wüsste sie nicht, dass sie eigentlich schon tot ist.

Ich verschaffe mir einen ersten Gesamteindruck von der Vorder- und der Rückseite. Marvell wird es offenbar langsam etwas übel; im Kontrast zu den weinroten Flecken auf dem Rücken des Toten wirkt ihr Gesicht leichenblass.

Also stelle ich ihr eine Aufgabe, um sie sinnvoll zu beschäftigen. »Okay, was siehst du?«

»Totenflecke. Wenn das Herz zu schlagen aufhört, zirkuliert das Blut nicht mehr und setzt sich an den tiefsten Stellen des Körpers ab.«

Sie fährt herum, als sie Schritte hinter sich hört. Mr Memory hat den Saal betreten und schiebt sich auf der Galerie zwischen zwei Bankreihen hindurch. Ich hebe eine Hand. Er gibt nicht zu erkennen, ob er meinen Gruß bemerkt hat, doch ich weiß, dass er alles registriert; genau wie Gott, nur nicht mit so einer durchwachsenen Erfolgsbilanz.

»Aber Totenflecke bilden sich zwischen ein paar Minuten bis hin zu mehreren Stunden nach dem Tod. Daher helfen sie bei der Bestimmung des Todeszeitpunkts nicht wirklich weiter.« Offenbar versucht sie, mich zu beeindrucken, und sie macht das gar nicht mal so schlecht. »Wurde er im Stehen getötet?«

»Ferdia kann morgen den Winkel des Einstichs überprüfen. Die Verletzung an seiner Hand rührt daher, dass er sich verteidigen wollte. Nehmen wir also an, dass er zusammenbrach …«

Sie grinst. »Was Tote üblicherweise tun.«

»Sein Herz hörte auf zu schlagen, und zwar innerhalb von Sekunden, nachdem das Messer es durchbohrt hatte. Auch das kann Ferdia morgen überprüfen.«

»Wie lange mag es gedauert haben, bevor sie ihm den Kopf abgetrennt haben?«

»Keine Ahnung, aber abgesehen von der Brustwunde sind weitere Blutspuren nur noch um seine Schulterblätter herum zu finden. Vermutlich lag er also auf dem Rücken, als es passiert ist. Blut begann herauszuströmen …«

»Allerdings nicht viel. Sie müssen ihn gleich wieder aufgerichtet haben.« Marvell dreht sich zu den Assistenten um. »Wo ist der Morgenmantel?«

»Hinter Ihnen.« Einer der Assistenten nickt in Richtung eines seidenen Bündels auf einer der Bankreihen. Sie zögert und wartet, dass er es ihr bringt. Als er keinerlei Anstalten dazu macht, wird sie rot und geht dann selbst hinüber, um das Bündel zu holen.

»Kannst du irgendwo ein Loch entdecken?«, fragt sie und entfaltet den Mantel wie ein Matador sein Cape.

Ich schüttle den Kopf.

»Auf der Vorderseite ist kein Blut. Nur auf der Rückseite.« Sie wendet die Innenseite des Morgenmantels nach außen. »Allerdings nicht viel. Eigentlich sind es mehr so Schmierer und auch nur auf der Innenseite. Das Blut ist nicht mal durch den Stoff gesickert. War er zum Todeszeitpunkt nackt?«

»Sieht so aus.«

»Der alte Lustmolch!«

Eigentlich mag ich sie nicht: Sie hat mir eine Menge Ärger eingebrockt. Trotzdem ist es schön, wenn man sich mit jemand halbwegs Intelligentem die Bälle zuspielen kann.

»Also«, sage ich. »Sie ziehen ihm den Morgenmantel über, tragen ihn – höchstwahrscheinlich unter den Knien und den Achseln gepackt, wo es am leichtesten geht – in die Bibliothek und setzen ihn auf den Stuhl.«

»Keine Blutspuren. Keine Fußabdrücke. Nichts dergleichen an der Gartenpforte.«

»Sobald das Herz zu pumpen aufhört, bildet der Körper so was wie eine unförmige Vase. Wenn man ihn ruhig und aufrecht hält, dann läuft er nicht über.«

Mir ist klar, worauf sie hinauswill, und möglicherweise …

»Könnte es nicht sein, dass die Leiche durch Magie bewegt wurde?«

»Es ist leichter, sie zu tragen.«

»Aber ist es theoretisch möglich?«

Ich blicke ihr in die Augen. »Hast du eine Ahnung, wie viel harte Arbeit Magie ist? Dieser Trick mit den Karten – das war nur eine kleine Fingerübung.«

»Was denn für ein Trick? Du hast sie doch einfach nur ins Feuer geworfen!«

»Oh, hab ich das nicht ganz zu Ende gebracht?« Ich zeichne mit meinen Fingern etwas in die Luft. »Hokuspokus!«

Sie springt auf, als hätte sie irgendwas in den Hintern gepiekt. Sie schiebt die Hand in die Gesäßtasche ihrer Jeans und zieht die Tarotkarte heraus, die ich ihr in meiner Werkstatt aufgedrängt habe.

La Force. Kraft oder Standhaftigkeit.

»Posthypnotische Suggestion«, erkläre ich. »Du wirst jetzt jedes Mal, wenn ich das Stichwort ausspreche, etwas in deiner Gesäßtasche spüren.«

»Für immer?«

»Bis es mich langweilt.« In Wahrheit lässt die Wirkung nach etwa einer Woche nach. »Akinbiyi hat behauptet, er hätte ihn etwa gegen zweiundzwanzig Uhr dreißig verlassen.«

»Sofern er die Wahrheit sagt. Den Notruf hat er ein paar Minuten nach drei Uhr morgens über seinen Scryper geschickt.«

Ich nehme die Hand unseres Freundes. Mehrere tiefe Schnittverletzungen in der Handinnenfläche. Ich versuche seinen Arm zu heben, doch er verweigert jede Bewegung.

Das übliche Problem mit der Leichenstarre. So kurz nach dem Tod verrät sie einem nur, was man ohnehin weiß: nämlich dass der Betreffende tatsächlich tot ist.

»Was ist mit der Körpertemperatur?«

»Wenn dich das anmacht, darfst du ihm gern ein Thermometer in den Hintern schieben. Aber unterschiedliche Menschen kühlen unter unterschiedlichen Bedingungen unterschiedlich schnell aus.« Ich wende mich an die Assistenten. »Gehen wir also mal großzügig und unabhängig davon, was der Sekretär sagt, von einem Zeitraum zwischen einundzwanzig Uhr gestern Abend und drei Uhr heute Morgen aus. Sechs Stunden …«

»Was ist mit dem Tattoo?« Marvell beugt sich über die Leiche und deutet auf ein winziges dreieckiges Zeichen über der rechten Brustwarze.

»Das ist kein Tattoo. Es ist das Mal der Sozietät.«

Sie starrt mich an. »Er war Magier?«

»Diesem Mal zufolge ja. Auf alle Fälle war er Novize. Es gibt eine Menge Kids, die in jungen Jahren die Gabe besitzen, ohne dass sie sich je wirklich entfaltet. Also scheiden sie nach einem Jahr oder so wieder aus und steigen dann üblicherweise bei der Amtskirche ein.«

»Warum hast du Caxton nichts davon erzählt?«

»Er hat Magie studiert, das ist alles. Er hat keinen Abschluss gemacht.«

St. Cyprian entwickelte sich im 16. Jahrhundert aus einer Geheimgesellschaft innerhalb des All Souls College. Seit dieser Zeit sind die meisten Bischöfe von Oxford ehemalige Studenten von St. Cyprian. Und die Tatsache, dass unser Freund das Mal trägt … nun, es ist ein starkes Indiz dafür, dass er tatsächlich Wallace ist. Doch meine Loyalität gilt der Sozietät. Wie ich vorhin schon Charlie erklärte, muss ich zuerst mit ihr reden, bevor ich mich entscheide, wie viel ich Caxton davon mitteile.

Marvell steht noch immer über die Leiche gebeugt. »Wie meinst du das, ein Mal?«

»Eine Tätowierung kann man beseitigen. Doch wenn man ihm an dieser Stelle die Haut entfernen würde, käme das Mal irgendwo anders an seinem Körper wieder zum Vorschein.«

»Also ist es ein Zauber?«

»Nein, es ist mehr ein Attribut, etwa so wie die Haarfarbe. Aber es ist durch Magie gewirkt. Und es verändert sich im Lauf der Ausbildung eines Novizen. Schau her!«

Ich ziehe mein Hemd hoch, damit sie das komplexe Muster aus Kreisen und Symbolen auf meiner Brust bewundern kann. »Das ist eine Volllizenz.«

Sie mustert mich prüfend. »Du isst nicht genug.«

»Das musst du gerade sagen!«

Sie blinzelt, und mir wird klar, wie leicht verletzbar sie ist. »Es ist einfach die Arbeit, die an einem zehrt.«

Ich ziehe mein Hemd wieder runter und sage: »In Ordnung, es ist an der Zeit, dass du hier verschwindest.«

»Wie bitte?«

»Darum ging es bei diesem kleinen Geplänkel mit Ferdia. Ich werde jetzt eine Präsenz heraufbeschwören.«

»Hä?«

»Einen Engel. Deshalb kann Ferdia den Todeszeitpunkt nicht bestimmen. Er ist über seinen Höhepunkt hinaus und kann keine Präsenz mehr kontrollieren.«

»Aber er kann die Kontiguität prüfen.«

»Weil das keine Präsenz erfordert. Wie auch immer, du kannst nicht bleiben.«

»Warum nicht?«

»Weil du keine Lizenz hast.«

»Wie krieg ich eine?«

»Indem du die Gabe besitzt und im Alter von sechs Jahren von der Sozietät entführt wirst. Es ist eine geheime Prozedur.«

»Was ist mit ihm?« Sie deutet auf Mr Memory, der von der Galerie freundlich auf uns herabblickt.

»Er ist ein Elementargeist und wurde exakt nach den Maßgaben der Sozietät inkarniert. Hör zu, ich hab schon genug Ärger wegen dir …«

Unter uns ertönt ein klopfendes Geräusch. Marvell tritt beiseite und im Boden öffnet sich eine Falltür. »Ich gehe hier nicht weg, bis Caxton mir den ausdrücklichen Befehl dazu erteilt.«

Also dann Plan B: Wie auf ein Stichwort hebt sich eine Plattform aus dem Keller. Auf ihr stehen zwei Assistenten mit einem Rollwagen aus Metall. Er hat vier Fächer, die vollgestopft sind mit abgeschlagenen Schweineköpfen, an deren Rüsseln und Ohren Eiskristalle glitzern.

»Zur Hölle«, murmelt Marvell.

»Wenn es dir jetzt schon zu viel wird, solltest du besser gehen.«

»Ich denke nicht daran.«

Also weiter mit Plan C: sie zu Tode langweilen. Ich bitte sie, auf der Galerie neben Mr Memory Platz zu nehmen, und lasse mir endlos lange Zeit für meine Vorbereitungen.

Es gibt drei Obduktionssäle im städtischen Leichenschauhaus. Ferdia nutzt die beiden im Ostflügel; mir ist der kleinere im Westflügel vorbehalten, wo ich ungestört Amok laufen kann. Da ich keine Lust habe, ständig meine Instrumente und Materialien herumzuschleppen, habe ich hier einen privaten Umkleide- und Lagerraum. Er ist mit einem Schutzbann gesichert, genau wie die Tür meines Arbeitszimmers, nur ohne die amateurhafte Dramatik.

Die Tür hier kennt mich, daher muss ich sie nur kurz antippen, und schon schwingt sie auf. In dem Raum steht ein Kleiderschrank aus Teakholz, der innen mit schwarzer Seide ausgekleidet ist und mehrere komplette Party-Outfits enthält: weiße Leinenroben, Gürtel, Slipper und fertig gefaltete Papierhüte. Alle sind übersät mit Symbolen, die entweder mit Seidenfäden gestickt oder mit Tinte oder sogar Blut geschrieben sind – meistens mein eigenes.

Ich lasse meinen Ring in eine Schublade fallen, wo er das Ritual nicht beeinflussen kann. Nachdem ich exorziertes Wasser in eine Schale gegossen und die entsprechenden Gebete rezitiert habe, wasche ich mir Gesicht und Hände und trockne sie wieder ab. Anschließend kritzle ich weitere

Symbole auf die Robe und die Slipper, bevor ich hineinschlüpfe.

Kerzen. Feuerschalen. Kräuter und Gewürze. Zwei in Seide gewickelte Zauberstäbe. Eine Auswahl von Besteck aus einer umfangreichen Sammlung von Messern, Sicheln, Skalpellen, Sticheln und Schwertern im Wandschrank. Eine silberne Schale. Ziegenmilch …

Es vergeht über eine Stunde, bis ich scheppernd und klappernd zurück in den Obduktionssaal komme. Der letzte Assistent stellt einen Vogelkäfig auf dem Boden ab. Bevor er durch die Schwingtür verschwindet, schaltet er das elektrische Licht aus. Jetzt brennen nur noch vier große weiße Kerzen, ausgerichtet nach Norden, Süden, Osten und Westen.

Zu meiner großen Enttäuschung ist Plan C gescheitert: Marvell sitzt immer noch neben Mr Memory auf der Galerie, wobei eins ihrer Knie wie verrückt auf und nieder wippt.

»Cooles Outfit«, sagt sie. »Hast du je überlegt, im Zirkus aufzutreten?«

Ich quittiere das mit einem müden Grinsen. Die offizielle Version – dass es wichtige magische Gründe gibt, warum bei einem Ritual keine Spiegel im Raum sein dürfen – wird durch den Umstand widerlegt, dass wir auch Spiegel zum Scrypen verwenden. Der wahre Grund für die Abwesenheit von Spiegeln ist, dass kein Magier daran erinnert werden möchte, dass er in seinem Partykostüm nicht wie ein hochqualifizierter Profi aussieht, der übernatürlichen Kräften gebietet, sondern wie ein kompletter Vollpfosten mit Papierhut.

»Und wozu dient das Schwert?«

»Halt bitte die Klappe!«

Rund um den äußeren Kreis liegen jetzt vierundzwanzig Schweineköpfe auf ihren Tischen und starren ausdruckslos in Richtung des Seziertischs. Ich trage Robe und Slipper, der Papierhut sitzt verwegen schief auf meinem Kopf. In dem roten Seidenschal, den ich um meine Hüfte geschlungen habe, stecken diverse Zauberstäbe – gerade Haselstecken, die genau neunundvierzig Zentimeter lang sind und am Tag und zur Stunde des Merkurs mit einem einzigen Schnitt vom Baum abgetrennt wurden.

Im inneren Zirkel habe ich neben den Schultern der Leiche je ein Feuerbecken platziert. Mit einem Feuerstein und Stahl schlage ich Funken.

Erneut meldet sich eine Stimme von den Zuschauerrängen. »Was spricht gegen Streichhölzer?«

»Das Feuer muss seinen Ursprung in der Schale haben.«

Ich entzünde beide Feuerschalen und streue Adlerholzspäne darauf. So wird es in den Grimoires beschrieben; dieses Holz ist sündhaft teuer und nicht unbedingt erforderlich, aber ich liebe den Geruch.

»Ich exorziere dich, oh Wesen des Feuers, im Namen des Schöpfers aller Dinge, auf dass du unverzüglich jede Truggestalt von dir weisest und niemandem auf irgendeine Weise Schaden zufügest.«

Flammen lodern. Rauch steigt empor.

»Und jetzt bitte keine Unterbrechungen mehr.«

Ein quadratisches Seidentuch auf dem Boden dient mir als Unterlage für meine Instrumente und Materialien. In dem Vogelkäfig flattert eine weiße Taube. Ich male mit Kreide die letzten Symbole in den inneren Ring.

Dann schließe ich die Augen und atme ein paarmal tief durch. Jedes Mal vor einem Ritual sagt mir eine Stimme in meinem Kopf, dass ich es vergeigen werde. Als ich noch auf St. Cyprian war, habe ich einmal meinen Meister deswegen befragt. Er meinte, das Gefühl werde sich mit der Zeit geben.

Fehlanzeige.

Ich blicke mich im Raum um. Es muss auf Anhieb klappen, denn ich habe nur einen einzigen Versuch. Ich öffne den Käfig und hole die flatternde Taube heraus. Nachdem ich sie sicher mit eng angelegten Flügeln in einer Hand halte, strecke ich die andere Hand nach meinem Messer mit dem weißen Griff aus.

»Im Namen Adonais, des Allerhöchsten, im Namen Jehovas, des Allerheiligsten.«

Dann schneide ich der Taube den Kopf ab.

»Jesus Christus!« Marvell rennt überstürzt zur Tür, die Hand auf den Mund gepresst.

Plan D hat also offenkundig funktioniert.

Nun, da ich ungestört bin, lasse ich das Blut in eine Schüssel spritzen und lege dann den zuckenden Vogelkörper zurück in den Käfig. Der Kopf ist auf dem Boden weggekullert. Ich hebe die Schüssel hoch und knie mich neben den Seziertisch. Viel von dem, was man bei der Ausbildung als Magier lernt, ist körperliche Geschicklichkeit, wie man sie beispielsweise beim Jonglieren braucht. Man kann es sich nicht leisten, irgendwas zu verschütten oder zu zerbrechen. Ich tauche meine Fingerspitze in das Blut und schreibe das Wort *Tetragrammaton* auf eine Seite des Seziertischs.

Dann rutsche ich um ihn herum und schreibe weitere Worte darauf. *Adonai*. Und erneut *Tetragrammaton*, einfach weil es ein endloses Wort ist, das auf der Längsseite des Seziertischs nicht so verloren wirkt. *Jehova*.

Danach wasche ich meine Finger in einem Becken mit exorziertem Wasser. Ich versiegele den inneren Zirkel, indem ich mithilfe des Messers mit dem schwarzen Griff rundherum eine Linie ziehe – in der Magie kommt eine Menge Besteck zum Einsatz –, bevor ich Kräuter und Gewürze in die Feuerschalen streue.

»Im Namen des Herrn, Amen. Im Namen des Herrn, der geheiligt ist. Im Namen des Herrn, Amen.«

Der Rauch aus den Feuerschalen steigt senkrecht empor und breitet sich zu einer flache Wolke aus, die direkt über meinem Kopf schwebt. Die Kerzen brennen noch, aber das Licht scheint jetzt schwer und düster im Raum zu hängen. Es spiegelt sich rötlich in den achtundvierzig Augen, die mich vom äußeren Ring aus ohne Blinzeln anglotzen.

Ich beginne die Namen Gottes zu skandieren: »Adonai, Tetragrammaton, Jehova, Tetragrammaton, Adonai, Jehova, Otheos …«

Dinge geschehen, weil ich es so will. In den Büchern steht zwar, dass diese Namen magisch seien; aber für mich sind es reine Klänge. Und wenn ich diese auswendig herbete und sie korrekt betone – in der richtigen Reihenfolge und im richtigen Rhythmus –, dann helfen sie mir beim Konzentrieren.

Warum ich mich konzentrieren muss? Weil ich abgelenkt bin. Ich denke an das Mädchen – wie war noch mal ihr Name? Kazia. Ich erinnere mich an den entsetzten

Ausdruck, mit dem sie die Leiche auf der Transportliege anstarrte. Aber bis auf ihr blondes Haar weiß ich kaum mehr, wie sie ausgesehen hat. Ich frage mich, was sie wohl über mich gedacht hat … Wahrscheinlich hält sie mich für einen Idioten, wie die meisten Leute. Aber mal angenommen, sie ist eine Ausnahme; wie schaffe ich es, sie wiederzusehen?

Ich denke an die Katze, die in meiner Werkstatt vor sich hin gammelt. Möglicherweise kann ich die Haut, die Krallen und die Schnurrhaare retten, aber das Herz und die Leber werden höchstwahrscheinlich schon unbrauchbar sein.

Und dann ist da Marvell. Vermutlich vertraut sie mir kein bisschen mehr, als ich ihr vertraue. Zumindest schwenkt sie keine Amulette oder vollführt abwehrende Schutzgesten vor meiner Nase.

Außerdem sollte ich wirklich mal wieder meine Mum besuchen.

Die Gerüche und Symbole schärfen meinen Geist. Die Magie steckt im sorgfältig ausgeführten Detail. Das Pflücken eines Krauts zu einer ganz bestimmten Zeit, während einer ganz bestimmten Planetenkonstellation; das Schneiden, Begradigen und Reinigen eines Zauberstabs; das Anfertigen eines Messers – Schmieden, Abschrecken, Härten, Schleifen, den Griff befestigen …

Meine Gabe wird verstärkt durch die Utensilien, mit denen ich arbeite, durch den Raum, den ich einnehme, und durch die Worte, die ich spreche. Was ich geschehen lassen will, das geschieht.

Ich bücke mich und hebe zwei dicke Seidenschnüre

auf – eine schwarze und eine weiße. Über jede Schulter hänge ich mir eine davon, bevor ich ans Kopfende des Seziertischs trete. Unter mir liegt der Halsstumpf der Leiche. Über mir an der Kuppeldecke, durch die Rauchwolke gerade noch zu erahnen, funkeln Kristalle in Form der wichtigsten Sternenkonstellationen. Tja, Freunde, hier wurden weder Kosten noch Mühen gescheut.

Ich streue etwas Safran in beide Feuerschalen. Die Rauchwolke wird dichter.

»Durch, mit und in der Kraft der Substanz, welche ich nun vor deinem Angesicht vergieße …«

Die Schüssel klappert und Milch spritzt über den Boden. Zusätzlich zu allem andern muss ich jetzt auch noch auf meine Schritte achten: Dieser ganze Aufbau hier ist eine tödliche Falle.

Ich hebe die Arme.

»Oh, Ewiger! Oh, unendlicher König! Geruhe, deine Blicke auf deinen unwürdigen Diener und dessen Absichten zu lenken. Sende mir deinen Engel Anäel herab, auf dass er in deinem Namen so urteilen und handeln möge, wie ich es von ihm erbitte.«

Weitere heilige Namen. Weitere Duftstoffe und mehr Rauch. Schließlich komme ich zum Punkt.

»Lasse vor meinen Augen die Dinge offenbar werden, die ihnen noch verborgen sind.«

Ich ziehe zwei Zauberstäbe heraus und hebe mit ihnen die beiden Seidenschnüre von meinen Schultern. Dann strecke ich die Arme aus, lasse die weiße Schnur in das eine Feuerbecken fallen und die schwarze in das andere. Durch die Sohlen meiner Slipper spüre ich ein leichtes Kribbeln, und für einen Augenblick scheint die Zeit stillzustehen. Die Seidenschnüre fallen senkrecht wie Pfeile, bis ihre Spitzen die glühenden Kohlen berühren. Eine Sekunde lang stehen sie aufrecht wie hypnotisierte Schlangen. Dann lodern die Flammen an ihnen empor und verzehren sie rückstandslos.

Ein Geräusch wie von heulendem Wind ertönt. Die Kerzen flackern und erlöschen. Im Obduktionssaal herrscht Finsternis. Es ist eiskalt.

Ich kreuze die Zauberstäbe über meinem Kopf. »Erscheine, mächtiger Herr, erscheine, so es dein Wille ist!«

Von irgendwoher poltert und dröhnt es. Ich fühle, wie der Seziertisch erzittert und der Boden unter meinen Füßen bebt. Und dann durchzuckt plötzlich ein stechender Schmerz meine Brust, als hätte man mich mit einem Schwert durchbohrt und würde es in der Wunde drehen und wenden. Mein Atem stockt – dann zieht die Präsenz vorüber und lässt nur ein dumpfes schmerzhaftes Pochen zurück.

Stille.

»Ich danke dir, dass du mir erschienen bist und mein Begehr erfüllt hast.« Ich hebe mein Schwert auf und schwinge es genau einmal, wobei ich sorgsam darauf achte, dass ich mir dabei nicht selbst die Zehen abhacke. »Nun sollst du in Frieden weiterziehen und erst dann wiederkehren, wenn ich dich erneut rufe.«

Die Kerzen brennen jetzt wieder hell. Ich bedecke die Feuerschalen. Dann packe ich das Messer mit dem schwarzen Griff und durchtrenne gemäß dem Ritus den inneren Schutzring.

Mr Memory schlüpft aus den Sitzreihen der Galerie, kommt herbei und kniet sich neben mich, während ich die Ergebnisse auf den Anzeigen am Seziertisch ablese.

Die Assistenten kommen hereingeschlurft. Das elektrische Licht geht an. Die Falltür im Boden öffnet sich, und die Schweineköpfe werden wieder nach unten in den Kühlraum verfrachtet.

6.
Kapitel

Marvell wartet draußen vor dem Obduktionssaal auf mich. Sie ist immer noch kreidebleich.

»Warum hast du mich nicht gewarnt?«

»Ich hab dir doch gesagt, du sollst rausgehen. Jedenfalls ist er irgendwann um Mitternacht herum gestorben.«

»Woher weißt du das?«

»Simultaneität.«

»Was ist das?«

Ich seufze. Meiner magischen Uhr zufolge ist es gleich drei. Ich habe während des Rituals mehr als einen Liter Wasser getrunken, trotzdem bin ich immer noch durstig – Magie entwässert höllisch. Außerdem hab ich keinen Bissen mehr gegessen, seit die Termiten vor achtzehn Stunden eine kalte Fleischpastete vor meiner Tür abgestellt haben.

Ich stolpere den Korridor entlang. Marvell trottet hinter mir her.

»Ich hab dich gefragt, was Simultaneität ist.«

Warum dagegen ankämpfen? »Wenn beispielsweise in China ein Schmetterling mit den Flügeln schlägt und in *genau demselben Augenblick* fällt in Oxford ein Mann vom

Pferd, dann besteht zwischen diesen beiden Ereignissen eine Beziehung der Simultaneität.«

»Was hat das mit Schweinen zu tun?«

»Warum hältst du nicht einfach mal die Klappe und hörst mir zu? Es gibt einen guten Grund, warum das Leichenschauhaus hier gebaut wurde. Gleich um die Ecke liegt nämlich der Schlachthof der Stadt, und mit denen haben wir eine Abmachung. Alle fünfzehn Minuten wählen sie eins der geschlachteten Schweine aus, versehen den Kopf mit einem Vermerk über den genauen Todeszeitpunkt und schicken ihn uns rüber. Wir lagern ihn dann sechs Monate in einem Kühlraum im Keller.«

Wir haben die Eingangshalle erreicht. Der Pförtner wirft mir einen finsteren Blick zu, als ich das Ein-und Ausgangsverzeichnis zu mir drehe und mir seinen Stift schnappe.

»Das sind verdammt viele Köpfe«, bemerkt Marvell.

»Wir haben ständig knapp zwanzigtausend vorrätig. Und wenn im Radius von etwa fünfzig Kilometer ein Mord geschieht und wir den Todeszeitpunkt ermitteln müssen, dann schaffen sie die Leiche hierher …«

»Aber woher weißt du, welche Köpfe du nehmen musst?«

»Normalerweise lässt sich der Todeszeitpunkt grob schätzen. Beispielsweise war ich mir ziemlich sicher, dass unser Mann zwischen einundzwanzig Uhr gestern Abend und drei Uhr heute Morgen gestorben ist. Das sind sechs Stunden. Also haben die Assistenten die Köpfe derjenigen Schweine angekarrt, die um einundzwanzig Uhr, um einundzwanzig Uhr fünfzehn, um einundzwanzig Uhr dreißig und so weiter geschlachtet wurden … alle fünfzehn Minuten bis zwei Uhr fünfundvierzig.«

»Und was, wenn das Schwein nicht genau zum Todeszeitpunkt geschlachtet wurde?«

»Es gibt da ein Chronometer. Und die Sozietät führt regelmäßig Inspektionen durch.« Ich schiebe das Ein- und Ausgangsverzeichnis über den Tresen zurück. Der Pförtner rückt die Brille auf seiner Nase zurecht und starrt misstrauisch auf mein Gekritzel. Ich wende mich wieder Marvell zu. »Hör zu, können wir nicht einfach von hier verschwinden? Ich bin nämlich am Verhungern.«

Nach der Düsternis des Leichenschauhauses wirkt die wirkliche Welt beängstigend hell. Ich blinzele gegen das herbstliche Sonnenlicht an, während ich oben auf den Stufen stehe und über einen kleinen Kräutergarten hinwegblicke.

»Du kriegst also eine Leiche geliefert …«

»Hältst du eigentlich nie die Klappe?«

»Ich will nur wissen, was abgeht.«

Ich führe sie auf dem gepflasterten Weg zwischen zwei Lorbeerhecken hindurch zur Straße.

»Die Leiche hat alle möglichen potenziellen Affinitäten zu den Schweineköpfen. Beispielsweise könnte der Mann durch ein Feld gelaufen sein, in dem eins der Schweine gefressen hat. Oder er könnte das Fleisch von dessen Eltern verzehrt haben. Der Sinn des Rituals ist es, alle diese Eventualitäten auszuschließen und die Beziehung zwischen dem Todeszeitpunkt des Opfers und dem des Schweins zu isolieren, das am dichtesten dran liegt. Und dieses Schwein starb um Mitternacht.«

»Ich muss Caxton verständigen.« Marvell hält abrupt inne und zerrt ihren Scryper aus der Tasche.

Ich sage: »Dir ist schon klar, dass die Sozietät diese Dinger abhören kann.«

Sie starrt mich an. Sie ist inzwischen ziemlich ratlos, ob sie mir noch glauben kann oder nicht.

»Ich sage ja nicht, dass du das Gerät nicht verwenden sollst. Ich wollte dich lediglich darüber in Kenntnis setzen, das ist alles.«

Ihr Scryper ist eine flache, runde Silberdose von etwa zehn Zentimetern Durchmesser; auf dem Deckel ist ein Auge aus Emaille eingelassen und am Rand sind Symbole eingraviert. Als sie die Dose öffnet, ist auf dem unteren Teil eine eingeätzte Figur zu erkennen: ein Mann in einem Kreis, dessen Kopf, Hände und Füße die Spitzen eines fünfzackigen Sterns berühren. Sie tippt die fünf Spitzen an und bläst über den Spiegel auf der Innenseite des Deckels.

Während sie damit beschäftigt ist, spaziere ich weiter, lehne mich auf die Pforte zur Straße und betrachte mir den alltäglichen Verkehr in Oxford. Kutschen und Pferde; ein paar Irre auf Fahrrädern, die sich einen Weg durch die Haufen von Pferdemist bahnen; Fußgänger, die um ihr Leben rennen …

Doch da ist noch etwas, das heute einen besonderen Glanz in den Alltag der Menschen bringt: eine Prozession von einigen hundert Männern, die im Gänsemarsch die Straße entlangschlurfen. Es ist verdammt kalt für einen Septembertag, trotzdem sind sie alle bis zur Hüfte nackt; und jeder hält ein Schwert, das dicht neben dem Hals auf der Schulter des Vordermanns ruht.

Man kann nur beten, dass der Idiot, der sie anführt, nicht stolpert. Er schielt schon vor lauter Konzentration und hält ein schweres Holzkreuz umklammert.

Marvell tritt neben mich und stopft ihren Scryper zurück in die Tasche. »Heute ist seine Messe.«

»Hä?«

»St. Oswald … du weißt schon. Sie feiern seinen Todestag. Morgen Abend.« Sie nickt in Richtung der Büßer-Prozession. »Diese bescheuerten Schwachköpfe! Mein Dad hat den Umzug jedes Mal mitgemacht. In einem Jahr hätte er beinahe sein Ohr verloren. Ich garantiere dir, es ist ganz bestimmt kein Zufall, dass Wallace …

»Wie geht's Caxton?«

»Sie hat einen Auftrag für uns.«

»Uns? Hör zu, wir können uns hier um die Ecke ein Sandwich holen.« Ich gehe öfter mit Charlie in diesen runtergekommenen Laden, der sich *Russisches Teehaus* nennt.

»Im Palast arbeitet ein Hausmädchen. Sie wohnt zwar nicht da, kommt aber jeden Morgen zur Arbeit dorthin. Nur heute Morgen ist sie nicht aufgetaucht, und meine Chefin will mit ihr sprechen.«

»Weißt du, wo sie wohnt?«

»Eynsham.«

»Da brauchst du mich ja nicht.«

Der Büßermarsch zieht weiter an uns vorüber. Ein paar Leute auf dem Gehsteig bekreuzigen sich und holen Rosenkränze heraus. Hinter ihnen im Schaufenster eines verlassenen Ladens hängt ein Plakat. Es zeigt ein schreiendes Gesicht, das von roten und gelben Flammen umzüngelt wird. In großen Lettern steht darauf: »Die Hexen sollst du nicht am Leben lassen.« Und in der oberen rechten Ecke prangt ein Emblem: ein brennendes Pentagramm.

»Ihr Name ist Alice Constant.« Marvell lächelt. Nicht in meine Richtung, sondern mehr still in sich hinein. »Ich kenne sie von früher.«

»Das ist hilfreich. Dann brauchst du kein Foto von ihr.«

»Kommst du mit?«

Ich will gerade Nein sagen, da bemerke ich neben dem Plakat einen Mann, der mich böse anstarrt.

Ich kenne diesen Blick. Zum ersten Mal sah ich ihn, als ich etwa ein Jahr auf St. Cyprian war und beschloss, es bescheuert zu finden, dass Novizen nie alleine das Seminar verlassen durften. Also war ich aus einem Fenster auf einen Baum gesprungen, daran hinuntergekrabbelt und in die Stadt gerannt, auf der Suche nach Abenteuern.

Und die fand ich dann auch. Als ich an einem Pub vorbeikam, bemerkte ich vier Kerle, die mich anstarrten. Natürlich wusste ich sofort, was das zu bedeuten hatte, und nahm die Beine in die Hand, war aber zu langsam. Irgendwann wurde es ihnen zu langweilig, mich zu treten, außerdem war es schon spät; also zogen sie mich nackt aus, fesselten mich an den Eisenzaun vor St. Cyprian und rieben mir Brennnesseln in die Augen.

Diesmal erkenne ich nicht nur diesen bestimmten Blick wieder. Ich erkenne sogar den Mann wieder, der mich anstarrt. Es ist derselbe Typ, der mir heute Morgen sein Messer in den Bauch rammen wollte.

Wir sind bereits weit aus der Stadt heraus und rattern über eine löchrige Straße in Eynsham, als Marvell sagt: »Echt clever diese Methode mit den Schweinen.«

»Finden wir auch.«

»Aber irgendwie auch ziemlich krank. Ihr seid ein religiöser Orden, richtig? Die Sozietät?«

»Gegründet im Jahr 1513 von Johannes Trithemius. Offiziell anerkannt 1563 durch die päpstliche Bulle *Regimini artis magicae ecclesiae.*«

Allerdings folgt unser Orden seinen ganz eigenen Regeln und Gesetzen. Er übernimmt zwar nicht die Herrschaft in kleinen Ländern, kennt aber Leute, die das tun. Und er ist immer bereit, die nötigen Ressourcen dafür bereitzustellen; natürlich gegen ein entsprechendes Entgelt.

»Dieser Ausflug ist blanke Zeitverschwendung«, erkläre ich.

»Ja, das habe ich Caxton auch gesagt: Da finden wir Wallace ohne Kopf in seinem Stuhl, in der Hand ein von ihm verfasstes Buch über einen enthaupteten Heiligen, der morgen Abend in der Kathedrale mit einer große Messe gefeiert wird.« Sie hält die Luft an. »Das kann kein Zufall sein.« Sie verschränkt die Arme. »Außerdem könnte Alice keiner Fliege was zuleide tun.«

Ich will gerade klarstellen, dass wir noch gar nicht sicher wissen, ob es sich überhaupt um Wallace handelt, und dass wegen des Elementargeists an der Pforte Magie im Spiel sein muss, doch da bleibt die Kutsche abrupt stehen. Das verschafft mir die Zeit, mich zum Schweigen zu ermahnen, bis ich die Sozietät verständigt habe. Marvell steigt aus und beginnt mit dem Kutscher über den überhöhten Fahrpreis zu streiten. Ich klettere hinterher und blicke mich um …

So wie mein Leben läuft, kriege ich nicht allzu viel von der großen weiten Welt mit. An den meisten Tagen renne ich in meiner Werkstatt auf und ab wie ein Hamster in seinem Rad. Ab und zu schubst man mich in einen Transporter und karrt mich rüber ins Leichenschauhaus, wo ich dann Zauberstäbe schwinge und Ferdia dabei zusehe, wie er tote Menschen von innen nach außen stülpt. Eines Tages, wenn er hoffnungslos jenseits des Höhepunkts ist, soll ich seine Stelle als forensischer Magier übernehmen. Manchmal werde ich auch schon alleine zu Tatorten geschleift, wo ich dann so tue, als hätte ich von irgendwas eine Ahnung. Und dann sind da meine gelegentlichen mitternächtlichen Ausflüge zum Arsch der Welt, wo ich wilde Kräuter sammele oder Tiere in Fallen fange.

»Alles in Ordnung bei dir?« Marvell starrt mich an.

Die Sache ist die, ich mache keinen normalen Kram – also, was man so normal nennt. Ich bin noch nie im Kinema gewesen. Mein Dad hat mich mal mit ins Varieté genommen, als ich noch ein kleiner Hosenscheißer war. Und da gab es diesen Bühnenmagier, der einen kleinen Jungen verschwinden ließ. Später begriff ich, dass er das mithilfe von Spiegeln und nicht durch echte Magie bewerkstelligt hat. Aber damals war ich so verängstigt, dass ich das Theater in Flammen aufgehen ließ.

Hätte mein Dad nur damals schon begriffen, dass er mit mir eine prima Einnahmequelle an der Hand hatte.

»Mir geht's bestens«, erwidere ich. Doch das ist gelogen:

Ich bin total nervös. Es gefällt mir gar nicht, so ungeschützt weit draußen vor der Stadt zu sein. Und ich bin mir auch nicht sicher, ob mir der Anblick dieses Taxis gefällt, das gerade fünfzig Meter hinter uns in die Straße einbiegt.

»Das da ist es, oder?«, frage ich und deute auf ein baufällig wirkendes Mietshaus. Aber Marvell ist immer noch dabei, mit dem Kutscher irgendwelche Papierscheine auszutauschen.

Ein Dutzend Kinder hängen an der Ecke auf der Treppe vor einer kleinen Fabrik ab. Sie heben einer nach dem andern den Kopf und starren auf meinen Koffer.

»Hey, Marvo«, zische ich. »Beeil dich!«

Den Kids ist noch nicht ganz klar, was ich für einer bin. Aber sie ahnen, dass etwas Ungewöhnliches an mir ist, und sie tuscheln aufgeregt miteinander. Und da ist dieser alte Knacker, der mich aus einem der Fenster des Hauses anglotzt und ein Amulett an seine Lippen presst.

»Marvo!«

»Wie hast du mich genannt?«

»Marvo. Du weißt schon, wegen Marvell.«

Sie grinst. »Klar, damit kann ich leben.«

Die schmale Stiege führt steil nach oben, Stockwerk türmt sich über Stockwerk, ohne Licht und nur mit einem wackligen Geländer zum Festhalten. Mein Koffer wiegt eine Tonne, und ich schwitze wie ein Ferkel. Eine falsche Bewegung, und ich lande im Keller, platt wie ein Pfannkuchen.

»Als ich noch ganz klein war«, schnaufe ich, »noch bevor sie rausfanden, dass ich die Gabe besitze – da träumte ich davon, auf einer Bühne zu stehen und Zaubertricks vorzuführen. Ich wollte mich *Marvo der Wunderknabe* nennen.«

»Gott sei Dank ist uns das erspart geblieben!« Ich weiß, dass Marvo innegehalten hat, denn ich bin in sie reingekracht. »Pass doch auf!« Sie schnüffelt. »Es ist das Zimmer auf der linken Seite – und lass mich das Reden übernehmen.«

Sie klopft an.

»Alice?«, ruft sie. »Hier ist Magdalena Marvell.« Sie boxt mich. »Halt bloß den Mund, Frank.«

»Was hab ich denn gesagt?«

Ein weiterer Schlag. Sie ruft: »Erinnerst du dich an mich?«

Ich entledige mich meiner Lederjacke, während sie erneut anklopft. »Alice, bist du da?«

Immer noch keine Antwort. »Warte hier, Frank.« Sie dreht am Knauf und stößt die Tür auf.

Als ich leise in den Schatten auf dem Treppenabsatz zurücktrete, erhasche ich einen Blick auf eine blasse, junge Frau mit fettigem, mausgrauem Haar, die in dem winzigen Zimmer auf einem Bett sitzt. Sie blickt zu Marvo auf.

»Magdalena?«

»Ja. Geht es dir gut?«

»Was machst du hier?«

»Ich bin jetzt bei der Polizei.«

»Du bist ein Bulle?«

»Kann ich mich setzen?«

Marvo lässt sich neben Alice aufs Bett plumpsen. »Du

arbeitest doch im Palast des Bischofs, oder? Warum bist du heute nicht bei der Arbeit erschienen?«

»Ich hab mich nicht gut gefühlt.«

Marvo legt ihre Hand auf Alice' Stirn. »Soll ich einen Arzt rufen?«

Unten schlägt die Haustür zu. Ich spähe hinab in die Dunkelheit und kann ein paar Stockwerke tiefer auf der Treppe Bewegungen ausmachen. Das Geländer knackt unter meinem Gewicht.

»Wer ist das?«, fragt Alice.

Jetzt kann ich die Gestalten deutlich erkennen: Es sind drei Männer. Ich schlüpfe ins Zimmer und schließe die Tür hinter mir. Keine Fenster und in der Dachschräge nur ein kleine Luke, deren Glas mit Vogelscheiße gesprenkelt ist.

»Jemand kommt«, sage ich.

»Wer ist der Typ?« Alice ist aufgesprungen und starrt mich aus ihren verwaschenen, grauen Augen an. Sie muss wesentlich jünger sein, als sie aussieht, denn auf ihrem Nasenrücken fehlen die kleinen roten Vertiefungen, die vom Druck eines Brillengestells herrühren. Andererseits ist sie ja eine Hausbedienstete und muss daher nichts lesen können … zumindest solange sie nicht die Butter mit der Möbelpolitur verwechselt.

»Frank ist ein Freund.«

»Bist du auch ein Bulle?«

»Nein«, stelle ich richtig. »Ich bin Magier.«

Keine Ahnung, ob es wirklich eine gute Idee ist, aber ich beuge mich vor und ziehe ihr eine weiße Maus aus dem Ohr.

Okay, vermutlich sollte ich das jetzt genauer erklären: Dieser Trick beruht größtenteils auf Fingerfertigkeit. Doch da ich nicht ständig eine Maus in meinem Ärmel mitführen kann, ist sie eine primitive Form eines Elementargeists – so wie die, die ich an den Löwen verfüttert habe –, und sie hält auch nur ein paar Minuten. Also ist es auch eine Art Magie – und zugleich ein ziemlich billiger Schwindel.

Trotzdem zuckt Alice zusammen, als hätte sie der Blitz getroffen. Und ich denke gerade, dass es möglicherweise doch keine so gute Idee war, als draußen auf der Treppe schwere Stiefel poltern.

Marvo zückt ihre Waffe. Und vielleicht ist es das und nicht die Maus, was das Fass endgültig zum Überlaufen bringt. Alice schubst mich beiseite, reißt die Tür auf und schießt aus dem Raum. Sie erreicht den Treppenabsatz gleichzeitig mit den von unten kommenden Männern. Die drei bleiben im düsteren Licht des Flurs stehen, weichen aber aus, um sie durchzulassen. Während Alice eilig die Treppe hinunterklappert, schließen die Männer ihre Reihe wieder und kommen auf uns zu.

»Halt! Keine Bewegung.« Marvo hebt ihre Pistole.

Als die drei ins Licht treten, erkenne ich einen von ihnen: Schon wieder dieser Kerl, der es auf mich abgesehen hat. Er ist größer als vermutet, etwa Mitte zwanzig, hat blonde Locken wie ein griechischer Gott und eines dieser offenen Gesichter, das einen wünschen lässt, man hätte ihn als Freund.

Doch ganz offenkundig teilt er meine herzlichen Gefühle nicht. Er trägt eine Armbinde mit dem Emblem der

Anti-Magier-Bruderschaft, ein Amulett um den Hals und hat ein Messer in der Faust.

Einer seiner Begleiter ist ein langhaariger Typ mit herabhängendem Schnurrbart, der mit dem Holzstiel einer Spitzhacke bewaffnet ist. Der dritte ist ein übergewichtiger Priester mit einem großen Leberfleck auf der Stirn, der wie ein wild wucherndes Haarbüschel wirkt. Er trägt einen schwarzen Talar, einen Priesterkragen und an seinem Hals baumeln ein Dutzend Kruzifixe. Seine beiden Hände umklammern eine lange Stange mit einem schweren Eisenkreuz an der Spitze.

Der griechische Gott betritt als Erster den Raum.

»Vorsicht, ich schieße!«, ruft Marvo. Doch selbst ein Blinder ohne Krückstock könnte sehen, dass sie es nicht tun wird.

Daher ist die Reihe an mir und meiner Geheimwaffe. Ich schleudere die Maus nach ihm.

Ich wünschte, ich könnte behaupten, dies sei Teil einer cleveren Strategie, doch in Wahrheit ist es reine Panik. Mir fällt einfach nichts Besseres ein.

Die Maus landet auf der Schulter des griechischen Gotts und quakt wie eine Ente. Ihm quellen fast die Augen aus dem Kopf. »Nimm sie sofort weg!«, kreischt er.

Der Priester stößt mit dem Kreuz nach der Maus. Sie quakt erneut und springt auf das Kreuz. Während sie den Stab hinab in Richtung seiner Hände huscht, ist es nun an ihm, in Panik zu verfallen. Er fuchtelt wild mit dem Kreuz herum und versucht, die Maus abzuschütteln.

Allerdings mit dem denkbar ungünstigsten Ergebnis. Ein Sekundenbruchteil bevor das Kreuz den griechischen

Gott direkt zwischen den Augen trifft, segelt die Maus wieder durch die Luft und legt eine Bauchlandung auf dem Schnurrbarttypen hin.

Der griechische Gott hockt auf dem Boden, blinzelt und blutet aus einer Platzwunde auf der Stirn. Der Schnurrbarttyp flüchtet schreiend und mit den Armen rudernd die Treppen hinunter, während die Maus sich verzweifelt an ihm festkrallt.

Der Priester nimmt sich einen Augenblick Zeit, um die Situation einzuschätzen. Als Marvo die Waffe nun in seine Richtung schwenkt, sind ihre Hände ganz ruhig.

Er lächelt. »Komm zu Gott, mein Kind. Vernichte das Böse.«

Damit meint er vermutlich mich.

»Der Herr ist barmherzig …«

»Und Sie sind nicht ganz richtig im Oberstübchen und vorläufig festgenommen.«

Er lächelt immer noch. Dann murmelt er ein paar unverständliche Worte. Schlagartig füllt sich das Zimmer mit schwarzem Rauch; und als es mir endlich gelungen ist, die Dachluke aufzureißen und wieder einigermaßen Luft zu kriegen, sind da nur noch Marvo und ich.

Unten auf der Straße ist keine Spur von Alice zu sehen; nur die Maus jagt auf der Vordertreppe ihrem eigenen Schwanz hinterher. Ich hebe sie hoch.

»Verdammt, Frank«, sagt Marvo. »Warum musst du dich nur immer wie ein Volltrottel aufführen?«

»Hey, schließlich war ich es, der uns aus den Schwierigkeiten gerettet hat.« Als ich meine Hand öffne, kann ich durch die Maus hindurch meine Handfläche sehen. Ich hauche sie an. Die Maus quakt und verschwindet, wobei sie einen feuchten Fleck auf meiner Haut zurücklässt.

»Bäh!« Marvo verzieht das Gesicht.

Ich halte ihr meine Hand unter die Nase. Ihre Augen werden weit, als sie den Rosenduft riecht.

»Was waren das für Typen?«

»Ihre Abzeichen haben sie verraten. Sie gehören zur Bruderschaft und mögen keine Magier.«

»Offenbar jagen sie aber nicht jeden x-beliebigen Magier in der Stadt, sondern haben es besonders auf dich abgesehen.«

»Das muss wohl an meinem Charme und dem besonderen Charisma liegen.«

»Na klar doch. Was ist mit dem Priester?«

»Die Bruderschaft hat eine Menge Unterstützer in der Amtskirche, aber ich habe bisher noch nie einen Priester an vorderster Front erlebt.«

»Aber er hat gezaubert ...«

»Kinderkram. Wahrscheinlich war er Magier-Novize, bevor er in seinen Orden eintrat – genau wie der tote Typ im Palast.« Mir wird kalt, daher ziehe ich meine Lederjacke wieder über. »Bei der AMB sind einige, die ihr Studium in St. Cyprian abgebrochen haben. Und jetzt wollen sie sich an der Sozietät rächen, weil die angeblich in ihren Köpfen Chaos angerichtet hat. Einige von ihnen können immer noch ein bisschen zaubern, aber meistens schleichen sie nur um die Ecken und versuchen, gefährlich auszusehen. Vor etwa zwei Jahren haben sie in London einen Magier getötet.«

»Klingt gut. Kann ich da beitreten?«

»Sie nennen sich Bruderschaft: Was verrät dir das?«

Marvo zieht ihren Scryper heraus.

»Ich würde Caxton lieber nicht informieren«, bremse ich sie.

»Ich muss ihr die Sache mit Alice melden.«

»Erzähl ihr doch einfach, Alice wäre nicht zu Hause gewesen.«

»Diese drei Idioten haben eine Polizeibeamtin in Ausübung ihres Dienstes angegriffen.«

»Die hatten es auf mich abgesehen. Hör zu, Caxton hat mich ohnehin auf dem Kieker. Sie soll mich nicht für einen zusätzlichen Risikofaktor halten.«

»Aber das bist du.«

»Gut. Dann mach, was du willst.«

Irgendwann hocken wir wieder im Transporter, und Marvo überlegt immer noch. Schließlich hebt sie ihren Scryper hoch. Berührt ihn. Pustet …

»Keine Spur von ihr«, belügt sie den Spiegel. »Und niemand hat eine Idee, wo sie sein könnte, wenn sie nicht an ihrer Arbeitsstelle im Palast ist.« Sie dreht sich zu mir. »Ja, er ist da.«

Ich beuge mich hinüber. Im dem kleinen Gerät erkenne ich lediglich die Spiegelung von Marvos Gesicht, aber ich weiß, dass Caxton da ist und mich sehen kann. Ich grinse und winke.

Marvo schubst mich weg und lauscht weiter ihrer Chefin. Ich kann nicht das Geringste hören, aber schließlich sagt Marvo: »Also, was soll ich jetzt tun?« Sie nickt. »In Ordnung. Wann führt Ferdia die Autopsie durch?« Sie sucht meinen Blick und flüstert mir zu: »Um zehn.«

»Bin ich eingeladen?«, frage ich.

Marvo lässt den Scryper zuschnappen. »Sie meint, du sollst dich nach Hause verpissen und ihr ja nicht in die Quere kommen.« Sie runzelt die Stirn. »Sie mag dich wirklich nicht sonderlich, oder?«

7. Kapitel

Es ist schon dunkel, als wir den Stadtrand erreichen. Der Kutscher hat die Aufgabe, mich zurück zum Termitennest zu bringen, und das vorzugsweise mit heiler Haut. Dabei hat er die Wahl zwischen der komfortablen Panorama-Route – durch Summer Town und über die Ferry-Brücke – und dem riskanten Höllenritt mitten durchs *Loch*.

Entweder meint er, etwas beweisen zu müssen, oder er hat irgendwelche stimulierenden Substanzen geschnüffelt, jedenfalls befinden wir uns fünf Minuten später im Zentrum des *Lochs*. Wir holpern über Berge von Müll, vorbei an Stümpfen von abgesägten Straßenlampen. Die Kutsche schwankt gefährlich, als die Räder in ein Schlagloch donnern. Ich packe Marvos Arm, damit sie nicht vom Sitz geschleudert wird. Sie reißt sich los, der Transporter hüpft über einen Haufen Bauschutt oder Ähnliches, und ihr Ellbogen knallt direkt gegen mein Ohr.

»Hey!«, brumme ich.

»Lass mich einfach in Ruhe!« Sie gibt mir einen Schubs, worauf mein Kopf gegen das Holzgehäuse der Kutsche knallt.

Irgendwann erreichen wir ebeneres Terrain. Marvo rutscht auf der Sitzbank von mir weg, verschränkt die Arme vor der Brust und starrt intensiv auf den leeren Sitz gegenüber.

»Das wird nicht funktionieren«, sage ich. »Oder?«

»Was wird nicht funktionieren?«

»Du und ich.« Ich male wieder ein Pentagramm ans Fenster, starre ausdruckslos hindurch und versuche das Bild des blonden Mädchens im Palast in mir wachzurufen. *Kazia.* Ihren Haarschnitt sehe ich deutlich vor mir, aber ihr Gesicht bleibt verschwommen.

»Es ist ja nicht so, als ob wir Partner wären oder so was«, sagt Marvo. »Wir arbeiten einfach nur an demselben Fall.«

»Ich brauche keine Hilfe.«

»Ich weiß, Frank. Du brauchst überhaupt niemanden.«

Wir fahren an einer Bande Kinder vorbei, die auf einem Müllhaufen neben der Straße herumhängen. Eines von ihnen dreht sich um und erwidert mein Starren. Der Junge ist schätzungsweise acht oder neun Jahre alt, hat aber ein ausgemergeltes, spitzes Gesicht wie ein alter Mann, und seine eine Wange ist eingefallen, weil ihm dort ein paar Zähne fehlen.

Mir schießt gerade der Gedanke durch den Kopf, dass mich einzig und allein meine Gabe davor bewahrt hat, wie dieser Junge zu enden, da springt er plötzlich auf und rennt hinter uns her. Als er uns eingeholt hat, reißt er seine Kappe vom Kopf und streckt sie uns hin. Ich fische ein paar Münzen aus meiner Tasche und will gerade den Lederriemen am Fenster packen, um es zu öffnen, da lässt der Kutscher die Peitsche knallen und die Pferde verschärfen das Tempo.

»Für wen zum Teufel hältst du dich eigentlich?«, kreischt der Junge. Er stolpert über die eigenen Füße und legt eine Bauchlandung hin.

Ich drehe mich um und spähe durch das Rückfenster. Der Junge hat einen Pflasterstein gepackt, springt auf und schleudert ihn uns hinterher. Ich ducke mich, als er von der Kutsche abprallt.

In einigen der hölzernen Baracken, die um die Ruinen eines alten Colleges kauern, wütet ein Feuer. Menschen schreien und werfen sich Wassereimer zu. Ich versuche erneut, mich an Kazias Aussehen zu erinnern, als ich Marvos komischen Blick bemerke.

»Sie ist nicht wirklich seine Nichte«, sagt sie. »Das Mädchen, meine ich. Sie ist seine Tochter.«

»Woher willst du das wissen?«

»Sei doch nicht blöd.« Natürlich hat sie recht. Es gibt Personen in der Amtskirche, die sich schon lange dafür einsetzen, dass Priester heiraten dürfen, doch bisher hat sich nicht das Geringste in der Richtung getan; stattdessen scheinen inzwischen eine ganze Reihe Geistlicher ihre angeblich verwaisten Neffen und Nichten unter die Fittiche genommen zu haben. Daraus kann jeder seine eigenen Schlüsse ziehen.

»Ich will nur nicht, dass du einen Fehler machst«, brummt Marvo. »Das ist alles.«

Wir überqueren die Cherwell-Brücke, und ab hier funktionieren die Gaslampen wieder. Nun starrt Marvo aus dem Fenster. Ihr rechter Ellbogen ruht auf dem Fensterbrett, sie hat ihre Wange in die Hand gestützt. Sie hat eine runde Gesichtsform, trotzdem läuft darin alles spitz zu.

Von mir aus gesehen ragt die Spitze ihrer Nase hinter ihrer Wange hervor, als hätte jemand sie aus Knetmasse lang gezogen.

Vielleicht zieht so was bei Ferdia. Aber sicher nicht bei mir. Mein Herz gehört der illegitimen Tochter eines toten Bischofs. Wenn es sich bei dem Toten tatsächlich um den Bischof handelt.

Na, egal. Ich bin immer noch dabei, mir Wege auszudenken, wie ich Kazia wiedersehen kann, da sagt Marvo: »Bist du eigentlich ein Einzelkind?«

Ich nicke. Wieso habe ich plötzlich dieses dumpfe Gefühl, dass mir eine Falle gestellt wird?

»Ich hatte einen kleinen Bruder. Er ist vor etwa einem Jahr gestorben«, sagt Marvo.

»Tut mir leid.« Ich fühle mich irgendwie verpflichtet, das zu sagen.

»Er wurde von einem Phantom überfahren.«

»Das ist unmöglich …«

»Der Bastard hat nicht mal angehalten.«

»Marvo, so was kann unmöglich passieren.«

»Es war aber so. Sean war auf der Stelle tot. Es gab Zeugen und alles – sie haben gesehen, wie das Ding einfach über ihn drüber gefahren ist. Trotzdem gab es keine Untersuchung des Unfalls.«

Was mich nicht weiter überrascht. Das Ganze ergibt nämlich überhaupt keinen Sinn.

»Was haben deine Eltern dazu gesagt?« Anders als wir Magier werden Toffies nicht schon im zarten Kindesalter von ihren Eltern getrennt.

»Mein Vater ist tot.« Und bevor ich erneut sagen kann,

dass es mir leidtut, fährt sie fort: »Krebs. Er hat in der Lackiererei der Phantom-Fabrik gearbeitet.«

In Ordnung, das kauf ich ihr ab. In unserem ersten Studienjahr in St. Cyprian haben wir mal einen Ausflug nach Cowley in die Phantom-Werke gemacht, und man hat uns gezeigt, wie die Dinger gefertigt werden. Ich erinnere mich an nichts Magisches, nur an den schrecklichen Lärm und den stinkenden Qualm.

»Ich will einfach nur rausfinden, was Sean zugestoßen ist. Und ich dachte, da du Magier bist …«

»Frank«, ertönt eine Stimme aus dem Nichts. Meinen Glückssternen dankend ziehe ich meinen Scryper raus, klappe ihn auf und schaue direkt in die Augen eines Mannes in mittlerem Alter mit einem schmalen Gesicht, grauer Tonsur und fein säuberlich getrimmtem Bart. Mein Meister: Matthew Le Geyt.

»Sind Sie zu Hause, Frank?«

Zu Hause? Kann man diesen Ort wirklich als Zuhause bezeichnen? »Ich bin auf dem Weg dorthin.«

»Sind Sie alleine?«

»Nein, ich bin mit Kommissarin Marvell unterwegs.«

Ich drehe den Scryper in Marvos Richtung. Natürlich kann sie Matthew nicht sehen und winkt einfach ab.

»Wie lange werden Sie noch brauchen?«, fragt Matthew.

»Etwa fünfzehn Minuten.«

»Ich komme in einer halben Stunde bei Ihnen vorbei.«

Nebel verschleiert den Spiegel, gleich darauf sehe ich nur noch mein eigenes Abbild, und ich frage mich, was hier im Busch ist. Zwar besucht mich Matthew gelegentlich, doch ganz sicher nicht, weil er das Vergnügen meiner Gesellschaft so schätzt.

Ich zermartere mir immer noch den Kopf, was ich mir möglicherweise zuschulden habe kommen lassen, da bleibt der Transporter abrupt vor meiner Luxusresidenz stehen. Marvell fragt: »Wirst du darüber nachdenken?«

»Über was?«

»Über Sean. Du weißt schon, wessen Phantom es war. Wer Schmiergeld gezahlt hat, damit die Ermittlungen eingestellt werden. Was auch immer.«

Auf keinen Fall! Das alles ergibt nicht den geringsten Sinn. Ein Phantom hat zwar eine Höchstgeschwindigkeit von mehr als achtzig Kilometer die Stunde, aber es wird von einem Elementargeist gelenkt, der unfähig ist, einem menschlichen Wesen den geringsten Schaden zuzufügen. Vermutlich hatte Marvo tatsächlich einen Bruder, der ums Leben gekommen ist; aber ganz sicher nicht auf diese Art.

»Klar doch.«

Ich steige aus. Draußen bleibe ich einen Augenblick neben der Kutsche stehen und prüfe, ob vielleicht irgendjemand die Absicht hat, über mich herzufallen. Aber die Luft ist rein. Ich beuge mich wieder hinein, um mir meinen Koffer zu schnappen. Hinter mir öffnet sich die Klosterpforte.

»Wo warst du denn?« Bruder Andrew hat eine quietschende Stimme, die klingt wie nasse Finger auf einer Fensterscheibe.

»Ich habe den Bischof von Oxford besucht.«

»Dieser Mistkerl.«

»Dieser tote Mistkerl«, ruft Marvo aus dem Transporter. »Außerdem, was hat er dir denn getan?«

»Er ist ein Schismatiker.« Ich wage ernsthaft zu bezweifeln, dass Andrew weiß, was dieses Wort bedeutet. Sein Kichern hört sich an, als würden lose Zähne in einem Totenschädel klappern.

»Aber muss man ihm deswegen gleich den Kopf abhacken?«

Andrew macht große Augen. »Mord ist gegen die zehn Gebote.« Er hat seine Bibel gelesen und erinnert sich sogar an einen der wichtigeren Sätze darin. »Aber es war eine göttliche Strafe.«

»Erzähl das mal Caxton. Hey, Frau Hauptkommissarin, wir haben den Fall gelöst: Gott war der Mörder.« Ich will gerade die Tür des Transporters vor Marvos Nase zuschlagen, da sagt sie: »Hör zu, ich weiß, dass ich dir eine Menge Ärger eingebrockt habe, weil ich dich wegen dieser Sache mit dem Auge gemeldet habe und alles. Aber das war deine eigene Schuld.«

»Kein Problem.« Von wegen. Nächste Woche muss ich vor dem Disziplinarrat der Sozietät antanzen.

Sie hämmert gegen das Dach, und der Kutscher lässt die Zügel schnalzen. Während die Pferde antraben, beugt sie sich noch einmal aus dem Fenster und schreit: »Mir gefällt Marvo.«

Zumindest die Tür ist erfreut, mich zu sehen. Als ich drinnen in Sicherheit bin, stelle ich den Koffer auf dem Arbeitstisch ab und werfe einen Blick auf meine magische Uhr. Mir bleiben noch knapp zehn Minuten.

Als Erstes muss ich unbedingt die Formel beseitigen. Ich schalte alle meine Lampen ein und rücke sie dicht an die Tafel. Dann trete ich ein Stück zurück, stehe einfach nur da, nehme alles in mich auf und zähle dabei von dreihundert zurück auf null. Anschließend wische ich die Formel aus und bete, dass Matthew nicht so lange bleibt, dass ich inzwischen alles vergesse.

Ich überlege gerade, welche Teile der Katze ich wohl noch retten kann, da ertönt draußen eine Stimme.

»Frank.«

Ich befehle der Tür, sich zu öffnen, und der Boss tritt ein.

Er ist groß – bestimmt einen Meter neunzig. Als ich noch sein Student war, dachte ich immer, wenn sein Bart noch etwas länger wäre, würde er aussehen, wie ich mir den lieben Gott vorstelle. Er schlüpft aus seinem teuer aussehenden grauen Mantel, unter dem er einen noch teurer aussehenden Anzug trägt. Gerade will er den Mantel über die Rückenlehne eines Stuhls hängen, da hält er abrupt inne, fährt mit dem Finger prüfend über das Holz und blinzelt angewidert auf eine Spur Kreidestaub. Er schnüffelt misstrauisch und schaut sich um.

»Mein Gott, ist das ein Saustall!«

»Ich war ziemlich beschäftigt.«

»Das sehe ich.« Er klingt nicht verärgert, eher auf milde Art amüsiert. Mit seinem Mantel über dem Arm tritt er an meinen Arbeitstisch und starrt auf die Katze hinab. Interessantes Detail: Obwohl er, wie schon erwähnt, mittleren Alters ist, braucht er keine Brille. »Manchmal«, verkündet er, »bin ich erleichtert, dass ich mich nicht mehr mit diesen Dingen abgeben muss.«

Ich dagegen mache mir lieber die Hände schmutzig. Mir graust vor der Zeit nach dem Höhepunkt.

Matthew seufzt. »Ich habe nie verstanden, wie Sie so chaotisch sein können, Frank, und trotzdem so ein brillanter Magier.« Er starrt auf die Tafel. »Haben Sie die gerade abgewischt?« Er lächelt. »Stand da möglicherweise irgendetwas, das ich nicht sehen soll?«

»Es war nur Unsinn.«

»Nichts an Ihrer Arbeit war jemals Unsinn. Manches war vielleicht etwas voreilig und unbedacht, aber es war niemals Unfug. Wie auch immer, ich besuche Sie aus folgendem Grund: Eigentlich wäre ich heute Abend mit Henry Wallace zum Dinner verabredet gewesen.« Er bekreuzigt sich – solche Gesten der Pietät haben mich bei ihm schon immer ein wenig befremdet. »Ich möchte mir gerne die Mühe ersparen, eine offizielle Anfrage an die Polizei zu richten, und da Sie ja bereits am Tatort waren …«

Gut, mir fällt ein Stein vom Herzen: Jetzt weiß ich, warum er hier ist, und endlich einmal bin ich nicht der Schuldige.

Er hört mir geduldig zu, während ich ihm rasch die Fakten schildere. Als ich das Mal auf Wallace' Brust erwähne, bemerkt er: »Ja, so haben wir uns damals kennengelernt, als junge Novizen auf St. Cyprian. Aber Henry hatte nur eine schwach ausgeprägte Gabe. Er verließ uns schon nach einem Jahr wieder und ging dann nach Douai, um sich dort als Priester der Amtskirche ausbilden zu lassen.«

»Sein Buch …«

»Wie ich gehört habe, fand man ihn mit einem Exemplar in seiner Hand.« Der Boss lächelt traurig. »Das hätte er sicher zu schätzen gewusst. Er war sehr stolz darauf. Natürlich hat er sich damit in der Kirche nicht nur Freunde gemacht, andererseits scheint mir das kein ausreichendes Motiv, ihn zu töten.«

»Dann war es also wohl reiner Zufall, oder?«

»Was war ein reiner Zufall?«

»Die Hälfte seines Buchs handelt von St. Oswald, den man vor über fünfhundert Jahren einen Kopf kürzer gemacht hat. Und jetzt rennen wir wie wild durch die Gegend, um einen Hinweis darauf zu finden, wer uns diese enthauptete Leiche hinterlassen hat ...«

»Es hört sich ganz so an, als wären Sie nicht ganz sicher, ob es sich bei dem Toten tatsächlich um Henry handelt.«

»Bisher gibt es jedenfalls noch keinen eindeutigen Beweis dafür.«

»Wer sollte es denn sonst sein? Außerdem wird Henry vermisst ...«

»Worauf ich hinauswill: Wer auch immer er sein mag, jedenfalls hat er seinen Kopf verloren, sitzt in Henry Wallace' Bibliothek und hält ein Exemplar seines Buchs umklammert. Und morgen Abend findet eine große Messe zu Ehren St. Oswalds statt. Dabei werden sie auch seinen Kopf der Öffentlichkeit präsentieren, worauf vermutlich allen ziemlich übel wird.«

Matthew setzt sich und legt seinen Mantel sorgfältig gefaltet über die Knie. »Hat die Polizei irgendwelche Verdachtsmomente?«

Ich verdrehe nur die Augen.

»Ja, ich kann mir vorstellen, dass der Fall ein bisschen esoterisch für sie ist. Vermutlich würden sie einen Raubmörder als Täter bevorzugen.«

»Oder die AMB.«

Matthew fixiert mich. »Würde die Bruderschaft denn so weit gehen?«

»Sie haben heute schon zweimal versucht, mich alle zu machen.«

Er lächelt. »Was allerdings nicht ganz unverständlich ist, oder?«

Ich tue so, als fände ich das lustig.

»Vermutlich kommen sie als Verdächtige durchaus infrage.« Er starrt auf die mit Kreidestaub bedeckten Bodenkacheln. Ich beginne mich gerade zu fragen, ob ich nicht doch in ungeahnten Schwierigkeiten stecke, als er aufblickt. »Da dieser Fall möglicherweise auch die Sozietät betrifft, möchte ich Sie bitten, mich ständig auf dem Laufenden zu halten. Genau genommen arbeiten Sie natürlich nicht für mich …«

Ich betrachte mich selbst als eine Art Geisel, die den Bullen überlassen wurde, damit diese im Gegenzug die Angelegenheiten der Sozietät nicht allzu genau unter die Lupe nehmen.

»Ich werde mein Bestes tun«, verspreche ich.

»Guter Junge. Ich möchte nicht, dass Sie der Polizei irgendwelche Informationen vorenthalten. Aber lassen Sie mich bitte wissen, wie sich die Sache entwickelt.« Er erhebt sich. »Gibt es sonst noch etwas Wichtiges?«

Ich berichte ihm von dem verwirrten Elementargeist an der Pforte zum Fluss, doch der Boss hebt seine linke Hand, an der ihm der kleine Finger fehlt. »Ich würde da zunächst von einem Fehler bei seiner Inkarnation ausgehen und keine voreiligen Schlüsse ziehen.« Er wirft einen Blick auf seine Uhr. »Frank, ich muss los. Rufen Sie mich jederzeit an, wenn Sie etwas brauchen.«

Ich nicke.

Er schlüpft in seinen Mantel. »Sie haben doch hoffentlich die Anhörung vor dem Disziplinarrat nächste Woche nicht vergessen?«

»Natürlich nicht.« Danke dafür, Marvo. Matthew sieht mich an, als würde er auf etwas warten, also murmle ich: »Tut mir leid. Das war dumm von mir, diese Geschichte mit dem Auge.«

»Und dann gehen Sie auch noch her und sind unfreundlich zu den falschen Leuten.«

Womit er wohl die Ermittlungskommission der Sozietät meint. Ich setze eine schuldbewusste Miene auf. »Mein üblicher Fehler.«

»Das ist mir allerdings auch schon aufgefallen.« Sein Lächeln wird schmal und verschwindet dann ganz. »Aber vielleicht haben Sie ja dieses Mal begriffen, dass Sie nicht einfach blindlings lospreschen und eine Spur der Verwüstung hinterlassen dürfen.«

Natürlich hat er recht. In puncto gute Umgangsformen hab ich den Bogen einfach nicht raus.

»Wie auch immer, ich möchte Ihnen keine Moralpredigt halten.«

Meine Tür öffnet sich. Ich blicke Matthew nach, während er den Korridor entlangschreitet. Die Außentür schließt sich hinter ihm.

Als ich mir sicher bin, dass er endgültig verschwunden ist, setze ich mich und schließe die Augen. Zwanzig Minuten lang rühre ich mich nicht vom Fleck. Dann schnappe ich mir ein Stück Kreide und trete an die Tafel. Ich zögere noch eine weitere Minute, unsicher, ob es wirklich eine gute Idee ist; dann schreibe ich die Formel aus der Erinnerung wieder auf.

Was folgt, ist Routine. Auf dem Rost des Kamins zerknülle ich ein paar alte Zeitungsseiten und lege dünne Äste darauf. Als die Flammen emporzüngeln, knie ich mich hin und ziehe die beiden Zauberstäbe heraus, die ich im Obduktionssaal verwendet habe. »Im Namen dessen, der am Kreuz gestorben ist.« Ich zerbreche jeden der Stäbe in drei gleiche Teile und werfe sie ins Feuer. Die Rinde rollt sich auf und wird dunkel …

Und wieder spüre ich diesen stechenden Schmerz, dort wo vermutlich mein Herz wäre, wenn ich denn eines hätte.

Sympathetische Magie.

Und das ist erst der Beginn einer sehr langen Nacht des Ordnens, Auffüllens und wiederholten Reinigens. Ich bin mir zwar sicher, dass ich die Formel auf der Tafel richtig notiert habe, trotzdem ergibt sie noch weniger Sinn als je zuvor. Immerhin habe ich jetzt Gelegenheit, weiter von Kazia zu träumen …

Aber merkwürdigerweise fällt mir immer wieder Marvos Bruder ein. Soweit ich weiß, wurde noch nie jemand von einem Phantom überfahren – mit einem Elementargeist am Steuer sollte dergleichen eigentlich ausgeschlossen sein.

Klar, ich habe ihr versprochen, darüber nachzudenken; aber damit wollte ich sie eigentlich nur zum Schweigen bringen. Wenn ich deswegen irgendwo Recherchen anstellen würde, würde ich mich unweigerlich zum Narren machen.

Meine Mum weinte meinem Dad nie eine Träne nach – sie war einfach nur heilfroh, als er abtrat. Marvos Bruder ist jetzt ein Jahr tot, trotzdem beschäftigt sie sein Tod immer noch so sehr, dass sie jemanden um Hilfe bittet, dessen Hilfe ihr eigentlich unangenehm sein müsste.

Zur Hölle damit. Zurück zu Kazia. Ich habe ein deutliches Bild des Haarschnitts vor mir und irgendeinen vagen Eindruck der Augen. Aber weiter komme ich einfach nicht …

Dummerweise kriege ich sie trotzdem nicht aus dem Kopf. Mein Herz pocht wie verrückt.

Ist das Liebe? Leider wurde dieses Fach nie auf St. Cyprian unterrichtet.

In einem alten Grimoire gibt es ein Ritual, mit dessen Hilfe man nackte Jungfrauen für sich tanzen lassen kann. Und es gibt alle möglichen Zaubersprüche, die in einer Frau tiefe Leidenschaft für einen Kunden entbrennen lassen.

Was einem schon so Einiges über die Art von Kunden verrät, mit denen man es üblicherweise als Magier zu tun bekommt.

Aber was weiß ich denn schon? An irgendeinem Punkt in meinem Leben habe ich ein Keuschheitsgelübde abgelegt. Damals war ich sechs Jahre alt und wusste nicht mal, was das Wort *Keuschheit* bedeutet.

Anderes Thema, Sampson! Ich habe ein schlechtes Gewissen, weil ich Alice Constant so einen Schrecken eingejagt habe, andererseits war es nicht wirklich meine Schuld …

Verdammt! Ich muss endlich diese verdammte Katze irgendwo verscharren, bevor sie mir hier noch die Luft völlig verpestet.

8.
Kapitel

Als ich endlich die Augen wieder aufkriege, ist es auf meiner magischen Uhr bereits acht. Also Zähne putzen. Haare und Gesicht waschen. Das Ergebnis überprüfen. Lächeln. Kein schöner Anblick. Und da ich einen Fehler in meiner rekonstruierten Formel entdeckt habe, korrigiere ich diesen besser, solange ich mich noch daran erinnere …

Es ist bereits nach zehn, als ich endlich in den Obduktionsaal schlüpfe. Keine Spur von Caxton, aber Marvo ist anwesend. Sie hat ihren Campingliegen-Look abgelegt und wirkt jetzt eher wie die Direktorin eines Bestattungsinstituts: schwarze Hose, schwarze Schuhe und ein dunkelgrauer Mantel, an dem ein Knopf fehlt.

Die Hauptattraktion ist die Leiche, die auf einer massiven, silbernen Platte unter einer Batterie elektrischer Lampen liegt. Der gesamte Brustkasten ist geöffnet worden. Ferdia, der eleganterweise eine blaue Gummischürze über seinem schwarzen Seidenoverall und seinen exorzierten Latexhandschuhen trägt, beugt sich über ein schimmerndes Gulasch aus inneren Organen, auf das er mit einem Skalpell einhackt.

Ich stelle meinen Koffer auf einer Bank ab und hänge meine Lederjacke auf. »Hab ich irgendwas verpasst?«

Ferdia richtet sich auf und streckt sich. »Er stand aufrecht, als er erstochen wurde. Dann ist er in sich zusammengesackt, und zwar zuerst auf die Knie.« Er deutet auf die blauen Flecken an beiden Kniescheiben, dann auf weitere Flecken am linken Arm und an der Schulter. »Dann fiel er auf die linke Seite, wobei der Arm unter seinem Körper begraben wurde. Der kleine Finger der linken Hand ist gebrochen.«

»Nun, ich schätze, das hat ihm nicht mehr allzu viel ausgemacht.« Ich hebe die silberne Schüssel hoch, in der Wallace' Herz liegt.

»Blut im Herzbeutel«, erklärt Ferdia. »Moderate Hypertrophie …«

»Offenbar hat er gern opulent gespeist«, wirft Marvo ein.

»Punktion der rechten Herzkammer.« Ferdia deutet mit seinem Skalpell auf die Stelle, für den Fall, dass sie mir entgangen sein sollte. »Die Stichwunde ist definitiv die Todesursache. Schmale, nicht gezackte Klinge. Dreieckiger Querschnitt. Möglicherweise ein Obstmesser. Oder ein Brieföffner …«

Kein Widerspruch von meiner Seite. Ferdia mag mittlerweile zu kaum mehr als einem Kontiguitätstest imstande sein, dennoch hat er wesentlich mehr Leichen seziert als ich. Ich stelle das Herz ab und ertappe ihn dabei, wie er Marvo intensiv anstarrt.

Die Tür fliegt auf. »Ich hab doch ausdrücklich gesagt, Sie sollen auf mich warten!«

Caxton macht den üblichen entspannten, gut gelaunten

Eindruck, während sie ihr Amulett küsst und es wieder in der Tasche verschwinden lässt. Sie hat einen Freund mitgebracht: einen kleinen Hund, der ein Flohhalsband trägt. Natürlich kein echter Hund; es ist ein Such-Elementargeist, der die Aufgabe hat, zu bellen und mit dem Schwanz zu wedeln, sobald sein Zwilling irgendwo da draußen den verschwundenen Kopf der Leiche aufgespürt hat.

Sie setzt sich die Brille auf die Nase und zieht ein Notizbuch heraus. Mit zusammengekniffenen Augen fährt sie mit dem Bleistift eine Liste entlang. »Kontiguität?«, fragt sie.

Ferdia dreht sich zur Ablage und öffnet ein kleines seidenes Bündel, das eine Haarbürste enthält. »Die hier stammt aus Bischof Wallace' Schlafzimmer.« Er nimmt eine Pinzette und pickt ein paar Haare heraus. »Ich werde sie heute Nachmittag mit den Haaren der Leiche vergleichen.«

»Gut.« Caxton hakt irgendetwas auf ihrer Liste ab. Das Notizbuch und der Bleistift verschwinden wieder in ihrer Tasche. Sie streift sich ein paar Seidenhandschuhe über, zieht einen Beweismittelbeutel hervor und schüttelt ein kleines Stück Papier in ihre Hand. »Wir haben das hier in einem von Wallace' Jacketts gefunden.«

Die Nachricht ist kurz, einfach und auf den Punkt. Ich kann sie verkehrt herum lesen, ohne dazu dicke Brillengläser zu benötigen. Caxton kann das nicht. Manchmal bin ich gefährlich nah dran, dass sie mir echt leidtut. Glücklicherweise fällt Marvo ein, weswegen sie eigentlich hier ist. »*Lass sie in Ruhe*«, liest sie vor und blickt dann zu Caxton auf. »Keine Unterschrift.«

»Cherchez la femme!«, knurrt Caxton.

Ferdia grinst süffisant. »Vermutlich ein eifersüchtiger Ehemann!«

»Was ist mit Alice?« Marvo wirft mir einen Blick zu. »Hat jemand sie gesehen?«

»Noch nicht.« Caxton schiebt den Hund aus dem Weg und blinzelt angewidert auf die Leiche hinab. »Hätte eine Frau das tun können?«

»Klar«, sage ich und gehe außer Reichweite. »Meine Mum hat das mit meinem Dad auch so gemacht.«

Der Hund glotzt überrascht zu mir auf.

»Dummes Nekro-Geschwätz!« Caxton schiebt die Nachricht zurück in den Beutel und wirft ihn auf die Ablage.

Während Caxton Ferdia dazu veranlasst, noch einmal alles im Detail durchzugehen, flüstert Marvo mir zu: »Was war das mit deinem Dad?«

»War nur ein Spaß. Dad ist aus eigener Dummheit gestorben. Ist mit einer brennenden Zigarette in der Hand eingepennt.«

Das war, bevor meine Mum in der Lotterie gewann. Inzwischen hat sie das Geld verpulvert und lebt in dieser Bruchbude draußen vor der Stadt in Boars Lump. Ganz im Gegensatz zu meinem Dad könnte sie aber keiner Fliege was zuleide tun.

Ferdia deutet auf bestimmte Körperteile der Leiche, so wie man das von einem echten Profi erwartet. Caxton hat erneut ihr Notizbuch und ihren Stift hervorgekramt und schreibt eifrig mit. Ihre Augen schwimmen hinter der Brille und versuchen verzweifelt, etwas zu fixieren.

Schließlich wendet sie sich an Mr Memory, der in seinem ausgebeulten Anzug geduldig in einer Ecke sitzt. Er hat seine Krawatte gewechselt, aber der Schmutzfleck ist immer noch an derselben Stelle.

»Messer aus dem Palast zeigen«, kommandiert sie. »Alle spitzen oder scharfen Gegenstände …«

Der Elementargeist hebt die Hand und eine ganze Sammlung von Besteck materialisiert sich in der Luft. Darunter befinden sich diverse Tranchier- und Brotmesser; ein rundes Dutzend weitere Schneidinstrumente, die zu klein sind, um damit einen Kopf abzutrennen, und zu groß, um die Stichwunde in der Brust zu verursachen; außerdem ein Kartoffelschäler und ein Fleischerbeil.

»Zeigen Sie mir das.«

Man muss Mr Memory nur sagen, was man will, schon hat er es parat. Er existiert, um zu gehorchen. Er reicht Caxton das Gewünschte. Wobei übrigens keine Gefahr von verunreinigender Kontiguität besteht: Das echte Fleischerbeil liegt irgendwo mit Seide umwickelt und sicher verstaut in einer Schublade.

Sie beäugt das Beil, bevor sie es hochhält, damit Marvo es genauer untersuchen kann. »Blut?«

»Ich kann keins entdecken, aber möglicherweise wurde es abgewaschen.« Marvo blickt zu Ferdia auf. »Besser wir machen einen gründlichen Test.«

Caxton fährt prüfend mit dem Finger über die Schneide. »Zeitverschwendung. Es ist zu stumpf. Was glaubt ihr, weswegen wir früher eigens bezahlte Scharfrichter hatten. Für so was muss man richtig Kraft besitzen, und die Klinge muss rasiermesserscharf sein.« Mir gefällt ganz und gar nicht, wie sie mich dabei anglotzt. »Manchmal brauchten selbst ausgewachsene Profis vier oder fünf Hiebe, um den Job zu erledigen.« Sie gibt Mr Memory das Fleischerbeil zurück.

»In diesem Fall war es nur ein einziger gekonnter Schnitt«, erklärt Ferdia. »Er hat den fünften Rückenwirbel und das Rückenmark durchtrennt. Vermutlich eher eine scharfe Waffe als eine schwere.«

»Woher wollen Sie das wissen?«

»Der zweite Schnitt setzte exakt in der Kerbe des ersten an.«

»In Ordnung«, erklärt Caxton. »Einmal vorausgesetzt, der Bischof hätte sich unbischöflich verhalten …«

»Vorausgesetzt es ist überhaupt der Bischof«, werfe ich nur so zum Spaß ein.

»Wenn Sie nichts Konstruktives beizutragen haben, dann schweigen Sie!«

Caxton feuert einen Blick in meine Richtung ab, der offenbar strafend wirken soll. Doch bei ihrer Brillenstärke wirkt es eher so, als wären zwei wütende Quallen in Goldfischgläsern gefangen. »Der Ehemann hat ihm daraufhin diese Botschaft geschickt. Er hat ihn runter ans Flussufer gelockt, ihn getötet und anschließend seine Leiche zurückgeschafft …«

»Aber das ergibt doch keinen Sinn, Chef«, widerspricht Marvo. »Man braucht zwei Leute, um eine Leiche zu tragen – eventuell sogar eine dritte Person für den abgeschlagenen Kopf …«

Ich liebe diesen Teil: Da niemand auch nur einen blassen Schimmer hat, erfinden sie irgendwelche Geschichten und versuchen die Fakten anzupassen.

»Haben Sie vielleicht einen besseren Vorschlag?«, fragt Caxton.

»Noch nicht.«

»Dann lassen Sie es mich wissen, wenn Sie so weit sind.«

Das ist eine weitere Aufgabe der Toffies: Sie sollen aus dem Nichts plötzlich kluge Einfälle haben. Das nennen sie dann Eingebungen.

»Die Enthauptung hätte auch innerhalb des Palasts stattfinden können«, erklärt Ferdia.

»Kein Blut«, wendet Marvo ein.

Caxton ist an der Reihe. »Aber wenn er vorher schon tot war …«

»Trotzdem muss es zwei unterschiedliche Waffen gegeben haben.« Marvo wendet sich an Mr Memory. »Und was ist mit dem Buch?«

»In seinem aktuellen Werk widmet sich der Bischof von Oxford mit beachtlicher analytischer Intelligenz einer der großen Streitfragen des abendländischen Christentums: Soll Magie als ein Glaubensgrundsatz gelten? Besondere Aufmerksamkeit schenkt Wallace dabei erneut dem Martyrium und der folgenden Kanonisierung des Heiligen Oswald von Oxford …«

»Danke«, unterbricht ihn Caxton. Aber der Elementargeist ist nicht zu bremsen.

»Der Bischof kommt zu dem Schluss, dass die Verehrung St. Oswalds möglicherweise die bestehende Kluft zwischen der Amtskirche und der Sozietät der Magier zu überwinden vermag. Es ist ein provokantes und aufschlussreiches Werk von einem der …«

»Das reicht!« Caxton fixiert mich. »Sie haben Marvell gegenüber behauptet, Oxford wäre Magier gewesen.«

»Nein, ich habe lediglich gesagt, dass er mal Novize war.« Ich werfe Marvo einen vernichtenden Blick zu. Sie streckt mir die Zunge raus. »Die meisten Bischöfe von Oxford waren früher Mitglieder der Sozietät.«

Ferdia nickt. »Eine alte Tradition.«

»Verdammte Nekros«, brummt Caxton. »Ihr steckt doch alle unter einer Decke.«

»Ebenso wie der Heilige Oswald wurde auch Wallace geköpft. Und zwar ziemlich genau achtundvierzig Stunden vor der großen Messe zu Oswalds Gedenken – es muss also irgendwas damit zu tun haben!« Marvo runzelt die Stirn, als hätte sie Kopfschmerzen. »Das ergibt jedenfalls mehr Sinn als ein eifersüchtiger Ehemann mit einem Dolch in der einen Hand und einem Fleischerbeil in der anderen.«

»Wo *ist* dieser verfluchte Kopf überhaupt?«, fragt Caxton. Der Hund blickt entschuldigend zu ihr auf.

»Ich hab's!«, ruft Marvo aus.

»Ja?« Caxton hält den Stift zum Mitschreiben bereit.

»Die Enthauptung und das Buch, das ist wie …« Marvos Gesicht wirkt völlig entgeistert. »Du weißt, was ich meine, Frank …«

Ich hebe die Hände. »Ich weiß gar nichts.«

Wir warten. »Tut mir leid, es ist wieder weg.« Marvos Gesicht ist kreidebleich. »Vielleicht kommt es noch mal zurück.«

»Das will ich hoffen«, sagt Caxton.

Marvo blinzelt. »Auf jeden Fall ist es ganz sicher kein

schiefgelaufener Raubüberfall, bei dem jeder Kleinganove der Stadt als Mörder infrage käme.«

»Vielleicht ist es ein Raubüberfall, der nicht als solcher erscheinen soll«, fügt Ferdia hilfsbereit hinzu.

»Vielleicht war es auch nur ein Unfall.« Ich ziehe meine Lederjacke über.

»Hat irgendjemand was davon gesagt, dass Sie gehen können?« Caxton wendet sich an Mr Memory. »Irgendwelche anderen Messer?«

Mr Memory schüttelt den Kopf.

»Gartengeräte?«

Er wischt durch die Luft. Die Besteckssammlung verschwindet und macht einer Heckenschere Platz.

»Klar doch«, bemerke ich. »Er wurde zu Tode geschnippelt.«

»Die Kathedrale«, wirft Marvo plötzlich ein. »Vielleicht sollten wir sie erneut durchsuchen.«

Es ist der erste intelligente Vorschlag, der bisher gemacht wurde, doch Caxton starrt nur angestrengt schielend auf ihre Uhr, bevor sie es aufgibt und sich zur Wanduhr dreht. »Dort werden im Augenblick schon die Vorbereitungen für die Messe am Abend getroffen. Außerdem haben wir sie sowieso schon von oben bis unten durchkämmt.«

Mir drängt sich ein Bild auf: eine Reihe von Bullen mit dicken Brillen, die sich auf allen vieren durch das Kirchenschiff tasten.

Caxton blättert eine Seite in ihrem Notizbuch um. »Ich verstehe das nicht. Die Täter kommen durch die Pforte am Fluss und machen einen Umweg über die Kathedrale, nur um dort einen Kerzenleuchter zu stehlen, mit dem sie dann das Fenster einschlagen? Denn sonst fehlt nichts …«

»Außer dem Offensichtlichen«, bemerke ich.

Wir starren alle auf die Stelle am oberen Ende der Leiche, wo eigentlich der Kopf sein sollte.

»Aber wer würde denn einen Bischof enthaupten wollen?« Caxtons rasiermesserscharfer Verstand hat dieses entscheidende Detail erkannt und sich daran festgebissen. Sie hat es sogar in fetten Großbuchstaben notiert: »EINEN BISCHOF ENTHAUPTEN?«

»Vielleicht irgendjemand, der was gegen Bischöfe hat?«, schlage ich vor und beuge mich herab, um dem Hund den Rücken zu kraulen. »Ein anderer Bischof, der neidisch auf Wallace' Palast war?«

»Der Todeszeitpunkt war Mitternacht.«

»*Um* Mitternacht *herum*.« Ich habe ein ungutes Gefühl, auf was sie hinauswill.

»Was zur Hölle soll jemand mit dem Kopf eines Bischofs anfangen?«

Die Frage scheint an mich gerichtet zu sein, daher lege ich mir selbst die Schlinge um den Hals. »Sie meinen, was könnte ein Magier mit dem Kopf eines Bischofs anfangen? Aber wir verwenden keine menschlichen Teile.«

Alle starren mich an, einschließlich des Hundes. Ich spüre, wie ich rot werde.

Diese blöde Geschichte, die ich schon erwähnt habe – die Sache, wegen der Marvo mich verpfiffen hat. Also, es gibt tatsächlich einen Grund, warum ich in meiner Werkstatt dieses ganze Zeug an die Tafel gekritzelt habe: Ich wollte eine alte Beschwörungsformel entschlüsseln. Und ich hatte schon so gut wie alles versucht, aber es wollte einfach nicht funktionieren. Und irgendwann kam mir die verrückte Idee, dass womöglich ein menschliches Auge die Lösung wäre. Und da schon seit ein paar Wochen dieser Tote im Leichenschauhaus lag, bei dem bereits alle Untersuchungen abgeschlossen waren …

Ich meine, ich hätte nie gedacht, dass jemand was davon mitkriegt, schließlich waren seine Augenlider ja vollständig geschlossen.

Aber natürlich musste diese verdammte Marvo es bemerken.

Ich glaube nicht, dass die Bullen sich sonderlich für den Vorfall interessieren. Im Grunde erwarten sie ja genau so was von einem – und deswegen fuchteln sie auch ständig mit ihren Amuletten herum, um sich zu schützen. Ganz anders die Sozietät: Sie nehmen den Vorgang peinlich genau unter die Lupe.

»Halt einfach die Klappe, Frank«, rät mir Ferdia.

Caxton ist wieder mit ihrem Notizbuch beschäftigt und zeichnet etwas, das vage einer menschlichen Hand ähnelt. »Was ist mit der *Hand des Ruhmes*?« Sie blickt zu Marvo auf. »Man beschafft sich die Hand eines gehenkten Kriminellen, trocknet sie und legt sie ein. Und wenn man in ein Haus einbricht, verwendet man die Hand als Halter für eine Kerze aus menschlichem Fett, die jeden im Haus in Tiefschlaf versinken lässt.«

Erneut fährt sie die Umrisse der Hand nach und blickt triumphierend zu mir auf. »Wenn es eine Hand des Ruhmes gibt, warum soll es dann nicht auch einen *Kopf des Ruhmes* geben?«

»Und warum nicht ein Arschloch des Ruhmes?«, frage ich. »Man steckt einfach eine Leiche mit dem Kopf nach unten in die Erde und benutzt sie als …«

»Lassen Sie die blöden Späße.«

»Dann reden Sie nicht solchen Mist!« Ich schnappe mir meinen Koffer. »So was gibt's nicht. Es ist ein alberner Mythos.«

Ich steuere auf die Tür zu.

»Wer hat gesagt, dass Sie gehen dürfen?«

»Ich habe noch zu tun.«

Und schon bin ich verschwunden.

9.
Kapitel

Ich habe die Wahl. Ich kann einen langen, öden Tag damit verbringen, routinemäßige Kontiguitätstests durchzuführen und eine Kugel, die aus einer nicht-identifizierten Leiche gepuhlt wurde, mit einem Schrank voller Schusswaffen abgleichen, in der geringen Hoffnung auf Übereinstimmung. Oder ich kann mich mit einem toten Heiligen beschäftigen.

Zeit für eine Geschichtslektion. Der Heilige Oswald von Oxford. Geboren 1445. Auf eher unsanfte Art gestorben im Jahr 1493. Alchemist, Theologe und der erste Kleriker von Rang, der die Magie aus der Verborgenheit holen und ihr einen Platz im Zentrum der Kirche geben wollte. Man verlieh ihm die Bischofswürde, gerade als im Land der Hexenwahn seinen Höhepunkt erreichte. Der Bischof bot einem aufgebrachten Lynch-Mob vor dem Altar der Kathedrale die Stirn. Verlor seinen Kopf. Im buchstäblichen Sinne.

Aber wie heißt es so schön: Geschichte wird immer von den Gewinnern geschrieben. Nur zwanzig Jahre später wurde die Sozietät der Magier gegründet, und die überlebenden Hexenjäger fanden einen entschieden unangenehmeren und langsameren Tod als Oswald.

Er wurde offiziell zum Märtyrer erklärt. Aber irgendwo in den ganzen Wirren um seinen Tod war sein Kopf verloren gegangen – um nur sechzig Jahre später wieder aufzutauchen, auf wundersame Art konserviert!

Das rettete die Kathedrale. Ihr Bau hatte ein Vermögen gekostet – und es verschlang ein noch größeres Vermögen, sie vor dem drohenden Einsturz zu bewahren. Es war sinnlos, überall in der Kathedrale Opferbüchsen aufzustellen, solange es dort nichts gab, was großzügige Spender anlockte. Aus irgendeinem Grund machen Menschen aber gerne Geld locker, wenn sie zu abgefallenen Körperteilen toter Heiliger beten dürfen: zu Knochenstücken, verfilzten Haarbüscheln, ausgefallenen Zähnen. Man nennt das Reliquien, und mein persönlicher Favorit ist das heilige Präputium, die Vorhaut Christi, die man auch heute noch in verschiedenen Städten Europas bewundern kann.

Jedenfalls wusch man Oswalds wieder aufgefundenen Kopf gründlich, balsamierte ihn ein und stellte ihn in diesem protzigen Reliquienschrein in der Krypta der Kathedrale aus. Ich erinnere mich vage daran, ihn als Kind einmal dort gesehen zu haben. Ich bin immer noch überzeugt, dass bei Wallace' Ermordung Magie im Spiel war; und wenn Marvo recht hat und das Ganze irgendwas mit diesem Buch zu tun hat: Nun, dann sollte ich Oswald vielleicht einen Besuch abstatten und unsere alte Beziehung wieder etwas auffrischen. Außerdem liegt die Kathedrale direkt neben dem Palast, und womöglich ergibt sich dabei auch eine Gelegenheit, Kazia wiederzutreffen …

Draußen ist es unangenehm hell und sonnig. Ich stehe auf der Seven Bridges Road, halte meinen Koffer umklammert und starre hinüber zur Kathedrale: ein gewaltiges Marmorungetüm, schmutzig weiß, mit roten und grünen Streifen, das Ähnlichkeit mit einer angestaubten Hochzeitstorte hat. Der Wind weht kein bisschen wärmer als gestern, doch habe ich diesmal klugerweise einen Pullover an. Ich knöpfe meine Lederjacke zu, ziehe meine Mütze tief über die Ohren und spähe die Straße entlang.

Es herrscht reger Verkehr. An der Omnibushaltestelle wartet eine Schlange. Die Schulkinder haben Mittagspause und hocken auf den Parkbänken der Grünanlage.

Da sagt eine Stimme hinter mir: »Dich kenn ich.«

Ich blicke mich um. Klar kennt er mich, und ich kenne ihn leider auch: Norrie Padstowe. Ein hässlicher Gorilla mit einem Bierbauch und früher mal leuchtend roten Locken, die inzwischen aber ergraut sind, weswegen nur noch sein Zinken wie ein Signalfeuer leuchtet.

»Nicht, dass ich wüsste.«

»Klar doch, du bist Joe Sampsons kleiner Scheißer.« Er zieht einen Rosenkranz heraus. »Der Nekro …«

Es gibt Worte, die wirken … nun ja, wie Magie. Man muss in einem vollbesetzten Theater nur »Feuer!« brüllen, und schon stürmen alle zu den Notausgängen. Ruft man auf einer bevölkerten Straße »Nekro«, dann bewirkt es das Gegenteil, es zieht die Leute an wie ein Magnet.

Die Wirkung setzt zunächst langsam ein. Ein alter Priester bleibt wie angewurzelt stehen und reißt eine Hand hoch, wobei er Zeigefinger und kleinen Finger wie Teufelshörner streckt.

»Klar doch, der kleine Nekro!«

Wer könnte Norrie vergessen? Sobald sich eine Idee erst einmal in seinem dicken Schädel festgesetzt hat, braucht es Dynamit, um sie von der Stelle zu bewegen. Oder ungeheure Mengen von Alkohol. Er und mein Dad waren Stammgäste in der Bar am Brazen Head gewesen. Eigentlich dachte ich, er hätte sich schon vor Jahren zu Tode gesoffen, doch nun steht er leibhaftig und in voller Lebensgröße vor mir, entschlossen, mir tierisch auf den Keks zu gehen.

»Nekro!« Seine Stimme dröhnt über die Grünanlage vor der Kathedrale.

Es ist vielleicht keine echte Magie, funktioniert aber genau so. Ein paar Kinder unterbrechen ihr Spiel und gaffen zu uns herüber. Ein Junge legt die Hand ans Ohr eines anderen und flüstert ihm etwas zu. Der Omnibus ist an der Haltestelle vorgefahren, Dampfwolken steigen von den Flanken der Zugpferde auf, aber die Trottel in der Warteschlange sind zu sehr damit beschäftigt, zu tuscheln und herüberzuglotzen, um einzusteigen. Der Omnibusfahrer dreht sich um, und es glitzert silbern in der Sonne, als er seinen Talisman an die Lippen führt.

Rund um den begrünten Vorplatz der Kathedrale hat man Armenhäuser erbaut, die beweisen sollen, dass die Kirche etwas unternimmt. Trotz der Kälte sitzt eine Frau mittleren Alters auf den Treppenstufen vor einem der Häuser und beschirmt ihre Augen mit der Hand, während sie mich anstarrt.

Und plötzlich bricht es wie eine Flutwelle über mich herein, reißt mich von den Füßen und trägt mich hinaus auf die Straße. Jemand hat meinen Koffer gepackt und zerrt daran, und ich halte ihn verzweifelt vor der Brust umklammert; ich muss unbedingt vermeiden, dass er alles nur noch schlimmer macht.

»Das muss eine Verwechslung sein. Der Mann ist betrunken, um Himmels willen …«

»Nein, bin ich nicht!« Norrie schwenkt fanatisch seinen Rosenkranz. »Er ist ein Nekro, ich schwör's euch – sucht nach dem Mal!«

Jetzt fallen alle über mich her, kreischen, brüllen und schubsen einander mit den Ellbogen beiseite. Meine Mütze geht verloren. Sie heben mir die Lederjacke am Rücken hoch und ziehen an meinem Pullover. Jemand versucht, meinen Gürtel zu öffnen. Fingernägel graben sich in meine Haut.

»Es ist auf seinem Rücken«, brüllt jemand.

»Nein, ist es nicht. Es ist auf seinem Arsch!« Natürlich muss immer auch irgendein Perverser darunter sein, richtig?

Rücken, Brust, Kopfhaut, Bauch – sie haben zwar alle schon von diesem mysteriösen Mal der Magier gehört, können sich aber nicht darauf einigen, wo es genau zu finden ist. Die gute Nachricht ist, dass wir jetzt alle in einem dichten Menschenknäuel stecken und die Erwachsenen die Kids nicht mehr voneinander unterscheiden können. Weswegen jeder einfach wild um sich schlägt. Ich gehe in die Knie und versuche, mich auf den Boden rutschen zu lassen. Jemand lässt mein Ohr los, und ich lande hart auf meinem Koffer, knapp neben den Splittern der Brille irgendeines Idioten. Ich kassiere einen Tritt in den Magen. Jemand stürzt auf mich, und ein weiterer wirft sich auf ihn drauf.

Mein Koffer knirscht. Die Perlen von Norries Rosenkranz rollen an mir vorbei. Durch einen Wald tanzender und zuckender Beine erhasche ich einen Blick auf einen stämmigen Mann mittleren Alters mit runden Sonnenbrillengläsern, der vom Rand des Handgemenges aus zuschaut. Irgendetwas an der Art, wie er mit verschränkten Armen und leicht gespreizten Beinen dasteht, so als würde er die Vorgänge gelassen abschätzen … ich weiß auch nicht genau, aber irgendetwas daran flößt mir ziemliche Angst ein.

Doch eins nach dem anderen. Ich winde mich frei und rolle zur Seite. Ich sehe, wie Blut über ein schreiendes Gesicht strömt. Dann bin ich endlich raus aus dem Menschenknäuel, rappele mich auf, nehme meinen Koffer unter den Arm und renne wie der Teufel.

Ich presche durch die Gasse zwischen den Armenhäusern, springe über einen Zaun, trample durch irgendjemandes Gemüsegarten, hüpfe über einen weiteren Zaun. Durch das Eisengitter des Bischofspalasts entdecke ich Charlies Löwen, der im Sonnenschein träge auf dem Rasen liegt. Er wird bereits durchsichtig; der Auftrag, für den er inkarniert wurde, ist erledigt, und in spätestens einem Tag wird er sich vollständig aufgelöst haben.

Nach Luft japsend halte ich inne. Es ist offenbar niemand hinter mir her. Hinter dem Eisengitter beobachtet ein uniformierter Bulle, wie ein kleiner Hund in den Blumenrabatten des Palasts schnüffelt. Es könnte irgendein kleiner Straßenköter sein, aber das rosafarbene Flohhalsband verrät ihn. Der Hund ist Charlies Werk: die aktive Hälfte des Such-Elementargeistes, der den vermissten Kopf aufspüren soll.

Wenn ich unerlaubterweise über den Zaun klettere, komme ich direkt zur Kathedrale, ohne dass ich erneut die Grünanlage umrunden muss. Also packe ich einen der Gitterstäbe. Ein tiefes warnendes Grollen ertönt. Ich schwinge mich hoch. Worauf das Grollen noch lauter und bedrohlicher wird und der Zaun sich über mir zu krümmen beginnt, um mich am Weiterklettern zu hindern. Charlies Löwe hat den Kopf erhoben.

Ich hänge in halber Höhe und überlege, wie ich heil hinübergelangen soll, da bemerke ich eine weitere Person: Der Junge, den ich gestern im Palast gesehen habe, steht mit einem Spaten in der Hand im Gebüsch. Er schirmt die Augen mit der Hand ab und späht hinüber zu einer Gestalt, die gerade aus der Hintertür des Palasts tritt.

Ich zucke erschrocken zusammen, als sich eine Hand in meine Schulter krallt. Die Frau, die auf den Stufen des Armenhauses gesessen hat, starrt mich mit zusammengekniffenen Augen an. »Du bist kein Polizist.«

Ich kann nicht verhindern, dass sie mich vom Zaun herabzerrt. Sie stinkt nach Alkohol. Und es ist ein Wunder, dass sie noch gerade stehen kann, obwohl sie ihre Klaue tief in meine Schulter versenkt hat.

»Sehe ich vielleicht aus wie ein Polizist?«

Sie zieht das unvermeidliche Amulett heraus. »Du bist ein Magier.«

»Na und?«

Ich überlege gerade, ob ich ihr anbieten soll, sie in irgendetwas anderes zu verwandeln, da bemerke ich, wen der Jungen mit Spaten so fasziniert angestarrt hat: Es ist Kazia, die jetzt auf dem Rasen kniet und die Schnauze des kleinen Hunds streichelt. Ein weiterer Grund, über den Zaun zu klettern – vorausgesetzt, es gelingt mir, die Betrunkene hier abzuschütteln.

»Siehst genau aus wie mein Sohn, als er in deinem Alter war.« Die Frau hat eine Brille mit zerbrochenen Gläsern aufgesetzt, späht zu mir hoch und blinzelt gegen die Sonne an.

»Tja, manche Jungs haben eben mehr Glück als Verstand.« Wie komme ich bloß aus dieser Sache raus?

»Er is jetzt Manager in den Werken draußen in Cowley. Kommt mich nich mehr besuchen. Hat Bessres zu tun.«

»Tja, so ist das mit den Kindern. Kein Funken Dankbarkeit.«

Der Typ mit der Sonnenbrille – der seelenruhig dabei zugesehen hat, wie man mich in Stücke reißen wollte – ist plötzlich aus dem Nichts aufgetaucht. Er steht etwa dreißig Meter entfernt und beobachtet uns. Langsam verschränkt er die Arme vor der Brust. Dies scheint mir ein guter Zeitpunkt, um das Gespräch mit der Frau zu beenden und mich aus dem Staub zu machen. Ich reiße mich von ihr los und massiere kurz meine Schulter, um sie wieder zum Leben zu erwecken.

»Da war 'n Dämon.«

Okay, jetzt hat sie wieder meine volle Aufmerksamkeit.

»Gestern, so um Mitternacht.« Sie zeigt auf eine Stelle jenseits des Palastgartens, von wo aus Kazia uns anstarrt. »Unten beim Fluss.«

»Wie sah er aus?«

»Wie 'n Hund.«

»Vielleicht *war* es ein Hund.«

Für einen Augenblick scheint sie das zum Schweigen zu bringen. Aber dann fährt sie fort: »Das hat die Kommissarin auch gemeint. Blöde Kuh. Ziemlich von sich eingenommen.«

»Das klingt nach Beryl.«

»Wer ist Beryl? Muss ich die kennen?«

»Nein.«

»Also, ich bin nich blind, und ich weiß, wie 'n Dämon aussieht, wenn ich einen seh.«

»Was hat er gemacht?«

»Deine Freundin Beryl hat gemeint, die hat den nur Gassi geführt.«

»Wer?«

»Beryl.«

»Nein, wer hat den Hund Gassi geführt?«

»Diese Frau im Nachthemd. Aber er war nich an der Leine, der lief vor ihr her und hat sie geführt. Und da war dieser Mann, der ihr gefolgt is …«

»Wo hat er die Frau hingeführt, der Hund?«

»Hab's dir doch gesagt: war kein Hund – war 'n Dämon. Bin nich so lang geblieben, um's rauszufinden. Frag doch ihn.« Sie zeigt dorthin, wo vor einem Augenblick noch der Sonnenbrillen-Typ gestanden hat. Ihre Stimme senkt sich zu einem düsteren Raunen. »Jetzt is er weg, aber gestern Nacht war er auch hier. Hat allerdings nich diese dunkle Brille aufgehabt. Wär nämlich sonst direkt innen Fluss marschiert, wenn er sie getragen hätt'.«

Im Inneren des Palastgartens steht Kazia einfach da und schaut zu mir herüber.

Was soll's, zum Teufel? Ich deute auf die Kathedrale.

Im Inneren der Kathedrale ist es kalt und stockfinster. Während des Kriegs um die Kanal-Inseln hat man alle Fensteröffnungen der Kathedrale zugemauert, um die kostbaren Kirchenfenster vor den Montgolfieren-Überfällen zu schützen, und bisher hat man die Mauern noch nicht wieder rausgebrochen. Das Scharren meiner Stiefel auf dem Steinboden hallt von der Decke wieder, als ich hinter eine Säule trete und Caxton anscrype.

Ich bin mit meinem Bericht über die Aussage der Frau gerade erst zur Hälfte durch, da unterbricht mich Caxton: »Sie verschwenden meine Zeit.«

»Nein, tu ich nicht. Ich meine, das war kurz vor Mitternacht – und sie sagt, es war ein Dämon.«

»Unfug! Ich habe sie schon vernommen.« Caxtons Gesicht wackelt im Scryper, während sie die Brille aufsetzt und der Rand ihres Notizbuchs ins Sichtfeld ragt. »Ihr Name ist Caroline Beauchamp. Eine stadtbekannte Säuferin und Wichtigtuerin, außerdem ist sie so blind wie ein Maulwurf!«

Ich könnte jetzt einen naheliegenden Spruch ablassen, verkneife ihn mir aber und bemerke stattdessen: »Irgendwas hat den Wach-Elementargeist an der Pforte gründlich verstört. Klar, es würde mich auch ziemlich überraschen, wenn es tatsächlich ein Dämon war. Trotzdem, wir haben eine Zeugin, die aussagt, dass sie einen Mann, eine Frau im Nachthemd und einen Hund gesehen hat. Aber kein Wort davon, dass irgendjemand eine Leiche geschleppt hätte. Außerdem hat sie noch von einem anderen Kerl erzählt …«

»Haben Sie nichts Sinnvolleres, mit dem Sie sich beschäftigen können?«

Nebel überzieht den Spiegel, und ich starre in mein

eigenes Gesicht. Was noch immer kein besonders erfreulicher Anblick ist.

Ich verstaue meinen Scryper wieder in der Tasche und folge einer Reihe von Kerzen, die ins Hauptkirchenschiff führen. Heute ist die Nacht der Nächte. Überall wuseln Kleriker herum wie schwarze Käfer, und in den Seitenkapellen bauen kleine Trupps gewaltige Scryper auf. Ebenso wie die Arbeit mit Elementargeistern ist auch dies eine Aufgabe, die man versehen kann, wenn einem die Gabe genommen wird. Ein einzelner Magier kann in einer Stunde ein Dutzend Scryper installieren; sobald sie aufgebaut sind und in die richtige Richtung weisen, muss nur einer von uns, der längst jenseits des Höhepunkts ist, hereingestolpert kommen, kurz sein Bier abstellen und im richtigen Augenblick die richtigen Worte murmeln.

Ich vermeide den hellen Lichtkegel am Ende des Kirchenschiffs und biege nach rechts in das südliche Querschiff, wo meiner Erinnerung nach ein Gang durchs Kathedralen-Kloster direkt zum Bischofspalast führt. Aber ich komme nicht weit.

»Bruder Tobias!« Das ist mein Künstlername, wie ihr euch vielleicht erinnert.

Bleib cool, Frank. »Wer hat dich denn rausgelassen?«

Bruder Andrew verzieht das Gesicht. »Sie haben mich verdonnert, ich muss heute Abend bei der Messe mitmachen, die für St. Oswald …«

Er lamentiert weiter darüber, wie gründlich ihm das stinkt und wie verdammt unfair das alles ist. Da taucht zu meiner großen Überraschung aus der Dunkelheit hinter ihm Kazia auf.

Ihr Haarschnitt ist schon extrem, aber auf mich tut er seine Wirkung. Ich spüre die gleiche Erregung, wie wenn ich Magie anwende – und den gleichen leichten Schwindel. Meine Beine zittern. Einen Moment lang fürchte ich, aus den Latschen zu kippen.

»Hörst du mir überhaupt zu?«, jammert Andrew. »Dabei hab ich ihnen ausdrücklich gesagt, dass ich nichts damit zu tun haben will.«

Herr im Himmel, gibt es irgendeine Chance, dass du einen tödlichen Blitz herabzucken lässt? Ich verspreche dir auch, ab jetzt immer brav zu sein. »Mit was?«

»Mit der Messe. Warum bist du so zerstreut, Bruder?«

»Vergib mir, Bruder, es sind diese verfluchten Dämonen!«

Das sitzt. Er bekreuzigt sich und springt zurück. Direkt in Kazia hinein. »Hey, pass doch auf, wo du hinläufst!«, schnappt er.

»Pass doch selber auf!« Sie schubst ihn beiseite und wendet sich mit einem traurigen Lächeln zu mir. »Du warst gestern auch da.«

»Ja. Tut mir leid wegen …«

Ja, wegen was eigentlich? War Wallace denn überhaupt ihr Vater? Wenn ich sie so betrachte – und ich bin verdammt glücklich, sie betrachten zu können –, dann entdecke ich nicht die geringste Ähnlichkeit mit seinem Porträt in der Bibliothek.

Doch Andrew ist noch nicht am Ende. »Kapiert das denn niemand? Oswald war einer der falschen Propheten aus der Prophezeiung des –«

Sie schiebt sich vor ihn und streckt mir ihre Hand hin. »Mein Name ist Kazia.«

»Frank«, krächze ich.

Vielleicht liegt es daran, dass ich Magier bin, vielleicht hat es aber auch einfach nur mit meiner Persönlichkeit zu tun, dass Menschen es normalerweise vermeiden, mich zu berühren. Deswegen ist es etwas ziemlich Außergewöhnliches, wenn jemand mir die Hand gibt. Ihre ist weich – tja, womit hast du sonst gerechnet? Sie zittert ein wenig …

»Alles in Ordnung bei dir?«, frage ich.

Mein Puls rast, und ich frage mich, ob sie das auch spürt. Wie lange ich wohl einfach so stehen bleiben kann, bevor ich sie wieder loslassen muss?

»Du bist der andere Magier«, sagt sie. Ihre Hand entschlüpft meiner wie ein Geist.

Im Kerzenlicht schimmern ihre Augen so tiefblau, dass ich am liebsten in sie eintauchen würde; wäre da nicht dieser merkwürdige Schleier, der zu verbergen scheint, was unter ihrer Oberfläche schwimmt …

»Ich bin der Junior-Forgier, ja.« Warum musste ich das sagen?

»Wie bitte?«

»So nennt man uns – eine Abkürzung für forensische Magier.«

Ich muss hier unbedingt Prioritäten setzen. Ich meine, ich stehe da mit diesem Mädchen, das meine Knie in Pudding verwandelt, und bin total nervös, weil ich befürchte, etwas wirklich Blödes zu sagen. Am liebsten würde ich einfach nur hierbleiben und sie anstarren, um sie für immer in meiner Erinnerung zu bannen. Trotzdem muss ich jetzt nach unten in die Krypta und einen Blick auf die Überreste St. Oswalds werfen.

Ich drehe mich zu Andrew. »Können wir runter in die Krypta gehen?«

»Warum?«

»Ich möchte mir den Reliquienschrein ansehen.«

Ich bedauere bereits, dass ich ihn danach gefragt habe, denn Kazia blickt plötzlich ziemlich unglücklich drein. Doch es ist zu spät.

»Ich bin einfach nur neugierig«, höre ich mich selbst sagen. »Sie haben die Krypta damals bei der heiligen Messe geöffnet, als ich mein Gelübde abgelegt habe. Aber inzwischen habe ich vergessen, wie es dort unten aussieht.«

»Kein Wunder«, knurrt Andrew. Ich schätze, jetzt habe ich ihn verstimmt.

Und er ist offenbar nicht der Einzige. »Eigentlich wollte ich ja mit dir sprechen«, flüstert Kazia. Und für einen winzigen Moment glaube ich, dass sie wütend auf mich ist. Doch dann wird mir klar, dass sie vor allem enttäuscht ist. Was ich sehr bedaure.

Mein übertriebenes Pflichtgefühl ist ein kleiner Makel meiner ansonsten mustergültigen Persönlichkeit. »Tut mir leid, ich muss mir das wirklich dringend ansehen …«

»Aber …«

»Du kannst mitkommen«, sagt Andrew. Offensichtlich wirkt sie auch auf ihn. Er schnappt sich eine Lampe und beginnt die breiten, flachen Treppenstufen hinab in die Dunkelheit unter der Kathedrale zu steigen. Ich folge ihm, halte dann aber inne und drehe mich um. Kazia hat sich nicht von der Stelle gerührt. Zu meiner eigenen Überraschung strecke ich meine Hand aus.

Okay, sie greift nicht danach. Aber ein trauriges Lächeln – vielleicht ist es auch bloß Mitleid – huscht über ihr Gesicht. Sie schlüpft an mir vorbei und folgt Andrew.

Es ist schon Jahre her, seit ich zuletzt in der Krypta war. Der Ort ist eine tödliche Falle. Hier liegen überall Werkzeuge und Baumaterialien von den Restaurationsarbeiten herum, die Unmengen von Geld verschlingen, seit sie diesen Kasten erbaut haben. Ein paar Arbeiter spielen bei Kerzenlicht auf dem flachen Deckel eines Sarkophags Karten. Sie grinsen, als ich mir um ein Haar an dem niedrigen Bogengewölbe den Schädel einschlage.

Entlang der Wände sind genügend Reliquien aufgereiht, um daraus eine ganze Armee Heiliger basteln zu können. Man bewahrt hier den Unterarm und den linken Zeigefinger des heiligen Thomas Becket auf; eine Haarlocke von Maria Magdalena; die Schädel von St. Heinrich dem Geringeren und St. Michael von Abingdon; diverse Rippenknochen, unter anderem solche vom heiligen Paul, vom heiligen Peter, vom heiligen Johannes von Patmos sowie einem Dutzend weiterer Heiliger. Sämtliche Einzelteile sind in Schatullen und Gefäßen verstaut, von denen einige aus purem Gold sind. Andere wurden mit Rubinen und Smaragden verziert, die im Lichtschein von Andrews Lampe glitzern. Rundherum hängen an Nägeln in der hölzernen Täfelung Tausende Amulette aus Glas und Metall.

Hinten am Ende der Krypta befindet sich die zweite Klasse: das Beinhaus ist ein wahres Labyrinth aus Korridoren mit Regalen, in denen über Jahrhunderte die Schädel und Knochen der Termiten gestapelt wurden, für deren Besichtigung niemand zu zahlen bereit ist. Mag gar nicht daran denken. Es ist unheimlich dort, und man kriegt Platzangst. Ich konzentriere mich stattdessen auf das Mädchen, das direkt vor mir geht.

»Es ist kalt!«, sagt sie und schlingt ihre eigenen Arme um den Körper, bevor ich ihr anbieten kann, dies für sie zu tun.

»Von woher stammst du?« Ihre Aussprache fällt mir auf. Sie ist keine Engländerin. Sie artikuliert überdeutlich, so als müsste sie darüber nachdenken, was sie sagt. Irgendwie klingt es ein bisschen seltsam: als würde man mit den Fingern prüfend über Samt fahren, um herauszufinden, in welche Richtung der Strich verläuft.

»Litauen.«

»Von wo in Litauen?«

»Kernave. Hast du davon gehört?«

Der Name lässt etwas bei mir klingeln, aber was spielt das für eine Rolle? Hier und jetzt, Frank. Das zählt. Hier und jetzt …

Wir folgen Andrew unter weiteren gefährlich niedrigen Bogengewölben hindurch in eine Seitenkapelle, die mit einem kunstvollen schmiedeeisernen Gitter versperrt ist. In ihrem Inneren erspähe ich einen Altar mit zwei Kandelabern, ein schlichtes Messingkruzifix und ein merkwürdiges Objekt, das wie der Helm und der Schulterpanzer einer mittelalterlichen Rüstung aussieht.

Andrew nimmt einen schweren Schlüssel von einem Nagel in der Wand. »Man sollte das alles hier verbrennen.« Ohne Zweifel wird er eines schönen Tages noch Amok laufen. Er reicht mir die Lampe und bückt sich, um das Gitter aufzuschließen. »Abergläubischer Hokuspokus!«

»Aber was ist mit den Wundern?« Es gibt immer wieder Wunder – so wie das mit Marvos Tarotkarte.

»Pah!« Er stößt die Tür auf.

Ich trete beiseite, um Kazia hindurchzulassen. Auf dem Boden liegt dicker Staub und die Wände sind schimmelfleckig. Ich halte die Lampe hoch.

Nachdem man im Jahr 1553 Oswalds Kopf gefunden hatte, wurde dieses Ereignis wochenlang gefeiert, und zu dem Zeitpunkt, als endlich alle einen üblen Kater hatten, war Oxford auf dem besten Weg, einen der beliebtesten Reliquienschreine des christlichen Abendlands zu beherbergen. Die Leute strömten von überall herbei, um den Kopf zu küssen – eklig oder? – und dadurch von allen möglichen Krankheiten geheilt zu werden, die zu fies sind, um sie hier eingehender zu beschreiben. Die Kirche musste einen Weg finden, den Kopf vor Abnutzung zu schützen – und sein Werbepotenzial noch wirksamer auszuschlachten –, daher stopfte man ihn in diesen Reliquienschrein.

»Wow!«

Klar, ich habe ihn schon mal gesehen, aber ich hatte vergessen, wie fantastisch er ausschaut. Ich suche Kazias Blick und bin erleichtert, dass sie ihn ebenfalls gebannt anstarrt.

Das eigentliche Wunder an der Sache ist, dass dieser Reliquienschrein noch nie geklaut wurde. Er steht auf einem weißen Altartuch, ist aus purem Gold gefertigt und mit Juwelen übersät, die im Lampenlicht schimmern. Er ist so geformt, dass er Oswald ähnelt: der etwas mehr als lebensgroße Kopf und die Schultern eines Mannes, der eine Mönchskutte mit Kapuze trägt. An der Wand darüber hängt ein Gemälde, das zeigt, wie gerade jemand mit dem

Schwert nach seinem Hals ausholt, was Oswald erstaunlich gelassen zur Kenntnis nimmt.

Kazia sieht sich nervös um, als jemand draußen in der Krypta irgendetwas umstößt. Ich bin zu fasziniert, um dem echte Aufmerksamkeit zu schenken. Dieses Ding ist einfach verdammt schön.

Was sich aber im Inneren befindet … tja, das ist möglicherweise weniger schön. Es sind die sterblichen Überreste, wegen denen ich hier bin: der Kopf von St. Oswald. Heilige Materie, die wertvollste und magischste Substanz überhaupt. Ein Magier kann mit einer Reliquie jede Menge verrücktes Zeug anstellen. Aber Gott sei Dank gibt es ja die Sozietät, um die Welt davor zu schützen.

»Er ist immer noch da drinnen«, kichert Andrew. »Allerdings hat er mittlerweile ein paar Zähne verloren.«

Er plappert weiter munter vor sich hin, da höre ich eine Stimme rufen: »Frank.« Ich reiche Andrew die Lampe und ziehe meinen Scryper heraus.

»Was willst du?«

Sie hat ihren Mantel an und ich sehe, wie hinter ihr das Leichenschauhaus von Sonnenlicht überflutet wird. »Ferdia ist fertig.«

»Hab ich irgendwas verpasst?«

»Ich dachte, du hilfst mir, Alice zu finden. Schließlich ist es deine Schuld, dass sie abgehauen ist.«

»Ich bin beschäftigt.«

»Mit was? Wo steckst du?«

»Rate mal.«

Ich drehe den Scryper in Richtung Reliquienschrein. Andrew und Kazia können Marvos Gesprächsbeiträge nicht hören. Andrew beschwert sich gerade darüber, dass man ihn dazu verdonnert hat, den Reliquienschrein zur Abendmesse nach oben auf den Altar zu schleppen. Er wirkt ziemlich stinkig. Kazia dagegen wirkt ziemlich gelangweilt.

»Das ist die Krypta der Kathedrale, richtig?«, fragt Marvo. »St. Oswald …«

»Ja, ich wollte mal schauen, wie's ihm so geht.« Ich drehe den Scryper wieder um, sodass ich sie im Spiegel sehen kann. »Bist du zufrieden?«

Doch sie wirkt plötzlich wie versteinert. Ihr Mund steht offen und ein merkwürdiger, abwesender Ausdruck scheint in ihrem Gesicht eingefroren. Ihre Augen schließen sich. Sie ist kreidebleich.

»Marvo?«

Sie wirkt, als würde sie gleich aus den Latschen kippen.

»Hallo?«

Keine Antwort. Andrew starrt mich verwirrt an. Ich blase über den Spiegel, sodass er für einen Augenblick von Nebel verschleiert wird. Als er sich wieder klärt, sind Marvos Augen weit aufgerissen, so rund und blank wie der Mond, und sie starrt mich an, als hätte sie mich noch nie im Leben gesehen.

»Marvo!«

Sie zuckt wie eine Stoffpuppe, die heftig hin und her geschüttelt wird. »Er ist im Reliquienschrein …«

»Wer?«

»Wallace' Kopf. Er ist im Reliquienschrein.«

Eingebung.

Darum geht es bei diesem ganzen Theater. Toffies –

jedenfalls die guten – haben nicht nur scharfe Augen, sie erfahren auch diese besonderen Zustände. Manche würden sie vielleicht magisch nennen, andere Trance. Auf mich wirkt es so, als würden diese ganzen Informationen auf sie einströmen und sie müssten sich extrem konzentrieren, um einen Sinn herauszufiltern, während der Rest der Welt komplett ausgeblendet wird.

Sucht euch einfach die Erklärung aus, die euch am besten gefällt. Aber eins steht jedenfalls fest: Es ist wesentlich grusliger als viele der Präsenzen, denen ich begegnet bin.

Und ausnahmsweise fehlen mir echt die Worte, als mir aufgeht, dass sie recht hat: Das ist gar nicht Oswalds Schädel dort im Reliquienschrein, oder? Keine Ahnung, wie es euch geht, aber für mich ist absolut klar, dass Marvo den Nagel hammerhart auf den Kopf getroffen hat, da drinnen ist …

Ta-dah! Der fehlende Kopf.

»Es ist so, wie Akinbiyi gestern in der Bibliothek vermutet hat.« Marvos Stimme zittert. »Jemand versucht, uns etwas mitzuteilen. Kapierst du denn nicht, Frank? Das ist nicht einfach nur ein Mord, es ist eine *Botschaft*.«

»Okay, ich kümmere mich darum.«

Als ich den Scryper zuschnappen lasse, höre ich Marvo gerade noch sagen: »Ich bin gleich bei dir.«

»Sorry wegen der Unterbrechung.« Ich trete zum Reliquienschrein. Auf einer Seite befindet sich ein kleiner Riegel, mit dem sich die Vorderseite öffnen lässt. Genau an dieser Stelle bemerke ich Wischspuren in dem auf dem Gold abgelagerten Staub. Ich ziehe ein Paar Seidenhandschuhe aus meinem Koffer – denn ich hoffe auf eine Kontiguität zwischen dem Reliquienschrein und der Person, die ihn geöffnet hat, und will diese nicht stören. Dann greife ich nach dem Riegel.

»Das darfst du nicht!« Andrew schlägt meine Hand weg. »Es ist eine heilige Reliquie, auch wenn sie das eigentlich nicht sein dürfte.«

Ich will ihm gerade erklären, dass es wohl eher ein verschwundener Bischof als eine heilige Reliquie ist. Doch dann blicke ich zu Kazia auf. Sie beobachtet mich aufmerksam, und ich erinnere mich an ihren Gesichtsausdruck, nachdem sie das Tuch von der Leiche auf der Transportliege heruntergerissen hatte. Ich will sie beeindrucken; doch sie soll nicht entsetzt schreiend die Wände hochgehen.

»Entschuldige.« Ich trete zurück und ziehe die Handschuhe aus.

Von draußen ertönt ein weiteres Geräusch. Kazia umklammert das schmiedeeiserne Gitter und späht in die Dunkelheit der Krypta.

»Ihr könnt ja heute Abend zu der Messe kommen, wenn ihr ihn sehen wollt«, erklärt Andrew. »Ich muss dabei helfen, den Schrein zum Hochaltar zu schleppen. Dort wird er dann geöffnet, damit ihn die Ungläubigen anbeten können.«

Natürlich. Das ist der Zeitpunkt, an dem die Botschaft übermittelt werden soll.

Er wendet sich an Kazia. »Du kommst doch, oder?«

Doch sie ist verschwunden. Ich renne zum Ausgang der Kapelle und sehe gerade noch, wie ihre Silhouette die Treppe zum Kirchenschiff hinaufhuscht.

»Sorry. Ich muss los.« Ich packe meinen Koffer. »Danke.« Denn schließlich ist es ja nicht Andrews Schuld, dass ihn seine Eltern in der Hoffnung, sich Plätze im Himmel zu sichern, den Termiten überlassen haben.

Als ich oben anlange, ist keine Spur von Kazia zu sehen. Aber auf den Boden des südlichen Querschiffs fällt ein dünner Lichtstreifen, der immer schmaler wird, während die Verbindungstür zum Kloster zufällt.

Ich höre Schritte, und als ich mich umdrehe, rechne ich eigentlich mit Andrew, der aus der Krypta heraufkommt. Stattdessen ist es dieser gedrungene Kerl, der mich vorhin beobachtet hat – und den Caroline Beauchamp unten am Fluss bemerkt hat. Falls er noch was von seiner Umgebung wahrnehmen kann, handelt es sich wohl um ein weiteres Wunder, denn er trägt immer noch seine Sonnenbrille. Vielleicht ist er ein Tourist, der von dem unerhörten Glanz dieses Bauwerks geblendet wird. Vielleicht ist es aber auch einer von der Anti-Magier-Bruderschaft, der etwas Unangenehmes im Schilde führt. Ich beschließe, lieber draußen auf Marvo zu warten, und eile zum westlichen Portal.

10.
Kapitel

Ich schleiche hinüber zur Brücke, wobei ich nach Gefahren Ausschau halte. Als der Sonnenbrillentyp nach fünf Minuten noch nicht aufgetaucht ist, entspanne ich mich ein wenig und beobachte eine Gruppe Bullen in hohen Gummistiefeln, die im Schilf herumstochern. Durch die Bäume erkenne ich die Pforte zum Palastgarten, in dem jetzt ein brandneuer Elementargeist in dunklem Anzug und blauem Hemd patrouilliert.

Noch bevor mich dieser Anblick allzu sehr langweilen kann, ertönt hinter mir ein Schrei. Es ist Marvo, die halb aus einer Transportkutsche hängt. Sie sieht völlig erledigt aus: bleich wie ein Gespenst, dunkle Ringe unter den Augen und was sonst noch so dazugehört.

Eingebung. Es hat eben alles seinen Preis.

Wieder drinnen in der Kathedrale immer noch keine Spur des Sonnenbrillentyps, aber die Vorbereitungen für die Messe heute Abend laufen jetzt auf Hochtouren. Überall wuseln Leute herum, basteln an den Scrypern, fegen zwischen den Bankreihen, verteilen Gesangbücher, rammen neue Kerzen in die Leuchter, hängen Banner auf.

Unten in der Krypta sind die Bauarbeiter zu sehr mit Aufräumen beschäftigt, um uns eines Blicks zu würdigen. Als wir jedoch in den hinteren Teil gelangen, drängt sich in der Seitenkapelle eine Gruppe von Klerikern und sieht einer alten Frau in einem zerlumpten grauen Mantel dabei zu, wie sie den Reliquienschrein poliert.

»Warum hast du ihn denn nicht geöffnet?«, zischt Marvo mich an.

Mein Kumpel Andrew drückt sich im hinteren Teil der Kapelle herum, mit verschränkten Armen und missbilligender Miene.

Marvo lässt nicht locker: »Es war wegen des Mädchens, stimmt's?«

»Welches Mädchen?« Hey, probieren kann man es ja.

»Das Mädchen aus dem Palast.« Marvo zieht ihren Scryper heraus. »Versucht nicht, mich für blöd zu verkaufen, Frank – ich hab sie gesehen.«

Ich könnte ihr jetzt irgendeine Lügengeschichte auftischen, aber was soll's? »Ich wollte nicht, dass sie sich ekelt, okay. Denn falls du recht hast …«

»Ich *habe* recht.«

»… dann steckt in diesem Reliquienschrein immerhin der Kopf ihres Onkels.«

»Ich hab dir doch schon erklärt, dass Bischof Wallace ihr Vater ist …«

»Stammte Wallace denn aus Litauen? Denn von dort kommt sie nämlich.«

»Offenbar habt ihr ja richtig ausgiebig miteinander geplaudert.«

»Jedenfalls kennt sie den toten Typen. Und es würde

mich echt überraschen, wenn er inzwischen noch einigermaßen vorteilhaft ausschaut. Ich wollte ihr keinen Schreck einjagen.«

»Du wolltest dir deine Chancen bei ihr nicht vermasseln, das war's wohl eher.« Marvo blickt sich um. »Wie auch immer, jetzt ist sie ja weg ...«

»Warte.« Ich halte sie am Arm fest und bin erneut verblüfft, wie mager sie ist. »Der Typ dort in der Ecke, neben Andrew.« Marvo macht große Augen. Er hat inzwischen nur noch ein einzelnes Kruzifix um den Hals hängen, und das eiserne Kreuz oben an seinem Stab fehlt, aber es ist eindeutig der fette Priester mit dem Leberfleck aus Alice Constants Wohnhaus.

»Ich scrype Caxton an«, zischt Marvo und versucht, ihren Arm zu befreien.

»Nein.« Und bevor uns jemand bemerkt, ziehe ich Marvo durch die Krypta zurück zum Treppenaufgang.

Es ist ein ziemlicher Kampf, trotzdem gelingt es mir, Marvo aus der Kathedrale und in den Transporter zu zerren. Dort weise ich den Kutscher an, uns zu meiner Behausung zu bringen. Auf meiner magischen Uhr ist es jetzt kurz nach fünf Uhr nachmittags. Vorsichtshalber habe ich auf die beiden staubigen Kutschenfenster wieder meine Pentagramme gezeichnet, doch selbst wenn sie das Böse erfolgreich abhalten sollten, können sie Marvo nicht zum Schweigen bringen.

»Frank, wir müssen unbedingt Caxton verständigen. Und wir müssen noch mal da rein, diesen Schrein öffnen.«

»Nein, wir lassen alles genau, wie es ist. Die Dinge sollen sich ungestört entwickeln.«

Marvo starrt mich an. »Und wozu bitte soll das gut sein?«

»Punkt eins: Falls du doch falsch liegen solltest, ersparen wir uns einen Riesenärger, weil wir dann nicht einen Heiligen an seinem großen Tag aus seiner Grabesruhe reißen.«

»Aber ich liege nicht falsch.«

»Punkt zwei: Du hast selbst gesagt – das Ganze ist eine Botschaft. Also hör zu, Marvo …«

»Lassen wir es bei Marvell. Meinetwegen kannst du mich auch Magdalena nennen, ist mir egal.«

Sie ist offenbar wild dazu entschlossen, die beleidigte Leberwurst zu spielen, und je mehr ich es ihr zu erklären versuche, desto trotziger wird sie auf dem Gegenteil beharren, als hinge ihr Leben davon ab.

»Gut«, sage ich. »Hör zu, Magdalena. Sie werden während der Messe heute Abend den Reliquienschrein öffnen. Wir können also dabei sein und mitverfolgen, wie die Leute reagieren. Und vielleicht kriegen wir dadurch einen Anhaltspunkt, um was es sich bei der ganzen Sache überhaupt dreht.«

»Vielleicht ist das Mädchen ja auch da.«

»Versteh doch, ich bin nur deshalb in die Kathedrale, weil ich den Reliquienschrein unter die Lupe nehmen wollte. Du weißt schon, um mir selbst ein Bild von diesem ganzen Getue um St. Oswald zu machen.« Natürlich kann ich jetzt schlecht beschwören, mir wäre niemals der Gedanke gekommen, ich könnte Kazia dort begegnen, aber trotzdem …

»Ehrlich.«

Wir sitzen beide schmollend da und starren aus den

Fenstern, bis wir den halben Weg den Hügel zum Termitennest hinauf sind und Marvell erneut loslegt.

Ich verstehe ja, dass Caxton eine Nervensäge ist. Als ob wir das nicht längst alle wüssten. Trotzdem schwadroniert Marvo weiter darüber, wie unfair das *alles* ist, nur weil wir jung sind und Dinge tun können, die Erwachsenen verwehrt sind … zum Beispiel Gegenstände sehen, die kleiner als ein Wohnhaus sind.

Ich will gerade einwerfen, dass sie es doch mit Caxton ziemlich leicht hat; doch sie ist bereits dazu übergegangen, mir zu erklären, es sei nicht ihr Fehler, dass sie und ich einen so schlechten Start hingelegt haben. Ihr habe nämlich niemand vorher irgendwas erklärt, was wieder mal so typisch dafür sei, wie man Toffies und Nekros behandle. Also nehme ich mir ein paar Minuten Zeit, ihr zu erklären, dass Nekro die Abkürzung für Nekromant ist; und dass Nekromanten üblicherweise Tote zum Leben erwecken, um die Zukunft vorherzusagen. Ein Vergehen, für welches man übrigens leicht auf dem Scheiterhaufen landen könne, weswegen ich es vorziehen würde, wenn sie bei »Magier« bliebe – oder meinetwegen auch bei »Freak«, wenn es denn sein müsse.

Sie verstummt, worauf wir beide dasitzen und aus gegenüberliegenden Fenstern starren, bis es aus ihr herausplatzt: »Aber es ist trotzdem nicht fair. Ich habe schon Caxton im Nacken, die mich ständig dazu drängt, dass ich eine Eingebung kriege und den Fall für sie löse. Und wenn ich dann tatsächlich mal eine habe, dann schnauzt du mich an, ich soll deswegen bloß die Klappe halten.«

»Tut mir leid.« Ich kann kaum glauben, was da über meine Lippen kommt. »Also, dieser fette Priester – wir wissen bestimmt, dass er bei der AMB ist. Außerdem war da noch dieser andere Kerl ...«

»Welcher andere Kerl?«

Ich berichte ihr von dem Sonnenbrillentypen, der mir am Fluss und in der Kathedrale gefolgt ist, und von der Frau vor dem Armenhaus, die ihn in der Mordnacht draußen vor dem Palast gesehen hat.

»Also glaubst du, er ist auch einer von der AMB, ja? Und diese Kerle haben Wallace auf dem Gewissen?«

»Na ja, wir wissen immer noch nicht sicher, ob es wirklich Wallace war.«

»Ach, jetzt mach aber mal einen Punkt, Frank!«

»In Ordnung. Also, ganz offensichtlich mochte die AMB sein Buch nicht sonderlich. Ich fand's ja auch ziemlich öde. Doch dann dieser ganze Aufwand ... das ist irgendwie alles zu *kompliziert,* um auf ihrem Mist gewachsen zu sein. Ich meine, klar, sie krakeelen herum und gehen gern mit Messern auf Magier los ...«

»Was ich ihnen nicht verdenken kann.«

Nach diesem Einwurf hocken wir zunächst eine Weile schweigend da. Doch als wir schließlich das Termitennest erreichen, kann sie nicht mehr an sich halten: »Was ist eigentlich Kontiguität?«

»Haben sie euch das nicht beigebracht?«

»Nur dass es eine Kraft ist. So wie die Schwerkraft, aber magisch.«

Ich verstehe das als ein Nein. Aber immerhin reden wir jetzt wieder miteinander, also achte ich auf die Wahl meiner Worte ...

»Sympathetische Magie. Erstes Gesetz: das Gesetz der

Analogie. Ein Magier kann eine Wirkung erzielen, indem er sie imitiert. Auf diese Art funktionieren Flüche. Du stellst eine Wachspuppe her, die jemandem ähnelt; dann stichst du Nadeln in die Puppe, und das Opfer fühlt den Schmerz.«

»Aber so was funktioniert doch nicht.«

»Wenn du es richtig anstellst, kannst du jemanden damit töten.«

»Hast du das schon mal getan?«

Ich setze ein rätselhaftes Lächeln auf und presse meine Fäuste gegeneinander, sodass die Knöchel sich berühren.

»Zweites Gesetz: das Gesetz der Kontiguität. Wenn irgendein Objekt in Berührung mit einem anderen kommt, dann entsteht eine physikalische Affinität – sie erinnern sich gewissermaßen aneinander.«

Ich bewege die Fäuste auseinander. »Wenn sie wieder voneinander getrennt werden, dann wird die Kontiguität über die Zeit hinweg abgeschwächt, doch sie verschwindet nie ganz. Wenn du am Strand einen Kieselstein aufhebst, dann erzeugt das eine Kontiguität. Du kannst ihn ins Meer hinaus werfen, aber die Affinität zwischen dir und diesem Kieselstein dauert weiter an.«

»Was ist der Unterschied zwischen Kontiguität und Affinität?«

»Kein Unterschied. Kontiguität ist ein technischer Begriff. Manchmal verwende ich einfach Affinität, um ermüdende Wiederholungen zu vermeiden. Also, diesen Kieselstein, den du weggeschleudert hast, den könnte ich irgendwann identifizieren, indem ich sämtliche Kieselsteine aufhebe und sie teste.«

»Das würde ja ewig dauern!«

»Klar, da ist es schon einfacher, jemand gibt mir einen Kieselstein und ich überprüfe, ob du ihn je in der Hand hattest.«

Sie nickt und sagt: »Deshalb hat Ferdia einen Kontiguitätstest mit den Haaren der Leiche und denen auf der Haarbürste aus Bischof Wallace' Schlafzimmer vorgenommen. Er meint, das ist absolut sicher.«

»Aber er ist jenseits des Höhepunktes. Außerdem kann die Bürste eine bewusst gelegte falsche Spur sein.«

»Das habe ich auch zu bedenken gegeben. Aber Akinbiyi hat sie zweifelsfrei identifiziert.«

»Und da er ein Kleriker ist, muss er schließlich die Wahrheit sagen.«

Tja, die Termiten: Sie mögen mich zwar kein bisschen mehr, als ich sie mag, aber immerhin haben sie sich an mich gewöhnt. Der Beweis dafür steht in der Küche: zwei Teller mit kaltem Schinken. Den Teller aus dem Kühlschrank reiche ich Marvo. Und da das Schoßhündchen des Kochs den Teller auf dem Boden noch nicht angerührt hat, schnappe ich ihn mir für mich selbst.

»Bist du sicher, dass er nicht vergiftet ist?«, fragt sie und schnüffelt misstrauisch daran.

»Hier.« Ich tausche den Teller mit ihr. »Einem Hund würden sie niemals was antun.«

Es wird bereits dunkel, als wir durch den Gemüsegarten hinüber zu meiner Werkstatt traben. Es sieht fast so aus, als wären wir wieder Freunde, doch da fängt sie von vorne damit an. »Warum musstest du dich bei Alice unbedingt wie ein Vollidiot aufführen?«

»Woher konnte ich denn wissen, dass sie Angst vor Mäusen hat?«

»Hat sie gar nicht.« Marvo runzelt die Stirn. »Jedenfalls hatte sie noch keine, als wir uns kennengelernt haben. Damals auf dem College hatte sie sogar eine Ratte als Haustier. Ich hab dir doch erzählt, dass sie eine Ausbildung zur Toffie …«

»Nein, hast du nicht.«

»Weißt du eigentlich, wie man mich entdeckt hat? Als Toffie, meine ich.«

»Nein. Aber ich wette, du wirst es mir gleich erzählen.«

»Ich war zwölf, ja? Ich war mit meiner Mutter in der Stadt, und da hab ich diesen alten Kerl bemerkt, der diesen Trick mit den drei Hütchen machte.«

Natürlich kenne ich diesen Schwindel. Man nimmt einfach drei Walnussschalen oder irgendetwas anderes, und man braucht eine glatte Fläche. Dann legt man eine getrocknete Erbse unter eine der Schalen und verschiebt diese mit höllischer Geschwindigkeit.

»Ich hab's sofort durchschaut«, erklärt Marvo. »Es war reine Fingerfertigkeit, so wie dein Trick mit der Tarotkarte. Bevor er die Hütchen verschob, ließ er die Erbse verschwinden, und nachdem irgendein Trottel zehn Pfund auf eins der Hütchen gewettet hatte, ließ er sie unter ein anderes gleiten. Ich wollte gerade die Bullen rufen, da packte mich dieser Typ am Arm, hielt meiner Mutter eine Dienstmarke unter die Nase und erklärte, dass er von deinem Haufen ist …«

Richtig, das ist ein weiterer Job, den man jenseits des Höhepunkts ausüben kann: an Straßenecken herumhängen und billige Tricks abziehen, um Toffies zu rekrutieren.

»Also lassen die mich zu diesen Tests antanzen – Tricks mit Spielkarten und solchen Kram –, und dort traf ich dann auf Alice.« Marvos Stimme hat einen merkwürdigen Tonfall angenommen. »Irgendwie kannten wir uns noch aus Grundschulzeiten.«

»Tja, die Welt ist klein.« Wir steigen die Treppe zu meiner Luxusresidenz hinauf. Ich halte Marvo die Außentür auf, damit sie vor mir eintreten kann, wobei sie unermüdlich weiterplappert.

»Ich schaffte die Tests, aber Alice fiel durch. Eigentlich hätte sie das leicht packen müssen, denn sie war richtig gut. Aber sie war so nervös wegen der Prüfungssituation …«

Ich höre ihr nicht wirklich zu. Stattdessen denke ich darüber nach, dass wir bald den Kopf aus dem Reliquienschrein haben werden und einen Kontiguitätstest mit der Leiche durchführen können. Dann haben wir endlich einen Anhaltspunkt, was hier eigentlich vorgeht.

Marvo bleibt vor der Tür zu meiner Werkstatt stehen. »Daher denke ich, du solltest mir dabei helfen, sie zu finden. Hier läuft irgendwas total Merkwürdiges ab, und ich möchte nicht, dass ihr was zustößt, nur weil du dich wie ein Volltrottel aufführst.«

Ich pfeife und meine Tür öffnet sich sofort. Wenigstens sie scheint mich noch zu mögen. Als ich im Inneren das Gaslicht anzünde, hängt in der Luft ein Gestank nach Katze, die nie wieder Fisch essen wird.

Marvos Nase kräuselt sich. »Himmel, lüftest du denn nie hier drin?«

Mehr Sorgen bereitet mir die Formel, die von meiner

Tafel auf uns herabstarrt – Kram, für den man mich sofort rösten würde.

»Also, einverstanden?«, fragt Marvo. »Du hast doch sicher irgendeinen Zauber parat, um sie zu finden.«

»Wegen dir muss ich nächste Woche vor dem Disziplinarrat antanzen. Sie werfen mir schweres Fehlverhalten vor.«

»Wie schwer?«

»Sehr schwer. Ich könnte sogar meine Lizenz verlieren.«

»Vielleicht bist du ohne Lizenz sogar besser dran.«

»Und vielleicht wirst du es richtig genießen, blind zu sein.«

Das bringt sie zum Schweigen. Der große Nachteil, wenn man ein Toffie ist: Man sieht gestochen scharf, bis man fast dreißig ist. Und dann wird man fast auf einen Schlag stockblind.

Schon klar, Leute, ich weiß, dass ich sie nicht sonderlich gut behandle. Aber sie gibt einfach keine Ruhe. Ich bin todmüde, mir gehen tausend Sachen durch den Kopf, und sie hört nicht auf, mich zu piesacken. Das ist das übliche Problem mit Toffies – ich meine, das macht sie einerseits so brauchbar, andererseits gehen sie einem tierisch auf den Geist.

»Also, was ist jetzt mit Alice?«, will sie wissen.

»Frag Ferdia.«

»Ja, aber er hat seinen Höhepunkt schon hinter sich, oder? Also ich meine das jetzt nicht abfällig – er ist richtig nett und so!«

Sie stopft sich mit den Fingern Schinken in den Mund. Ich habe einen weiteren Fehler in meiner Formel entdeckt.

Ich stelle den Teller ab und schnappe mir ein Stück Kreide. Nachdem ich ein paar Symbole mit den Fingern ausgewischt habe, ersetze ich sie durch neue.

»Was ist das?«

»Magie.«

»Für was ist sie gut?«

»Sie lässt Tote wiederauferstehen. Es ist John Dees letzte Inkantation.«

John Dee war Hofastrologe und Berater von Königin Elisabeth der Ersten. Er sprach mit Engeln und behauptete, er hätte Tote durch eine von ihm entwickelte Zauberformel auferstehen lassen, die legendäre *Letzte Inkantation*. In den vier Jahrhunderten seit seinem Tod haben viele Magier ihr ganzes Leben darauf verwendet, diese Formel zum Funktionieren zu bringen.

»Oh ja, ich hab von ihm gelesen. Und ich hab auf einem Friedhof ein Bild von ihm gesehen mit diesem toten Typen, der in ein Leichentuch gewickelt einfach nur dasteht. Ziemlich gruseliges Zeug, mit dem du dich da so beschäftigst.«

»Richtig.«

Sie sieht mir eine Weile zu, wie ich hastig auf die Tafel kritzele, und fragt dann: »Soll ich gehen?«

»Ich muss hier noch allen möglichen Kram erledigen. Ich seh dich dann später in der Kathedrale.«

Aber sie rührt sich nicht von der Stelle. Ich tue mein Bestes, um sie zu ignorieren, aber schließlich sagt sie: »Frank, mir ist aufgefallen, wie merkwürdig sich Leute dir gegenüber verhalten.«

»Ja, das liegt nicht nur an mir. Den meisten Magiern geht es so.«

»Aber dieses Amulett, mit dem Caxton ständig herumfummelt…«

»Das wird ihr nicht viel nützen.«

»Vor was hat sie solche Angst?«

»Davor, dass ich sie in eine Kröte verwandele.«

»Nein, ernsthaft. Ich meine, mir gegenüber verhält sie sich ganz okay, und bei dir geht sie immer gleich die Wände hoch. Klar, du bist ein Magier, aber ist das denn so schlimm? Es ist doch nicht verboten, und du hilfst ihr bei einer Menge Sachen.«

»Hast du es denn wirklich noch nicht kapiert?« Ich lasse die Kreide in eine Schachtel fallen. »Wenn es keine Magier gäbe, würde die ganze Welt in sich zusammenkrachen. Leute wie Caxton sind total von Magiern und Toffies abhängig.«

»Ist mir auch klar.«

»Und mit Magiern hat es noch mal eine besondere Bewandtnis. Wir haben die Welt erschaffen, so wie sie ist. Und wir können sie jederzeit wieder vernichten.«

Ich werfe einen Blick auf die Uhr: Mir bleibt noch etwas Zeit für eine kleine Vorführung. Ich ziehe an der Kette, um die Fensterluke zu öffnen. Dann nehme ich einen Bunsenbrenner heraus und stelle einen kleinen Schmelztiegel darauf.

»Hier kommt die perfekte Gelegenheit«, verkünde ich. »Für das nun Folgende kannst du mich echt hinhängen.«

Es ist ein absolut elementarer… nein, es ist *der* elementare Zauber. Ich brauche nicht einmal einen Zauberstab dazu. Marvo steht einfach da und verfolgt gebannt, wie ich meine Regale durchwühle und schließlich das Glas mit den Zinnspänen finde.

»Die traditionelle Zutat ist Blei«, erkläre ich, während ich das Zinn in den Schmelztiegel kippe. »Aber Zinn hat einen niedrigeren Schmelzpunkt. Besser du ziehst das hier über.«

Ich werfe ihr eine Gesichtsmaske zu und beginne, ein paar Stückchen Eichenrinde zu Pulver zu zerreiben.

»Hast du jemals von Aleister Crowley gehört? Er hat Magie als die Wissenschaft und Kunst definiert, Veränderungen hervorzubringen, und zwar in Abhängigkeit vom eigenen Willen. Mit anderen Worten, man muss nicht die Gabe besitzen, um Magie zu wirken – man schafft es auch einfach durch reine Willenskraft.«

»Hat es bei ihm funktioniert?«

»Hat er jedenfalls behauptet. Niemand weiß es wirklich, trotzdem hat man ihn verbrannt. Halt Abstand, das ist giftig.«

Das Zinn ist geschmolzen. Ich gebe eine Unze Grünspan hinzu, fünf Drachmen Arsen, einigen anderen Kram, den ich euch hier nicht verrate, sowie ein paar Tropfen Salpetersäure. Ich springe zurück, als der Schmelztiegel bösartig zischt und meine Beschwörungen übertönt. Der Gestank ist bestialisch – aber immerhin vertreibt er den Duft von vergammelnder Katze. Ich vollführe die letzten magischen Zeichen, dann drehe ich den Bunsenbrenner herunter und winke sie näher.

»Nicht die Dämpfe einatmen.«

Sie späht in das Gefäß. Das geschmolzene Metall auf dem Grund glänzt jetzt hellgelb.

»Ist das Gold?«, flüstert sie.

»Erzähl es ruhig Caxton, wenn du willst. Das bringt dir sicher eine Beförderung ein …«

»Und was ist dann mit dir?«

»Ich würde meine Lizenz verlieren.« Ich wackle mit den Fingern. »Und die hier vermutlich auch.« Ich fange an, meine Gerätschaften wieder wegzuräumen. »Der Beginn aller Magie war die Alchemie. Alle möglichen Idioten haben Jahrhunderte mit den Versuchen verbracht, einfaches Metall in Gold zu verwandeln. Und bis sie es endlich herausfanden, haben sie nebenher gelernt, wie man Dämonen heraufbeschwört, Prinzen in Frösche verwandelt – den ganzen Hokuspokus. Aber Gold herzustellen, das war immer das oberste Ziel.«

»Ist es echt? Ich meine, könnte ich …?«

»Mitte des 18. Jahrhunderts warf man die Spanier aus Amerika raus. Kein Silber mehr, kein Zucker mehr. Und vor allem kein Gold. Ihr Staat drohte bankrott zu gehen. Also riefen sie sämtliche Magier des Königreichs zusammen. Diese lösten die letzten verbliebenen Probleme der Alchemie – wie du siehst, ist es höchst einfach, wenn man weiß, wie es geht – und begannen, große Mengen an Gold zu fabrizieren. Sie schmolzen Waffen ein, rissen das Blei von sämtlichen Kirchendächern …«

Marvo starrt immer noch in den Schmelztiegel. Ich nehme eine Zange von einem Haken an der Wand.

»Es gab eine regelrechte Panik. Jedes Land in Europa hat jeden verfügbaren Magier eingespannt. Die Welt wurde überschwemmt mit Gold, daher fiel sein Wert ins Bodenlose. Es dauerte nicht lange, und Gold war weniger wert als das Blei und das Eisen, die zu seiner Erzeugung eingeschmolzen worden waren. Es dauerte ein ganzes Jahrhundert, bis all das Gold zurückverwandelt war und die Menschen wieder einigermaßen bei Verstand waren.«

Ich hebe den Schmelztiegel hoch und kippe das geschmolzene Gold in ein Wasserbecken, wo es zischt und blubbert.

»Du willst wissen, wovor sich alle so fürchten? Ein paar Magier reichen, um riesigen Schaden anzurichten. In der ersten Genfer Konvention von 1864 wurde festgelegt: Alle Länder willigen ein, keine Magier für militärische oder ökonomische Zwecke einzusetzen. Diese Regelung ist wunderbar, solange die Zahl der Magier auf natürliche Weise begrenzt bleibt, weil sie die Gabe besitzen müssen – und weil sie ihnen irgendwann wieder genommen wird. Aber was, wenn Crowley recht hatte? Wenn jeder Magie ausüben kann? Dann würden bald eine Menge Menschen draußen in ihren Geräteschuppen stehen und Kochpfannen und Regenrinnen einschmelzen.«

Marvo lächelt düster. »Also wären wir ohne Magie besser dran.«

»Vielleicht wäre dein Bruder dann ja noch am Leben.«

»Das ist nicht witzig, Frank.«

»Tut mir leid.« Ich weiß auch nicht, warum ich sie ständig provozieren muss. »Vierundzwanzigkarätiges Gold ist zu neunundneunzig Komma neun Prozent rein. Und das Gold der Alchemisten: Es ist zu hundert Prozent rein. Wenn man es zu verkaufen versucht, wird man sofort verhaftet. Deshalb legiere ich es mit Kupfer, bevor ich es für ein Taschengeld verscherbele.« Mit einem Löffel fische ich den unförmigen gelben Klumpen heraus und kippe ihn auf die Arbeitsbank. »Wie gesagt, zeig mich ruhig an. Stopp mich, bevor ich richtigen Schaden anrichten kann.«

»Du brauchst vor allem dringend Schlaf.«

Völlig unerwartet streckt sie ihre Hand aus und streicht mir mit dem Rücken ihrer Finger über die Wange. Die Berührung lässt mich erzittern, und eine Sekunde lang fürchte ich sogar, dass ich zu weinen anfange. Ich zucke zurück.

»Tut mir leid«, murmelt sie und errötet.

»Ich mag es nur einfach nicht, wenn man mich anfasst.«

»Und was, wenn es das Mädchen gewesen wäre?«

»Welches Mädchen?«

»Ach, halt doch den Mund, Frank.« Sie schnappt sich ihren Mantel. Ich hebe die Hand und die Tür öffnet sich. Sie macht einen Schritt … dann bleibt sie abrupt stehen und zerrt ihren Scryper hervor. Sie winkt mich ärgerlich weg und stapft in den Korridor hinaus. Ich höre sie sagen: »Sind Sie sicher? Wo?« Sie taucht wieder im Türrahmen auf und zischt: »Wallace' Kopf.«

»Was ist damit?«

»Sie haben ihn gefunden.«

»Schade.« Ich hatte mich schon darauf gefreut mitzuerleben, wie der Reliquienschrein vor der ahnungslosen Gemeinde geöffnet würde.

Sie wedelt mit den Händen, um mich zum Schweigen zu bringen. »Bin schon unterwegs.« Sie klappt den Scryper zu. »Sandford Lock. Er wurde am Ufer angespült.«

»Dann ist es nicht Wallace.«

»Red keinen Schwachsinn.«

»Hey, du bist doch diejenige, die hier diese Eingebung hatte. Marvo …«

»Ich hab dir schon mal gesagt, du sollst mich nicht so nennen!«

»Warum dagegen ankämpfen? Du weißt, dass es zu dir passt.«

Ich bringe die Teller zurück in die Küche. Es liegen noch ein paar Knorpelstücke darauf, mit etwas Glück wird der Hund daran ersticken, und ich kriege neue Ersatzteile. Fünf Minuten später bin ich draußen auf der Straße, und der Kutscher zeigt mit den üblichen zwei Fingern auf mich.

Marvo hockt bereits hinten im Transporter. »Caxton bringt mich um.«

»Dann geh auf Nummer sicher«, sage ich. »Fahr nach Sandford.«

Während sie noch mit sich ringt, steigt eine einzelne Feuerwerksrakete in den Himmel und explodiert in einem weißen Stern. Eine der fünf Spitzen ist ziemlich verkümmert, aber die Farben sind prächtig. Der Stern wird rot, dann blau und immer dunkler, bevor er verschwindet. Einem langen, traurigen Zischen folgt ein ohrenbetäubender Donner, als Hunderte von winzigen goldenen und silbernen Bombetten explodieren. Ein Geruch nach Gewürzen macht sich breit.

»Nö, ich vertraue meiner Eingebung. Steig ein.«

Ich werfe meinen Koffer ihr gegenüber auf die Sitzbank. Sie hämmert gegen das Dach, die Kutsche macht einen Satz nach vorn, sodass ich quer durch den Innenraum geschleudert werde und auf der Sitzbank neben ihr lande. Sie schubst mich zurück und schimpft mit dem Kutscher. Und während ich meinen Koffer öffne und kontrolliere, ob auch nichts zerbrochen ist, jagen wir den Hügel hinunter in

Richtung Brücke. Marvo hat den Kopf zwischen den Händen vergraben.

»Alles in Ordnung bei dir?«

»Mein Kopf bringt mich um.« Sie reibt sich mit den Handballen die Augen.

Irgendwie versteh ich diese Toffies nicht. Klar, ich weiß, was sie allgemein so tun, aber es funktioniert nicht so wie Magie. Jedenfalls nicht auf der bewussten Ebene. Sie nehmen einfach Dinge wahr. Aber offenkundig zahlen sie einen ziemlich hohen Preis dafür. Nicht nur, weil sie am Ende irgendwann völlig blind werden, sondern auch die ständigen Kopfschmerzen und alles mögliche andere.

»Ich kann das in Ordnung bringen«, sage ich. »Das mit deinem Kopf.«

»Mir geht's gut.«

Aber sie sieht nicht gut aus. Sie lehnt sich auf der Sitzbank zurück und massiert ihre Schläfen mit den Fingerspitzen. Sie blickt zu mir auf. »Und verguck dich bloß nicht in dieses Mädchen.«

»Tu ich gar nicht …«

»Mit der stimmt was nicht.«

»Behauptet wer?«

»Behaupte ich. Die Leiche, das Buch, der Kopf … das sind die Teilchen eines Puzzles.« Sie schiebt imaginäre Puzzleteilchen durch die Luft.

»Ja, das habe ich auch schon kapiert.«

»Aber das Mädchen … ich durchschaue sie nicht. Und ich weiß nicht wieso.«

»Vielleicht bist du eifersüchtig.«

»Von wegen!«

»Durchschaust du mich?«

»Ich lese in dir wie in einem Buch.«

Zeit, das Thema zu wechseln. »Diese Notiz, die Caxton gefunden hat …«

»Wie in einem offenen Buch.« Marvell hat diesen überlegenen Ausdruck aufgesetzt.

»*Lass sie in Ruhe* … Glaubst du, damit ist deine Freundin Alice gemeint?«

Wir haben Oxpens umrundet und sind unter der Eisenbahnbrücke hindurch. Vor uns ertönt lautes Gebrüll und Gejohle.

»Nein, möglicherweise hat das Ganze gar nichts mit ihr zu tun. Keine Ahnung, aber ich kann mir nicht vorstellen, dass sie was mit Wallace hatte. Allein schon bei dem Gedanken gruselt es mich!« Marvo erschaudert.

Vor der Kathedrale sind einige hundert Menschen unter dem leuchtenden Vollmond versammelt. Manche halten brennende Fackeln und Lampen, die ein flackerndes Licht auf die Plakate über ihren Köpfen werfen:

Verbrennt die ganze Brut!

Magie = Satanismus!

Die Hexen sollst du nicht am Leben lassen!

Magie und Hexerei sind zwei grundverschiedene Dinge. Aber ich bin nicht so verrückt, mich unter diese Leute zu mischen, um ihnen das zu erklären.

Zwei Reihen von Polizisten drängen den Mob zurück. Durch die von ihnen freigehaltene Gasse hasten die Gottesdienst-Besucher nervös zum westlichen Portal der Kathedrale.

»Pass auf, du gehst da besser alleine rein«, schlage ich vor.

»Das sind doch nur ein paar Idioten …«

»Mir reicht schon ein einziger Idiot, dem auffällt, dass ich Magier bin. Oder wenn dieser Irre von gestern mit dem Messer da ist. Und das hier verrät mich.« Ich lege die Hand auf meinen Koffer.

»Lass ihn in der Kutsche.«

»Auf keinen Fall!«

Also spricht Marvo mit einem der Polizisten, und als wir weiterrollen, ducke ich mich tief hinab auf den Boden der Kutsche.

»Du hast keinen Mumm Frank.«

»Besser keinen Mumm als keinen Kopf.«

Die Kutsche bleibt stehen und ich trete die Tür auf. Während ich zum westlichen Portal sprinte und dabei mit meinem Ring in Richtung der Wachleute wedle, schlägt hinter mir ein Stein aufs Pflaster.

Im Inneren der Kathedrale tanzen die Flammen von Tausenden von Kerzen und werfen einen schwachen Lichtschein auf die Gewölbedecke hoch oben. Am vorderen Ende des Kirchenschiffs hat man einen behelfsmäßigen Altar errichtet und mit einem purpurfarbenen Tuch bedeckt. Messdiener in weißen Gewändern flitzen herum und nehmen letzte Handgriffe vor.

Marvo und ich haben Plätze dicht neben einer der Säulen gefunden. Räuchergefäße werden geschwungen und verbreiten giftige Schwaden von Weihrauch. Ich mustere immer noch die ersten Bankreihen und suche unter den ganzen wichtigen Menschen nach meinem Boss, da schart sich um den Altar bereits ein Trupp aufgedonnerter Kleriker, genug um ein kleines Land zu besetzen.

Mit lautem Poltern und Scharren, das im ganzen Kirchenraum widerhallt, erheben sich alle von ihren Plätzen. Und jetzt entdecke ich auch Matthew, der seine Nachbarn um einen Kopf überragt und sich umdreht, um die anwesende Gemeinde zu inspizieren …

Er bemerkt mich, lächelt und hebt grüßend eine Hand, bevor er sich wieder nach vorne dreht. Als die Prozession aus der Krypta heraufsteigt, bekreuzigt er sich. Ich habe nie kapiert, wie es ihm gelingt, das alles mit einer Miene tiefster Überzeugung zu tun.

Am Ende der Prozession entdecke ich Andrew. Sein Gesicht ist lila vor Konzentration und unterdrücktem Widerwillen, während er die vorderen Griffe einer reich verzierten Eichensänfte umklammert hält.

Da ist sie: die Reliquie, die Oxford solchen Wohlstand beschert hat.

Die Prozession hält vor den Stufen inne, die das Kirchenschiff vom Chorgestühl trennen. Und jetzt erkenne ich auch den Kerl wieder, der gemeinsam mit Andrew die Sänfte trägt: Es ist der fette Priester mit dem Muttermal. Die Arme der beiden zittern unter dem Gewicht, und Schweiß rinnt ihnen über die Gesichter, als sie die Sänfte auf dem Altar absetzen.

Die kostbaren Edelsteine glitzern im flackernden Kerzenlicht. Die goldene Vorderseite des Reliquienschreins starrt unbewegt über die atemlose Versammlung hinweg.

Das Geschrei des Chores hallt von den Wänden wider,

als sei der Tag des Jüngsten Gerichts angebrochen. Es gibt die ersten Anzeichen von Unsicherheit, als ein alter Priester vortritt. Er stolpert und stürzt beinahe.

Keine Ahnung warum, aber alle wirken erschrocken. Der Chor stockt und verstummt dann ganz. Die Kirchengemeinde steht erstarrt und blinzelnd da. Ein allgemeines, nervöses Geflüster erhebt sich im Kirchenschiff, steigt empor in die Dunkelheit des Deckengewölbes, wo es sich auf einem Vorsprung niederlässt, um dort auf die Offenbarung zu warten.

Das westliche Portal fliegt auf. Ein schriller, Gänsehaut erzeugender Schrei ertönt: die Stimme einer Frau von draußen.

Ich zittere, als ein kalter Wind durch das Gebäude fegt. Marvo packt meinen Arm. Als ich mich zu ihr drehe, ist ihr Gesicht weiß und in Schweiß gebadet. Alle um mich herum blicken einander an, als würden sie bereits ahnen, was nun folgt …

Der alte Priester steigt hinauf zum Altar. Gereizt runzelt er hinter seiner Brille die Stirn, während er nach dem winzigen Riegel an der Seite des Reliquienschreins tastet. Seine verkrümmten Finger fummeln vergeblich daran herum, bis Andrew nervös zu zucken beginnt und dann nach vorn hüpft, um ihm zu helfen. Der Klick des Mechanismus hallt unnatürlich in der Stille der Kirche wider. Die Vorderseite schwingt auf …

Bingo!

Münder stehen offen. Augen starren. Das da im Reliquienschrein ist eindeutig kein Schädel aus dem 15. Jahrhundert.

Ich grinse Marvo an. »Der Bischof von Oxford, würde ich vermuten.«

Allerdings fällt mir auf, dass der fette Priester ebenso verblüfft glotzt wie alle anderen.

11. Kapitel

Eine Stunde später bin ich der Star der Show.

Sämtliche Kerzen wurden herbeigeschafft und bilden um mich herum einen hellen Lichtkreis. Auf den Knien, die Ellbogen auf den Altar gestützt, untersuche ich das Hauptbeweisstück. Ich entdecke Spuren getrockneten Bluts, Schürfwunden und Prellungen auf einer Seite seines Gesichts. Abgesehen davon ist er so grau wie ein Guhl, seine Lippen sind blau und seine Augen glasig. Er riecht … naja, tot eben.

Das Problem ist, dass der Kopf wie von einer Wachsfigur aus dem Gruselkabinett wirkt, und ich frage mich kurz, ob ihn vielleicht irgendein Witzbold eigens so zugerichtet hat. Doch als ich über die Schulter nach hinten blicke, ist da niemand, der kichert oder seinen Nebenmann heimlich mit dem Ellbogen knufft. Da ist nur ein Ring aus Bullen, die mich anstarren wie Eulen; und Grüppchen von schwarz und lila gekleideten Klerikern, die aufgeregt umherflattern.

Der fette Priester ist nirgendwo mehr zu sehen. Ich habe nicht einmal mitbekommen, wie er verschwunden ist.

»Schon irgendeine Spur vom ursprünglichen Bewohner des Schreins?«, frage ich.

»Ja«, erwidert Marvo und steckt ihren Scryper ein. »Dieser Kopf, den sie unten am Fluss gefunden haben – also, dieser Idiot, mit dem ich vorhin gesprochen habe, hat alles durcheinandergebracht. Es war ein Totenschädel.«

»Was zum Teufel machen *Sie* denn hier?« Zu guter Letzt ist auch noch Caxton eingetroffen und baut sich vor mir auf, die Hände in den Hüften. Ihr treuer Hund hat sie anscheinend verlassen.

Ehre wem Ehre gebührt. Ich nicke in Marvos Richtung. »Sie hatte so eine Vorahnung.«

»Gut, Sie können jetzt verschwinden.«

Caxton setzt einen Fuß auf die Altarstufe und nimmt ihre Standard-Ermittlerpose ein: Sie beugt sich vor, eine Hand in die Hüfte gestemmt, den Zeigefinger der anderen Hand auf die Lippen gelegt. Vermutlich übt sie das jeden Morgen vor dem Spiegel. Nach einer Weile fällt ihr auf, dass sie nichts sieht, also fischt sie ihre Brille heraus und schiebt sie sich auf die Nase.

»Hat schon jemand den Toten als den Bischof identifiziert?«, fragt sie.

»Ich kann ihn identifizieren.« Mein Boss ist neben sie getreten. Er lächelt mich an. »Sie sehen müde aus, Frank.«

»Und wer zum Teufel sind Sie?« Caxton runzelt die Stirn, als sie den eleganten Mantel und den dunklen Anzug bemerkt.

»Matthew Le Geyt von der Sozietät der Magier.«

Caxton macht einen ungeschickten Schritt nach hinten und fällt beinahe auf den Hintern. Matthew verkneift sich ein Lächeln. Er dreht sich um. »Und Sie sind sicher Kommissarin Marvell.«

Marvo lächelt nervös und lässt sich von ihm die Hand schütteln. Ihr dämmert wohl, um wen es sich handelt: Er ist nicht nur mein Meister, er ist der Generalobere der englischen Sektion der Sozietät der Magier und ein sehr mächtiger Mann.

Matthew legt eine Hand auf meine Schulter. »Frank und ich sind alte Freunde, daher weiß ich, dass er manchmal etwas schwierig sein kann …«

»Schwierig?« Caxton spuckt fast vor Erregung. »Er gefährdet die Ermittlungen!«

»Aber er ist auch der brillanteste Magier, den ich je unterrichtet habe. Und wenn Sie nicht bereit sind, auf ihn zu hören, dann stellen wohl eher *Sie* eine Gefahr für die Ermittlungen dar.«

Ich nehme diesen warmen Glanz wahr, und für eine Sekunde scheint es, als würden alle Kerzen heller brennen und das gesamte Licht des Universums auf mich herabstrahlen. Ein eher unangenehmes Gefühl – zu viel Aufmerksamkeit. Befriedigt stelle ich fest, dass Caxtons Gesicht rot angelaufen ist. Doch die Sache ist die: Einerseits glaube ich Matthew, andererseits glaube ich ihm kein bisschen. Natürlich hat er recht. Ich war in meinem Jahrgang allen weit voraus. Ich konnte Dinge vollbringen, die allen anderen Jungs große Schwierigkeiten bereiteten. Trotzdem fühlt es sich so an, als säße da dieser Papagei auf meiner Schulter, würde an meinem Ohr knabbern und mir zuflüstern, dass Matthew mich auf die Schippe nimmt.

Charlie sitzt in einem der Chorstühle und liest die Zeitung, neben ihm Mr Memory. Jenseits der Kerzen, in der Dunkelheit des Kirchenschiffs, packen die Scryper-Trupps ihren Kram zusammen. In der Dunkelheit einer Seitenkapelle palavert eine Gruppe von Leuten miteinander. Ich kann unter ihnen Akinbiyi ausmachen und eine Reihe weiterer Kleriker. Und da ist noch jemand bei ihnen – den gebleichten Haaren nach zu urteilen wohl ein Bulle.

»Darf ich Sie etwas fragen?« Marvo hat sich an Matthew gewandt. »Wie viele Magier gibt es eigentlich in unserem Land?«

»Es gibt fünfhundertsiebenunddreißig aktive, lizenzierte Mitglieder der Sozietät. Außerdem hunderteinundzwanzig Novizen in St. Cyprian; mehrere tausend Adepten jenseits ihres Höhepunkts, die mit Elementargeistern arbeiten; und dann eine unbekannte Anzahl von Praktizierenden ohne Lizenz.«

»Aber das ist doch verboten.«

»Darauf steht die Todesstrafe.«

Erst vor ein paar Jahren hat man einen armen Teufel auf dem Scheiterhaufen verbrannt. Er hatte Beelzebub heraufbeschworen, damit ihm dieser ein Drei-Zimmer-Apartment in Woodstock verschafft, was allerdings auch ein starkes Stück war.

»Wo findet man einen Praktizierenden ohne Lizenz?«, fragt sie.

»Auf dem Schwarzmarkt. Ich glaube, die meisten von ihnen sind aus Skandinavien oder aus dem Nahen Osten eingewandert.«

Ich schalte mich ein: »Ich hab mal ein Angebot von

ihnen bekommen. Kurz vor meinem Abschluss. Keine Ahnung, wer sie waren.«

Matthew mustert mich einen Augenblick. »Davon hätten Sie mir berichten müssen.«

»Ich war nicht in Versuchung.« Wenn ich Nebeneinkünfte benötige, dann kann ich das in meiner Werkstatt leicht selbst erledigen.

Er lächelt und wendet sich wieder an Marvo. »Benimmt er sich anständig?«

»Im Großen und Ganzen schon.«

»Vielen Dank«, murmele ich.

Matthew lächelt. »Das ist eine unselige Angelegenheit.« Er bekreuzigt sich und wendet sich der unseligen Angelegenheit oben auf dem Altar zu. »Er war ein guter Freund von mir …«

»Haben Sie sein Buch gelesen?«, fragt Caxton.

»Ist das eine offizielle Vernehmung?«

»Ich möchte nur eine sachkundige Meinung. Damit ich mir ersparen kann, es selbst zu lesen.«

Ja, richtig. Denn selbst wenn Caxton das Buch je lesen würde, hätte sie damit erhebliche Probleme.

»Es ist ein gutes Buch«, erwidert Matthew. »Vieles darin musste endlich einmal ausgesprochen werden.«

Er zieht ein kleines Notizbuch und einen Bleistift heraus. »Henry hat mir eine kurze Zusammenfassung seines Werks geschickt, während er daran gearbeitet hat.« Er notiert sich etwas. »Ich werde es kopieren lassen und Ihnen schicken.«

Caxton starrt ihn an. Nicht etwa wegen des fehlenden Fingers; vielmehr ist es die Tatsache, dass Matthew etwas ganz Bestimmtes *nicht* herausgezogen hat – und zwar eine Brille.

»Es ist leicht, Magie als billigen Schwindel und Aberglaube zu diffamieren; doch sie bietet einfachen Männern und Frauen die Gelegenheit, einen Blick auf das Göttliche zu erhaschen.« Matthew steckt alles wieder ein und dreht sich zum Reliquienschrein. »Heute Abend waren über dreitausend Menschen hier versammelt …«

»Hinzu kommt das Scryper-Publikum.« Akinbiyi ist hinter Matthew aufgetaucht.

»Also waren es wohl dreitausend und einer«, sage ich. Große öffentliche Scryper müssen von einem Elementargeist betrieben werden, daher können sich – von Magiern abgesehen – nur sehr reiche Leute solche Geräte leisten. Aber natürlich ist meine Bemerkung überspitzt: Manche Stadtviertel legen zusammen, um einen Empfänger zu finanzieren. Und für Ereignisse wie dieses hier stellt man zusätzlich welche in Kinemas und Kirchen auf. Anschließend bittet man dann das Publikum um eine Spende.

»Also.« Caxton schielt kurz zu Marvo. »Könnte der Mord am Bischof auch politisch motiviert sein?«

»Politisch in welchem Sinn?« Matthew wirft einen Blick auf die Uhr. »Frank, ich muss Sie kurz unter vier Augen sprechen.«

»Nun, mit dem Buch hat er sich in der Kirche nicht nur Freunde gemacht.«

»Er war nicht der einzige kirchliche Würdenträger, der diese Meinung vertreten hat. Sie entschuldigen uns …«

Obwohl es Caxton nicht schmeckt, kann sie nichts dagegen unternehmen. Matthew führt mich außer Hörweite.

Er dreht sich nach Marvo um. »Ist das nicht die junge Frau, die Sie angezeigt hat?«

»Es war mein eigener Fehler.«

»Es freut mich, dass Sie das so bereitwillig eingestehen.«

Wir wissen beide, dass Magier ab und zu ein paar menschliche Körperteile entwenden, wenn sie keine andere Wahl haben. Die Kunst ist, sich nicht dabei erwischen zu lassen.

»Ich werde beim Disziplinarrat ein gutes Wort für Sie einlegen.«

Ausgezeichnet. Mir fällt ein Stein vom Herzen. Ich meine, ein wenig hatte ich zwar damit gerechnet. Oder zumindest hatte ich darauf gehofft. Und während ich noch an alle die anderen Gelegenheiten denke, bei denen er mir in St. Cyprian den Hals gerettet hat, bemerke ich, wie er über meine Schulter hinwegspäht. Als ich mich umdrehe, um nachzusehen …

»Frank?«

Ich werde rot und murmele: »Danke.«

»Sie schaffen das schon, wenn Sie einen kühlen Kopf bewahren.« Er winkt jemanden herbei …

Und da ist sie – Kazia! Sie war der vermeintliche Bulle, der mit Akinbiyi und den anderen Priestern gesprochen hat. Ihr blondes Haar hat mich getäuscht.

Was läuft hier ab? Ist sie mit Matthew zusammen? Ihr wisst, was ich meine. Denn Matthew ist noch gar nicht so alt, und manche Mädchen im Teenageralter haben ja bekanntlich eine Vorliebe für ältere Typen. Besonders wenn sie so viel Macht und ein richtig cooles Phantom besitzen wie er.

Matthew lächelt, als hätte er meine Gedanken gelesen.

»Sie haben ja bereits Henrys Nichte Kazimíera kennengelernt. Ich versuche gerade, Kontakt mit ihrer Familie in Litauen aufzunehmen.« Er wendet sich an sie. »Benötigen Sie irgendetwas?«

Sie schüttelt den Kopf.

»In Ordnung, es wird nicht mehr lange dauern.« Er dreht sich wieder zu mir. »Welche Spuren verfolgt Caxton in diesem Fall?«

»Eine Weile lang dachte sie, der Kopf wäre für schwarze Magie entwendet worden.«

»Oh, Sie machen Witze!«

»Dann ging sie davon aus, der Täter wäre ein eifersüchtiger Ehemann gewesen. Aber dafür sind die ganzen Umstände des Falls viel zu …« Ich deute auf Wallace' Kopf, der kein bisschen glücklicher aussieht als zu dem Zeitpunkt, da Andrew den Schrein öffnete.

Matthew nickt. »Zu ausgefallen für ein Verbrechen aus Leidenschaft.«

»Marvell dachte, die AMB wäre dafür verantwortlich.«

»Wie ich gehört habe, nimmt die Polizei sie unter die Lupe. Aber was glauben Sie?«

Ich schüttele den Kopf. »Einer ihrer Leute war heute Abend hier – er trug sogar den Reliquienschrein …«

»Der junge Mönch?«

»Nein, der fette Priester. Aber als der Schrein geöffnet wurde, schaute er genauso verdutzt aus der Wäsche wie alle anderen auch. Daher bin ich mir nicht sicher.«

Matthew betrachtet mich einen Augenblick lang fragend. »Wie auch immer, halten Sie mich stets auf dem Laufenden. Und führen Sie sich anständig auf.«

Kazia wartet immer noch. Nur ein paar Schritte weiter steht Marvo, fixiert Kazia, und ihre Miene ist dabei alles andere als freundlich.

»Es ist mir ernst mit dem, was ich gesagt habe«, fährt Matthew fort, so laut, dass die beiden es hören können. »Dass Sie ein brillanter Magier sind – und eines Tages sogar zu den ganz Großen gehören können.« Das gibt mir Stoff zum Träumen. Dann senkte Matthew die Stimme zu einem Flüstern. »Aber Sie sind nicht unverwundbar.«

Er klopft mir auf die Schulter und marschiert anschließend in Richtung der Tür, die zum Kloster und zum Palast führt. Akinbiyi stürmt ihm nach. Kazia muss dicht an mir vorbei, um ihnen zu folgen. Als ich ihren Blick suche, ist dieser ausdruckslos und verschlossen.

»Sampson!« Caxton steht vor dem Altar und deutet auf den Reliquienschrein. »Lassen Sie das einpacken und rüber ins Laboratorium schaffen.«

Ich drehe mich wieder nach Kazia um, doch bevor ich ein Wort herausbringen kann, brüllt Caxton: »Und rühren Sie den Kopf nicht an. Ferdia wird morgen mit den Untersuchungen beginnen.« Sie wendet sich an Marvo. »Sie begleiten ihn. Und sorgen Sie dafür, dass er keinen Unsinn anstellt.«

»Zu spät«, murmelt Marvo.

Das Letzte, was ich von Kazia sehe, ist, wie sie im Gefolge Matthews und Akinbiyis durch die Klostertür verschwindet.

»Dein Boss hat dich ja groß rausgestellt.« Die Straße ist verdammt holprig, und wir werden in der Transportkutsche hin und her geschüttelt. Marvo muss brüllen, um das Getöse der Räder zu übertönen.

Ich brülle zurück: »Ist da irgendwas gegen einzuwenden?«

»Was ist mit seinem Finger passiert?«

»Den hat sich vor einigen Jahren ein Dämon geschnappt. Wie auch immer, du hast recht gehabt mit dem Reliquienschrein.«

»Erzähl das doch bitte Caxton.«

Mein Lob scheint ihre Laune nicht zu verbessern, denn sie dreht sich weg und starrt aus dem Fenster. Einfach um ein wenig Konversation zu betreiben, frage ich: »Was ist mit dem Priester?«

»Der fette Kerl? Er war total von den Socken.« Wenigstens dreht sie mir wieder ihr Gesicht zu. »Also kann es nicht die AMB gewesen sein.«

»Das lässt sich daraus nicht zwangsläufig schließen. Sie könnten in voneinander unabhängig operierende Zellen aufgeteilt sein. Eine Gruppe, die Wallace getötet hat, eine andere, die Jagd auf mich macht.«

»Weißt du, was dein Problem ist? Du lebst in dem Wahn, dass die Welt sich ausschließlich um dich dreht.«

»Klar, tut sie ja schließlich auch, oder? Immerhin bin ich Magier. Das ist es doch, was dich stört, oder?«

Danach kriegt Marvell ihren Mund nicht mehr auf, bis wir über das Pflaster im Innenhof des Leichenschauhauses rumpeln.

»Dein Boss«, sagt sie. »Er ist anders, als ich erwartet hätte.«

»Wie hättest du ihn denn gerne? Lange silberne Gewänder und einen Stirnreif? Die Sozietät steht nicht mehr auf ausgefallene Roben.«

»Und was ist mit dem Haarschnitt?«

»Die Tonsur? Damit sich nicht irgendwo ein Dämon festklammert.«

»Aber er ist ja wohl zu alt, um Dämonen heraufzubeschwören. Warum also der Aufwand?«

»Es ist immer noch Brauch.«

»Und was ist mit dir?«

Ich fahre mir mit der Hand durchs Haar. »Stil zählt und ein bisschen Restrisiko muss sein.«

Es ist stockdunkel, und ihr Gesicht ist kaum noch zu erkennen. Ich höre sie nur lachen.

»Caxton mag mich nicht«, erkläre ich.

»Du bist ihr unheimlich, Frank.« Sie springt als Erste aus dem Transporter und wartet draußen, bis ich mit meinem Koffer hinterherklettere. »Verdammt, du bist uns allen unheimlich!«

»Ich versuche nur, meinen Job zu machen.«

»Tja, aber vielleicht solltest du dabei auch respektieren, dass manche deiner Kollegen keine Magier sind und für sie alles …« Sie folgt mir um die Kutsche, wo die Assistenten gerade den mit Seide umwickelten Reliquienschrein abladen. »Ich meine, mal angenommen es ist wahr?«

Ich bin einfach zu müde für solche Wortgeplänkel. Vor zwei Nächten habe ich wegen einer toten Katze komplett auf Schlaf verzichtet. Ich war beinahe fertig mit der Arbeit, als man mich wegschleifte, um den Lebensstil eines reichen und heiligen Mannes zu bewundern und anschließend zu ergründen, wann er zu seinem Schöpfer eingegangen ist. In der Nacht darauf gabs auch nicht viel Schlaf; es folgte ein weiterer anstrengender Tag; und jetzt ist es zwei Uhr in der Früh, und ich bin immer noch auf den Beinen und jongliere mit Köpfen. Ich habe das Gefühl, meine Welt schlägt Flickflack.

»Angenommen was ist wahr?«, knurre ich.

»Mein Onkel, er ist Priester.«

»Gut für ihn.«

»Trotzdem hab ich vorher noch nie über so was nachgedacht.« Sie sieht fast so zerknittert aus, wie ich mich fühle. »Über Geister, Dämonen …«

»Sei nicht dumm. Das sind nur Metaphern – eine bildhafte Art, über natürliche Kräfte zu sprechen.«

»Sie wirken auf mich aber nicht wie natürliche Kräfte.«

»Wenn es dir nicht passt, dann lass dir einen anderen Fall geben.«

Ich wende mich ab und marschiere auf das Gebäude zu. Als sie mich eingeholt hat, stehe ich bereits am Empfang und fülle die Formulare aus.

»Ist es das, was du willst?«, fragt sie.

Ich schiebe den Papierkram zurück über den Tresen. »Ich will, dass mir jemand Caxton vom Hals hält und mich nicht bei den Kontiguitätstests stört. Das scheint mir nicht allzu viel verlangt, aber andererseits, was weiß ich schon?«

»Besonders viel weißt du anscheinend nicht, Frank. Jedenfalls behandelst du die Leute ziemlich mies.«

»Ich mag Menschen nicht.«

»Fühlst du dich besser, wenn du solchen Müll von dir gibst, ja?«

Der Sicherheits-Elementargeist vor dem Laboratorium blickt auf. Die Tür öffnet sich. Die Lieferung ist schon vor uns eingetroffen.

»Nichts auspacken«, weist Marvo die Assistenten an. »Ferdia nimmt sich das gleich morgen früh vor.«

Die Assistenten werfen mir enttäuschte Blicke zu, dann schlurfen sie davon.

»Und es stimmt, was Caxton gesagt hat …«

Mein Gott, hält die denn nie die Klappe?

»… deine Aufgabe besteht einzig und allein darin, die Beweisstücke zu untersuchen und sie für uns zu deuten. Es ist nicht dein Job, den Fall zu lösen. Erzähl uns einfach, was du weißt, und überlass uns den Rest.«

»Versuch ich ja.«

Wir stehen uns gegenüber und starren uns wütend an. Über Marvells Schultern hinweg sehe ich die Assistenten, die an der Tür zögern und offenbar auf einen saftigen Streit hoffen.

»Aber ich *hatte* recht, oder etwa nicht?«, sagt sie, dreht sich um und folgt den Assistenten hinaus. Ihre Schritte verhallen, ein letztes Türenschlagen, dann habe ich den Raum für mich allein.

Klar, ich weiß, was Caxton angeordnet hat. Trotzdem schnappe ich mir ein Paar Handschuhe, löse die Seidenschnur um den Reliquienschrein und ziehe das Tuch herunter. Ich öffne den Riegel und klappe die Vorderseite auf. Die trüben Augen des Bischofs starren mich an.

Komischerweise erinnere ich mich noch gut an Henry Wallace. Matthew brachte ihn öfter mit nach St. Cyprian. Ich glaube, als ich sieben oder acht war, tätschelte er mir bei einer Gelegenheit sogar den Kopf. Und er hielt mir einen Vortrag über die Natur von Dämonen – unsterblich, heimtückisch, stinkend und rachsüchtig – und über das fundamentale Paradoxon der Magie: dass wir diese Wesen im Namen Gottes aus der Hölle heraufbeschwören.

Soweit ich weiß, hatte er keine Antwort auf dieses Rätsel parat. Er palaverte nur immer weiter über den Glauben, bis es Zeit fürs Mittagessen war.

Und wo ist Wallace jetzt? Bei den Engeln? Oder bei den Teufeln? Vielleicht ist er nirgendwo. Vielleicht existiert er einfach nicht mehr.

Vor ein paar Jahren hat irgendein amerikanischer Magier behauptet, im Augenblick des Todes würde sich auf der Retina des Menschen eine Spur dessen einbrennen, was er zuletzt gesehen hat. Und er gab damit an, er hätte einen Zauber entwickelt, um dieses letzte Bild ähnlich wie ein Foto zu entwickeln und zu projizieren.

Das Ganze war natürlich Humbug. Das einzig Magische daran war, wie rasch er die Vorschüsse für mehrere Entwicklungsaufträge kassierte und anschließend spurlos damit verschwand.

Trotzdem frage ich mich, während ich Wallace' Kopf untersuche, was wohl das Letzte war, das er gesehen hat? Die Stichwunde hat ihn möglicherweise nicht sofort getötet. Was ging ihm in diesen letzten Sekunden durch den Kopf? War ihm bewusst, was geschah? Nahm er die Welt wahr, als sein Kopf von den Schultern segelte und über den Boden kullerte? Ist er möglicherweise immer noch da drin und starrt verzweifelt durch die fast völlig verschleierten Pupillen?

Warum fällt es mir so schwer, Marvo dafür zu loben, das Versteck im Reliquienschrein entdeckt zu haben?

Und mir drängt sich der Gedanke auf: Es gibt bei diesem Fall irgendetwas, das wir alle übersehen.

Wir können diesen Job auf Ferdias Art erledigen und ihn vermasseln. Oder wir können es auf Franks Art machen.

12.
Kapitel

Die Vorderseite des Reliquienschreins ist durch ein Metallscharnier mit dem Hauptteil verbunden. Ich löse ein paar Schrauben und hebe die ganze Vorderseite ab.

Ich muss euch etwas gestehen: Das ist mein erster Alleingang bei einer Enthauptung. Wie gesagt, ich war mal bei einer entsprechenden Vorführung in St. Cyprian dabei, aber seit ich im Leichenschauhaus arbeite, habe ich es nur mit Schusswunden, Stichwunden, Ertrunkenen und Erschlagenen zu tun bekommen. Ich habe mit Augäpfeln Murmeln gespielt und bin auf einer losen Niere durch den Raum geschliddert, doch mit einem abgeschlagenen menschlichen Kopf hatte ich bisher noch nicht das Vergnügen.

Trotzdem bin ich immer noch voller Tatendrang – außerdem trage ich Handschuhe, muss das Ding also nicht direkt berühren. Ich kippe den Reliquienschrein, sodass der Kopf auf ein viereckiges Seidentuch kullert. Ich holte tief Luft, packe ihn und drehe ihn mit dem Gesicht nach oben.

Er wirkt … na ja, völlig unwirklich.

Ich schiebe den Körper der Leiche aus dem Kühlraum

herein, falte ein rechteckiges Seidentuch und lege es über den Hals, um die Wunde zu verdecken. Dann platziere ich den Kopf sorgsam nur einen Finger breit vom Körper entfernt: Die Seide sorgt dafür, dass keine neue Kontiguität entstehen kann. Ich decke ein weiteres großes Seidentuch über den Hals und den Körper, um die von der Autopsie herrührenden Narben zu verdecken. Dann trete ich zurück und kneife die Augen zusammen.

Die beiden Teile wirken glücklich über ihre Wiedervereinigung. Doch als ich das Seidentuch wegziehe und mir das Ganze näher betrachte, erkenne ich ein Problem.

Ich verbringe eine Stunde damit, den Kopf zu präparieren und alles vorzubereiten. Schließlich wandere ich ein letztes Mal quer durch den Raum zu dem kleinen Becken in der Ecke und wasche mir Hände und Gesicht mit exorziertem Wasser. Als ich mich wieder umdrehe, sehe ich Marvell neben der fahrbaren Trage stehen.

»Was machst du da?«, will sie wissen.

»Kontiguität. Ich will herausfinden, ob Beweisstück A, ein Kopf, jemals in Verbindung mit Beweisstück B stand …«

»Ich hab dir doch gesagt, dass Ferdia bereits Kontiguität festgestellt hat.«

»Mit einer Haarbürste.«

»Trotzdem ist es ja wohl offensichtlich, oder etwa nicht? Zunächst mal die Haarfarbe. Außerdem kannst du die Wunden miteinander vergleichen.«

»Nicht, wenn auf den Hals eingehackt wurde.« Marvell schaut weg, als ich mit dem Skalpell in der Halswunde herumstochere. »Ihm fehlt ein Rückenwirbel. Es müssten eigentlich vierundzwanzig sein. An dem toten Körper befinden sich neunzehn – so steht es in Ferdias Bericht. Und am Kopf hängen vier. Das ergibt aber zusammen nur dreiundzwanzig. Sie haben also einen Wirbel herausgehackt. Hier …«

Ich deute auf getrocknetes Blut und ein paar Gewebefetzen, die am unteren Rand des Reliquienschreins kleben.

»Das mussten sie machen, um ihn in den Reliquienschrein zu kriegen.«

Sie deutet auf den Kopf. »Wir wissen sicher, dass der hier Wallace gehörte, oder?« Das ist nicht zu bestreiten. Sie wendet sich dem Körper zu. »Und das da muss er ebenfalls sein …«

»Der Körper wurde zwar hinter seinem Schreibtisch gefunden. Aber er hatte kein Namensschild dran kleben, oder?«

»Wer soll es denn sonst sein, wenn nicht Wallace?«

Ich schnappe mir das Skalpell und beuge mich über die Leiche, um etwas Fleisch und getrocknetes Blut vom Halsstumpf zu schaben. Die Proben lasse ich in eine blaue Porzellanschüssel fallen.

Marvo beobachtet mich und klopft dabei mit ihren Fingernägeln gegen die Zähne.

Ich stelle die blaue Schüssel beiseite. Dann nehme ich ein weiteres Skalpell und kratze einige Proben des Kopfs in eine gelbe Schüssel.

»Bitte, Frank. Warum kannst das Ganze nicht einfach morgen früh Ferdia machen lassen, so wie Caxton es angeordnet hat?«

»Weil er es vermasseln wird, und das ärgert mich. Aber keine Angst, ich schaff das hier mit links.«

Ihre Stimme nimmt einen harten Tonfall an. »Dann überlasse ich dich jetzt dir selbst.«

»Weißt du, was dein Problem ist: Du lässt dich von Caxton einschüchtern. Es ist ein einfacher Kontiguitäts-Test – ohne Präsenzen. Bleib hier, da kannst du was lernen.«

Die Tür knallt zu.

»Ich exorziere dich, oh Wesen des Feuers, im Namen des Schöpfers aller Dinge, auf dass du unverzüglich jede Truggestalt von dir weisest und niemandem auf irgendeine Weise Schaden zufügest.«

Der Körper liegt wieder im Kühlraum. Meinen Ring habe ich in einer Schachtel in meinem Koffer verstaut, wo er das Ritual nicht stören kann. Der Kopf schielt misstrauisch von seinem Seidentuch auf dem Arbeitstisch herüber. Auf dem Kachelboden habe ich um einen kleinen Tisch ein Kreideviereck gezogen. Es lässt ausreichend Platz für zwei Feuerschalen, und ich kann darin herumspringen, ohne über meine eigenen Füße zu stolpern. Ich habe die notwendigen Symbole aufgemalt, meinen Papierhut aufgesetzt und ein Stück Papier an meine Brust geheftet. In den Grimoires steht, dass der Magier eine Leinenrobe mit diversen Symbolen aus roter Seide auf der Brust tragen soll, aber ich hatte keine Lust, eigens eine aus dem Obduktionssaal herzuschleppen. Daher verwende ich ein Blatt Papier mit einem komplizierten Symbol darauf, das die Robe samt allen Symbolen repräsentiert, gezeichnet mit meinem eigenen Blut. Tja, man muss eben die richtigen Abkürzungen kennen.

»Im Namen Adonais, des Allerhöchsten. Im Namen Jehovas, des Allerheiligsten.«

Ich nehme eine Papiertüte vom Tisch und streue die Kräuter in beide Feuerschalen. Flammen knistern und tanzen. Ein fast unsichtbarer Nebel steigt auf und füllt den magischen Raum innerhalb des Quadrats. Ich greife nach meinem Zauberstab und zeichne die Symbole in die Luft.

»Adonai, Tetragrammaton, Jehova, Tetragrammaton …«

Ich nehme die blaue Schüssel und kippe das getrocknete Blut, das ich vom Halsstumpf abgekratzt habe, in eine Feuerschale. Es spuckt und zischt auf der glühenden Holzkohle. Dann halte ich meinen Zauberstab waagerecht ausgestreckt und beobachte, wie sich ein feines taubenblaues Qualmwölkchen emporkringelt und spiralförmig um den Stab windet. Die Farbe ist ein bisschen pointiert, aber ich stehe nun mal auf solche hilfreichen kleinen Details …

Das hier ist Maßarbeit. Man hört immer wieder, dass Magier keinen Alkohol trinken würden, um ihre Körper rein zu erhalten, aber das ist natürlich Blödsinn: Wir arbeiten ständig mit allen möglichen toxischen Substanzen. Der Grund, warum wir nicht trinken oder Drogen nehmen, ist schlicht und einfach folgender: Wir können es uns nicht leisten, dass bei einem Ritual unsere Hände zittern, weil wir sonst – im besten Fall – noch einmal von vorne beginnen müssen. Im schlimmsten Fall sind wir tot – und werden von Gott weiß was für einem Wesen weiß Gott wohin verschleppt.

Ich muss den Zauberstab absolut ruhig halten, während ich die blaue Schüssel abstelle und die gelbe hochnehme.

Ich schütte die am Kopf entnommenen Proben über der zweiten Feuerschale aus. Ein Rauchwölkchen steigt empor, diesmal ist es dotterblumengelb.

»Adonai, Jehova, Otheos …«

Ich schiebe alle anderen Gedanken beiseite und konzentriere mich auf die beiden dünnen Rauchschlangen, die sich um den Zauberstab winden. Vorsichtig ziehe ich den Stab zurück und lasse sie immer noch ineinander verschlungen in der Luft stehen.

»Athenatos, Aschyros, Agla, Pentagrammaton …«

Jetzt sollte eigentlich Folgendes passieren: Der blaue und der gelbe Rauch müssten sich zu einem reinen Grün vermischen und damit die Kontiguität beweisen.

Doch nichts dergleichen geschieht.

Ich warte. Zehn Sekunden. Zwanzig …

Hinter mir öffnet sich die Tür. Da ich davon ausgehe, dass es Marvo ist, hebe ich meine freie Hand, um sie zum Schweigen zu bringen, bevor sie mich ablenken kann.

»Was zum Teufel tust du da?«

Oh Himmel, es ist der verdammte Ferdia!

Konzentriere dich, Frank. Eine gelbe Rauchwolke. Eine blaue. Was geht hier vor?

»Sampson!«

Ferdia kommt zu mir herübermarschiert und glotzt mich an. Ich versuche ihn zu ignorieren, aber er baut sich direkt vor mir auf.

Ich schüttle den Zauberstab, packe mein Messer mit dem schwarzen Griff und beuge mich herab, um das magische Viereck zu öffnen. Die zwei Rauchwolken driften hinaus, die eine gelb, die andere blau. Sie behalten ihre deutlich unterschiedenen Farben bei, bis sie sich schließlich in der Luft des Laboratoriums auflösen.

Ferdia legt ein in Seide gewickeltes Paket auf den Arbeitstisch. »Der Schädel aus dem Fluss.« Er dreht sich zu Marvo um, die an der Tür steht. »Willst du Caxton verständigen, oder soll ich das tun?«

Sie steht einfach nur da und starrt zu Boden.

»Wie du meinst.« Er rauscht an ihr vorbei. Seine Schritte verhallen auf dem Korridor.

»Ich hab dir gesagt, du sollst das lassen.« Marvo stellt einen Teller auf die Arbeitsbank. »Ein Sandwich. Schinken und Gurke, ist das in Ordnung?«

»Was schulde ich dir dafür?«

»Sei kein Blödmann, Frank.«

»Tut mir leid.«

Tja, das bin ich wirklich. Ein reuiger Blödmann. Mein Problem ist: Eigentlich will ich, dass die Menschen mich mögen; doch wenn sie mir irgendein Zeichen in dieser Richtung geben, dann misstraue ich ihnen. Mit so etwas wie Caxtons Feindseligkeit umzugehen, fällt mir leichter. Vermutlich bringe ich sie deshalb auch ständig auf die Palme.

Ich bin am Verhungern. Also schnappe ich mir den Teller.

»Ich hab alle Sandwichs vorher abgeleckt, um zu garantieren, dass du auch ja das Beste kriegst.«

»Mir zuliebe musst du nicht hier rumhängen.« Keine Ahnung, warum ich das sage, aber ich kann es mir einfach nicht verkneifen. »Halt dich lieber an unseren gut aussehenden Charmeur.«

Sie zieht ihren Scryper aus der Tasche und tippt mit den

Fingerspitzen darauf herum. »Verdammt!« Sie lässt ihn zuschnappen und öffnet ihn dann erneut. Erneut wildes Tippen. Sie blickt zu mir auf. »Mit diesen verfluchten Dingern kann man ohnehin keine vernünftige Unterhaltung führen. Ich gehe rüber, um auf Caxton zu warten.« Der Scryper verschwindet wieder in ihrer Tasche. »Kommst du mit?« Sie greift sich den Teller und geht.

Eine Reliquie ist eine Reliquie; ich wickle den Schädel aus und stecke einen der losen Zähne in meine Tasche. Und während ich hinter Marvo hereile, wird mir klar, dass das Ergebnis des Rituals keine echte Überraschung darstellt: Irgendetwas in dieser Art hatte ich erwartet. Nur war ich davon ausgegangen, dass mich alle für meine Cleverness loben würden.

Auf dem Weg ins Polizeirevier kommen wir an Charlie vorbei, der auf den Stufen vor dem Haupteingang sitzt und eine Zigarette raucht. Er blickt mich fragend an. Doch Marvo reißt bereits die Tür auf, wobei förmlich Dampf aus ihren Ohren schießt.

Nachdem wir einen schäbigen Treppenaufgang und einen traurigen Korridor hinter uns gelassen haben, stellt sich heraus, dass die Erwachsenen im Augenblick Wichtigeres zu tun haben, als mit uns Kids zu sprechen. Marvo wirft sich auf einen Stuhl vor Caxtons Büro und beginnt mit ihrem Absatz auf dem grünen Linoleum zu quietschen. Ich habe keine Lust, mit ihr zu reden, aber sie soll auch nicht denken, dass ich sie ignoriere, also erzähle ich, dass ich ein bisschen frische Luft brauche, und gehe wieder nach draußen.

Charlie streut gerade Tabak auf ein frisches Zigarettenpapier. Ich stelle meinen Koffer ab und setze mich neben ihn. Tageslicht, autsch! Ich nehme einen spitzen Stein und kratze ein Pentagramm auf einen Pflasterstein.

Magier. Wir sind ein unsicheres Völkchen. Wir besitzen diese Gabe, auf die alle eifersüchtig sind und vor der sie gleichzeitig Schiss haben, nur hält diese nicht lange vor. Mit etwas Glück hat man fünf Jahre, vielleicht auch sieben, in denen man im Vollbesitz seiner Kräfte ist. Danach geht es abwärts. Und was bist du, wenn du kein Magier mehr bist? Irgendein trauriger Bastard mit ein paar Fähigkeiten, die zu nichts Richtigem nütze sind. Außer vielleicht zum Unterrichten oder um ein bisschen mit Elementargeistern herumzumurksen.

»Charlie, kann ich dich was fragen?«

Er grinst. »Wenn es sich nicht vermeiden lässt.«

»Als du die Gabe verloren hast, wie hat sich das angefühlt? Ich meine, wie hast du's gemerkt?«

Das Grinsen ist verschwunden. Er leckt mit der Spitze der Zunge über den gummierten Streifen des Zigarettenpapiers und dreht dann die Fluppe zwischen seinen Fingern fertig. Er zupft an einem Ende ein Fädchen Tabak heraus. Dann hält er sie mir hin. Ich schüttle den Kopf.

»Warst du nie in Versuchung?«, fragt er.

»Wenn ich mir unbedingt Schaden zufügen will, dann habe ich eine Werkstatt voller scharfer Messer und Instrumente.«

»Machst du das immer noch?« Er steckt sich die Zigarette ins Gesicht und zündet sie an.

»Nö, hat mich gelangweilt. Du musst die Frage nicht beantworten, wenn du nicht willst.«

Rauch driftet auf die Straße hinaus. Schließlich sagt er: »Ich glaube, es ist für jeden anders. Du warst doch früher auch mal mit diesem Dinny Saint-Gilles befreundet, oder nicht?«

Dinny war in St. Cyprian ein Jahr über mir. Obwohl er ein Franzose ist, war er eigentlich ganz in Ordnung. Er machte seinen Abschluss und bekam gleich einen Job in der Forschungs- und Entwicklungsabteilung der Phantom-Werke draußen in Cowley. Glänzende Zukunft, die Welt lag ihm zu Füßen …

Bis ihm die Gabe genommen wurde. Quasi über Nacht. Er legte sich als Magier ins Bett und erwachte … nun ja, als Nichtmagier. Er fuhr mit dem Zug zur Arbeit, hängte im Büro seinen Mantel auf, ging runter in die Karosseriewerkstatt und verfütterte seine beiden Hände an eine Maschine.

»Bei mir war es so«, fährt Charlie fort, »dass mir die Arbeit einfach immer schwerer fiel. Du fühlst dich müde, bist überzeugt, dass es nur daran liegt und du dich bloß anstrengen musst – du weißt schon, die Symbole genauer zeichnen und all das. Du verbringst Stunden damit, alles sorgfältig vorzubereiten, und dann bist du schon total erledigt, bevor du mit der eigentlichen Magie angefangen hast …«

Hinter uns fliegt die Tür auf, und Caxtons Mitarbeiter Gerry Ormerod kommt heraus. Ihm folgt ein traurig aussehender Typ mittleren Alters mit einem speckigen Priesterkragen, der sich vergeblich bemüht, eine kleine Hornbrille in die Brusttasche seines glänzenden schwarzen Anzugs zu stopfen.

Gerry blickt auf Charlie herab. »Caxton braucht einen Elementargeist, falls du eine Minute deiner kostbaren Zeit entbehren kannst«, quiekt er. Ich gebe mir alle Mühe, ein neutrales Gesicht zu wahren. Charlie knufft mich in die Rippen. Wir verfolgen, wie Gerry den Kleriker über die Straße zu einer Transportkutsche begleitet.

»Du solltest nicht so hart mit ihm sein«, sagt Charlie.

»Warum?«

Charlie deutet auf seine Augen. »Die Sehkraft verlässt ihn gerade.«

»Das ist aber nicht dasselbe, wie die Gabe zu verlieren.«

»Nein?« Charlie nimmt einen langen Zug von seiner Selbstgedrehten. »Ich war fast zweiundzwanzig.«

»Das ist spät.«

»Ja, ich hab mir sogar schon eingebildet, dass ich vielleicht die große Ausnahme bin – du weißt schon, dieser eine Typ, der die Gabe nie verliert.« Er dreht sich von mir weg, steckt die Fluppe erneut in den Mund, macht dann aber so eine komische Handbewegung, und mir wird klar, dass er sich die Tränen wegwischt.

»Und dann, eines Tages, ist es nicht etwa so, dass du bei Ritualen irgendwelche merkwürdigen Ergebnisse kriegst oder so. Du stehst einfach nur da mit deiner gesamten Ausrüstung und, wie soll ich sagen … es läuft einfach nichts. Du schaust dich um, alles ist in bester Ordnung, alles passt – die Geometrie, die Symbole, die Düfte …«

Gerry schlägt die Tür des Transporters hinter dem Typ mit dem Priesterkragen zu. Der Kutscher lässt die Zügel schnalzen, die Pferde zucken zusammen und setzen sich widerwillig in Bewegung.

»Ich hatte Angst, Frank. Das war das Problem.«

»Alle haben Angst.«

»Nein, es war anders. Ich hatte keine Angst davor, mich zum Narren zu machen oder dass irgendwas schieflaufen könnte. Ich hatte einfach Angst vor mir selbst. Mir war klar, dass man sich nicht auf mich verlassen konnte.« Er schnippt die Kippe weg und zieht erneut seine Tabaksdose hervor. »Ich habe ernsthaft überlegt, mir einen Strick zu nehmen.«

»Aber keiner tut das wirklich, oder? Schon komisch.«

»Kein Magier mehr zu sein, ist immerhin besser, als tot und kein Magier mehr zu sein.« Charlie zuckt mit den Achseln. »Außerdem gewöhnt man sich an die Elementargeister.«

Gerry überquert die Straße und kommt auf uns zu.

»Und wie stehen die Chancen für mich?«, frage ich.

»Tut mir leid, aber da kann ich dir nicht helfen. Den Durchschnittswerten zufolge hast du noch ein paar gute Jahre … vielleicht auch länger. Du bist der beste Magier, dem ich je über den Weg gelaufen bin.«

Ich werde rot. Ich meine, Matthew behauptet das zwar auch, aber er hat ja ein gewisses eigennütziges Interesse daran, oder? Schließlich ist er mein Meister.

Doch wenn Charlie so etwas sagt, dann zählt das für mich.

Er zuckt mit den Achseln. »Aber wer weiß. Dieser Mist ist völlig unberechenbar.«

Gerry langt bei uns an. »Wer war das?«, frage ich und nicke in Richtung des Transporters, der gerade um die Ecke verschwindet.

»James Croce. Der Pfarrer von St. Ebbe. Auf Wallace' Schreibtisch lag ein Brief von ihm, erinnert ihr euch?«

»Nicht wirklich.«

»Und was ist mit dem Zettel, den wir in der Tasche von Wallace' Jackett gefunden haben? Erinnert ihr euch noch an den?«

»Klar doch. Darauf stand: *Lass sie in Ruhe*, richtig?«

Gerry nickt. »Die Handschrift von Groce' Brief stimmt mit der auf dem Zettel überein. Kapiert?«

»Was ist Groce' Erklärung dafür?«

»Er gibt zu, dass er den Zettel geschrieben hat. Aber er behauptet, er hätte Wallace damit lediglich einen Schrecken einjagen wollen.« Gerrys Quieken wird immer schriller. »Offensichtlich gibt es eine ganze Reihe von Klerikern, die keine Nekros mögen und die Wallace' Buch verteufeln. Sie hatten den Plan, alle aus Protest ihre Ämter niederzulegen. Groce war einer von ihnen. Er behauptet, er hätte Gerüchte gehört, dass Wallace ein Auge auf die Damenwelt geworfen hat. Deswegen hätte er ihm aus purer Bosheit diese Nachricht geschickt, um ihn nervös zu machen.« Er funkelt Charlie an. »Habe ich dir nicht gesagt …?«

»Dass Caxton einen Elementargeist braucht. Klar doch«, erwidert Charlie. »Wofür?«

»Um das vermisste Hausmädchen zu suchen, diese Alice Constant.« Gerry wendet sich mir zu. »Niemand hat sie gesehen, seit du und Marvell sie verloren habt.«

»Ich dachte, ihr hättet die AMB wegen Wallace' Tod in Verdacht«, wundere ich mich.

»Wir sind nach allen Seiten offen. Es scheint, als hätte

Groce was mit dem Hausmädchen gehabt. Wir nehmen an …«

»Wir?«

»Ich und Caxton.« Gerry blinzelt und bewegt die Hand in Richtung seiner Augen. Aber als er meinen Blick bemerkt, stopft er sie schnell wieder zurück in die Tasche. »Wir gehen davon aus, das Wallace die beiden in flagranti ertappt hat und Groce ihn deswegen ermordet hat. Allerdings behauptet Groce, er hätte noch nie von einer Alice Constant gehört.«

»Er wirkt auf mich nicht clever genug, um mit einem Buch, einem Kopf und einem Reliquienschrein gleichzeitig zu jonglieren«, bemerke ich. »Habt ihr denn nichts Konkretes, das ihn mit diesem Mord in Verbindung bringt?«

»Nein.« Erneut wirft er Charlie einen bösen Blick zu. »Also kommst du jetzt oder nicht?«

Charlie seufzt, steckt seine Tabaksdose wieder ein und rappelt sich hoch. Er steht schon auf der Schwelle des Polizeireviers, als er sich noch mal zu mir umdreht. »Das Ritual heute Morgen – tja, das Gerücht hat bereits die Runde gemacht. Aber wie hat es sich angefühlt?«

»In Ordnung, schätze ich. Es hat sich richtig angefühlt.«

»Also dann weiter so.«

Die Tür fällt hinter ihm ins Schloss. Ich bleibe sitzen und beobachte einen Polizeikutscher dabei, wie er seinem Pferd einen Hafersack umhängt. Schließlich öffnet sich die Tür erneut und Marvo ruft: »Caxton fragt, wo zum Teufel du steckst.«

Je mehr Energie jemand verschwendet, um dich anzubrüllen, desto unwahrscheinlicher ist es, dass er dich schlägt. Das ist so ziemlich das einzig Brauchbare, was ich von meinem Vater gelernt habe.

Caxton wird es schließlich langweilig, über bescheuerte Magier im Teenageralter zu wüten, die alles in den Sand setzen. An der Wand hinter ihr hängt ein merkwürdiges silbernes Objekt: eine kreisrunde Plakette von etwa zwanzig Zentimetern Durchmesser. In ihre Mitte ist ein offenes menschliches Auge eingraviert, auf dem oben eine Eule hockt. Ein Amulett gegen den bösen Blick. Was nicht einer gewissen Ironie entbehrt. Ich stoße Marvo an und nicke in die Richtung der Plakette, aber sie ignoriert mich.

»In Ordnung«, lenke ich ein. »Aber es besteht trotzdem keine Kontiguität zwischen dem Kopf und dem Körper.« Und falls das zu technisch für Caxton klingen sollte: »Sie waren niemals in Kontakt miteinander.«

Ich hocke neben Marvo unter endlosen Reihen gerahmter Fotos von Frauenfußball-Teams. Die meisten davon sind zu einem gleichförmigen Grau verblichen, offenbar weil sie ständig der quälend öden Gesellschaft von Caxton ausgesetzt sind. Marvells Knie wippt auf und ab. Ferdia lehnt in klassischer Verführerpose an einem Aktenschrank und trägt eine Miene zur Schau, die besagt: Ich würde niemals etwas so Bescheuertes tun, nicht in einer Million Jahren.

Ich stehe definitiv im Mittelpunkt der Aufmerksamkeit. Caxton ist rot im Gesicht geworden. Selbst die Fußball-Teams auf den Bildern scheinen von mir genervt.

Marvo wirkt einfach nur … enttäuscht.

»Das ist unmöglich«, wirft Ferdia ein. »Es muss eine Kontiguität geben.«

»Sagst du.«

»Ganz vorsichtig jetzt!« Caxton hält einen Brieföffner umklammert und fuchtelt damit vor meinem Gesicht herum. Sie ist schon wieder beschissener Laune. Vielleicht vermisst sie ihren kleinen Hund.

»Der Kopf«, schaltet sich Marvo ein. »Es ist definitiv der von Wallace, richtig? Also muss der Körper auch von ihm stammen.«

»Warum muss das so sein?«, wende ich ein.

Caxton hat wohl fürs Erste die Idee aufgegeben, mir die Wange aufzuschlitzen, und fuchtelt nun stattdessen mit einem Bleistift herum. »Von wem soll er denn sonst sein?«

»Sie sind doch hier die Kommissarin.«

Bevor sie sich über ihren Schreibtisch hinweg auf mich stürzen kann, ruft Marvo: »Frank, du hast letzte Nacht nicht geschlafen …«

Soll das auf irgendeine Art hilfreich sein? »Mir geht's gut.«

»Vielleicht hast du einen Fehler gemacht.«

»Ich mache keine Fehler.« Ich wende mich an Caxton. »Soll ich den Test erneut durchführen?«

»Wozu denn, wenn Sie doch keine Fehler machen? Oder verlieren Sie vielleicht Ihre Gabe?«

Ich fange Ferdias Blick auf. Er zuckt nicht wirklich mit den Achseln, ja, er bewegt sich kaum. Trotzdem scheint es für eine Sekunde so, als würden wir beide in dasselbe Loch hinabstarren.

»Ich übernehme das«, sagt er.

»Auf keinen Fall!« Ich springe auf.

»Was ist dein Problem?«

»Du hast es nicht mehr drauf, das schon mal vorweg.«

»Du meinst wohl, ich bin größer als du.« Ferdia schenkt Marvo ein schmieriges Grinsen. Der Schatten eines Lächelns huscht über ihr Gesicht, bevor sie es wieder unter Kontrolle bekommt.

Genau das braucht die Welt: noch mehr Magie.

Wir befinden uns im Ostflügel des Leichenschauhauses in einer von Ferdias luxuriösen Arenen mit den Sternbildern aus echten Diamanten oben an der Kuppel. Die elektrischen Lichter sind ausgeschaltet, der Hauptakteur steht in der Mitte und wirft sich in Pose.

Als wir vor zwei Stunden aus Caxtons Büro draußen waren, gab es diesen merkwürdigen Moment, als Ferdia meinen Arm packte und flüsterte: »Es tut mir leid, Frank – ich wollte nicht, dass es so weit kommt.« Ich konnte sehen, dass er es ehrlich meint. Vermutlich dachte er an den Moment, als bei ihm alles anfing, den Bach runterzugehen. Doch ich erwiderte einfach nur: »Tu, was du nicht lassen kannst.«

Und das tat er dann auch.

Er sieht aus wie das Musterbild des modisch gekleideten Magiers. Er hat den Hut auf. Er trägt die Robe und die Slipper. Er hält den Zauberstab und ein Messer. Er wirkt wie jemand aus einer Pantomimenshow. Außerdem anwesend sind: eine kopflose Leiche sowie ein Kopf, der angeblich früher zu besagtem Körper gehörte. Ferdias Düfte und Räucherwaren können die Tatsache nicht vertuschen, dass beide Leichenteile schon leicht jenseits ihres Verfallsdatums sind.

Das Publikum hat auf den Rängen der Galerie Platz genommen: ich, Marvo, Caxton, die mit ihrem Bleistift auf ein offenes Notizbuch tippt, und Mr Memory, der seinen üblichen verbeulten Anzug und eine schräge Krawatte trägt.

»Das ist reine Zeitverschwendung«, brumme ich.

»In diesem Fall werden zumindest Ihre Ergebnisse bestätigt«, kontert Caxton. Sie fängt Ferdias Blick auf und nickt. Er blinzelt zu mir herüber und scheint für einen Augenblick unsicher zu sein …

Und dann fliegen die Kräuter.

Er beschreitet den traditionell bewährten Weg: zwei Haarproben, eine vom Kopf, die andere vom Körper. Rauchwölkchen steigen aus zwei nebeneinander stehenden Feuerschalen empor.

Natürlich wird er nichts grundsätzlich anderes herausfinden. Er kann schließlich nicht das ganze Universum auf den Kopf stellen.

»Im Namen Adonais, des Allerhöchsten. Im Namen Jehovas, des Allerheiligsten.«

Die Kerzen flackern. Kein dramatischer Effekt, nur ein Luftzug im Raum, den er übersehen und nicht abgestellt hat. Noch vor achtzehn Monaten wäre so etwas bei ihm unmöglich gewesen. Ich gebe ihm noch ein Jahr, bevor er Charlie Aufträge für Elementargeister abspenstig zum machen versucht …

Er kippt Haar aus einer Schüssel in die Feuerschale zu seiner Linken. Etwas davon fällt zu Boden, aber ausreichend davon knistert und zischt auf der glühenden Holzkohle. Eine schwarze Rauchwolke steigt empor. Er streut die Haare aus der anderen Schüssel in die Feuerschale zu seiner Rechten. Eine weiße Rauchwolke steigt auf. Es ist ein einziges Chaos – der Rauch wird durch den Luftzug verwirbelt und in eine Richtung davongetrieben. Wenn hier ein zahlendes Publikum säße, würde es pfeifen, buhen und mit Gegenständen werfen.

»Adonai, Tetragrammaton, Jehova …«

Irgendwas ist hier faul. Obwohl er die entscheidende Formel noch gar nicht gesprochen hat, vermischen sich die beiden Rauchsäulen bereits miteinander.

»Otheos, Athenatos, Aschyros, Agla, Pentagrammaton …«

Er könnte sich seinen Atem sparen. Denn der Rauch wurde bereits von unsichtbaren Händen zu einer einzigen dichten grauen Wolke zusammengepresst. Keine losen Rauchfetzen. Keine driftenden Wirbel. Mit triumphierender Miene dreht sich Ferdia zu mir um.

»Das hat mich überzeugt«, ruft Caxton. Sie setzt ihre Brille auf und kritzelt in Großbuchstaben ›KONTIGUITÄT‹ in ihr Notizbuch. Stolz blickt sie auf ihr Werk und setzt einen Haken dahinter.

»Klar, Sie sind ja auch leicht zufriedenzustellen.« Ich wende mich an Ferdia: »Die Rauchsäulen haben sich schon gemischt, bevor du mit der letzten Beschwörung begonnen hast.«

Marvo nickt, aber Ferdia ignoriert sie. »Das ist ein Indiz dafür, wie stark die Kontiguität war«, behauptet er.

»Das ist ein Indiz dafür, dass du das Ergebnis vorweggenommen hast. Das war kein gültiger Test. Du hast einfach nur das erhalten, was du erwartet hast.«

»Was ist Ihr Problem, Sampson?«, mischt sich Caxton ein. »Warum können Sie nicht einfach zugeben, dass Sie Mist gebaut haben?«

»Weil es nicht so ist.« Ich hoffe, dass ich selbstbewusst klinge, obwohl ich mich in meinem Innersten frage, ob mir nicht möglicherweise doch ein Fehler unterlaufen ist.

Marvo muss bemerkt haben, dass ich kurz davor bin, aufzustehen und zu gehen. Ihre Hand legt sich auf meinen Arm.

»Nein«, flüstert sie.

Doch diese Schlacht ist verloren; jetzt fragt sich nur noch, welche Art Abgang ich wähle. Ich kann mich würdevoll zurückziehen. Ich kann wie ein Hund mit eingezogenem Schwanz hinauskriechen. Oder ich kann mich mit einem Paukenschlag in einem Funkenregen und einer Wolke aus grünem Rauch auflösen.

Die Entscheidung fällt nicht weiter schwer. Ich schnappe mir meinen Koffer. Die Tür steht offen. Und schon bin ich draußen im Korridor …

Caxtons Stimme dröhnt: »Ich bin noch nicht fertig mit Ihnen.«

Ich zittere wie Espenlaub. »Aber ich bin fertig mit Ihnen.« Mit einiger Mühe senke ich meine Stimme um eine Oktave. Allerdings gelingt es mir nicht, ihr einen festen Klang zu geben. »Lösen Sie Ihren bescheuerten Mordfall doch alleine.«

So weit, so gut. Ich bin schon bei den Stufen und glaube fast, es geschafft zu haben. Wenn ich mein Glück nicht weiter strapaziere, kann ich von hier verschwinden, und alle werden sich wieder beruhigen.

Doch leider kann ich es nicht lassen, mich wie ein Blödmann aufzuführen. »Fette Kuh!«, knurre ich.

Caxtons Klaue packt mich an der Schulter. Mein Kopf kracht gegen die Wand. Offensichtlich hat sie mir die Beine weggetreten.

Wollt ihr wissen, worum es hier eigentlich geht? Klar, ich treibe sie zur Weißglut. Aber worum es eigentlich geht, ist, dass sie nichts mehr sieht. Selbst mit Brillengläsern so dick, dass man sie als Briefbeschwerer verwenden könnte, ist sie ohne Marvo völlig hilflos, denn sie kann nichts erkennen, was näher als eine Meile ist. Es geht also darum, dass sie hier eigentlich diejenige ist, auf die man gut verzichten könnte.

Und wie ich bereits Marvo erklärt habe, geht es vor allem auch um Folgendes: Caxton fürchtet sich vor Magie. Und vor mir.

Sie hat mich jetzt am Boden, dort wo sie mich haben will; aber sie ist unsicher, was sie mit mir anfangen soll. Sie hat Angst, sie könnte mich verletzen, daher beschließt sie, sich an meinem Koffer abzureagieren.

Sie beugt sich herab, packt ihn, fummelt an den Verschlüssen herum, kriegt sie aber nicht auf. Das macht sie nur noch wütender, weil ihr klar ist, wie albern sie dabei aussieht. Sie hämmert ihn auf den Boden.

Mein Koffer lässt sich nicht gerne berühren, außer von mir. Die Verschlüsse klicken. Er klappt weit auf. Keine Ahnung, was er ihr zeigt, jedenfalls leuchten ihre Augen und sie greift nach irgendetwas im Inneren. Worauf der Deckel zuschnappt und ihre Hand einklemmt.

»Befreien Sie mich von diesem Ding!«

»Nur wenn Sie sich entschuldigen.«

»Komm schon, Frank.« Ferdia will Caxton zu Hilfe eilen – dieser verdammte Speichellecker! –, aber er kann sich ihr nicht nähern, weil sie wild herumhüpft und ihre Hand freizubekommen versucht.

»Nicht bei mir – beim Koffer. Entschuldigen Sie sich bei ihm. Es liegt ein Zauberspruch darauf – ein Elementargeist. Er wird erst loslassen, wenn Sie ihn davon überzeugt haben, dass es Ihnen leid tut.«

Ich kann sehen, wie Marvo sich bemüht, eine ernste Miene zu wahren. Caxton lehnt sich gegen die Wand, klemmt den Koffer zwischen die Beine und versucht ihre Hand herauszureißen, doch der Koffer lässt es nicht zu. Offenkundig zerstört sie irgendwelche Gerätschaften im Inneren, aber das ist es mir wert.

»Hören Sie einfach auf, dagegen anzukämpfen«, empfehle ich ihr.

Und fairerweise muss gesagt werden, dass sie meiner Aufforderung nachkommt. Keiner rührt sich mehr. Ferdia und Marvo stehen mit offenen Mündern da. Und Mr Memory betrachtet die Szenerie mit seinem üblichen milden Lächeln im Gesicht.

Der Koffer entspannt sich. Wir holen alle tief Luft.

»Würden Sie dieses Ding jetzt bitte entfernen.« Caxtons Gesicht ist puterrot, und Schweiß strömt ihr die Stirn herab.

»Kann ich nicht.« Was natürlich eine Lüge ist. Wenn ich wollte, könnte ich dem Koffer die Sache ausreden, aber vermutlich weiß Caxton das nicht. »Das ist eine Angelegenheit zwischen Ihnen und dem Koffer. Sie müssen sich bei ihm entschuldigen.«

»Verdammt, tut mir leid.«

»Höflicher.«

»Es tut mir leid.«

Zu meiner großen Erleichterung lässt der Koffer los. Caxton stolpert davon. Ihr Handgelenk ist blutig, und sie ist bleich wie ein Gespenst. Ferdia hebt ihre Brille vom Boden auf. Sie reißt sie ihm aus der Hand und wühlt nach ihrem Taschentuch.

Der Koffer klappt zu. »Braver Junge.« Ich hebe ihn hoch. »Ich werde dem Polizeipräsidium für die entstandenen Schäden eine Rechnung schicken.«

Mit diesen Worten rausche ich hinaus und lasse Caxton zurück, die blinzelnd ihre Brille putzt.

13.
Kapitel

Marvo kommt hinter mir hergerannt. »Das war dumm von dir, Frank!«

»Ich mache keine Fehler.« Ich bleibe stehen und warte auf sie. »Nicht, wenn es um Magie geht.«

»Aber auf was willst du hinaus? Dass Wallace' Körper immer noch da draußen irgendwo herumspaziert? Außerdem müsste es in dem Fall einen zweiten abgeschlagenen Kopf geben …«

»Vielleicht hatte er einen Zwillingsbruder.«

»Er war ein Einzelkind.«

»Ich will darauf hinaus, dass es noch andere Möglichkeiten gibt, außer dass ich falsch liege. Vielleicht hatte er einen Doppelgänger. Vielleicht hat er seinen Kopf transplantieren lassen.«

»Ist so was denn möglich?«

»Natürlich nicht. Oder er konnte seine eigene Visage so wenig ausstehen, dass er …«

»Schon gut, ich verstehe.«

»Nein, tust du nicht. Verdammt! Warum habe ich diesen verfluchten Test überhaupt gemacht?«

»Ja, Frank, warum? Hättest du stattdessen Caxtons Anweisung befolgt …«

»Blödmann!« Ich meine mich selbst. Ich sollte die Klappe halten, aber ich kann es einfach nicht lassen. »Hast du irgendeine Vorstellung davon, wie es für mich ist, mit solchen Idioten wie Caxton zu tun zu haben?«

»Was glaubst du, wie ich mich fühle? Immerhin hast du die Sozietät, die sich um dich kümmert.«

»Die mir im Nacken sitzt, meinst du wohl. Was ich allein dir zu verdanken habe.«

»Daran bist du selbst schuld, verdammt. Und wenn du endlich aufhören würdest, dich wie ein Volltrottel aufzuführen …«

»Ich könnte meine Lizenz verlieren.«

»Was bedeutet das?«

»Dass ich keine Magie mehr ausüben darf.«

»Na und? Ist das vielleicht das Ende der Welt? Ich meine, immerhin kannst du noch sehen!«

Womit sie natürlich recht hat. Ich hole ein paarmal tief Luft. Mein Herz hört auf zu rasen. »Wie geht es deinen Augen?«, erkundige ich mich.

»Gut. Ich hab sie letzte Woche untersuchen lassen, und sie sind in Ordnung.«

»Wie viele Finger halte ich hoch?«

»Das ist nicht witzig, Frank. Ich verliere nicht einfach nur die Fähigkeit, irgendwelche bescheuerten Tricks mit Stäben zu machen – ich werde stockblind!«

»Aber bis dahin sind es noch Jahre.«

»Zehn Jahre. Maximal.«

»Außerdem bezahlen sie dich ja ganz anständig, sodass

du dir später einen Führer leisten kannst.« Noch während ich das sage, weiß ich, wie dumm diese Bemerkung ist. Ich murmele: »Tut mir leid.«

»Daran hast du wohl nie auch nur einen Gedanken verschwendet, oder? Alles dreht sich immer nur um den armen kleinen Frank, der eines Tages über seinen Höhepunkt hinweg sein wird.«

»Ich hab doch gesagt, es tut mir leid.«

»Du brauchst dich nicht entschuldigen. Mach es wieder gut.«

Ich stehe da und blinzele wie ein Idiot. Mir ist klar, was sie von mir will, aber ich weiß nicht, was ich darauf erwidern soll.

»Komm schon, du bist doch das Wunderkind. Kannst du mir nicht helfen?«

Die Wahrheit ist, ich könnte es, aber es ist verboten. Ich darf Marvo nicht mal erzählen, dass es möglich ist.

»Tut mir leid.«

»Du wiederholst dich.«

Ich verkneife mir gerade noch, mich erneut zu entschuldigen. »In Ordnung«, murmele ich schließlich. »Ich werde versuchen, Caxton nicht mehr auf die Nerven zu gehen.«

»Also, da fällt mir ja richtiggehend ein Stein vom Herzen.« Marvo seufzt. »Pass auf, vergiss es einfach.« Sie nimmt mein Handgelenk und dreht es so, dass sie auf meine Uhr schauen kann. »Du musst am Verhungern sein.«

Wir haben das Gebäude durch den Hinterausgang verlassen und stehen jetzt in dem Innenhof, durch den die ganzen Leichen rein- und rausgekarrt werden. Und ja, meine Eingeweide schreien förmlich nach Essen.

Ich habe keine Ahnung, was ich zu Marvos Fall sagen soll. Wir leben in einer Welt, in der Kinder und Jugendliche das ganze Sehen übernehmen. Das war nicht immer so. Ich meine, es ist anzunehmen, dass es früher mal anders war. Denn sonst wären die Erwachsenen, wenn sie ihre Sehkraft verlieren, wahrscheinlich nicht so hilflos: Dann wäre die Welt so organisiert, dass sie einigermaßen in ihr zurechtkommen könnten, obwohl sie halb blind sind. Doch wir leben in einer Umgebung, in der Menschen ständig alles Mögliche lesen und komplizierte Aufgaben erledigen müssen … dazu aber gar nicht mehr in der Lage sind.

Wer ist für diesen ganzen verrückten Schlamassel verantwortlich?

Dazu gibt es verschiedene Theorien. Eine besagt, dass das Chaos zurückreicht bis ins antike Griechenland, wo irgendein Idiot eine Horde Dämonen freigesetzt hat. Die AMB widerspricht dem; sie besteht darauf, dass alle bestens sehen konnten bis zum Jahr 1513 … dem Datum, als die Sozietät der Magier gegründet wurde. Die AMB behauptet, es sei eine Verschwörung: Die Magier hätten versucht, damit alles unter ihre Kontrolle zu bringen.

Keine Ahnung.

Doch da ist noch etwas anderes, das mir durch den Kopf geht. Wie gesagt, ich kann nichts tun, um Marvo zu helfen; aber seit sich in Ferdias magischem Kreis diese beiden Rauchsäulen miteinander vermischt haben, ist mir klar geworden, dass es etwas gibt, was diese Streitfrage um die Kontiguität ein für alle Mal klären kann. Allerdings ist es keine wirklich kluge Idee. Tatsache ist, sie ist total bescheuert, und allein bei dem Gedanken daran bricht mir der kalte Schweiß aus.

»Frank, alles in Ordnung?«

Klar, natürlich wäre es am schlausten, ich würde mich bei Caxton entschuldigen und reumütig eingestehen, dass ich einen Fehler gemacht habe – ein bisschen Speichelleckerei, und alle sind wieder Freunde. Aber dann würde es ewig wie ein Damoklesschwert über mir hängen: die Angst, dass es einmal geschehen ist und jederzeit wieder geschehen könnte.

Was ich damit sagen will: Wir alle wissen, dass Ferdia jenseits des Höhepunkts ist. Aber was ist mit mir?

Entweder beherrsche ich die Kunst der Magie, oder ich beherrsche sie nicht. Und dieser tolle Dreh, den ich erwähnt habe, mit seiner Hilfe ließe sich definitiv klarstellen, wer recht hat – er oder ich. Und falls ich dabei getötet werde – nun, dann wäre das immerhin ein eleganter Abgang.

Marvo starrt mich immer noch an. »Also, sollen wir irgendwo was zu essen holen?«

Ich schüttele den Kopf. Wenn ich diese brillante Idee tatsächlich umsetzen will – wenn ich einigermaßen bei Verstand wäre, würde ich allerdings die Finger davon lassen –, nun ja, dann würde ich mich garantiert in kleine Stückchen zerfetzt auf meinem Fußboden wiederfinden, wenn ich innerhalb der nächsten vierundzwanzig Stunden etwas zu mir nehmen würde.

Ich fröstle in meinem tiefsten Inneren und frage mich immer noch, wie ich es Marvo erklären soll, ohne unfreundlich zu klingen oder ihr allzu viel zu verraten – da entdecke ich einen Ausweg. Er hat etwa meine Größe und sieht verdammt schick aus mit seiner Schirmmütze, der schwarzen gegürteten Jacke, den Reithosen und den glänzenden Stiefeln. Er ist Matthews Chauffeur.

»Der Generalobere lässt fragen, ob Sie eine Mitfahrgelegenheit wünschen.«

»Was ist mit …«

»Diesbezüglich habe ich keine Instruktionen.«

Ich drehe mich zu Marvo um. »Tut mir leid.« Ich deute auf das silberne Phantom auf der anderen Seite des Innenhofs.

»Frank …«

Mir wird klar, dass sie beim Anblick dieses Fahrzeugs zwangsläufig an ihren Bruder denken muss, und ich habe deswegen ein schlechtes Gefühl. Trotzdem sage ich: »Matthew ist mein Meister. Wir sehen uns morgen.«

»Wie auch immer.« Sie wirft einen kurzen Blick auf den Fahrer und flüstert: »Wie kommt es, dass dein Boss keine Brille braucht?«

»Der Generalobere wartet«, drängt der Chauffeur.

Während ich ihm folge, drehe ich mich noch einmal zu Marvo um und wackle mit den Fingern. Ihre Augen werden groß.

»Magie?«

Ich nicke.

»Frank, wenn *seine* Augen geheilt werden konnten …«

Ich springe in das Phantom, bevor ich erneut Nein sagen muss.

Ihr könnt mir glauben, die Reichen sind echt fein raus. Der

Fahrgastraum des Phantoms ist mit vier Sesseln aus weißem Kalbsleder ausgestattet. Als ich meinen Koffer auf dem Boden abstelle und mich zurücklehne, umhüllt mich ein zarter moschusartiger Duft, der sich wie weiche Hände um meine Gedanken legt, leise Musik spielt …

»Ich will nicht behaupten, dass ich rein zufällig vorbeigekommen bin«, erklärt Matthew mit einem Lächeln. »Ich habe mir Sorgen um Sie gemacht.«

»Warum?«

»Ihre Anhörung vor dem Disziplinarrat …«

»Ach das.«

»Morgen um drei. Und Sie sollten das nicht auf die leichte Schulter nehmen, Frank. Die meisten Ratsmitglieder wollen Ihre Lizenz vorübergehend oder ganz einziehen.«

»Aber das wird nicht geschehen.«

»Ignacio Gresh fordert sogar die Todesstrafe.«

Wumms. Das hat gesessen. Meine Gedanken flattern wild durcheinander. Ich sehe Flammen, Rauch und ein schreiendes Gesicht; Haut wirft schwarze Blasen und löst sich ab.

Und ich sehe einen Mann im schwarzen Anzug, seine Silhouette zeichnet sich vor dem Feuer ab. Es ist Ignacio Gresh.

Er ist der Großinquisitor der Sozietät. Ja, wir haben unsere eigene Inquisition: dreizehn ehemalige Magier, einer reizbarer als der andere. Trotzdem ist nichts wirklich Großes an Gresh, er ist ein kompletter Schwachkopf, und er hat mich nie gemocht.

Ich schüttle heftig den Kopf. Gresh und das Feuer verschwinden. Ich sitze immer noch heil in Matthews Phantom. Seine Hand liegt auf meinem Arm.

»Alles in Ordnung mit Ihnen?«

»Werden Sie dabei sein?«, flüstere ich heiser.

»Natürlich werde ich das.« Er nimmt die Hand weg. »Aber es wird Ihnen vor dem Rat sicher helfen, wenn Sie vorher diesen Fall zu einem erfolgreichen Abschluss bringen.«

Wir gleiten sanft über die Panoramaroute und die Ferry-Brücke. Nicht die leiseste Spur einer Erschütterung. Ich spüre, wie Matthew mich aufmerksam mustert.

»Es tut mir leid, Frank. Aber Sie müssen begreifen, wie ernst die Lage ist.«

Mir gelingt ein Nicken. Scheiterhaufen? Das darf um keinen Preis geschehen.

Schließlich sagt er: »Also, können Sie mir die Abweichungen zwischen Ihren Ergebnissen und denen Ferdias erklären?«

»Wer hat Ihnen davon erzählt?«

Er lächelt einfach nur.

»Ferdia ist jenseits des Höhepunkts«, fahre ich fort. »Er hat ein ganz bestimmtes Resultat erwartet. Und er hat es erhalten.«

Eine Weile sitzt Matthew schweigend da. Schließlich bemerkt er: »Die Identität des Kopfes steht zweifelsfrei fest. Und es ist der einzige Körper, den Sie haben …«

»Die Wunden am Körper«, erkläre ich. »Das Messer, mit dem er erstochen wurde: eine schmale Klinge, dreieckiger Querschnitt, vermutlich zehn bis zwölf Zentimeter lang. Danach wurde er wohl mit einem Schwert enthauptet.«

»Ich verstehe nicht ganz, Frank.«

»Ich besitze ein Messer, mit dem die Tat hätte verübt werden können. Und ich habe ein Schwert …«

Er lächelt. »Ist das ein Geständnis?«

Der Fahrer weiß ohne Anweisung, dass wir zum Termitennest wollen. Als wir dort ankommen, bleibt das Phantom nicht wirklich stehen. Man hat auch nicht den Eindruck, als würde es abbremsen. Es hört einfach auf, sich fortzubewegen.

Habt ihr auch nur eine annähernde Vorstellung davon, was ein Phantom kostet? Mehr als Caxton in ihrem gesamten Leben verdient, so etwa in dem Dreh. Das Fahrgestell, die Aufbauten – sie sind vom Allerfeinsten, was man für Geld kriegen kann. Doch das ist nur ein Tropfen im Ozean, gemessen an dem Preis für den Chauffeur.

Er ist ein Elementargeist. Und zwar einer, der jede noch so kleine Straße in diesem Land kennt; ein Elementargeist, der eine Kontiguität zwischen dem Phantom und jedem beliebigen Ort herstellen kann, an den der Besitzer zu gelangen wünscht. Und natürlich kann er dorthin kommen, ohne dabei kleine Jungs zu überfahren. Ein solcher Elementargeist erfordert eine Menge fachkundiger, hoch bezahlter Arbeit, um inkarniert und erhalten zu werden. Ein Job, nach dem Charlie sich die Finger lecken würde.

Ich weiß, was ihr jetzt denkt: Ein Phantom wird doch magisch angetrieben, warum also ein Chauffeur? Warum baut man die Fähigkeit, gezielt zu navigieren, nicht einfach in das Fahrzeug selbst ein? Nun, das könnte man wohl, zumindest theoretisch. Aber irgendjemand muss den vornehmen Herrschaften ja die Wagentür aufhalten.

»Danke«, sage ich zum Chauffeur, als ich aussteige. Ihn kümmert das nicht, mich schon.

Ein einzelner Demonstrant stößt sich von der Wand ab und hält ein Plakat in die Höhe: »Fahr zur Hölle!«

Matthew stellt sich neben mich. »Ich bringe Sie rein.«

Mir wäre es lieber, er bliebe draußen. Dees *Letzte Inkantation* steht immer noch an meiner Tafel und schreit förmlich danach, mich in Schwierigkeiten zu bringen.

»Bei mir herrscht immer noch ein Riesenchaos«, versuche ich ihn abzuwimmeln.

Doch Matthew ergreift meinen Arm und marschiert geradewegs auf den Demonstranten zu, der beiseitespringt.

Die Klostertür öffnet sich. Es ist meine Lieblingstermite, Bruder Thomas.

»Wo bist du gewesen?«, grummelt er. »Du solltest eigentlich ...«

Matthew mag vielleicht dreißig Jahre über seinen Höhepunkt hinaus sein, trotzdem scheint er einfach durch ihn hindurchzugehen. Die Tür schließt sich.

Manchmal, wenn die Termiten nicht mehr in der Kapelle herumheulen und sich in ihre Höhlen verkrochen haben, ist dieser Ort wirklich eine Oase der Stille. Die Sonne ist fast hinter dem Dach verschwunden. Sie verströmt ihr letztes Licht und lässt über dem Springbrunnen einen perfekten kleinen Regenbogen erglänzen. Ein Goldzeisig schießt wie ein gelb-roter Lichtpfeil vorbei.

Nur ein Makel trübt die Idylle: Bruder Thomas, der misstrauisch zu uns herüberglotzt, während er die Haupttür verriegelt. Doch schließlich gibt er auf und schlurft zurück ins Pförtnerhäuschen.

Matthew lächelt. »Sie glauben also, dass Henry möglicherweise von einem Magier getötet wurde.«

»Ich denke nur darüber nach, welche speziellen Waffen zum Einsatz kamen.«

»Haben Sie darüber schon mit Hauptkommissarin Caxton gesprochen?«

»Nein.«

»Ich begrüße es sehr, dass Sie sich damit zunächst an mich gewandt haben.« Mit einer Geste bedeutet er mir, dass ich vorangehen soll.

»Aber ihr muss doch klar sein, dass das Problem mit dem Sicherheits-Elementargeist im Palastgarten auf Magie hindeutet«, fahre ich fort.

»Geht sie immer noch davon aus, dass die Leiche durch die Pforte am Fluss hereingebracht wurde?«

»Im Palast oder in der Kathedrale ist nirgendwo ein Tropfen Blut zu finden.«

»Hat schon jemand den Führer des Elementargeists befragt?«

»Das hat nichts ergeben. Sie mussten den Elementargeist ausrangieren. Aber Caxton weiß, dass Wallace in St. Cyprian war …«

Matthew nickt. »Falls tatsächlich ein Magier in das Verbrechen verwickelt sein sollte, würde ihn die Sozietät nicht decken. Trotzdem sollten Sie … nun ja, sparsam mit den Informationen sein, die Sie an die Polizei weitergeben, es sei denn, es lässt sich nicht vermeiden.«

Wir laufen durch den Gang, der zum Garten führt.

Matthew gluckst: »Henry hatte immer schon Probleme mit der Magie. Er beherrschte zwar die Grundlagen, aber er glaubte nicht wirklich daran – für ihn schien sie eine Art Selbsthypnose oder Massenhysterie zu sein. Schließlich war es dann die Dämonologie, die ihm den Rest gab. Es war eigentlich ziemlich amüsant. Der Meister der Thaumathurgie vollführte ein Demonstrationsritual und beschwor einen … ach, irgendeinen kleinen, unwichtigen Dämon …«

Es gibt drei Ausbildungsstätten für Magie in Westeuropa: St. Cyprian in der Nähe von Oxford, St. Martin bei Würzburg und St. Eugenio bei Salamanca in Spanien. Die meisten Novizen treten im Alter von sieben Jahren ein. Ich war sechs, als ich nach St. Cyprian kam. Die Ausbildung dauert sieben Jahre, wenn man Glück hat. Es gibt eine Menge zu lernen.

Gegen Ende des ersten Ausbildungsjahres wohnt man einer ersten Beschwörung bei. Es ist beeindruckend. Gut, ich werde euch die Wahrheit sagen: Es ist beängstigend – so beängstigend wie die Hölle, im wahrsten Sinne des Wortes.

»Henry leugnete einfach, irgendetwas gesehen zu haben. Der Meister beschuldigte ihn, eingeschlafen zu sein, aber Henry konnte das Ritual in allen Details beschreiben, bis hin zur Manifestation. Allerdings bestand er darauf, dass sich gar nichts manifestiert hätte. Was natürlich für große Aufregung sorgte. Henry schwieg die meiste Zeit, deutete jedoch an, dass das Ritual seiner Ansicht nach lediglich eine Massenhalluzination ausgelöst hätte, gegen die nur er immun gewesen sei. Einige der Novizen kauften ihm die Geschichte ab. Einer von ihnen versuchte daraufhin, sich umzubringen. Natürlich wurde Henry der Schule verwiesen. Es war sogar die Rede davon, ihn vor die Inquisition zu bringen. Übrigens erzähle ich Ihnen das alles unter dem Siegel strengster Verschwiegenheit.«

Ich nicke. »Klar.«

»Eine Zeit lang verlor ich ihn aus den Augen. Ich arbeitete für den Geheimdienst, wie Sie ja wissen. Aber ein paar Jahre, nachdem man mich als Generaloberen der Sozietät hierher berufen hatte, ernannte man ihn zum Bischof…«

Wir erreichen meinen Flur. Meine Tür bellt. Matthew lächelt. »Darf ich es versuchen?«

Ich weiß nicht, wie ich ihn daran hindern soll. Und um ehrlich zu sein, bin ich neugierig, was nun geschehen wird. Ein paar Schritte vor der Tür bleibt er abrupt stehen. Dann schließt er seine Augen. Nach kurzer Zeit zeigt sich ein Wirbel auf der Oberfläche der Tür. Für den Bruchteil einer Sekunde verflüssigt sich das Holz und bildet den Kopf eines Wolfs …

Doch dann entspannt und glättet sich die Oberfläche wieder. Die Tür schwingt auf. Matthew öffnet die Augen und lächelt.

Den Höhepunkt seiner Gabe hat man zwischen siebzehn und achtzehn. Danach ist man für ein Jahr noch ganz brauchbar. Aber mit einundzwanzig hat man dann schon echte Probleme, so wie Ferdia. Und mit fünfundzwanzig taugt man für nichts anderes mehr als die Arbeit mit Elementargeistern. Es gibt ein Dutzend gut dokumentierter Fälle von Magiern, die sich ihre Gabe bis ins dreißigste Lebensjahr bewahrten. In St. Cyprian gab es sogar einen Meister, von dem behauptet wurde, er hätte noch mit fünfundvierzig einen Dämon heraufbeschworen. Aber vermutlich war das auch der Grund dafür, dass er in einem Rollstuhl saß.

Also gehört Matthew zu den seltenen Ausnahmen. Die Gabe ist abgeschwächt, aber er hat sie nie vollständig verloren. Ich habe ihn niemals in Aktion erlebt: Zu der Zeit, als er mein Meister wurde, war er bereits weit über seinen Höhepunkt hinaus. Vermutlich bin ich technisch gesehen besser, als er es je war, trotzdem werde ich niemals Generaloberer der Sozietät werden – das ist so sicher wie das Amen in der Kirche.

Ich bin lediglich ein forensischer Junior-Magier, der Fleischklumpen aus dem Kühlraum des Leichenschauhauses holt und wieder reinrollt. Dabei ist die Magie der leichtere Teil des Jobs; wach zu bleiben, ist die eigentliche Herausforderung.

Matthew betritt vor mir meine Werkstatt und zündet das Gaslicht an. Und natürlich bemerkt er gleich als Erstes die Formel auf der Tafel.

Ich stelle meinen Koffer auf dem Arbeitstisch ab. Es ist kalt, daher drehe ich die Flamme am Herd auf und durchquere dann den Raum, um das Kaminfeuer anzuzünden. »Nehmen wir an, ich *hätte* einen Fehler gemacht …«

Ich drehe mich um und Matthew lächelt. »Das schmerzt vermutlich, Frank.«

Tut es auch, und zwar wie die Hölle. »Wenn die Leiche tatsächlich Wallace *ist* …«

»Wovon Sie wohl ausgehen müssen …«

»… könnte der Mord dann irgendwas mit dem zu tun haben, was in St. Cyprian geschehen ist?«

»Das ist ein interessanter Gedanke.«

»Soll ich es Caxton gegenüber erwähnen?«

»Überlassen Sie mir das, wenn es Ihnen recht ist. Ich muss darüber nachdenken.«

Ich beobachte ihn, wie er grübelt, und mache mir bereits Hoffnungen, dass ich aus dem Schneider bin, da deutet er auf die Formel und fragt: »Um was dreht es sich?«

»John Dees *Letzte Inkantation*.«

Lange starrt er auf die Formel. »Sie bewegen sich da auf gefährlichem Terrain.«

»Ich weiß. Ich hatte vor, sie Ihnen vorzulegen. Ich arbeite auf der Basis des Bulwerschen Werks von 1687. Ich habe ein Exemplar in einem Trödelladen gefunden – aber es ist in ziemlich schlechtem Zustand.«

Ich zeichne ein paar Symbole in die Luft, worauf der Bücherschrank sich mit einem zufriedenen Seufzen öffnet. Ich reiche Matthew ein zerfleddertes Buch, das am Rücken auseinanderfällt. Wie Marvo schon bemerkt hat, braucht er keine Brille zum Lesen; die Sozietät kennt eine Prozedur – sündteuer und sehr exklusiv –, um die Trübung zu beseitigen. Wenn man über fünfundzwanzig ist und die nähere Umgebung immer noch scharf sehen kann, ist man entweder ein Magier, oder man kann sich einen leisten … oder man ist ein Toffie und sollte das die wenigen Jahre, die einem noch bleiben, genießen.

Matthew öffnet das Buch vorsichtig an der Stelle, wo ein Lesezeichen eingelegt ist. »Sie wissen, dass dies hier in den falschen Händen ein Vermögen wert ist.«

»Das wollte ich Sie ohnehin fragen: Besitzt die Sozietät Dees Originalmanuskript?«

»Es befindet sich im Verschlossenen Archiv.« Matthew

beäugt erneut lange und intensiv die Tafel. Dann sagt er: »Ich denke, Sie wischen das besser aus. Tut mir leid …«

Ich zögere. Dann nehme ich den Schwamm und zähle bis fünf, bevor ich die Tafel sauber wische. Zur Hölle, schließlich ist es nicht so, als könnte ich mich nicht daran erinnern.

»Und wenn ich es recht bedenke …« Er marschiert quer durch den Raum und schleudert das Buch ins Kaminfeuer.

»Das ist nicht fair!«

Matthew starrt mich einen Moment überrascht an. »Tut mir leid, Frank, aber bei dem gegenwärtigen Klima kann es die Sozietät wirklich nicht gebrauchen, dass Sie Menschen von drüben zurückholen.«

Zur Hölle damit: Es ist ohnehin zu spät. Das Buch steht bereits in Flammen. Matthew studiert seine Uhr.

»Bringen Sie sich nicht unnötig in Schwierigkeiten. Benehmen Sie sich anständig. Ich werde einen guten Platz für Sie finden. Sie müssen vorausdenken: Was werden Sie in zehn Jahren tun? Sie wissen schon, nachdem …«

Der große unaussprechliche Gedanke.

Unausgesprochene Gedanken bleiben unerwidert.

»Wie auch immer, ich muss weiter. Ich bin froh, dass wir Gelegenheit hatten, miteinander zu sprechen.«

»Ich bin besser als Ferdia«, sage ich.

»Das versteht sich von selbst. Aber da ist etwas, das gegen Sie arbeitet. Irgendeine Art von Widerstand möglicherweise.«

Er tippt mit den Fingern gegen die Tür. Ich habe den Elementargeist abgeschaltet, sodass er nicht über Matthew herfällt.

»Es trifft uns alle«, verkündet er. »Wie schon gesagt, Sie haben eine Reihe von Leuten gegen sich aufgebracht, aber wenn Sie etwas beherrschter vorgehen, Ihren eigenen Fähigkeiten vertrauen, nicht ständig übereifrig …«

»Versuch ich ja«, unterbreche ich ihn viel zu laut.

Er lächelt. »Sehen Sie, genau das meine ich. Für die Polizei zu arbeiten …«

»Das war nicht meine Idee!«

»Damit verschwenden Sie nur Ihre Gabe.«

»Das sagen Sie ständig!«

Zum ersten Mal hatte er es nach meinem Abschluss in St. Cyprian geäußert, als ich nicht die zu erwartenden guten Noten erzielt hatte; ich dachte, Matthew würde einschreiten und es richtigstellen, doch er behauptete, ihm seien die Hände gebunden. Er schenkte mir nur dieses traurige Lächeln und bestätigte, dass die Prüfer voreingenommen gegen mich gewesen waren. Er erklärte mir, ich sollte mir keine Sorgen machen, er werde schon etwas für mich finden.

»Aber ich versichere Ihnen, dass ich Sie zurück nach St. Cyprian bringen werde, wo sie solche Arbeit verrichten können.« Er deutet auf die verschmierte Tafel. »Und zwar mit dem Segen von oben. Es ist nur eine Frage des richtigen Zeitpunkts.«

Und bis dahin muss ich mich aus allen Schwierigkeiten raushalten. So läuft das eben.

»Vertrauen Sie mir«, fährt Matthew fort. »Es wird alles gut. Ich glaube fest an Sie.«

Nachdem er gegangen ist, schnappe ich mir die Kohlenzange und versuche die Überreste des Buches aus dem

Feuer zu bergen; doch es zerfällt zu einem Haufen glühender Asche.

Ich ziehe einen Stuhl heran, setze mich und schließe die Augen. Ich warte, bis mein Atem sich beruhigt hat und mein Geist wieder klar ist. Diesmal dauert es länger, weil ich keine Gelegenheit hatte, mir die Tafel vorher gründlich einzuprägen. Ich brauche fast eine Stunde, bis ich vortrete und die gesamte Formel erneut niederschreibe.

14. Kapitel

Es gibt diese Wesen, die man Dämonen nennt. Und wenn man ihnen auch nur die geringste Chance dazu bietet, zerren sie einen hinab in die Hölle; an deren Existenz ich mich allerding beharrlich zu glauben weigere. Sie fressen einen bei lebendigem Leib, wobei sie mit den Fingern und den Zehen beginnen. Sie verschnüren einen zu Knoten und verwenden einen dann als Feueranzünder. Sie hacken einem den Kopf ab und benutzen ihn als Bowling-Kugel. Sie zwingen einen, bis in alle Ewigkeit die eigenen Eingeweide zu fressen.

Je nach Grimoire variieren diese Schreckensbilder. Doch in einem Punkt stimmen sie alle überein: Dämonen sind was ziemlich Übles.

Dem *Volks-Grimoire* zufolge muss man, um etwas ziemlich Übles zu kontrollieren, frei von gewöhnlicher Schwäche und gewöhnlichen Lastern und durch göttliche Gunst und Gnade gestärkt sein.

Dem *Großen Grimoire* zufolge muss man sich selbst mit Besonnenheit, Weisheit und Tugend wappnen.

Diese Voraussetzungen bringe ich alle mit.

Aber da ist noch ein Punkt, in dem alle übereinstimmen: Man muss sich vorbereiten, und zwar wie die Hölle. Da ist zunächst die elementare Keuschheit – die ganz allgemein definiert ist als die Abstinenz von weiblicher Gesellschaft, was meiner Ansicht nach jedoch diverse Schlupflöcher offen lässt. Man muss fasten. Man sollte über die anstehende Aufgabe meditieren. Und man muss ganz viel beten.

Einige Grimoires verlangen, dass man sich über drei Tage hinweg vorbereitet. Andere fordern sogar drei Monate …

Mir bleiben nur vierundzwanzig Stunden, daher muss ich das Ganze beträchtlich abkürzen. Übrigens ist keines der offiziell herausgegebenen oder als Raubkopie veröffentlichten Zauberbücher wirklich akkurat oder vollständig. Die Sozietät achtet peinlichst genau darauf, ihre Geheimnisse für sich zu behalten, und auch alles, was ich hier beschreibe, ist eine stark gekürzte Version. Also verschwendet bitte nicht eure Zeit damit, irgendetwas davon zu Hause auszuprobieren.

Vier dieser wertvollen vierundzwanzig Stunden verbringe ich mit Schlafen. Meine Chancen, diese Geschichte zu überleben, sind gleich null, wenn ich dabei total erschöpft bin. Anschließend verbringe ich drei Stunden flach auf dem Bauch liegend vor dem Altar der Klosterkapelle.

Ich weiß, was ihr denkt. Drei Stunden sind eine lange Zeit – was geht einem währenddessen durch den Kopf? Wenn überhaupt irgendwas …

Tja, was mir eigentlich durch den Kopf gehen sollte, ist vermutlich so was wie: Ich bin ein erbärmlicher kleiner

Erdenwurm und habe einzig und allein durch Gottes unendliche Gnade diese wunderbare Gabe erhalten. Und der Sinn dieser Gabe besteht nicht darin, mich als tollen Typen dastehen zu lassen, sondern das Licht der Wahrheit unter der gesamten Menschheit zu verbreiten …

Außerdem sollte ich wohl um Standhaftigkeit und Reinheit bitten – also keine heimlichen Tricks hintenherum versuchen. Und so weiter und so fort. Doch ehrlich gesagt ist meine Birne ziemlich leer. Der Boden ist kalt und hart. Und wenn ich halbwegs bei Verstand wäre, läge ich jetzt in meinem schönen, warmen, weichen Bett.

Doch ich will es wissen.

Ich höre, wie die Termiten hereingeschlurft kommen. Sie tuscheln ausgiebig und verpassen mir unauffällig ein paar Tritte, bevor sie über mich hinwegsteigen und mit ihrem Gejodel weitermachen.

Wieder zurück in meiner Werkstatt schalte ich meinen Scryper aus und lasse meine Tür hinter mir versteinern: Wenn irgendwelche Besucher kommen, sehen sie jetzt nur noch eine glatte Mauer. Ich überlege, ob ich nicht lieber ins Bett schlüpfen und mich unter den Decken verkriechen soll. Doch schließlich wühle ich in meinem Bücherschrank und zerre ein dickes, zerfleddertes, in schwarzes Leder gebundenes Buch hervor: eine Ausgabe von Jacques Albin Simon Collin de Plancys *Dictionnaire infernal* von 1863. Nachdem ich das Werk eine Stunde lang durchgeblättert habe, weiß ich, wen – oder besser gesagt was – ich heraufbeschwören werde. Ich krame ein Dutzend detaillierter Dämonologien hervor und setze mich hin, um die ganzen Gerüche und Symbole auszuarbeiten.

Anschließend schneide ich mir einen neuen Gänsekiel zurecht – die dritte Feder vom linken Flügel, falls es euch interessiert – und schreibe damit alle benötigten Beschwörungsformeln auf jungfräuliches Pergament.

Ich schleife, reinige und markiere das gesamte Besteck. Für ein solches Ritual müssen die Anteile der verschiedenen Kräuter und Gewürze für die Räucherung äußerst präzise bestimmt werden; ich wiege eine Unze Rosmarin ab, sieben Drachmen Weihrauch, zwanzig Skrupeln Myrrhe, neun Skrupeln Zimt und drei gemahlene Katzenschnurrhaare. Während ich alles zerstoße, reibe und mische, sage ich die vorschriftsmäßigen Gebete auf und gehe zwischendrin immer und immer wieder den Ablauf in meinem Kopf durch.

Etwa gegen vier Uhr nachmittags höre ich Marvo draußen im Korridor rufen. Nach einer Weile zieht sie von selbst wieder ab.

Bei Sonnenuntergang begebe ich mich wieder in die Kapelle, presse die Stirn gegen die kalten Bodenkacheln und frage mich, wen ich damit zu beeindrucken versuche. Außerdem fällt mir ein, dass ich für ein solches Ritual eigentlich die Zustimmung der Sozietät einholen müsste.

Ich brauche euch wohl nicht zu erzählen, dass Dämonen gefährlich sind. Und die Sozietät hat kein Interesse, viel Zeit und Geld in die Ausbildung von Magiern zu investieren, nur damit diese sich anschließend selbst pulverisieren. Daher bestimmt sie für gewöhnlich einen Betreuer: zum einen um die Beschwörungen zu überwachen und sicherzustellen, dass das Heraufgerufene auch wieder dorthin zurückgelangt, wo es herstammt; und zum anderen für den

Fall, dass zwei unterschiedliche Magier zur selben Zeit denselben Dämon beschwören sollten. Tja, so was kann nämlich ziemlich in die Hose gehen. Also, selbst wenn ich die heutige Nacht überleben sollte, würde ich bis zum Hals in Schwierigkeiten stecken, falls irgendjemand Wind davon kriegen sollte.

Aber ich muss es wissen. Erinnert ihr euch an diesen Typen, von dem ich euch erzählt habe, diesen Dinny? Seine Gabe verschwand knapp eine Woche vor seinem sechzehnten Geburtstag. Da war er nur ein paar Monate älter als ich jetzt. Ich meine, es ist schon ziemlich selten, dass sie einfach so Knall auf Fall verschwindet, aber es kommt vor. Und falls ich nur deshalb keine Kontiguität zwischen dem Kopf und dem Körper herstellen konnte, weil ich die Gabe verliere – dann ist es ohnehin am besten, ich ziehe gleich einen gründlichen Schlussstrich.

Sieg oder Untergang.

Ich überprüfe alle Utensilien, die ich möglicherweise benötige, und verstaue sie in meinem Koffer. Dann stürze ich ein selbst erfundenes Gebräu hinunter, nach dessen Genuss ich stundenlang wie ein Känguru herumhüpfen kann. Mein Kopf schmerzt. Die Wände des Raumes um mich herum pulsieren …

Aber ich bin standhaft. Ich ziehe mich nackt aus und wasche mich von Kopf bis Fuß mit exorziertem Wasser. Jetzt zittere ich nicht nur vor Angst sondern auch vor Kälte; ich murmle die letzten Gebete und schlüpfe in saubere Seidensocken und Unterwäsche.

Es ist zwei Uhr. Es gibt immer ein paar Termiten, die aufbleiben und in der Kapelle für ihr Seelenheil beten. Daher schleiche ich mich durch den Garten, halte kurz inne, um mich in eins der Kräuterbeete zu übergeben, und schlüpfe dann in den Stall. Ich sattle eins der Pferde und dämpfe die Hufe mit Stofflappen, dann führe ich es durch das hintere Tor hinaus auf die Straße.

Vielleicht will ich mich unbewusst selbst sabotieren, denn ich nehme die direkte Route über die Cherwell-Brücke und mitten durchs *Loch*. Dort lodern die üblichen Feuer – im *Loch* scheint das Brennmaterial niemals auszugehen –, aber ich bin zu sehr mit den Bildern in meinem Kopf beschäftigt, um dem Aufmerksamkeit zu schenken.

Ich stelle mir die Kapelle in St. Cyprian vor. Es ist Nacht, und das Kerzenlicht durchdringt mit Mühe die schweren Weihrauchschwaden. Die Bankreihen sind vollgestopft mit Magiern, die Gesichter unkenntlich unter den schwarzen Schatten ihrer Kapuzen. Vor dem Altar steht ein Sarg – nicht sehr groß, denn sie haben nicht mehr allzu viel von mir gefunden. Und daneben steht Matthew und hat eine Hand auf den Sargdeckel gelegt. Er sagt, was für eine Tragödie das Ganze war und was für eine erstaunliche Gabe der Welt verloren gegangen ist.

Es ist großartig. Während sich das alles vor meinem inneren Auge abspielt, kommen mir beinahe selbst die Tränen.

Das Krachen von Schüssen reißt mich aus meinen Träumereien. Ich zerre an den Zügeln. Aber das Pferd hat offenbar instinktiv erkannt, dass es Gefahr läuft, morgen auf dem Speiseplan zu landen, daher hält es abrupt im Schatten einer überhängenden Mauer an. Zwei Männer rennen vorbei, gejagt von vier uniformierten Bullen auf

Pferden. Weitere Schüsse; einer der Flüchtenden stürzt zu Boden. Sein Kompagnon hastet in der Dunkelheit davon, die Reiter dicht auf den Fersen.

Anscheinend will die Polizei herausfinden, ob irgendjemand von der AMB vielleicht ein Geständnis ablegen möchte.

Im Leichenschauhaus sitzen ein halbes Dutzend Männer nebeneinander auf einer Bank. Alles Daten-Elementargeister für unterschiedliche Fälle, in identischen ausgeleierten Anzügen; sie haben die Augen geschlossen. Als ich auf Zehenspitzen vorbeischleichen will, erhebt sich einer von ihnen und folgt mir in den Obduktionssaal.

Ich schließe die Tür hinter uns. »Warten Sie hier!«, sage ich. Mr Memory lässt sich in einen Stuhl fallen.

Im Kühlraum überfällt mich plötzlich die verzweifelte Hoffnung, dass in meiner Abwesenheit irgendjemand den Kopf und den Körper weggeschafft haben könnte und ich damit vom Haken wäre. Leider habe ich kein Glück. Ich verschwende zehn Minuten damit, mich auf die Transportliege zu stützen und mir einzureden, ich sollte das Ganze besser abblasen. Schließlich schiebe ich den Körper hinaus in den Hauptsaal und wasche ihn. Nicht besonders gründlich; es ist lediglich eine symbolische Handlung. Und dann befehle ich dem Lift, uns runter ins unterste Kellergeschoss zu bringen.

Ich schiebe die Transportliege einen kurzen Flur hinunter und an einem tiefen Alkoven mit Schränken und Waschbecken vorbei, auf eine Doppeltür zu, die leicht bläulich schimmert. Ich quetsche mich an der Transportliege vorbei und halte meinen Ring hoch. Das Licht flackert. Rumpelnd öffnen sich die fünfundzwanzig Zentimeter dicken Türen aus solidem Zedernholz. Ich schiebe die Transportliege in den Beschwörungsraum.

Es handelt sich um eine leere, quadratische Kammer mit einem Durchmesser von etwa dreißig Metern, deren Wände, Boden und Decke mit schwarzem Marmor verkleidet sind – was für einen höllischen Hall sorgt. Die Wände sind nach den vier Himmelsrichtungen ausgerichtet. Die Decke ist massiv schallgeschützt, denn manchmal geraten die Dinge hier unten ein wenig außer Kontrolle. Es gibt keine Armaturen, abgesehen von einigen in den Boden eingelassenen Messingbolzen. Und es gibt auch keinerlei Möbel: die würden hier nur zerstört.

Ich parke den Körper in einer Ecke und beginne damit, den Boden zu wischen. Das hat teils symbolische, vor allem aber auch praktische Gründe: Ich kann hier keine von meinen Vorgängern zurückgelassenen Kreidezeichen gebrauchen. Außerdem ist es eine gute Ablenkung, weil meine Nerven heftig am Flattern sind.

Während der Boden trocknet, fahre ich mit dem Lift wieder nach oben und hole den Kopf.

Anschließend hocke ich mich zehn Minuten lang auf den Boden der Beschwörungskammer. Ich schließe die Augen und atme tief und langsam. Noch könnte ich alles wieder nach oben schaffen und niemand hätte auch nur das Geringste davon mitbekommen. Als ich meine Augen öffne, ist das Seidentuch heruntergefallen, und Wallace' Kopf scheint mich vorwurfsvoll anzublicken.

Ich reinige eine Feuerschale und stelle sie auf. Sobald die

Holzkohle glüht, werfe ich Nelken und Zimt hinein und murmele dabei Gebete. Dann trotte ich zurück zum Alkoven und ziehe eine Schachtel aus Zedernholz hervor, die Schnüre in diversen Längen enthält. Ich wähle eine davon aus und räuchere sie über dem Feuerbecken. Dann wickele ich ihr eines Ende um den Messingbolzen, der genau im Zentrum der Kammer in den Boden eingelassen ist, und ziehe mit einem Stück Kreide den ersten Kreis.

Die Zauber-Lehrbücher quellen über von unterschiedlichsten Entwürfen für magische Kreise und Quadrate; selbst Neuauflagen desselben Buchs enthalten oft dramatisch abweichende Skizzen. Die Sozietät hat sie während des 19. Jahrhunderts vereinheitlichen lassen, dabei aber meiner Ansicht nach einige gravierende Fehler gemacht.

Das war auch der Grund, warum es für mich in St. Cyprian am Ende so schlecht lief. In meinem Abschlussjahr erarbeitete ich ein paar verbesserte Entwürfe, doch einige Prüfer wollten mich durchfallen lassen – obwohl meine damit erzielten Ergebnisse nahezu perfekt waren. Aus reiner Missgunst gaben sie mir nur eine Zwei statt einer Eins. Und so kam es, dass ich für Caxton arbeiten muss, anstatt meiner eigentlichen Leidenschaft nachgehen zu können: der theoretischen Thaumaturgie.

Wie auch immer. Zwei Stunden später ist der Boden übersät mit einem Netzwerk von Kreisen, Quadraten und Symbolen. Ich stehe in der Mitte, kratze mich am Kopf und frage mich gerade, ob ich vielleicht irgendetwas übersehen habe, als draußen die Aufzugstür klappert.

»Nicht hereinkommen!«

Zu spät. Die Türen zum Korridor rumpeln auf, und

Marvo platzt in die Beschwörungskammer. Sie schaut sich um. »Was hast du jetzt schon wieder vor?«

»Pass doch auf!« Ich fische die Kreide aus meiner Tasche und repariere den äußeren Kreis, wo sie die Linie verwischt hat. »Wie bist du überhaupt hier runtergekommen?«

»Dein Kumpel hier …«

Mr Memory steht direkt neben ihr und fummelt an seiner Krawatte herum. Offen gesagt habe ich noch nie zuvor einen verlegen wirkenden Elementargeist gesehen. Ich winke ihn herein und deute in eine freie Ecke.

»Stellen Sie sich dort hin. Nicht bewegen.« Ich wende mich an Marvo. »Du auch.«

»Hast du inzwischen irgendetwas gegessen?«, erkundigt sie sich.

»Ich darf nicht.« Ich ziehe den Ärmel meines Pullovers hoch. »Also, auf meiner magischen Uhr ist es …«

Sie starrt auf mein Handgelenk. »Was ist eigentlich magisch daran?«

»Absolut nichts. Ich nenne sie nur so. Was zum Teufel machst du hier?«

»Ich wollte nach Alice suchen und bin zu deiner Werkstatt gefahren, damit du mir dabei hilfst. Schließlich ist es deine Schuld, dass sie verschwunden ist, weil du dich so bescheuert aufgeführt hast. Aber deine Tür war nicht mehr da.«

»Ein Wink mit dem Zaunpfahl. Und, hast du Alice gefunden?«

»Nein, ich hab alles auf den Kopf gestellt, aber Fehlanzeige. Jedenfalls war ich grade auf dem Heimweg, da hatte ich eine Eingebung, dass du sicher gerade wieder irgendwas Dämliches anstellst.«

»Und jetzt bist du hier, um mich davor zu bewahren.«

Um vier Uhr in der Frühe. Und erneut gekleidet wie eine Campingliege.

Sie lächelt. »Irgendjemand muss es ja tun.« Sie bemerkt den Kopf und den Körper. Ihr Lächeln ist verschwunden. »Frank?«

»Verlass den Raum, ja?«

Sie beäugt die ganzen Kreise und Symbole, und dann fällt der Groschen: »Das ist kein Kontiguitätstest. Was geht hier vor?«

»Das willst du nicht wissen.«

»Warum kannst du nicht einfach die Finger davon lassen? Klar, ich weiß schon, blöde Frage.« Sie beugt sich über einen kleinen Holzkäfig und zuckt zurück, als eine schwarze Ratte an den Gitterstäben hochspringt. »So viel Arbeit. Du musst etwas richtig Idiotisches im Schilde führen.« Sie blickt zu mir auf. »Irgendwas, bei dem du draufgehen könntest.«

»Hey, alles in bester Ordnung.«

»Du willst beweisen, dass du recht hast – nein, es ist mehr als das …«

Wieder kriegt sie diesen verschleierten Blick. Für einen Moment wirkt es, als wäre sie komplett weggetreten; und ich hoffe, dass sie aus den Latschen kippt, damit ich sie rausschleifen und irgendwo einsperren kann, bis ich hier fertig bin. Doch da blinzelt sie und sagt: »Du bist doch nicht so durchgedreht, wie ich dachte, Frank.«

»Bist du dir da wirklich sicher?«

»Jedenfalls sicher genug, um zu bleiben und zuzuschauen.« Sie entledigt sich ihrer Tasche und lässt sie fallen. »Ich weiß, was du denkst: Du malst dir in deinem Kopf aus, wie man dich tot auffindet und dass all diese Menschen anwesend sein werden – Caxton, Ferdia, dein Boss. Und wie sie davon reden, was das Ganze doch für eine schreckliche Tragödie ist und warum deine Gabe nur so plötzlich verschwinden musste, obwohl du doch so ein großartiger Magier warst – so tapfer und dieser ganze Mist.«

Verzweifelt versuche ich zu verbergen, dass sie voll ins Schwarze getroffen hat.

»Wenn du dich auf so was einlässt, du weißt schon, auf solche Gedanken – nun, dann wird genau das geschehen. Aber ich lasse dich nicht so billig davonkommen.« Sie schlüpft aus ihrem roten Dufflecoat und wirft ihn zu der Tasche. »Wenn du vor die Hunde gehst, dann geh ich mit dir vor die Hunde.« Sie bohrt ihren Finger fest in meine Brust. »Also, sorg besser dafür, dass es klappt, verstanden?«

»Es ist illegal. Ich habe keine Genehmigung von der Sozietät.«

»Beim letzten Mal hattest du ja auch keine.«

»Das hier ist was anderes. Ich will einen Dämon heraufbeschwören.«

Marvo starrt mich an. »Wirst du dafür nicht zur Hölle fahren?«

»Nicht, wenn ich vorsichtig bin.«

Sie zögert einen Augenblick. »Gut, dann sollten wir unser Bestes geben.«

»Also gut. Draußen im Alkoven im zweiten Schrank

stehen vier Räuchergefäße. Außerdem findest du in der Schublade unter der Bank Seidenhandschuhe.«

Zur Hölle, ich kann jede Hilfe gebrauchen, die ich kriegen kann.

Marvo hat eine nützliche Eigenschaft: Sie kapiert schnell. Ich zeige ihr, wo sie die Räuchergefäße aufhängen soll, und erkläre ihr, wie sie diese mit Lorbeer-Holzkohle füllt und sie dann zum Glühen bringt. Währenddessen hole ich das Besteck aus meinem Koffer. Wir stellen vier Kerzen auf und zünden sie an. Ich nehme eine Leinenrobe aus einem der Schränke und gebe sie ihr zum Überziehen.

Ich arbeite unter Hochdruck, denn um sieben kommen die Assistenten. Und obwohl sie halb blind sind, werden sie möglicherweise bemerken, dass der Körper und der Kopf aus dem Kühlraum verschwunden sind. Aber endlich sind alle Vorbereitungen abgeschlossen. Ich verriegle die Tür. Dann richte ich meinen Zeigefinger auf Mr Memory, der noch immer in seiner Ecke steht und milde interessiert blickt.

»Nicht bewegen.«

So weit so gut. Mich vom Zentrum aus nach außen vorarbeitend habe ich einen Kreis gezogen, der groß genug ist, dass ich darin stehen und mit den Armen herumfuchteln kann, ohne die kleine kupferne Feuerschale und den Käfig mit der Ratte umzustoßen. Diesen inneren Kreis umgibt ein weiterer konzentrischer Kreis, sodass beide zusammen einen Ring bilden, um den herum Symbole gekritzelt sind.

Dies alles liegt innerhalb eines Quadrats, dessen Seiten parallel zu den Wänden der Kammer verlaufen. Darum herum befindet sich ein weiteres großes, um 45° gedrehtes

Quadrat, dessen Ecken nach Norden, Süden, Osten und Westen zeigen. In jeder der vier Ecken ist ein kleines Pentagramm: ein fünfzackiger Stern, der mit fünf abgesetzten Strichen gezeichnet ist. Außerdem ragt aus jeder Ecke ein kleines Kreuz. Besser, man sichert sich nach allen Seiten ab …

Außerhalb davon habe ich vier Kreise aufgemalt, von denen jeder ein Hexagramm enthält – einen sechszackigen Stern, der aus zwei sich überschneidenden, gleichschenkeligen Dreiecken konstruiert ist. Marvo steht im westlichen Stern, trägt die Leinenrobe und hat eine Feuerschale zu ihren Füßen. Sie hält ein silbernes Räuchergefäß und eine Glasflasche umklammert und wirkt aus gutem Grund verängstigt.

Allerdings nicht halb so verängstigt, wie ich es bin. Aber schließlich weiß ich auch besser, was da auf uns zukommt.

Den Abschluss bildet ein äußerer Ring: zwei weitere konzentrische Kreise mit einigen Schritten Abstand voneinander. Dazwischen habe ich die Umrisse einer Schlange gezeichnet. Beginnend am Kopf im Norden, windet sie sich in zweieinhalb Umdrehungen nach innen, bis ihr Schwanz im Süden endet. Auf die gesamte Länge ihres Körpers habe ich fast hundert Symbole gezeichnet.

Der Ring ist noch nicht geschlossen. Im nördlichen Teil des äußeren Kreises ist neben dem Schlangenkopf eine Lücke von etwa zwanzig Zentimetern. Eine ähnliche Lücke befindet sich im südlichen Teil des inneren Kreises beim Schwanz der Schlange.

Einen weiteren Schritt außerhalb des Schlangenrings befinden sich im Nordosten, Südosten, Südwesten und

Nordwesten vier Pentagramme, jeweils mit einer brennenden blauen Kerze in der Mitte.

Und zu guter Letzt – nein, ganz im Ernst, ich hab's jetzt wirklich gleich – befindet sich im Osten ein großes gleichschenkliges Dreieck. Auf die Seiten habe ich TETRAGAMMATON, PRIMEUMATON und ANAPHAXETON geschrieben. In den inneren Winkeln des Dreiecks steht der Name MI CHA EL in drei Silben unterteilt. Dieses große Dreieck schließt drei Kreise ein. In einem befindet sich der Körper, in einem weiteren der Kopf. Beide liegen in Seide gewickelt auf dem Boden.

Der dritte Kreis ist leer. Bisher zumindest.

Ich trage eine weiße Leinenrobe, auf deren Brust Symbole aus roter Seide gestickt sind; Slipper aus weißer Seide; und eine Papierkrone mit dem Wort EL darauf. Um meine Hüfte ist ein Gürtel aus Löwenfell geschlungen, in dem ein Zauberstab und ein Schwert stecken. Ich nehme eine Handvoll weißer Asche und ein Messer mit schwarzem Griff.

An meinem Hals baumelt an einer Silberkette eine runde silberne Scheibe.

Mit äußerster Vorsicht – ich kann es mir nicht leisten, irgendetwas fallen zu lassen – betrete ich den äußeren Zirkel durch die Lücke im Norden beim Kopf der Schlange. Ich wende mich um, lasse etwas von der Asche durch meine Finger rieseln und versiegele so die Grenze hinter mir.

Dann bewege ich mich seitlich am Körper der Schlange entlang und fahre mit dem Messer den Umriss des äußeren Kreises ab. Dabei setze ich meine Schritte sorgsam, um keines der Symbole zu verwischen. Während ich gehe, rezitiere ich die Gebete …

Nachdem ich den Schwanz der Schlange erreicht habe, trete ich durch die Lücke im inneren Kreis und versiegele diesen mit weiterer Asche.

Ein prüfender Blick in die Runde – und ja, ich habe nicht vergessen, meinen Ring auszuziehen. Ich trete in den innersten Kreis. Blaue Flammen flackern in der Feuerschale. Die Ratte späht aus ihrem Käfig zu mir hoch.

Ich wende mich Marvo zu. Eigentlich möchte ich ihr sagen, wie dankbar ich ihr bin: Wäre sie nicht gewesen, hätte ich mich Hals über Kopf in dieses Unternehmen gestürzt und mich selbst direkt in die Hölle geschickt, nur um recht zu behalten.

»Was auch immer geschieht«, sage ich, »verlasse auf keinen Fall diesen Stern.«

15. Kapitel

Ich ziehe das zeremonielle Schwert aus meinem Gürtel. Weißer Elfenbeingriff. Die Stahlklinge rasiermesserscharf und spiegelblank mit eingravierten Götternamen.

Das Schwert dient nur einem Zweck. Jede Beschwörung erzeugt eine Affinität. Wenn man den Dämon am Ende der Zeremonie entlässt, benutzt man das Schwert, um die Verbindung zu trennen, damit die Präsenz nicht zurückkommen und den Magier heimsuchen kann. Ungefähr jedes Jahr verschwindet ein Zauberer spurlos – nicht derselbe natürlich –, weil er es versäumt hat, die Affinität zu einem Dämon zu lösen.

Ich lege das Schwert quer über die Spitzen meiner Slipper. Mit zitternden Händen ziehe ich eine Papiertüte aus der Hosentasche und streue meine vorbereitete Weihrauchmischung in die Feuerschale. Das kräftige Aroma erfüllt die Kammer, und ich beginne die Beschwörung.

»Oh Herr, der du allmächtig und barmherzig bist, steh uns bei in diesem Werk, das wir uns vorgenommen haben.«

Ich hebe eine Hand und höre ein Zischen hinter mir, als

Marvo Gewürze und Weinbrand in ihr Feuerbecken rieseln lässt.

»Ich beschwöre dich, oh Geist Cimerez, im Namen des lebendigen und wahren Gottes, ich rufe dich an bei allen Namen Gottes: Adonai, El, Elohim, Elohi, Ehyeh, Asher, Zabaoth, Elion, Iah, Tetragrammaton …«

So geht das noch eine Weile weiter. Schließlich nehme ich ein leises Klopfen wahr. Ich schaue über die Schulter und erkenne, dass Marvos linker Absatz auf den Boden trommelt. Ich werfe ihr einen betont grimmigen Blick zu.

»Entschuldige.« Sie streut wieder Gewürze in die Feuerschale.

Mahnend lege ich den Finger an die Lippen und wende mich dann wieder der Arbeit zu. »Ich beschwöre dich und bezwinge dich mit aller Macht, dass du unverzüglich in freundlicher und milder Menschengestalt vor mir erscheinst, ohne Lärm, Missbildung oder Begleiter. Tritt vor mich, tritt vor mich, tritt vor mich.«

Meine Stimme hallt nicht mehr von Wänden und Boden wider; der Raum schluckt jeden Laut.

»Komme unverzüglich und ohne Zögern, in welchem Teil der Welt du dich auch aufhalten mögest, um mein Begehr zu erfüllen und auch alle Dinge, die ich deinem Gehorsam abverlangen werde. Komme friedlich, sichtbar, huldvoll und ohne Zögern, um mir zu antworten, wie ich es dir auferlege. Beschworen wirst du im Namen des lebendigen und wahren Gottes …«

Die Ratte läuft nicht mehr herum und sitzt reglos mitten in ihrem Käfig. Sie hat die Vorderpfoten zum Maul gehoben und späht nervös um sich.

Noch mehr Namen. Die Kerzen brennen weiter gleichmäßig, doch ihr Schein dringt nur noch schwach durch die Luft, die sich verdickt hat wie ein Brei.

Ich hebe die Hand. Weil ich nichts höre – nicht einmal mehr ein leises Klopfen –, werfe ich einen kurzen Blick über die Schulter. Durch die Düsternis erkenne ich schemenhaft, dass Marvo totenblass geworden ist und mich mit offenem Mund anstarrt.

Hektisch winke ich mit den Armen. Sie fährt hoch und gießt wieder Weinbrand in das Becken. Eine blaue Flamme schießt in die Höhe, ohne Licht zu verbreiten.

Ich wende mich nach Osten dem Dreieck zu, in dem der Kopf und der Körper liegen. Ich nehme die Silberscheibe und halte sie an die Lippen. Dann hebe ich sie hoch.

»Erblicke das Pentakel Salomons, welches ich in deine Gegenwart gebracht habe. Ich gebiete dir im Auftrag des großen Gottes Adonai, Tetragrammaton, Jehova: Komme sofort, ohne List und Falschheit, im Namen unseres Heilands Jesus Christus!«

Wir machen Fortschritte. Ein Geräusch wie von fallendem Regen. Durch den Boden läuft ein Zittern. In der Ferne dumpfes Donnergrollen.

»Was säumest du? Gehorche im Namen des Herrn!«

Ich stoße die Spitze meines Stabs in das Feuerbecken. Züngelnd erwachen die Flammen, das Krachen einer brechenden Welle ertönt.

»Nicht bewegen!«, rufe ich Marvo zu und bohre den Stab noch tiefer hinein.

Ein blendender Blitz, gefolgt von einer ohrenbetäubenden Detonation.

Stille. Ich ziehe den Stab heraus und blase die Flammen aus.

Plötzlich weht ein fauliger Gestank heran. Nicht einmal eine ganze Kapelle voller gemeinsam furzender Termiten hätte so eine Duftmarke hinterlassen können. Und als hätte sich eine Tür aufgetan, taucht im leeren Kreis des östlichen Dreiecks eine Gestalt auf.

Ungefähr in meinem Alter, fünf Zentimeter größer vielleicht, mit schulterlangem blonden Haar und durchdringend blauen Augen. Die Haut ist golden und glänzt. Er trägt eine elegante blaue Hose mit Bügelfalte und Lederschuhe, die weißer sind als die Seelen der Unschuldigen. Auf der silbernen Weste, die sich um seine muskulöse Brust und Schultern spannt, steht eine mit goldenem Faden gestickte Botschaft: »Naturblond – bitte langsam sprechen.«

Außerdem hat er goldene Flügel mit einer Spannweite von rund drei Metern. Keine Ahnung, wie das hinten mit der Weste funktioniert. Aber das muss es ja wohl nicht.

»Hi, Frank«, begrüßt er mich. »Was liegt an?«

Ich höre, wie Marvo scharf einatmet. Er klingt genau wie ich. Aber daran gewöhnt man sich.

»Neulich hab ich mit deinem alten Herrn geredet. Ihm geht's nicht schlecht, weißt du. Allerdings langweilt er sich höllenmäßig.« Er grinst. »Er meint, dass du ihm fehlst.«

So was ist Standardgequatsche, mit dem er mich provozieren will. Ohne es zu beachten, deute ich auf die Leiche in dem Kreis neben ihm. »Lord Cimerez …«

»Warum so förmlich, Frank? Wir sind doch alte Kumpels.«

Ich bin förmlich, weil ich mit dem Feuer spiele. »Lord Cimerez, ich befehle dir im Namen …«

Also, um es kurz zu machen und wenigstens ein paar Geheimnisse der Sozietät zu wahren, ich untermauere meinen Befehl mit vielen Namen, denn ich brauche jede Unterstützung, die ich kriegen kann. Dann, bevor wir alle einpennen, komme ich schließlich zum Punkt: »Beim Pentakel Salomons habe ich dich gerufen. Offenbare mir, was ich zu wissen verlange.«

Einen Moment lang starrt er mich an, dann wendet er sich der Leiche zu. Mit auf die Knie gestützten Händen beugt er sich vor, um sie genauer unter die Lupe zu nehmen. Was natürlich die reine Schau ist. Er kratzt sich am Kopf und lässt einen fahren. Dann dreht er sich wieder zu mir um und bedenkt mich mit einem verblüfften Blick.

»Wenn ich nicht komplett auf der Leitung stehe, Frank, dann bist du hinter dem Kopf von diesem Typen her. Sehe ich das richtig?«

»Du mutmaßest wahr.«

Warum dieser archaische Slang? Zum Teil aus Gewohnheit: Die Sozietät hat die Anrufungsformeln in dieser pseudomittelalterlichen Sprache kodifiziert, und das färbt auf so gut wie alles ab, was Zauberer im Kreis so von sich geben. Doch es ist auch eine Art Schutzmechanismus. Er soll ausdrücken, hey, Alter, wir sind keine Freunde, und er soll alles … na ja, wie Cimerez schon gesagt hat, in einem förmlichen Rahmen halten. Dieses Wesen tritt auf, als wäre es mein bester Kumpel. Doch wenn man den Büchern glauben darf, ist es in Wirklichkeit bloß scharf auf meine Seele.

Er schaut sich nach dem Kopf um und seufzt. »Also, das ist er schon mal nicht.«

Mit triumphierendem Blick schiele ich nach hinten zu Marvo. Sie verzieht das Gesicht zu einer Art Hä?-Ausdruck, und da dämmert mir, dass uns das auch nicht unbedingt weiterhilft. Cimerez steht da und grinst über seine ganze Visage. Ich überlege immer noch, was er damit meinen könnte und welche Frage ich ihm als Nächstes stellen soll, da wendet er sich an Marvo: »Hey, Süße, ich hab dein kleines Bruderherz gesehen. Du weißt schon …« Sein Daumen zuckt Richtung Boden. »Dort unten.«

Die Weinbrandflasche zerbirst auf den Marmorfliesen.

»Er ist ziemlich deprimiert, aber so sind die Knirpse eben.«

Ich muss ihn sofort stoppen. Hastig stoße ich meinen Stab ins Herz der Feuerschale. Die gesamte Kammer erzittert krachend wie der Wagen einer Achterbahn. Der Stab geht in Flammen auf, und Cimerez' Haar verwandelt sich in ein Knäuel sich windender, zischender gelber Schlangen.

»Marvo!«

Sie hört mich nicht. Mit einem Schritt nach hinten hat sie bereits den Rand des Sterns erreicht. Noch einer, und sie verlässt seinen Schutz. Cimerez beobachtet sie, seine Augen lodern vor Gier.

»Marvo!«

Noch immer keine Reaktion. Flammen flackern über den Boden auf sie zu …

Letzter Versuch: »Hokuspokus!«

Sie wirbelt herum und greift nach ihrer Hintertasche.

Dann reißt sie die Tarotkarte heraus und starrt mich an. Cimerez faucht vor Enttäuschung und Wut, als ich sie zurück in die Sicherheit des Sterns scheuche.

Nach wie vor ragt mein Stab aus der glühenden Holzkohle, doch inzwischen brennt er lichterloh, und meine Macht währt nur so lange, wie er aufrecht steht. Dabei muss ich noch einige Namen herunterspulen.

»Aglon, Tetragrammaton …«

Ich schreie, um den Krach zu übertönen, der sich anhört, als würde das ganze Haus auf uns niederstürzen. Nach vorn gekrümmt hält sich Cimerez den Bauch, und um seinen Kopf winden sich geifernd die Schlangen. Der Stab brennt inzwischen auf ganzer Länge. Ich beuge mich vor, um nach dem Schwert über meinen Zehen zu greifen.

»Adonai, Elohim, Ariel, Jehova! Ich heiße dich, ohne Lärm und Ungemach zurückzukehren an den Ort, von welchem du gekommen bist …«

Wem will ich hier eigentlich was vormachen?

»Hebe dich hinfort im Namen Adonais und Elohims. Hebe dich hinfort im Namen Ariels und Jehovas.«

Hastig reiße ich den Käfig auf und packe die Ratte. Dann werfe ich sie ihm hinüber.

Cimerez fängt sie mit weit offenem Mund und verschlingt sie in einem Stück.

Marvo kreischt. In einem Schauer glühender Asche zerbricht der Stab. Ich hebe das Schwert.

Cimerez rülpst. »Tatsache ist, Frank …«

Ich lasse das Schwert nach unten sausen. »Hebe dich hinfort!«

Falls er noch was gesagt hat, habe ich es nicht mitbekommen. Als die Schwertspitze den Boden berührt, folgt ein letztes ohrenbetäubendes Krachen, als würde ein Riesentor zuschlagen.

Dann verschwindet er und lässt eine Übelkeit erregende Schwefelwolke zurück. Die Kerzen flackern auf und werfen wieder ihren Schein durch die Kammer.

Klirrend gleitet mein Schwert zu Boden. Meine Hände zittern so stark, dass ich es kaum schaffe, den Deckel auf das Feuerbecken zu setzen. Mit Knien wie aus Gummi schlurfe ich hinüber, um mit dem Messer den äußeren Kreis zu durchschneiden. Dann wende ich mich an Marvo. »Jetzt ist es sicher.«

Sie ist auf allen vieren und übergibt sich. Schließlich krächzt sie: »Wer war das?«

»Cimerez. Ein Nachtdämon im Rang eines Marquis, der über zwanzig Legionen von Geistern herrscht. Er unterrichtet Grammatik, Logik und Rhetorik und offenbart Verlorenes und Verborgenes.«

Schwankend richtet sie sich auf. »Und was hat er dir offenbart?«

»Was ich schon wusste: dass es zwischen dem Körper und dem Kopf keine Kontiguität gibt. Sie gehören nicht zueinander.«

»Er hat gesagt, dass der Körper keinen Kopf *hat.*«

»Hä?«

»Im Verschwinden hat er noch gerufen: *Tatsache ist, Frank, dieser Typ hat keinen Kopf.*«

Ich stehe da und schaue zu, wie sich der Rauch aus der Kammer verzieht. »Das ergibt doch keinen Sinn.«

»Dann muss was schiefgelaufen sein.«

Ist etwas schiefgelaufen? Nein, die Beschwörung war fehlerlos.

»Cimerez ist ein Ekel«, erwidere ich. »Aber er gibt gute Antworten.«

»Ein Körper ohne Kopf, wie soll das gehen? Das ist …«

»Eine logische Unmöglichkeit, ja.«

16. Kapitel

Was ich jetzt brauche, ist ein stiller Ort, wo ich mich hinsetzen und mir das alles gründlich durch den Kopf gehen lassen kann. Aber zuerst muss ich die verräterischen Spuren beseitigen. Marvos Kraft reicht gerade noch, um die Transportliege zu schieben. Ich trage den Kopf zum Lift. Auf der Fahrt nach oben ist Marvo so weiß wie das Seidentuch, das die Leiche verbirgt.

»War das wirklich ein Dämon?«

»Was glaubst du denn?«

»Ich dachte, schwarze Magie ist verboten.«

»Schwarze Magie, weiße Magie.« Ich zerre mein Hemd hoch und deute auf das Mal auf meiner Brust. »Es gibt nur Magie mit Lizenz und ohne Lizenz. Angenommen, ich kriege den Auftrag, ein verlorenes Schmuckstück zu finden. Und wenn der Kunde es wiederbekommt, regt er sich vor Freude so auf, dass er einen Herzinfarkt kriegt und den Löffel abgibt. Ist die Magie deswegen schwarz?«

»Aber wenn du einen Dämon rufst …«

»Ich habe mit drei Arten von Wesenheiten zu tun: Elementargeistern, Engeln und Dämonen. Man kann versuchen, sie in eine Art kosmisches Schema einzuordnen. Elementargeister sind Naturkräfte, die von Zauberern eingesetzt werden können. Sie sind zweckgerichtet, aber unbewusst. Engel sind bewusste, segensreiche Wesen. Und Dämonen sind gefallene Engel …«

»Aus der Hölle?«

»Ich glaube nicht an die Hölle. Keine Ahnung, was nach unserem Tod mit uns passiert. Aber dort ist Sean jedenfalls nicht.«

Wir treten aus dem Aufzug. Alles ruhig, Gott sei Dank. Das Letzte, was ich jetzt gebrauchen kann, wäre eine Meldung der Assistenten, dass ich mit dem teuren Verblichenen erneut Schindluder getrieben habe. Wir bringen die sterblichen Überreste hinüber in den Kühlraum.

»Ich glaube, Engel haben Mitleid mit uns«, erkläre ich. »Dämonen hingegen wollen Schaden anrichten. Sie schauen in dich rein und suchen nach Schwachstellen, damit sie dir wehtun können.«

»Warum?«

»Vielleicht weil dein Schmerz sie stärkt. Da geht es nicht um Gut oder Böse; das ist einfach ihre Natur.«

»Dann hat er also gelogen.«

»Das mit Sean war gelogen, ja.«

»Und mit dem Kopf?«

»Das Ritual zwingt ihn, meiner Absicht zu folgen. Er muss eine wahre Antwort auf eine bestimmte, von mir gestellte Frage geben.«

»Wer sagt das?«

Gute Frage. »Alle Lehrbücher. Hätte er an diesem Punkt die Möglichkeit zu lügen, würde die gesamte zeremonielle Magie in sich zusammenbrechen wie ein Kartenhaus.«

»Ach so, und das geht natürlich auf keinen Fall.« Sie stellt die Liege ab. Nach kurzem Zögern hebt sie das Tuch an. »Allerdings hast du ihm gar keine bestimmte Frage gestellt.«

»Das macht man auch nicht. Man formuliert sie im Kopf. Das ist sicherer, weil einem der Dämon dann kein Bein stellen kann.«

Aber genau das hat er getan. Cimerez ist ein richtiger Kotzbrocken, trotzdem heißt es in allen Grimoires, dass er gute Antworten gibt. Das Entscheidende an Dämonen ist trotz der Karnevalskluft und des unsozialen Verhaltens ihre geradezu langweilige Berechenbarkeit. Sie sind, wie sie sind, und verändern sich nie.

Im Gegensatz zu Menschen. Wir werden erwachsen und altern. Die Gabe gelangt zur Reife und vergeht. Plötzlich erfasst mich Panik, ein tonnenschweres Gewicht lastet auf meiner Brust.

Ich wende mich an Marvo. »Du darfst niemandem von dieser Sache erzählen. Wie gesagt, das kann mir gewaltige Scherereien einbringen.«

»Wie du meinst. Ich geh nach Hause.«

Wieder unten in der Beschwörungskammer bin ich allein mit dem Hall meiner Schritte. Mr Memory ist verschwunden.

Ich bringe alle Utensilien hinüber in den Alkoven und trinke drei Gläser Wasser. Dann kehre ich die Scherben zusammen und putze das Erbrochene auf. Auch die Kreidelinien wische ich weg.

Beim Säubern und Reinigen der Instrumente fällt mir Albert Einstein ein, auch so ein Zauberer, der keine Grenzen kannte. Er war schon fünfundzwanzig und weit über den Höhepunkt hinaus, als er 1904 seinen letzten Versuch unternahm, Luzifer zu beschwören. Nach dem Chaos zu urteilen, das man hinterher fand, ist es ihm gelungen. Immerhin hinterließ er nicht nur einen Haufen Asche, sondern auch seine drei Gesetze der Kontiguität.

Erstens: Die Kontiguität verblasst im Lauf der Zeit, bis sie nicht mehr feststellbar ist, doch sie verschwindet nie ganz.

Zweitens: Sie lässt sich nicht mit magischen Kräften zerstören.

Drittens: Sie lässt sich nicht auf magische Weise zwischen zwei getrennten Gegenständen erzeugen.

Jedenfalls, ich bin am Verhungern. Und noch immer kann ich mir keinen Reim darauf machen, was da passiert ist. Cimerez sollte mit seinem Auftritt beweisen, dass ich richtig liege und es noch draufhabe. Die Beschwörung war absolut okay, und ich konnte ihn beherrschen, selbst als Marvo fast aus ihrem Kreis getapst wäre. Aber die Antwort, die ich bekommen habe, ist völlig sinnlos.

Im Moment fände ich es angenehm, keinen Kopf zu haben – oder mir einen neuen zulegen zu können. Denn der jetzige tut weh.

Wieder oben steige ich aus dem Aufzug und entdecke zwei Assistenten, die gerade einen Neuzugang waschen. Einer von ihnen schielt in meine Richtung und wendet sich dann tuschelnd an seinen Kollegen. Bevor ich mich auf einen

Streit mit ihnen einlassen kann, höre ich Caxtons Stimme. Unwillig krame ich meinen Scryper heraus. Sie zitiert mich zu sich aufs Revier.

Verdammt, das war schnell.

Auf dem Weg dorthin fühle ich mich zunehmend schlechter, bis ich endlich in der Warteschlange vor Caxtons Büro stehe. Ferdia begrüßt mich mit der Miene eines Menschen, der mehr weiß als ich. Auch Marvo ist da.

»Wolltest du nicht nach Hause fahren?«

»Ja. Ich wurde angerufen.«

Wahrscheinlich lügt sie, doch bevor ich sie festnageln kann, plärrt Caxton aus ihrem Büro: »Wollen Sie den ganzen Vormittag bloß da draußen rumsitzen?«

Wir marschieren hinein. In der Ecke parkt Mr Memory und wirkt erstaunlich wach. Und Caxton hat einen neuen Spielkameraden gefunden: einen traurig wirkenden Kerl in einem schmuddeligen Regenmantel, der nervös seinen Hut in den Händen hin und her dreht.

»Und wer sind Sie?« Marvo lässt sich auf dem Stuhl neben ihm nieder.

»Verzieh dich.«

Eindeutig Charlies Arbeit. Das muss die eine Hälfte des Such-Elementargeists sein; sein Zwilling ist irgendwo dort draußen.

Marvo hat begriffen. »Sie suchen nach Alice Constant, oder?«

»Zieh ab, sage ich.«

Marvo blinzelt. »Reine Zeitverschwendung.« Plötzlich rollen ihr Tränen über die Wangen. Sie wendet sich an Caxton. »Sie ist tot.«

Caxton seufzt. »Kann mir mal jemand verraten, was der Unterschied zwischen einer echten Eingebung und einer bloßen Vermutung ist?«

»Ich weiß es einfach, das ist alles.« Marvo wischt sich mit dem Ärmel übers Gesicht und wendet sich an mich. »Frank, erinnerst du dich noch, wie wir bei ihr waren …«

Meine Lippen formen lautlos ein: »Sei still!« Zum Glück ist Caxton abgelenkt, weil sie gerade ihre Brille hinauf zum Fenster hält und sie argwöhnisch zwinkernd fixiert.

Doch Marvo ist nicht zu bremsen. »Warum ist sie aus dem Zimmer *raus*gerannt, direkt *hinein* in die Gefahr? Wovor hatte sie solche Angst?«

Ich trete ihr gegen den Fuß. Während sie mich noch immer böse anfunkelt, setzt Caxton die Brille auf und zückt das Notizbuch.

»Sie sind doch hier der Schlaumeier, Frank.« Ich hasse es, wenn sie mich mit dem Vornamen anspricht. Das bedeutet immer Scherereien. »Vielleicht können Sie mir was erklären.« Sie findet die richtige Seite und starrt angestrengt darauf. »Anscheinend waren Sie ja heute Morgen im Leichenschauhaus …«

Wie aufs Stichwort öffnet sich die Tür, und Matthew tritt ein.

Den Bruchteil einer Sekunde lang bin ich versucht, die Fliege zu machen, aber in dem Zimmer wimmelt es von Menschen und Elementargeistern. Ich lasse meinen Koffer fallen und sinke auf einen Stuhl.

Matthews Stimme klingt müde. »Also, Frank. Was haben Sie jetzt schon wieder angestellt?«

Alle starren mich an, bloß Marvo nicht. Sie fixiert einfach den Boden.

Zehn Minuten später hat sie mich noch immer keines Blickes gewürdigt. Ich habe ihnen inzwischen alles über Cimerez erzählt. Caxton hat in Druckschrift »SIMAREZ« in ihr Notizbuch gekritzelt, dazu »HAT KEINEN KOPF«, was sie prompt wieder ausstreicht.

»Sie haben also ohne Genehmigung einen Dämon gerufen.« Sie wendet sich an Matthew. »Das stimmt doch, oder? Er hat die Sozietät nicht verständigt.«

»Ich hatte keine Zeit«, murmele ich.

»Und als wäre das nicht schon schlimm genug, haben Sie nicht einmal eine intelligente Antwort bekommen.«

»Das ist Ansichtssache.«

Caxton schnaubt. »Sie sind beschränkt und unfähig. Sie machen die gesamten Ermittlungen zu einer Farce.«

Normalerweise hätte ich mich zu dem Hinweis verpflichtet gefühlt, dass bei ihr alle Ermittlungen eine Farce sind. Doch sie ist noch nicht fertig. Sie nickt in Ferdias Richtung. »Mit dem da hab ich schon genug Probleme. Noch einen, der seinen Höhepunkt hinter sich hat, kann ich in meinem Team nicht gebrauchen.« Sie wendet sich Matthew zu. »Ich werde offiziell einen neuen Magier anfordern.«

Ich nuschle, um das Zittern meiner Stimme zu verbergen. »Sie können das Ergebnis der Beschwörung nicht einfach ignorieren.«

»Auch wenn es eine unerlaubte Beschwörung ohne brauchbares Resultat ist?«

Ich suche Hilfe bei Matthew. »Magische Logik sticht

jede andere Form von Logik aus. Das haben Sie mir beigebracht.«

»Ich weiß, aber …«

Die Enttäuschung ist ihm anzumerken. Ein Wunder, dass er nicht wütender auf mich ist.

»Frank, Sie müssen auch in andere Richtungen denken. Wenn etwas nicht so läuft, wie Sie sich das wünschen, reicht es nicht, dass Sie sich auf die Gesetzmäßigkeiten der Magie berufen.« Um seine Lippen spielt ein trauriges Lächeln. »Vielleicht sollten Sie tatsächlich die Möglichkeit in Betracht ziehen … nun, dass einige von uns die Gabe früher verlieren als andere.«

Mir bleibt das Herz stehen.

Marvo ist weiterhin fasziniert vom Boden. Ich stehe in ihrer Schuld, weil sie mich bei dieser Geschichte mit Cimerez unterstützt hat, zumal sie dabei fast in Flammen aufgegangen wäre. Eigentlich dachte ich, dass ihr meine Mätzchen inzwischen egal sind, aber anscheinend habe ich sie mehr verschreckt, als ich vermutet hätte. Unter Umständen so sehr, dass sie mich verpfiffen hat.

Irgendjemand hat mich jedenfalls bei Caxton hingehängt.

Und da stellt sich mir unwillkürlich eine Frage: Wozu ist man eigentlich Zauberer, wenn man Dinge nicht ungeschehen machen kann – so als wären sie nie passiert?

»Soll ich das Ganze noch einmal wiederholen?«, erkundige ich mich.

»Haben Sie den Verstand verloren?«, blafft Caxton. Sie wendet sich an Matthew. »Ich darf annehmen, die Sozietät wird entsprechende Maßnahmen ergreifen.«

Die Sozietät hat mehrere Mittel, um gegen pflichtvergessene Zauberer vorzugehen. Man kann sie verprügeln, man kann ihnen zeitweilig oder für immer die Lizenz entziehen …

Man kann sie aber auch auf den Scheiterhaufen werfen. Aber so weit wird es in meinem Fall bestimmt nicht kommen.

Natürlich, mir ist klar, dass irgendwas mit mir nicht stimmt. Schon meine Mum hat immer gesagt: »Dein Problem ist, du hast überhaupt kein Verantwortungsgefühl.«

In der Magie gilt das Prinzip von Ursache und Wirkung. Man setzt die richtigen Gerüche ein, sagt die richtigen Worte und *Abrakadabra!* – es passiert das Richtige. Innerhalb des Kreises klappt das bestens bei mir. Aber draußen in der realen Welt …

Zum Teufel, was soll daran überhaupt so real sein? Manchmal fühlt sie sich an wie ein Traum, als wäre ich irgendwo mitten in der Pampa mit einem Heer von Dämonen konfrontiert, die es alle auf mich abgesehen haben.

Ich nehme meinen Koffer. Matthew nickt mir zu. »Ich möchte später ein Wort mit Ihnen reden, Frank.«

Marvell hat noch immer nicht den Mumm aufgebracht, mich anzuschauen.

Draußen im Gang ist es still. Nur meine Schritte hallen von den Wänden wider.

Als ich noch klein war – bevor die Sozietät meine Gabe entdeckte und mich meinen Eltern wegnahm –, setzte mich mein Vater manchmal, wenn er nüchtern war, hinten auf sein Rad und fuhr mit mir in die Downs. Wir stiegen auf einen Hügel und folgten dem Weg, bis wir auf ein kleines Wäldchen stießen. Zwischen den Bäumen standen zwei Reihen aufrechter Steine, die zu einer Art Stollen in die Erde führten. Dort, so mein Vater, hatte vor langer, langer Zeit ein Zauberer gelebt. Das war das erste Mal, dass ich von Magie hörte.

Jedenfalls, im Sommer gingen wir öfter hinter das Wäldchen, um Dotterblumen zu pflücken, aus denen Dad dann zu Hause Wein machte.

Deswegen mag ich das mit dem farbigen Rauch so gerne. Gelb wie die Dotterblumen, blau wie der Himmel … grün wie das Gras, falls der Zauber funktioniert.

Mein Dad sagte immer, dass aus mir nie was wird und ich nie Freunde haben werde.

Und nun zu einer echt rührenden Szene. Ich bin wieder in meiner Werkstatt. Meine ganzen Utensilien habe ich weggeräumt, und ich hätte dringend einiges zu erledigen. Zum Beispiel müsste ich die Formel auf der Tafel überprüfen, falls ich das eine oder andere falsch in Erinnerung hatte, oder mich nach einer weiteren toten Katze zum Zerlegen umschauen.

Doch stattdessen sitze ich an meinem Tisch. Klar, ich versuche, das alles einfach von mir abperlen zu lassen, aber ich schaffe es nicht. Es bohrt sich in mich hinein, genau wie die Spitze des Messers, das ich an die Innenseite meines Arms presse, bis es in die Haut schneidet …

Selbstverletzung: eine der nützlichen Fähigkeiten, die ich in St. Cyprian gelernt habe.

Okay, eine Überreaktion. Was Marvo über mich gesagt hat, dass ich niemanden brauche ... das stimmt nicht unbedingt. Die Wahrheit ist, dass mir Menschen irgendwie Angst machen.

Seit meinem sechsten Lebensjahr lebe ich nur noch für die Magie. Klar, wenn man kein Zauberer ist, kriegt man vermutlich den Eindruck, als würde dabei Zeug wahllos durch die Gegend fliegen, aus dem Nichts auftauchen und wieder dort verschwinden. Aber wenn man das Ganze beherrscht, kann man genau vorhersagen, was passieren wird. Man verwendet die Worte aus den Lehrbüchern. Vielleicht feilt man noch ein bisschen an ihnen herum. Doch wenn man sie richtig spricht – mit all den dazugehörigen Gerüchen und anderen Sachen –, bekommt man ziemlich genau, was man erwartet.

Man sagt zu einer Präsenz: »Ich befehle dir im Namen des großen Gottes Adonai, Tetragrammaton ...«, und so weiter. Und sie tut, was sie soll. Bei Menschen ist das ganz anders. Man sagt irgendetwas zu ihnen, aber deswegen weiß man noch lange nicht, wie sie die Worte verstehen.

Bei Caxton und bei der Sozietät heißt es immer: »Tu dies, Frank! Tu das, Frank!« Aber es ist nie klar, was sie wirklich meinen. Und wenn es nicht so läuft, wie sie sich das vorstellen, dann ist alles meine Schuld.

Durch meine Haut dringt ein Blutstropfen. Ich drücke fester zu – der Schmerz tut gut. Er fühlt sich realer an als alles andere in meinem Leben. Langsam drehe ich die Messerspitze.

Das Besondere an dieser Sache ist, sie gehört allein mir. Niemand sonst kann sich einmischen und es verderben.

Solange es dauert, strömt all der Müll aus mir heraus, verlässt meinen Körper. Ich denke an nichts und niemanden. Keine Sorgen. Keine Seelenqualen, weil sich alles an der Stelle zusammenballt, wo die Messerspitze immer stärker bohrt. Es ist einfach genial, so was zu haben, diesen winzigen Fleck, auf den ich starre und auf dem sich der Blutstropfen bildet. Nichts außer einem Blutstropfen, der herausquillt, den Arm hinunterrinnt und auf den Arbeitstisch tropft.

Hinter mir höre ich ein Geräusch.

Ich blicke mich um. Die Innenfläche meiner Tür sieht aus, als hätte sie sich in ein braunes Tuch verwandelt, unter dem ein Wolf gefangen ist, der sich scharrend und nagend zu befreien versucht. Die Zähne und Klauen des Tiers mühen sich verzweifelt. Dabei gibt es ein jämmerliches Winseln von sich.

Ich lege das Messer weg. Nach einer Minute ist die Tür wieder ruhig.

Der Trick bei Selbstverletzungen ist, sich anschließend richtig zu verarzten. Das Messer ist reiner als eine Seele im Himmel. Zwei Berührungen und einige Worte, und es ist, als hätte es den Einstich in meinem Arm nie gegeben.

Meine Tür ist bloß ein Elementargeist. Klar, er ist ein bisschen durchgeknallt, aber im Grunde hat er ja recht: Es hat keinen Sinn, sich Löcher in den Körper zu stanzen. Ich fühle mich nicht einmal besser. Eher wie ein Schwindler, weil sich der Schaden so leicht beheben lässt.

Sicher, ich kann hier einen auf Depression machen und den Fall hinschmeißen. Okay, Caxton hat ihn mir sowieso praktisch entzogen, aber ihr wisst schon, wie ich es meine.

Doch letztlich läuft es doch auf Folgendes hinaus: Entweder bin ich noch immer der beste Zauberer von Oxford, oder ich bin ein Nichts.

In diesem Fall muss ich etwas noch viel Drastischeres tun, als nur ein paar Blutstropfen auf dem Arbeitstisch zu hinterlassen.

Wisst ihr noch, was ich zu Cimerez gesagt habe? »Ich gebiete dir.« Er kann nicht lügen. Er muss sich an die Regeln halten. Aber er kann den Sinn ein wenig verdrehen. Wenn er sagt, dass der Körper keinen Kopf hat, dann muss das auf irgendeine Weise stimmen.

Sind Einsteins Gesetze wirklich so unverrückbar? Wie bereits erwähnt, waren es ursprünglich drei. Aber zehn Jahre nach Einsteins Tod hat ein cleverer Typ namens William Morris mit der Erfindung des Phantoms das dritte widerlegt, dem zufolge Kontiguität sich nicht auf magische Weise zwischen zwei getrennten Gegenständen erzeugen lässt. Seither gelten nur noch zwei Gesetze.

Kontiguität verblasst im Lauf der Zeit, doch sie verschwindet nie ganz.

Und sie lässt sich mit magischen Kräften nicht zerstören.

Stunden später habe ich alle meine Bücher über Kontiguität durchforstet und bin kein bisschen klüger.

Ich weiß, dass ich recht habe. Ich bin mir bloß nicht sicher, worauf genau sich dieses Rechthaben bezieht. Eins steht allerdings fest: Mit Kräutern und Zaubersprüchen komme ich hier zu keiner Lösung. Und damit bin ich wieder bei einer einfachen Frage aus der Mordnacht: *Wer hat was gesehen?*

Akinbiyi … nun, ich kann mir nicht vorstellen, dass er mit mir redet. Außerdem traue ich ihm sowieso nicht über den Weg.

Aber Kazia … kann sie mir vielleicht etwas darüber erzählen, was in der Nacht im Palast passiert ist?

17. KAPITEL

Als ich den krummbeinigen alten Knacker am Torhaus durch gutes Zureden endlich dazu gebracht habe, mich durchzulassen, geht bereits die Sonne unter. Jetzt stehe ich auf der Treppe zum Bischofspalast und bemühe mich, nicht zu zittern.

Natürlich trage ich wieder nur meine Lederjacke, weil ich keine wärmere habe, aber dafür zumindest eine neue Wollmütze. Meine Stiefel habe ich blank geputzt, und ich habe sogar eine brauchbare graue Hose und ein weißes Hemd gefunden, dessen letzte Begegnung mit dem Bügeleisen nicht in grauer Vorzeit stattgefunden hat.

Mir ist kalt, aber dafür bin ich schick.

Einmal im Jahr erinnert sich meine Mum, dass es mich gibt, und schickt mir ein Geburtstagsgeschenk. Anscheinend ist sie als Mutter der Auffassung, dass sie ihre Liebe mit einem Kleidungsstück ausdrücken sollte. Und da sie nur eine vage Vorstellung von meiner Größe hat, handelt es sich bei diesem Kleidungsstück stets um eine Krawatte. Ich bin stolzer Besitzer von acht Krawatten. Alle blau. In dem Bemühen, heute Abend einen möglichst guten Eindruck zu hinterlassen, habe ich mir die blaueste von ihnen umgebunden.

Ich läute. Die Eingangstür öffnet sich. Bei meinem Anblick reißt die rothaarige Haushälterin ihr Amulett hoch und fuchtelt mir damit vorm Gesicht herum.

Zehn Sekunden später wundern wir uns beide, dass ich mich nicht in einer Rauchwolke aufgelöst habe.

Ich lächle höflich. »Möchte Kazimíera vielleicht zum Spielen rauskommen?«

Krachend schlägt die Tür vor meiner Nase zu.

Da muss ich wohl andere Saiten aufziehen. Mit Kreide male ich Symbole neben beide Türseiten. Die Taschen meiner Lederjacke sind natürlich zu klein für eine Feuerschale, daher behelfe ich mir mit einem fünf Zentimeter großen Papierhütchen, das ich auf die oberste Stufe stelle.

Mit den Fingern zeichne ich eine Form in die Luft. »Melchidael, Baresches, Zazel, Firiel.« Ich stecke das blaue Zündpapier an und springe zurück. Der Feuerwerkskörper stößt einen Funkenregen und eine rote Rauchwolke aus, die nach Rosen, Zimt und Rosmarin duftet. Dann platzt er mit einem lauten Knall.

Von drinnen erklingen Schreie. Ich trete vor und berühre die Tür, die begeistert aufschwingt. Mit Menschen kann ich nicht umgehen, aber Türen mögen mich offenbar.

In der Eingangshalle tanzt die Haushälterin wie ein Derwisch und klopft verzweifelt mit den Händen auf ihre Kleider. »Runter von mir! Runter von mir!«

Ihr Sohn versucht, sie fest in die Arme zu schließen, doch sie keilt aus und trifft ihn voll auf die Nase. Mit blutüberströmtem Gesicht taumelt er zurück. Nun stürmt

Akinbiyi herbei, doch seine Beine sind plötzlich wie Gummi, und er muss sich an einer Stuhllehne festhalten.

Nur eine Person ist immun: Kazia, die mitten auf der Treppe steht und mich anstarrt. Ich winke sie eilig zu mir.

Magie wird mir jetzt nicht helfen. Es liegt bei ihr. Kann sie meinem natürlichen Charme widerstehen? Ihre Fingerknöchel sind weiß, so fest umklammert sie das Geländer. Als würde sie daran festkleben. Erneut winke ich ihr.

Sie läuft die Stufen herunter, macht einen Bogen um die Haushälterin und schnappt sich einen braunen Mantel.

»Kazimíera!«

Verdammt! Akinbiyi packt sie am Arm. Doch sie reißt sich los, saust durch die offene Tür an mir vorbei und dann die Außentreppe hinunter. Stolpernd will ihr Akinbiyi nachsetzen, doch er landet flach auf der Nase. Die Tür kracht zu, und ich purzle fast die Treppe hinab.

Kazia rennt bereits auf das Torhaus zu. Als ich sie draußen auf der Straße einhole, bückt sie sich, um ihre Schuhe zu schnüren. Ihr Haar ist wirklich unglaublich kurz geschoren, so kurz, dass die Kopfhaut durchschimmert. Es drängt mich herauszufinden, wie es sich anfühlt, und es fehlt nicht viel, dass ich ihr mit der Hand über den Kopf streiche. In diesem Augenblick dreht sie sich um und sieht mich an.

Der Mantel, den sie sich in der Eile geschnappt hat, gehört einem Mann. Er ist ihr viel zu weit und hängt in Falten bis aufs Pflaster. Ich meine, an ihr sieht er natürlich klasse aus. Allerdings habe ich sie mir auf dem Weg hierher aus irgendeinem Grund in einem roten Dufflecoat wie dem von Marvo vorgestellt.

»Ich möchte nicht über meinen Onkel reden.« Kazia richtet sich auf und krempelt die Mantelärmel hoch.

Erstaunlicherweise reicht mein Geld für die Eintrittskarten, und obwohl ich noch nie im Kinema war, finde ich hinein, ohne mich wie ein kompletter Volltrottel zu benehmen.

Ein scheunenartiger, hell erleuchteter Raum. Auf den Wandgemälden an den Längsseiten segeln Montgolfieren über einen strahlend blauen Himmel, der vom durchsickernden Regenwasser braune Flecken bekommen hat. Unsere Plätze sind vorn, ganz nah beim Scryper, und solange wir noch auf den Beginn der Vorstellung warten, können wir unser Spiegelbild in der Scheibe erkennen. Ein attraktives Paar, wenn man meine Wollmütze mal außen vor lässt. Ich ziehe sie herunter und stopfe sie in die Hosentasche. Mir wird mulmig, als ich bemerke, dass Kazia mich anstarrt.

Schnell wendet sie den Blick ab. Was soll ich bloß zu ihr sagen?

Ich kann mich noch gut erinnern, wie mich zwei Wochen, nachdem man mich frisch und unschuldig wie ein Neugeborenes im Termitennest abgeliefert hatte, ein alter Mönch beiseitenahm, um mir zu verklickern, wie man Mädchen anquatscht. Auf jeden Fall, so meinte er, muss man ihnen zeigen, dass man sich für sie interessiert. Zwei Dinge verstand ich allerdings nicht ganz. Erstens, woher er das wusste, und zweitens, warum man Mädchen anquatschen sollte, wenn man sich sowieso nicht für sie interessierte. Noch verwirrender wurde es, als er mir erklärte, dass sie Verlockungen des Teufels sind und dass ich für alle Zeiten neben Judas Ischariot und dem Hunnen Attila in der Hölle schmoren werde, falls ich mich mit ihnen abgebe.

Kazia beobachtet, wie ich mit Kreide ein Pentagramm auf die Holzlehne des Stuhls vor mir zeichne. Eigentlich hatte ich mir ja einen Spruch zurechtgelegt, um mit ihr ins Gespräch zu kommen: »Okay, dann erzähl mir mal was über deinen Onkel.« Ja, ich weiß, nicht besonders romantisch. Dafür direkt und auf den Punkt. Aber da sie nicht über ihn reden möchte, sitze ich in der Patsche.

Dann fällt mir doch noch was anderes ein. »Warst du schon mal im Kinema?«

»Nicht oft.«

»Hatte dein Onkel was dagegen?« Schlau, was?

»Wie gesagt, ich möchte nicht über ihn reden.«

Nicht schlau genug anscheinend. Ich überlege noch immer krampfhaft, wie ich weitermachen soll, da fragt sie: »Wie lang arbeitest du schon für die Polizei?«

»Für die Bullen? Ungefähr seit einem Jahr.«

Weil sie mir jetzt die Fragen stellt, geht es auf einmal leichter. Natürlich muss ich vorsichtig sein: Ich will ihr nicht auf die Nase binden, wie ich in St. Cyprian alle so vergrätzt habe, dass sie mir eine schlechte Note verpasst und den Job im Leichenschauhaus aufs Auge gedrückt haben.

Ein Job, der sich übrigens auch finanziell nicht lohnt. Wie schon erwähnt, ich gehöre praktisch der Sozietät, die mich an die Bullen ausgeliehen hat.

Also sauge ich mir was aus den Fingern. Ich erzähle ihr, dass ich es schon immer faszinierend fand, was für aufregende Entdeckungen man beim Zerlegen einer Leiche machen kann. Kazia wirft mir einen komischen Blick zu. Ich wechsle das Thema, und wir reden über einige andere Sachen, die nichts mit ihrem Onkel zu tun haben, aber irgendwann gibt es keinen Ausweg mehr. Eigentlich weiß ich nichts über Henry Wallace, außer dass er tot ist und vielleicht eine Schwäche für Hausmädchen hatte. Trotzdem habe ich irgendwie das Gefühl, dass er vielleicht kein besonders netter Zeitgenosse war.

Wahrscheinlich bilde ich mir das bloß ein, aber trotz der Leichen kommt es mir vor, als würde mich Kazia mögen. Höchste Zeit, damit Schluss zu machen.

»Bevor dein Onkel getötet wurde …«

»Ich hab dir doch gesagt …«

»Ist da was … ich weiß auch nicht … Ist da irgendwas passiert?«

Ihr Gesicht ist auf einmal hart wie Stein. »Da ist viel passiert.«

Wenn man schon in der Grube hockt, muss man weitergraben. »Irgendwas, das dir merkwürdig oder unsinnig vorkam?«

Der Saal ist fast leer. Zwei Familien mit Kindern; eine Clique cool aussehender Typen in meinem Alter, deren Beine über den Lehnen vor ihnen hängen; ein paar alte Kerle, die allein sitzen; hinten drei Männer, die gerade hereingekommen sind. Ich möchte Kazia erklären, warum ich sie so bedränge, aber ich fürchte, dass ich es damit nur schlimmer mache.

»Kann es sein, dass er einen Magier ohne Lizenz eingesetzt hat?«

Sie springt auf.

»Bitte lauf nicht weg. Weißt du, wovon ich rede?«

»Bist du schon mal einem Magier ohne Lizenz begegnet?«

»Einmal. Das war bloß ein Junge, ungefähr zwölf. Alles Kleinkram – du weißt schon, ein vergrabener Schatz, Liebestränke …«

Sie blickt mich so scharf an, dass ich fast Angst kriege. Mein Gott, ist sie schön!

»Hast du ihn verraten?«

»Nein. Er hat ja keinen Schaden angerichtet, und ich wollte nicht, dass er auf dem Scheiterhaufen landet.«

Zwei Platzanweiser gehen herum und drehen das Licht ab. Der verblassende Schein tanzt über Kazias Wange, und kurz packt mich die schwindelerregende Vorstellung, es könnten meine Lippen sein.

»Akinbiyi«, bringe ich krächzend hervor. »Wie alt ist er?«

»Einundzwanzig oder zweiundzwanzig. Warum?«

»Zu alt. Der Junge, der im Garten arbeitet – der Sohn der Haushälterin, glaube ich. Er ist vermutlich im richtigen Alter.«

»Wofür?«

»Für die Gabe. Da muss einfach Magie im Spiel sein. Zu viele Dinge, die nicht zusammenpassen.«

Sie sinkt zurück auf ihren Platz. »Dein Freund, dieser Mönch …«

»Andrew?«

»Er hatte neulich – wie nennt man das, wenn sich jemand aufregt?« Sie deutet auf ihren Mund.

»Schaum vor dem Mund?«

»Ja. Und er kennt sich in der Kathedrale aus.«

Ich schüttle den Kopf. »Es muss jemand unter zwanzig sein.«

Sie beugt sich zu mir und flüstert: »Und was ist mit mir?«

»Hä?«

Nur noch die Notbeleuchtung ist an. Ich kann ihr Gesicht nicht mehr erkennen, bloß dieses punktförmige Glühen in ihren Augen.

»Wenn du jeden unter zwanzig in Verdacht hast …«

»Ach so.« Muss ich das wirklich erklären? »Du bist ein Mädchen. Frauen können Hexen sein, aber die Gabe bekommen sie nie.«

»Was ist da der Unterschied?«

»Hexen dienen Dämonen. Zauberer beherrschen sie.«

Das Publikum fängt an zu klatschen, als ein Scheinwerfer anspringt und ein Kerl in Smoking und Fliege auf die Bühne unter dem Spiegel tritt. Er verneigt sich, setzt sich und legt die Hände auf die Knie.

»Und Frauen haben nie die Gabe?«, flüstert sie, als es leise wird.

»Nie. Du kannst von Glück reden.«

Der Typ auf der Bühne ist ein Elementargeist. Er schließt die Augen. Der Scryper leuchtet auf …

Dann sind wir in Mexiko und fliegen durch den großen Copper Canyon. Vermutlich haben sie eine Montgolfiere mit einem Scryper ausgerüstet. Alles unglaublich beeindruckend, wenn man Felsen mag, aber mich lassen diese Bilder eher kalt. Auf der Lehne zwischen unseren Plätzen berühren sich unsere Ellbogen. Irgendwie spüre ich Kazias Atem, und das ist es, worauf ich mich im Moment konzentrieren möchte …

Bloß dass ich im Geist immer noch Namen daraufhin durchgehe, ob irgendeiner als Magier infrage kommt. Und auch Einsteins Gesetze spuken mir wieder durch den Kopf. Kontiguität verblasst im Lauf der Zeit, ohne je ganz zu verschwinden. Mit magischen Kräften lässt sie sich nicht zerstören …

Ich konnte keine Kontiguität zwischen dem Kopf und dem Körper feststellen. Ferdia fand dafür umso mehr, aber er ist auch ein Schwachkopf. Und wenn Marvo sich nicht verhört hat, dann rief Cimerez mir zu: »Tatsache ist, Frank, dieser Typ hat keinen Kopf.« Was zum Teufel soll das heißen?

Auf einmal merke ich, dass Kazia den Atem anhält. Als ich zu ihr hinübersehe, starrt sie an mir vorbei.

Dann ist sie plötzlich auf den Beinen und stolpert durch die Sitzreihe davon Richtung Eingang. Ich springe auf und jage ihr nach. Als ich den Gang hinaufrenne, höre ich Getrappel hinter mir. Ich verfolge sie durch Korridore, eine Treppe hinunter …

Draußen ist es dunkel. Schließlich hole ich sie ein und packe sie am Arm. Sie wirkt verängstigt.

»Kazia?«

Fast kommt es mir so vor, als wollte sie sich hinter mir verstecken. Als ich mich umschaue, erkenne ich drei Männer, die die Treppe des Kinemas herabstürzen.

Einer von ihnen hat die Größe eines Kleiderschranks. Der Zweite ist ein schmächtiger Zwerg, dessen Kopf so flach ist, dass sich bei einem Regenguss eine Pfütze darauf bilden würde. Licht flackert über das pockennarbige Gesicht des Dritten, als er kurz innehält, um sich eine Zigarette anzuzünden.

Kazia reißt ihren Arm los und prescht davon, dass sich der Mantel hinter ihr bauscht. Ich hetze ihr hinterher, und ein hastiger Blick über die Schulter zeigt mir, dass sich die drei Männer an unsere Fersen heften. Ich folge ihr um die Ecke des Kinemas – mein Gott, sie flitzt wie ein Hase! –, über die Straße und durch eine schmale Gasse zwischen zwei hohen, verwahrlosten Gebäuden. Mir dämmert, dass sie keine Ahnung hat, wohin sie läuft.

»Kazia!«

Sie düst die unebenen Stufen einer Steintreppe hinunter, als wären ihr alle Höllenhunde auf den Fersen. Hinter mir höre ich lautes Stiefelpoltern, und allmählich kriege ich Seitenstechen. Nach einem Torbogen und einem Holzsteg über einen stehenden Bach mühen wir uns durch eine Müllhalde. Lumpen. Verrottende Lebensmittel. Quiekende Ratten in der Finsternis. Der Geruch ist grauenhaft, und ich wate bis zu den Knien durch Kacke. Trotzdem komme ich schneller voran als Kazia, denn auch wenn ich praktisch nichts sehe, weiß ich wenigstens, wo ich bin.

Ich greife nach ihrer Hand. Ein rostiges Eisengeländer hilft uns über morastigen Boden. Wir schleichen an einer Reihe heruntergekommener Lagerhallen vorbei. Dahinter die Lichter eines belebten Straßenmarkts, auf dem es nach verfaultem Gemüse und von Fliegen umschwirrtem Gammelfleisch stinkt. Zwei Typen – einer mit Akkordeon, der andere mit Dudelsack – funkeln sich über die Straße hinweg giftig an und hacken unterschiedliche Lieder herunter. Schlurfend, tastend und feilschend drängen sich die Leute im Schein von Lampen und Fackeln. Ich werfe einen Blick nach hinten und erkenne den Kleiderschrank, der über die Menge in unsere Richtung späht. Ich ducke mich und ziehe Kazia durch eine schmale Lücke hinter eine Bude.

Durch ein Gestell mit getrockneten Fischen beobachte ich, wie sich der Kleiderschrank, dicht gefolgt von Flachkopf, einen Weg durch das Gewühl bahnt. Der Typ mit der Zigarette ist spurlos verschwunden. Ich drehe mich zu Kazia um.

Oh Gott! Sie hat den Mantel aufgemacht und japst nach Luft. Ich sehe, wie sich unter dem Pullover ihre Brüste heben und senken. Das ist nun wirklich nicht der richtige Zeitpunkt für solche Gedanken! Wo sind die Termiten, wenn man sie braucht? Schnell wende ich mich ab und klettere voraus über einen Schutthaufen zwischen zwei eingestürzten Häusern …

Hinein ins Herz des *Lochs*.

18.
Kapitel

Geschichtslektion. Hier gab es früher einmal eine angesehene Universität, bis die Leute keinen Bock mehr auf Rugby und Kricket hatten und mit richtigen Waffen und scharfer Munition für ein bisschen Schwung sorgen wollten. Als der Spaß ein Ende hatte – ungefähr vor achtzig Jahren –, waren die meisten Immobilien niedergebrannt und ausgeplündert.

Einige von den alten Colleges überlebten, weil sie Magier ins Boot holten. Sie nehmen noch immer Studenten auf und verteilen Diplome, doch in erster Linie handeln sie mit konventionellen Waffen und gelegentlich auch mit freischaffenden Zauberern. Nach Aussage von Gerry Ormerod werden mehr als die Hälfte der Drogen, die ins Land kommen, von den Colleges Christ Church und Keble verschoben.

Der größte Teil des alten Stadtzentrums wurde bei den Kämpfen plattgemacht. Als sich die Lage allmählich beruhigte, wuchs es irgendwie nach, von den Rändern nach innen – wie neues Gras um die Asche eines Feuers. Es gibt die Kathedrale in Osney und städtische Verwaltungsgebäude auf zurückerobertem Gelände am Westufer des

Flusses; die Reichen – wie meine Mum, bevor sie alles verschleudert hat – oben auf dem Boar's Lump; die Mittelschicht draußen in Summertown, Marston und Headington; die Armen in der Umgebung der Fabriken in Cowley, Littlemore und Kennington sowie flussabwärts Richtung Abingdon, wo die Sozietät in der alten Abtei ihre Zentrale eingerichtet hat.

Der Name *Loch* ist kein Zufall. In der Mitte gibt es nichts außer ausgebrannten Häusern, Blechbaracken und einer Bewohnerschaft, die sich aus Kriminellen, Spinnern und Quacksalbern zusammensetzt.

Warum hat man nie das Militär da reingeschickt? Zunächst, weil das Militär alle Hände voll damit zu tun hatte, die Franzosen zurückzuschlagen. Und später hielt man jeden Versuch zur Wiedergewinnung für zwecklos, weil diese Quadratmeile angeblich mit so viel Sprengstoff vermint ist, dass es reichen würde, den größten Teil von Oxfordshire in einen Krater zu verwandeln. Und inzwischen ist noch eine andere Geschichte im Umlauf: Im Herzen des *Lochs* soll es einen abtrünnigen Zauberer geben, vor dessen Macht selbst die Sozietät zurückschreckt.

Beide Versionen kommen mir nicht ganz glaubwürdig vor, trotzdem ist es eine Art Pattsituation. Seit Kurzem ist davon die Rede, das ganze Gesindel in einen großen neuen Ort hinter Otmoor umzusiedeln. Oder die Stadtverwaltung lässt es doch noch darauf ankommen und schickt die Kavallerie.

Nicht ganz die Umgebung, die ich mir für ein erstes Date gewünscht hätte.

Außer einigen Lagerfeuern und glühenden Kohlepfannen kann ich nicht viel erkennen. Ich ziehe Kazia an einer Reihe verkommener Holz- und Blechbaracken entlang, die in der Ruine eines alten Colleges errichtet worden sind. Im Grunde sind wir hier wieder im Mittelalter. Kerle, die sich auf Krücken oder auf kleinen Rollwagen aus Holz fortbewegen. Ein einarmiger Junge, der auf der Seite liegt und aus einem Dudelsack zwischen seinen Beinen jaulende Schmerzenslaute quetscht.

Aus einer fackelbeschienenen Tür löst sich mühsam ein Mann. Beide Augen sind bandagiert, und seine Hand umklammert die Schulter eines fünf- oder sechsjährigen Kindes, dessen dreckverschmierte Haut mit wunden Stellen übersät ist. Der Mann stolpert über ein loses Brett in dem maroden Bohlenweg und stürzt fast hin. Mit einem Stock schlägt er nach dem Mädchen. Sie heult auf und reißt an der Kette, die sie am Weglaufen hindert.

Um den Pfosten, an dem die Fackel befestigt ist, windet sich eine vergammelte ausgestopfte Schlange, die auf eine Art Heiler verweist. Wieder ein zufriedener Kunde: Wie ein Schraubstock schließt sich die Hand des Blinden um die Schulter der Kleinen.

Kazia zieht mich weg. »Ich will nach Hause.«

Ich bin so außer Atem, dass ich kein Wort herausbringe. Wir sind in der Nähe der Stelle, wo früher das alte Museum war, also liegt der Palast ... mal sehen. Dort hinten, genau. Dummerweise marschiert Kazia genau in die entgegengesetzte Richtung. Immer tiefer hinein ins *Loch*. Wieder renne ich ihr nach, um sie einzuholen. Nicht weit entfernt ertönen Rufe. Dann Schüsse.

Da ist der Brunnen. Nun, zumindest eine Art von Brunnen. Das Becken ist zertrümmert, daher spritzt das Wasser aus einem schartigen Rohr und bildet eine zwei Zentimeter hohe Pfütze um eine Steinstatue ohne Arme und Kopf, bevor es durch einen Spalt in einen Graben sickert. Trinkwasser und ein Ort für die Einheimischen, wo sie sich einmal im Jahr waschen können.

Ich beuge mich über den Ausguss und klatsche mir Wasser ins Gesicht. Wir befinden uns auf einer Art Platz, umgeben von Holzbaracken, die zum Teil drei oder vier Stockwerke hoch aufeinandergestapelt sind. Sie stürzen regelmäßig ein. Dann räumen die Einwohner die Toten weg und bauen alles genauso fahrlässig wieder auf.

Ich schüttle heftig den Kopf, um das Wasser loszuwerden und wieder zur Besinnung zu kommen.

»Frank, magst du mich?«

Diese Frage muss ich eigentlich nicht beantworten. Ich feuchte die Finger an und zeichne ein Pentagramm auf den steinernen Brunnenrand. Das ist natürlich kein dauerhafter Schutz, doch das spielt keine Rolle, weil wir sowieso nicht lange hier bleiben werden.

»Willst du mir helfen? Ich stecke in großen Schwierigkeiten.«

Ist euch klar, was ich da vor mir sehe? Eine *Chance.* Ich habe keine Ahnung, warum sie auf mich stehen sollte. Aber einem Jungen, der ihr geholfen hat, wäre sie vielleicht dankbar.

»Was für Schwierigkeiten? Was waren das für Typen?«

»Ich weiß nicht.«

Durch meinen Kopf schwirren die Gründe, warum das

eine Lüge sein muss. Ich bin noch nicht am Ende der Liste, als sie mir die Hand auf den Arm legt.

»Kannst du mich hier wegbringen?«

»Ja, da lang …«

»Nein, sofort. Ich will nach Hause.«

Manchmal bin ich ein wenig schwer von Begriff. Während ich dastehe und sie anstarre, höre ich eine tickende Uhr und merke, dass ich gerade dabei bin, alles zu versieben. Sie schaut mir in die Augen.

»Frank?«

Und plötzlich ist es zu spät. Ihr Blick flackert zur Seite, über meine Schulter. Ihre Augen weiten sich vor Angst.

Jetzt sind sie zu viert. Okay, Flachkopf ist noch schmächtiger als ich, mit dem werde ich fertig, schätze ich … bis ihm der Kleiderschrank ein Messer in die Hand drückt. Als sich der Dritte wieder eine Zigarette ansteckt, spiegelt sich die Flamme in den Gläsern einer runden Sonnenbrille. Und hinter dieser verbergen sich die Augen des stämmigen Typen, den ich vor ein paar Tagen schon einmal bemerkt habe: zuerst bei dem Handgemenge und später in der Kathedrale.

Sekunden später presche ich wie ein Kaninchen durch eine enge Gasse und ziehe Kazia hinter mir her. Die Schlägertypen sind uns dicht auf den Fersen.

Es ist stockfinster, doch in der Gegend hier kenne ich mich aus. Um zwei Ecken. Zwischen etlichen ramponierten Steinköpfen auf Säulen mehrere Stufen hinauf. Hinein in ein Meer aus Abfall: Glasscherben, Metallschrott, Lumpen und Trümmer, Bruchstücke von alten Karosserien und Fahrräder.

Es gibt sogar die ausgebrannten Überreste eines Phantoms, an dem ein halbes Dutzend winselnde, ausgemergelte Hunde festgebunden sind.

Das Haus, auf das ich zusteuere, war bestimmt mal richtig nett, bis es jemand mit Sprengstoff bearbeitet hat. Wir sprinten hinein und stolpern eine Treppe hoch. Alle Geländer sind herausgerissen, weil die Leute Brennholz benötigen. Die Wände sind durchsiebt mit Löchern, und überall liegen angekohlte Stein- und Gipsbrocken herum.

Im ersten Stock kommen drei Leute aus einer Tür. Mir bleibt fast das Herz stehen, doch dann erkenne ich einen von ihnen: Dinny. Der Franzose, von dem ich erzählt habe. Der in der Phantom-Fabrik beide Hände verloren hat.

»Ah, Frank.« Er lässt zwei tote Hündchen von einem Haken baumeln. »Ist das was für dich?«

Ich mustere sie mit professionellem Blick. Ein Beagle und auch noch halbwegs frisch. Doch der andere wurde wohl überfahren und ist praktisch nur noch Suppe, die vom Fell zusammengehalten wird.

»Soll das ein Witz sein, Dinny?« Er blickt enttäuscht. »Hör zu, was ich brauche, ist ein Hai.«

Mit einem toten Hai könnte ich wirklich viel anfangen.

Kazia späht durch ein Fenster. »Frank!«

Prioritäten, Prioritäten.

»Entschuldige, Dinny. Demnächst, okay?«

Dann hauen wir wieder ab. Früher war das hier mal eine Bibliothek, aber die Bücher sind schon längst verkauft oder verheizt, und die Nischen zwischen den leeren Regalen wurden in winzige Wohnräume verwandelt. Mühsam bahnen wir uns einen Weg durch Leinen voller Wäsche und kriechen durch eine Bresche in der Mauer in eine verräucherte Kammer, wo jemand eine Schnapsbrennerei betreibt. Dann weiter zwei Treppen abwärts, durch einen Kellergang und wieder hinauf und hinaus in einen Hof voller gackernder Hühner.

»Hey!« Ein Junge mit gelben Hamsterzähnen schleudert einen halben Ziegel nach uns.

Schnell zerre ich Kazia über einen Schutthaufen und durch ein Tor. Wir sind wieder auf dem Straßenmarkt, wo das Akkordeon und der Dudelsack noch immer versuchen, sich gegenseitig zu übertrumpfen.

Kurz darauf hat uns die Menge verschluckt. Wir drängen uns an einer Prügelei vorbei, die vor einem Stand mit grobem Geschirr entbrannt ist. Schließlich bleibe ich vor einer Mauer stehen, um nach Luft zu schnappen. Mir ist schwindlig, als würde die Welt unter meinen Füßen ständig wegrutschen.

Dabei hat der Spaß gerade erst angefangen. Ich weiß nicht, was der größere Schock ist: dass der Geschirrstand krachend umkippt …

… oder dass mir Kazia mit den Fingern sanft über die Wange streichelt. Ich blinzle noch immer vor Verwirrung, als sie mich küsst.

Irgendwann löst sie sich von mir, und die Welt hat aufgehört zu schwanken. Sie dreht sich auch nicht mehr. Alles ist zum Stillstand gekommen, sogar die Schlägerei um das zerbrochene Geschirr. Selbst die Straßenmusikanten sind verstummt.

Der Einzige, der sich bewegt, bin ich. Langsam. Auf sie zu. Ihre Lippen sind ganz leicht geöffnet. Ein Moment der Wärme, dann weicht sie wieder zurück. Sie sieht mich an. Im schwachen Lampenschein wirken ihre Pupillen riesig, und kurz ergreift mich das Gefühl, in sie hineinzufallen …

Was treibt sie für ein Spiel? Ich habe keine Zeit mehr, mich mit dieser Frage zu beschäftigen, denn ich merke, dass unsere Freunde aufgetaucht sind. Wirklich ein verdammt geselliger Abend.

»Wer seid ihr? Von der AMB?« Ich stelle mich vor Kazia. »Sie hat nichts damit zu tun.«

Anscheinend sehen sie das anders. Der Kleiderschrank holt mit einer zerbrochenen Holzlatte vom Geschirrstand nach mir aus. Als ich zur Seite springe, drückt mir der Gorilla seine Zigarette im Nacken aus. Bis ich aufgehört habe zu schreien, hat er Kazia von hinten an den Armen gepackt, und der Typ mit der Sonnenbrille versetzt ihr eine heftige Ohrfeige. Er brüllt sie an – allerdings verstehe ich ihn nicht richtig, weil das grausame Gedudel wieder angefangen hat.

Ich ducke mich unter dem nächsten Hieb des Kleiderschranks durch und stürze auf Kazia zu. Flachkopf reitet auf meinem Rücken, und zusammen verheddern wir uns in einer Horde Kinder, die sich um die verstreuten Geschirrstücke balgen.

Jetzt wird es richtig unübersichtlich. Kazia windet sich aus ihrem Mantel und schafft es, der Zigarette in die Murmeln zu treten. Mit den Händen vor dem Unterleib taumelt er zurück. Ich stoße mit ihm zusammen, und wir gehen beide zu Boden. Der Kleiderschrank hätte besser aufpassen müssen, wo er mit seinem Messer herumfuchtelt, denn er hat damit eins von den Kindern angepiekst, die sich jetzt an ihn hängen wie die Kletten.

Der Sonnenbrillentyp hält Kazia am Hals gepackt und will sie wegzerren. Ich wälze mich herum und bekomme Kazia am Fuß zu fassen.

Ihr Schuh rutscht vom Fuß.

Wie aus dem Nichts taucht ein Knirps auf und zieht dem Kleiderschrank eins mit einer brennenden Fackel über. Der Sonnenbrillentyp hält Kazia immer noch im Würgegriff. Flachkopf springt über mich hinweg und schnappt sich ihre Beine. Kleiderschrank taumelt herum und versucht verzweifelt, die Flammen auszuklopfen, die aus seiner Jacke züngeln.

Plötzlich bemerke ich neben mir einen Schatten wie von einem Grabstein. Zigarette kniet einfach nur da, in seinem Rücken steckt ein Messer.

Ich klammere mich an seiner Schulter fest, um mich hochzuhieven. Als er mit dem Gesicht voran im Morast landet, werfe ich mich ins Getümmel. Direkt hinter mir der Kleiderschrank mit einer wabernden Rauchfahne. Wir stolpern und gehen in einem Knäuel zu Boden. Ich höre ein lautes Knacken, und als ich mich hochrappeln will, merke ich, dass das mein Bein war.

Gleich darauf tritt mir jemand gegen den Kopf, und ich sehe nur noch Sterne. Mein Bein tut weh wie die Hölle, und als ich hinfasse, spüre ich den herausstehenden Knochen. Mein Gesicht ist blutüberströmt. Kazia kreischt, was das Zeug hält.

Wirklich ein unvergessliches erstes Date. Ich merke, dass ich nicht mehr lange durchhalte und kaum noch richtig sehen kann. Anscheinend mischen immer neue Menschen bei der Rauferei mit. Dann blendet mich ein greller Blitz, und direkt vor meinem Gesicht knallt es laut.

Da waren doch Fragen, auf die ich eine Antwort suchte. Irgendjemand wollte wohin …

Ich vielleicht. Leb wohl, du schnöde Welt. Sag allen, dass ich ihnen verzeihe …

19. Kapitel

Zu meiner Überraschung wache ich auf. Alles ist weiß und sauber. Ein Engel beugt sich über mein Bein, und ein zweiter mit schwarzem Lockenhaar lächelt auf mich herab. Ich muss im Himmel sein.

»Wo ist Kazia?«, frage ich.

Der zweite Engel hört auf zu lächeln, und ich erkenne Marvo. Die Helligkeit ist kein göttliches Strahlen, sondern das Sonnenlicht, das durch die hohen Fenster hereinströmt und von den weißen Wänden reflektiert wird. Mit großer Erleichterung begreife ich, dass ich im Krankenhaus bin und dass der Engel, der an meinem Bein herumhantiert, Reg Garston ist.

Reg ist ein alter Kumpel von Charlie. Als Kinder warfen sie gemeinsam Fensterscheiben ein und ließen Hunde und Katzen fliegen. Doch als Charlie nach St. Cyprian kam, ging Reg ans College St. Thomas in Lambeth, um Heilen zu studieren. Macht weniger Spaß als Zauberei, bietet aber eine längere Karriere.

»Beug das Knie«, fordert er.

Auch das ein Fall von Kontiguität, nicht wahr? Die

Fragmente des gebrochenen Knochens erinnern sich, wie es war, ganz zu sein, sodass der Heiler ihnen eigentlich nur gut zureden muss, damit sie in ihre alte Form zurückfinden. Ein guter kann sogar amputierte Gliedmaßen wieder hervorbringen. In Amerika gibt es einen Spinner, der behauptet, er hätte Organe – Herzen, Nieren – von einem Menschen zum anderen verpflanzt. Allerdings glaubt ihm niemand.

»Du warst nicht auf dem Kongress«, sagt Reg.

»Tut mir leid. War beschäftigt.«

»Du bist immer beschäftigt.«

Ich zucke mit den Achseln. »Opfer meines eigenen Erfolgs.«

Stirnrunzelnd schiebt Reg mein Knie hin und her. »Wie fühlt sich das an?«

»Ziemlich gut.«

»Also, dann erzähl mal«, meldet sich Marvo. »Was ist passiert?«

Ich setze zu einer Antwort an, doch sie hebt die Hand und verkrümelt sich mit ihrem Scryper in eine Ecke. Ich frage Reg, wie lang ich ohnmächtig war. Sechsunddreißig Stunden, erfahre ich.

Verdammt! Heiler versetzen ihre Patienten während der Behandlung in eine Art Koma. Zum Teil, um sie ruhigzustellen, zum Teil, weil es einen schon ein wenig verunsichern kann, wenn man mitkriegt, wie sich die Knochen im Bein von selbst bewegen.

Marvo muss mehrere Gespräche führen, bis sie endlich ihren Scryper zuklappt.

Reg hat noch ein paar mahnende Worte für mich. »Du

solltest dich nicht so hängen lassen, Frank. Mach einfach mehr mit. Du lässt dir wirklich eine Menge entgehen.«

»Zum Beispiel?«

»Es heißt, dass ...« Er schaut sich um. »Es soll eine Art Streik geben. Wenn uns die Kirche loshaben will, dann zeigen wir ihr mal, wie es ohne uns ist. Keine Heiler mehr, keine Scryper, keine Phantome ...«

»Ja«, fällt Marvo ein. »Ohne Phantome wäre die Welt arm dran.« Sie schaut mich an. Ich bin immer noch leicht benommen und kapiere erst mit ein wenig Verzögerung, dass das wieder so eine Anspielung auf ihren Bruder ist. Ich bin noch zu keinem Schluss gekommen, ob ich jetzt ein schlechtes Gewissen haben soll, da fragt sie Reg: »Kann er gehen?«

»Kein Problem.«

»Dann warte ich so lange draußen, bis du dich angezogen hast, Frank.«

»Was ist denn los?«

Sie hört mir gar nicht zu und lässt die Tür hinter sich ins Schloss fallen.

»Weißt du, was du für ein Problem hast, Frank?«, fragt Reg.

»Ich bin ein Besserwisser.«

»Besserwisser sind wir alle.«

»Bis auf Ferdia.«

»Ach, komm, er ist doch kein schlechter Kerl. Nein, dein Problem ist, du glaubst, du schaffst alles alleine. Der Rest der Menschheit ist für dich einfach überflüssig. Hier ...«

Er öffnet den Spind neben dem Bett und wirft mir meine Kleider zu, die zu einem sauberen Bündel geschnürt sind.

»Ich meine, hast du irgendwelche Freunde?«
»Ich sag dir doch, dass ich viel zu tun habe.«
»Du solltest mal mit Marvell ausgehen.«
»Machst du Witze?«
»Wieso? Sie ist hübsch.«
»Findest du?«
»Und sie ist auch eine Besserwisserin.«
Ich nicke. Da hat er recht.
»Außerdem steht sie auf dich.«

Reg hat mir reichlich Stoff zum Nachdenken gegeben, und genau deshalb setze ich mich erst gar nicht damit auseinander. Schließlich wartet in meinem Kopf schon ein Riesenhaufen zum Abarbeiten. Fangen wir damit an, wie ich im Krankenhaus gelandet bin.

Um das *Loch* machen die Bullen normalerweise einen Bogen, wenn es nicht gerade um Leichen geht, die weggeräumt werden müssen. Anscheinend waren sie enttäuscht, dass es nur einen richtigen Toten gegeben hatte. Und noch enttäuschter, so Marvell, als sich herausstellte, dass es nicht mich erwischt hatte. Sie karrten mich weg und warfen mich vor dem Krankenhaus hinten aus dem Wagen. Dann schafften sie die Zigarette ins Leichenschauhaus, um ihm dort das Messer aus dem Rücken zu ziehen …

»Ich soll also einen Blick auf ihn werfen?«

Marvell zuckt nur mit den Schultern.

»Wozu schleifst du mich dann mit?«

Zusammengekauert hockt sie in ihrer Ecke des Transporters. Sie trägt ihren roten Mantel, und ihr Knie wippt auf und ab. Ihr Gesicht ist verschlossen. »Weiß nicht. Caxton hat mir gesagt, ich soll Ferdia holen, aber er wurde von der Sozietät gerufen, und bei denen redet keiner mit mir. Hast du eine Idee, was sie von ihm wollen?«

»Vielleicht, dass er mir was anhängt.«

»Jedenfalls dachte ich, du kannst das doch auch machen.«

»Kann mir nicht vorstellen, dass Caxton das genauso sieht.«

»Na und?«

»Dafür brauch ich meinen Koffer.«

Also klopft sie ans Dach und bellt dem Kutscher zu, dass er beim Termitennest vorbeifahren soll. Dann stützt sie den Ellbogen aufs Fensterbrett und legt das Kinn in die Hand, um hinauszustarren. Ihr Haar ist ganz wirr, als hätte sie es seit Ewigkeiten nicht mehr gewaschen, und ich bemerke Schmutzränder unter ihren Fingernägeln.

Gerry hat mir erzählt, dass sie draußen in Littlemore bei ihrer Mutter wohnt. Über ihren Dad wusste er nichts. Als ich ihn nach dem Tod ihres Bruders fragte, zuckte er nur mit den Achseln und wollte wissen, warum mich das interessiert. Darauf antwortete ich, ich sei bloß neugierig.

»Aber du weißt, wo wir hinwollen, oder?«, erkundige ich mich.

»Nach St. Ebbe. Das Pfarrhaus.«

»Wie hieß er noch – der Typ, den Caxton vernommen hat … der mit dieser komischen Nachricht.«

»Genau, James Groce. Zu ihm fahren wir. Jetzt halt die Klappe und lass mich nachdenken.«

Wir rattern hinaus Richtung Summertown und Ferry-Brücke. Am Himmel lacht noch immer die Sonne. Wenn

Marvell unbedingt schmollen will, soll sie doch. Doch dann fällt mir ein, dass es für sie ganz schön riskant ist, mich dazuzuholen. Caxton will nichts mehr mit mir zu tun haben, und Marvell sieht es als Chance, damit wir alle wieder gute Freunde werden …

Reg hat recht. Ihre Stirn wölbt sich nach hinten, sie hat eine spitze Nase, und insgesamt erinnert mich ihr Gesicht an diese aerodynamischen Lokomotiven, die auf der Hauptstrecke nach Schottland zum Einsatz kommen. Wenn man sich erst daran gewöhnt hat, ist sie … na ja, nicht unbedingt hübsch, aber irgendwie niedlich.

Trotzdem nicht mein Typ.

Sie sagt etwas mit der Hand vor dem Mund.

»Was?«

Sie dreht sich zu mir um. »Der Typ mit dem Messer im Rücken – er hatte eine litauische Zeitung in der Tasche.« Sie lässt mir einen Moment Zeit, bis es zu mir durchgedrungen ist. »Ich hab dir ja gleich gesagt, mit der stimmt was nicht.«

»Vielleicht bloß wieder ein Zufall.«

»Klar.«

»Wo ist sie eigentlich? Im Palast?«

»Keine Ahnung. Ist mir auch egal.«

»Komm schon, Marvo …«

»Nenn mich nicht so! Marvell ist gut genug.«

»Wie du meinst. Du musst dich bloß entscheiden.«

Die Zigarette war also Litauer. Okay, vielleicht hat die AMB einen litauischen Verband, trotzdem kann ich mir nicht erklären, warum sie mir in Oxford nachstellen sollten.

Gut möglich also, dass der Sonnenbrillentyp nichts mit

der AMB zu tun hat. Wenn er tatsächlich der Kerl ist, den Caroline Beauchamp in der Mordnacht am Flussufer hinter dem Palast beobachtet hat, dann muss er irgendwas mit Kazia zu tun haben. Das heißt, an dem Nachmittag in der Kathedrale war er nicht mir auf den Fersen, sondern ihr. Und auch später im *Loch* hatte er es auf sie abgesehen.

Vielleicht ist er ihr Vater oder so. Mir ist schleierhaft, wie Wallace dann ins Bild passt. Allerdings muss es in diesem Fall auch Dokumente oder Urkunden geben, und wenn jemand solche Sachen aufspüren kann, dann ist es Marvell. Bloß dass sie im Augenblick stinksauer auf mich ist und alles, was ich sie frage, garantiert an Caxton weiterleiten wird.

Ich versuche noch immer diesen Knoten zu entwirren, als der Transporter vor dem Termitennest anhält. Dort erwartet mich ein Empfangskomitee von Lieblingsfeinden: ein Dutzend verlottert aussehende Priester, die mit Kruzifixen und Amuletten herumfuchteln.

»Beeil dich«, mahnt Marvell.

Ein Vorteil des Magierdaseins ist, dass man die beste medizinische Versorgung bekommt. Ich spüre einen leichten Muskelkater im Bein, mehr nicht. Trotzdem bin ich nicht so schnell, wie ich es gerne wäre, als ich mit meinem Koffer wieder hinaushusche. Gerade als ich mich in den Transporter werfen will, trifft mich eine Papierbombe am Kopf und verpasst mir etwas, das ich für eine Weihwasserdusche halte. Die Priester jubeln und ziehen dann lange Gesichter, als ich nicht funkensprühend zerplatze.

Marvell beobachtet das Ganze mit auf und ab wippendem Knie. Sie pocht ans Dach, und als der Wagen losrollt, erklärt sie: »Das mit Cimerez hat Caxton nicht von mir erfahren.«

»Wie auch immer.«

Ich möchte ihr gern glauben.

Das Pfarrhaus von St. Ebbe ist ein bröckelnder moderner Bau, der ganz am Ende einer engen Gasse mit dem Rücken zu einer hohen Mauer steht, die das *Loch* abriegelt. Draußen patrouilliert einer von Charlies Löwen, und er selbst verbirgt sich hinter einer Wolke aus Zigarettenrauch.

Ich kriege meinen üblichen Anfall von Lampenfieber, doch nach einem tiefen Atemzug folge ich Marvell über die schmale Stiege hinauf zu einem winzigen Treppenabsatz. Dort fixiert Gerry Ormerod mit zusammengekniffenen Augen einen alten Stich in einem schwarzen Rahmen, der an der Wand hängt. Er zeigt einen an eine Leiter gefesselten Jugendlichen, der mit Seilen auf einen Scheiterhaufen gehoben wird. Eine Weile bewundern wir das Werk gemeinsam, und als wir uns abwenden, fallen mir die verräterischen Zeichen der bei ihm einsetzenden Trübung auf: zwei schwache rote Male zu beiden Seiten des Nasenrückens.

Er merkt, dass ich es gesehen habe. »Sag es nicht der Chefin«, flüstert er.

Ich nicke, und er drückt eine Tür auf.

Ein kleines Schlafzimmer, in dem wir kaum Platz haben.

Fangen wir mit der Frau an, die neben dem schmalen Bett auf dem Boden liegt.

»Alice Constant«, verkündet eine Stimme.

Ein deprimiert wirkender kleiner Kerl im Regenmantel

steht mit seinem Hut in der Hand am Kamin. Ihr erinnert euch sicher noch an den Elementargeist, den Caxton für die Suche nach Alice bestellt hat. Das hier ist der aktive Zwilling, der die ganze Lauferei erledigt hat. Er hat gefunden, was er suchte, trotzdem macht er irgendwie keinen besonders glücklichen Eindruck. Durch ihn hindurch kann ich schon das Tapetenmuster sehen.

Dann höre ich hinter mir ein Ächzen. Als ich mich umdrehe, bemerke ich, dass Marvo die Tränen übers Gesicht laufen.

»Ich hätte es wissen müssen«, schluchzt sie. »Mit dem Zettel und allem.«

Stimmt, Groce' Nachricht: »*Lass sie in Ruhe.*« Also doch kein Täuschungsmanöver.

Ich versuche, sie zu trösten. »Das ist nicht deine Schuld.«

Sie schüttelt den Kopf und schmiert sich mit dem Mantelärmel Rotz übers Gesicht.

Toffies. Wenn es darum geht, verborgene Sachen zu erkennen, sind sie super. Das Dumme ist allerdings, dass sie nicht alles erkennen und so ähnlich wie Elementargeister nicht damit klarkommen, wenn ihnen was entgeht.

Ich lege zwei silberne Pentagramme auf den Kaminsims, dann öffne ich meinen Koffer, um mir Handschuhe überzustreifen. Ich knie mich neben Alice.

»Wenn jemand schuld ist«, wispere ich, »dann bin ich es.«

Alice' graue Augen sind weit offen und starren mich an, als würde sie mir zustimmen.

»Die Chefin ist schon unterwegs«, sagt Gerry. »Fass nichts an.«

Idiot.

Wisst ihr, was schön wäre? Wenn ich Caxton erklären könnte, dass ich es versiebt habe, und wenn sie mir einfach Gelegenheit geben würde, die Sache noch mal genau unter die Lupe zu nehmen und so den Schaden wiedergutzumachen. Ich bin mir sicher, dass ich das schaffen würde.

Aber Leute wie Caxton geben mir nie eine zweite Chance. Sie gehen bloß auf mich los wie die AMB oder diese Schläger im *Loch* mit ihren blitzenden Messern.

Ich kann darauf verzichten, dass mir jemand einen spitzen Gegenstand in die Haut bohrt. Das mache ich lieber selber im stillen Kämmerlein, wenn ich das Gefühl von Kontrolle brauche. Dann kann ich nämlich aufhören, bevor der Schmerz zu stark wird.

Marvo heult jetzt nicht mehr Rotz und Wasser und ist bloß noch mit Schniefen und Naseputzen beschäftigt. Wahrscheinlich hat sie Mitleid mit Alice. Was mich betrifft, so ist mir nicht ganz klar, mit wem ich Mitleid habe. Am ehesten wohl mit mir selbst.

Aber Alice ist hier die Tote, die mit leerem Blick nach oben starrt, als stünde die Antwort auf einem an die Decke genagelten Blatt Papier. Behutsam ziehe ich ihre blassgrüne Strickjacke auseinander und zähle sieben Stichwunden in der Brust und im Bauch. Für genauere Angaben bräuchte ich Schweineköpfe, doch auf den ersten Blick würde ich schätzen, dass sie seit zwei oder drei Tagen tot ist.

»Und hier«, meint Gerry. »Vorsicht.«

Auf einem Sessel in der Ecke hinter der Tür hockt zusammengesunken ein dunkelhaariger Mann. Er trägt einen schwarzen Ornat, einen weißen Priesterkragen und eine dünne Hornbrille mit einem zerbrochenen Glas.

»James Alfred Groce«, erklärt der Elementargeist. »Pfarrer der Kirche St. Ebbe. Geboren am 14. Mai …«

Groce' rechter Arm hängt über der Sessellehne. Der linke Arm liegt auf seinem Schoß und umklammert ein Küchenmesser. Alles ist mit Blut verschmiert, das offenkundig aus beiden Handgelenken geströmt ist.

»Warum hat er seine Brille auf?«, frage ich.

Marvo beugt sich vor und zieht einen schmalen Umschlag aus Groce' Brusttasche. Sie entfaltet einen Brief: »Adressiert an Seine Exzellenz Dr. Nicholas Thackeray, den Erzbischof von Canterbury …«

»Er hat sie aufgesetzt, um das zu schreiben.« Ormerod starrt auf Groce' Hangelenke. »Und um ganze Arbeit zu leisten. Der letzte Ausweg eines Feiglings.« Er dreht sich zu Marvo um. »Und weiter?«

Marvo liest.

Eure erzbischöfliche Gnaden,

ich heiße James Groce und bin Pfarrer der Gemeinde St. Ebbe in Oxford. Und ich möchte den Mord an Henry Wallace gestehen, dem Bischof von Oxford. Im zweiten Buch Mose, Kapitel 22, Vers 17 befahl der Herr den Kindern Israels: Die Hexen sollst du nicht am Leben lassen.

Bischof Wallace' ketzerische Verteidigung der Magie …

Auf der Treppe poltern Schritte, dann tritt Caxton ein. Sie wirft mir einen Blick zu, ihr Amulett blitzt.

»Was macht der hier? Ich habe Ihnen doch gesagt, Sie sollen Ferdia holen.«

»Die Sozietät hat ihn für irgendwas gebraucht, und Frank war verfügbar ... Ich habe Ihnen eine Nachricht hinterlassen.«

»Ich habe keine Nachricht bekommen.« Dann bemerkt sie Groce' Brief. »Was ist das?«

»Sieht nach einem Abschiedsbrief aus.«

»Dann lesen Sie mal vor.«

Eigentlich nicht besonders aufregend, das Ganze. Groce schreibt, dass er es war und es in Ordnung findet, dafür zur Hölle zu fahren, weil er es nicht anders verdient hat. Alles in allem klingt er ziemlich deprimiert.

»Das ist doch völlig sinnlos«, protestiere ich.

Caxton hat sich in Detektivpose über Alice gebeugt und schaut sich nicht einmal um. »Sind Sie noch immer da?«

Dann ist es wohl Zeit, mich zu verkrümeln – bloß dass mir dieser kleine Typ mit dem Regenmantel und dem Hut in den Händen den Weg durch die Tür versperrt. Ich sehe durch ihn auf die Treppe. Er ist das Double von der Figur in der Ecke, die sich jetzt an mir vorbeidrängt und nach der Hand ihres Zwillings fasst.

Das Licht verändert sich wie vom Schatten einer vorüberziehenden Montgolfiere, die kurz die Sonne verdeckt. Obwohl ich es schon hundertmal erlebt habe, werde ich mich nie daran gewöhnen. Marvo macht große Augen.

»Was starren Sie denn so?«, fragen die Elementargeister gleichzeitig. Einen Augenblick später sind sie verschwunden und hinterlassen ein schwaches Moschusaroma. Auftrag erledigt.

Marvo steht mit offenem Mund da. »Wohin gehen sie?« Sie wendet sich an mich. »Du hast mir doch erzählt, dass sie eine Art Naturkraft sind oder so.«

»Stimmt.«

»Dann … wie nennt man das? Werden sie wieder so wie vorher? Oder …«

»Du meinst, ob sie sich einfach verflüchtigen? Keine Ahnung. Jedenfalls hat noch nie ein Elementargeist behauptet, von irgendwoher wiederzukommen, oder durchblicken lassen, dass er über Ereignisse vor seiner Inkarnation Bescheid weiß.«

Sie schüttelt den Kopf. »Dabei sind sie fast wie echte Menschen …«

Tja.

Caxton hat sich den Brief geschnappt und tut so, als würde sie ihn noch mal durchgehen. »Na schön«, lautet ihr Fazit. »Damit ist die Sache wohl geklärt.«

»Das kann doch nicht Ihr Ernst sein«, stammle ich.

»Sampson, seit Sie für mich arbeiten, machen Sie nichts anderes, als mir auf die Nerven zu gehen.«

»Ja, bloß dass ich nicht für Sie arbeite.«

»Sehen Sie, genau das meine ich!« Sie deutet Richtung Tür.

»Sie hatten doch von Anfang an was gegen mich, oder?«

»Das wollte ich gerade zum Ausdruck bringen.« Sie nimmt ihre Brille ab. »Allerdings – und das bleibt zwischen Ihnen, mir und Ihrer Freundin …« Marvo wird knallrot – wow! »Ich habe weniger gegen Sie als gegen Ferdia. Sie sind scharfsinnig und können auch ziemlich witzig sein.

Aber Sie sind ein Nekro … und Nekros vermasseln alles, was sie anfassen.«

Ohne die Brille sind ihre Augen jämmerlich klein und haben rote Ränder. Caxton wirkt irgendwie, ich weiß auch nicht … wehrlos und verwirrt. Als hätte sie Angst vor all den Sachen, die sie nicht richtig sehen kann.

Sie ist ganz nah vor mich getreten und starrt mich an, obwohl ich für sie nur eine verschwommene Gestalt bin. Sie zeigt auf ihre Augen. »Das habe ich den Nekros zu verdanken.«

Also, hier muss ich zur Klarstellung wohl die Legende erwähnen. Ich meine, es ist totaler Müll, aber die Leute schlucken es.

Vor zweitausend Jahren – lang bevor die Sozietät der Magier existierte und Dummheiten verhindern konnte – hatten wir diesen griechischen Zauberer namens Empedokles. Im Grund war er bloß ein Spinner, der irgendwo oben in einer Berghöhle herumfurzte. Und er hatte keinen blassen Schimmer, was er tat.

Nur eine Legende, okay? Wie es eben so geht, eines Abends langweilt er sich oder hat zu viel getrunken und fängt an, Dämonen zu beschwören.

Und zwar gleich alle auf einmal.

Ein paar Tage lang herrscht das totale Chaos. Herabstürzende Sterne, Donnerschläge, Flüsse voller Blut, Froschplagen. Vielleicht kommen andere Zauberer und helfen ihm beim Ausnüchtern, jedenfalls kriegt er den Deckel wieder auf die Flasche geschraubt.

Aber es sind verdammt viele Leute gestorben oder einfach verschwunden. Und fast alle Überlebenden sind stockblind. Eine Weile tappen sie bloß hilflos herum und stolpern übereinander, und nur ganz allmählich finden sie sich zurecht. Natürlich haben sie sich früher mit vielen Sachen die Zeit vertrieben, die sie jetzt nicht mehr machen können, daher müssen sie sich jetzt andere Vergnügungen suchen. Und nach ungefähr einem Jahr kommen Kinder auf die Welt, die sehen können.

Dummerweise haben sie die Trübung. Sie werden nicht blind, aber so ungefähr mit zwanzig verlieren sie allmählich die Fähigkeit, Dinge aus der Nähe zu erkennen.

So hat alles angefangen. Sagt die Legende. Die ich keine Sekunde glaube.

Trotzdem, wenn Caxton so was ernst nimmt, ist das nicht der richtige Zeitpunkt, sie umzustimmen.

»Es tut mir leid, Beryl«, sage ich.

Ich weiß nicht, was sie mehr erstaunt: meine Entschuldigung oder die Anrede mit Vornamen. Jedenfalls blinzelt sie. Und mir wird klar, dass ich sie immer wie den letzten Trottel behandle, bloß weil sie halb blind ist und Marvo braucht, um aus der Nähe was zu sehen. Und das ist total unfair, denn sie versteht viel von ihrer Arbeit, sie lässt sich nicht schmieren, und normalerweise behandelt sie auch Marvo ganz gut. Selbst bei Ferdia bleibt sie geduldig, obwohl er ein Nekro und ein Hohlkopf ist.

Also liegt es eigentlich nur an mir. Vielleicht bin wirklich ich das Problem. Dabei will ich doch bloß helfen.

Caxton setzt wieder ihre Brille auf. Sie tritt zurück, und ihr Blick wird scharf, als er sich auf mich einstellt.

»Sie verkorksen alles, was Sie anfassen.« Sie schielt zu Marvo. »Auch die Leute.«

Sie wühlt in ihren Taschen herum. »Jedenfalls sind Sie völlig nutzlos für mich.« Sie zückt ihr Notizbuch und schlägt eine leere Seite auf. »Und wenn Sie nicht sofort verschwinden, lasse ich Sie wegen Behinderung der Ermittlungen festnehmen.«

Ich bin schon halb die Treppe hinunter, als sie mir nachplärrt: »Und ich habe an die Sozietät geschrieben.«

Am liebsten würde ich mir einen Tritt verpassen. Nicht bloß, weil ich meinen Rausschmiss provoziert habe und jetzt gegenüber der Sozietät noch tiefer in der Scheiße stecke, sondern auch, weil ich Caxton eigentlich fragen wollte, ob vielleicht jemand weiß, wo Kazia abgeblieben ist. Also bleibt mir nichts anderes übrig, als wieder den Nachwuchsdetektiv zu spielen.

Es wird schon dunkel, als ich endlich vor dem Torhaus am Palast anrolle und sich mir ein uniformierter Bulle in den Weg stellt. Zu meiner Erleichterung funktioniert mein Sicherheitsring bei ihm. Ich frage ihn nach dem krummbeinigen Pförtner und erfahre, dass er im Krankenhaus liegt. Anscheinend gab es einen Überfall. Gleich nach dem Mittagessen brachen zwei Wagen durch, und der Pförtner bekam vor Schreck einen Schwächeanfall. Vorn am Palast sprangen zehn oder zwölf bewaffnete Männer heraus, stürmten hinein, schlugen die Bediensteten zusammen und durchwühlten den ganzen Bischofssitz.

In der Auffahrt stoße ich auf weitere Bullen, die herumstehen.

Wer ich bin? Okay, darauf weiß ich die Antwort.

Was ich hier zu suchen habe?

»Ich wollte mit Kazimìera reden.«

»Keine Ahnung, wo sie ist«, nuschelt die Haushälterin und fummelt aus sicherer Entfernung heftig an ihrem Amulett herum. Ihre linke Backe ist dick geschwollen wie ein Fußball.

»Wann haben Sie sie zuletzt gesehen?«

»Gestern Nachmittag«, antwortet sie nach kurzer Überlegung.

Also gut, wenn ich sechsunddreißig Stunden lang bewusstlos war, heißt das, dass Kazia nach dem Gerangel im *Loch* irgendwie heil nach Hause gekommen ist. Aber wo ist sie jetzt?

Die Haushälterin wendet sich an die Bullen. »Kann ich jetzt gehen?« Sie küsst ihr Amulett und dreht ab.

»Warten Sie«, rufe ich. »Ihr Gesicht – ich kann Ihnen helfen.«

Die Angst ringt mit dem Schmerz. Die Angst bleibt Sieger. Mit einem Stöhnen rennt sie davon und trippelt die Treppe hinauf.

Nach den Erzählungen der Uniformierten stürmte die Horde der Angreifer waffenschwenkend ins Haus und durch alle Zimmer. Sie trieben die Bediensteten zusammen und schleiften sie ins Erdgeschoss. Der Anführer war ein stämmiger Kerl in mittleren Jahren mit einer Sonnenbrille – ich nicke nur bei seiner Erwähnung –, der das Personal ein wenig herumstieß und in irgendeiner wildfremden Sprache Befehle bellte. Russisch oder Polnisch vielleicht. Jedenfalls tobten sie ungefähr eine Viertelstunde lang durch den Palast und warfen Möbel um, als würden sie etwas suchen. Sie waren im Speicher, im Keller und in den Nebengebäuden. Schließlich schnappten sie sich mehrere Schmuckstücke und ein paar Silberteller, sprangen in die Kutschen und preschten davon.

»Es hat also ausgesehen wie ein Raubüberfall«, stelle ich fest.

Die Bullen schauen mich an, als wäre ich nicht ganz richtig im Kopf. »Was soll der Quatsch? Es war ein Raubüberfall. Und jetzt verschwinde.«

Drüben im Leichenschauhaus zeige ich dem Wach-Elementargeist vor dem Obduktionssaal meinen Ring. Die Tür bleibt zu.

»Was ist denn los?«

Er steht bloß da wie eine Statue.

Dann öffnet sich die Tür. Marvo tritt heraus. Drinnen beugt sich Ferdia gerade über den Seziertisch.

»Wie läuft's?«

»Geht dich nichts an.« Ferdia blickt nicht von Alice Constants Leiche auf.

»Komm schon, lass mich mal schauen.«

»Du solltest dir lieber Gedanken um diese Anhörung morgen machen«, mahnt Marvo.

»Kinderspiel.«

Ferdia schnaubt abfällig. »Klingt nicht unbedingt nach einem Kinderspiel. Nach allem, was ich höre, könntest du echte Scherereien kriegen.«

»Seit wann interessiert dich das?«

»Ich würde ungern sehen, wie du auf dem Scheiterhaufen landest.«

»Das geht schon klar.«

»Wie gesagt, ich hab was anderes gehört.«

»Haben sie dich nach mir gefragt?«

Endlich blickt er auf und nickt.

»Und was hast du ihnen erzählt?«

»Dass du ein Idiot bist. Das wussten sie allerdings schon.« Er macht sich wieder an die Arbeit.

»Was willst du ihnen sagen?«, fragt Marvo.

»Mir fällt schon was ein. Außerdem wird Matthew dabei sein.«

»Verlass dich lieber nicht darauf«, meint Ferdia.

Aber ich weiß, dass Matthew der Einzige ist, auf den ich mich hundertprozentig verlassen kann. Und auf Marvo vielleicht …

»Es ist nicht deine Schuld«, sage ich zu ihr. »Alice. Sie hat sich versteckt und …«

»Vielleicht hätte ich mich mit der Suche mehr anstrengen sollen.«

»Mach dich nicht fertig.« Ich beobachte Ferdia, der noch immer so tut, als wäre ich nicht da. »Hör zu, du musst mich reinlassen.«

Sie schüttelt den Kopf.

»Was ist das überhaupt mit euch beiden? Seid ihr verliebt?«

Sie mustert mich eine Weile, dann sagt sie mit leiser Stimme: »Hau ab, Frank.«

Die Tür fällt ins Schloss.

20.
Kapitel

»Warte, warte, Charlie, hab ich das jetzt richtig verstanden? Alice Constant hat mit Groce geschlafen, aber auch was mit Wallace gehabt?«

»Gleichzeitig, genau.«

Charlie sitzt mit mir in seiner Lieblingskneipe, dem Russischen Teehaus, gleich gegenüber vom Leichenschauhaus. Das Lokal ist ein fensterloses Labyrinth aus Sitzecken und Treppen im Schein schwarzer Kerzen. Es hat nichts Russisches an sich, mit Ausnahme eines eingerahmten, angegilbten Zeitungsartikels, der über den Staatsbesuch des Zaren vor einigen Jahren berichtet. Ich habe keine Ahnung, wo der Tee herkommt, aber wenn er aus Russland ist, wundert es mich nicht, dass es dort ständig Unruhen gibt.

Auch Mr Memory ist hier: Ansätze zu einer Verschwörung.

Ich habe Mühe, die einzelnen Punkte unter einen Hut zu kriegen. »Caxton glaubt also, dass Groce von dieser Affäre Wind bekommen hat. Er ist sowieso nicht gut zu sprechen auf Wallace wegen des Buches, also legt er ihn um …«

Charlie nickt. »Caroline Beauchamp – die Säuferin, du weißt schon – hat die Leichen als den Mann und die Frau identifiziert, die sie in der Mordnacht beim Betreten des Palasts beobachtet hat.«

»Und der Typ mit der Sonnenbrille?«

Charlie zuckt mit den Achseln. Mr Memory starrt ausdruckslos vor sich hin.

»Hatten Groce oder Alice einen Hund? Und warum hatte sie bloß ein Nachthemd an?«

Charlie wendet sich dem Elementargeist zu, der bloß den Kopf schüttelt.

»Caxton kann sich nicht nur das herauspicken, was ihr in den Kram passt. Wenn Beauchamp eine Säuferin ist, sind ihre Aussagen nicht glaubwürdig, und wir können nicht sicher sein, ob das vor dem Palast wirklich Groce und Constant waren. Und wenn wir ihr glauben …«

»Wir?«

»Na schön, wenn Caxton ihr glaubt, dann muss sie auch eine Erklärung dafür finden, was Beauchamp noch beobachtet hat.«

»Na ja, Caxton sieht es so«, erwidert Charlie. »Groce folgt Alice ins Haus, erwischt sie beim Doktorspielen mit dem Bischof. Er sieht rot und tötet Wallace. Alice bekommt Panik und macht die Fliege …«

Ja, das passt. Als ich und Marvo bei ihr aufgekreuzt sind, war sie auf jeden Fall ziemlich nervös.

Charlie zuckt mit den Schultern. »Groce spürt sie auf und macht sie kalt. Dann bringt er sich um.«

Die Kerzen flackern, als sich die Eingangstür öffnet. Ich sehe einen rundlichen kleinen Mann mit rosigen Wangen, der auf unseren Tisch zusteuert. Grinsend hebt er die Hand, als wäre er mein bester Freund und begeistert, mich wiederzusehen.

Ich kenne ihn. Er hat keinen Namen, aber ich habe ihm trotzdem einen gegeben: der Schnitter.

»Du glaubst nicht, dass Groce Alice umgebracht hat?« Charlie hat noch nicht gemerkt, dass wir Gesellschaft haben. »Ferdia hat Kontiguität zwischen ihr und Groce' Messer festgestellt. Auch der Todeszeitpunkt passt …«

Ich verschiebe meine Pentagramme auf dem Tisch, als sich der Schnitter neben Mr Memory setzt. Charlie starrt ihn von gegenüber an. »Schon?«

Der Schnitter lächelt. »Fall abgeschlossen.« Er legt Mr Memory die Hand auf die Schulter. Als ich danach fasse, um sie wegzuziehen, spüre ich, dass sie eiskalt ist.

»Besteht Kontiguität zwischen Groce' Messer und Wallace?«, frage ich.

Mr Memorys Gesicht ist auf einmal grau. Er schüttelt den Kopf.

»Zwischen Groce und dem Buch? Zwischen Groce und dem Kerzenhalter, mit dem das Fenster eingeschlagen wurde?«

Diesmal schüttelt der Schnitter seinen Kopf gemeinsam mit Mr Memory.

»Ich muss noch mal einen Blick auf die Leichen werfen.«

»Was willst du damit beweisen?«

»Keine Ahnung. Vielleicht, dass Groce sich nicht umgebracht hat.«

»Zu spät.« Charlie schaut auf seine Uhr. »Er ist schon unterwegs zum Selbstmörderfeld.«

Das ist ein Areal ungeweihter Erde hinter der Mauer des Friedhofs draußen in Wytham. Für die Selbstmörder und gelegentlich einen Exkommunizierten der Stadt gibt es keine Grabsteine, nur einen mit spärlichem Gras bedeckten Hügel.

»Das ging schnell.«

Charlie verzieht das Gesicht. »Die Kirche mag eben keine Selbstmörder. Und Geistliche, die sich den Garaus machen, schon gar nicht.«

»Und was ist mit Alice?«

»Alice Constant fährt mit dem Zug um 15.45 Uhr ...« Mr Memorys Stimme verstummt.

Der Schnitter legt ihm wieder die Hand auf die Schulter und vollendet seinen Satz: »... mit dem Zug um 15.45 Uhr nach Southampton zu ihrem Begräbnis.«

»Sie hab ich nicht gefragt!«

Er grinst bloß.

Noch eine Schlacht, die ich nicht gewinnen kann. Ein einfacher Daten-Elementargeist wie Mr Memory wird für einen einzigen Fall inkarniert. Wenn das Land nicht von wohlerzogenen kleinen Männern in ausgeleierten Anzügen überrannt werden soll, müssen sie nach Abschluss des Falls ... nun, ausgelöscht werden. Also gibt es Gestalten wie den Schnitter, der schon seit ewigen Zeiten sein Büro im obersten Stockwerk des Polizeireviers hat und alle Daten für die langfristige Archivierung speichert. Wenn ihr etwas über irgendein Verbrechen erfahren wollt, das in den letzten fünfzig Jahren in Oxford begangen wurde, müsst ihr euch an ihn wenden.

»Charlie«, flüstere ich. »Das passt doch alles nicht zusammen. Wenn Groce Alice getötet hat, weil sie mit Wallace geschlafen hat, wozu dann das ganze Theater mit dem abgeschlagenen Kopf?«

»Vielleicht um seine Spuren zu verwischen?« Charlies Stimme bebt, als er Mr Memory betrachtet.

»Aber *wo* hat er ihn dann umgebracht? Wir haben nirgends Blut entdeckt. Und was ist mit dem Wach-Elementargeist am hinteren Tor? Du hast doch selbst gesagt, dass es nach Magie aussieht.«

»Durchgeknallter Pfarrer. Streit um theologische Grundsatzfragen. Findet raus, dass seine Freundin es mit dem Feind treibt. Sieht rot …«

»Fall abgeschlossen«, sagen Mr Memory und der Schnitter unisono.

»Frank, warum willst du nicht akzeptieren, dass Groce Wallace umgebracht hat? Ich meine, könnte der Grund vielleicht sein, dass die Sache dann so banal und einfach ist und das Ergebnis deines Kontiguitätstests damit widerlegt wird?«

»Das kann man nicht daraus folgern.« Trotzdem, es stimmt.

»Caxton ist nicht unvernünftig. Geh nach Hause und bleib ein bisschen aus der Schusslinie. In einer Woche oder so kannst du wieder bei ihr anklopfen.«

Ein guter Rat.

»Und halt dich von dem blonden Gift fern.«

Noch ein guter Rat. Ich lege meine Hand auf Mr Memorys Ärmel.

»Kazimìera Siménas. Erzählen Sie mir von ihr.«

Mr Memory fixiert mich mit einem Ausdruck unendlicher Trauer. Er lässt bereits eine Ahnung von Durchsichtigkeit erkennen.

Ich brülle ihn an. »Lassen Sie mich jetzt nicht im Stich, verdammt!«

Mr Memory schließt einfach die Augen.

Der Schnitter lächelt. »Kazimìera Siménas. Alter siebzehn. Tochter von Vitas und Maria Siménas …«

Ich bin wütend und hasse ihn dafür, was er mit Mr Memory macht. Am liebsten würde ich mich keilend und beißend auf ihn stürzen. Aber ich höre zu.

Anscheinend begannen die Probleme vor zehn Jahren in einer ländlichen Gegend außerhalb von Kernave im Südosten von Litauen. Schlechtes Wetter. Missernten. Die Menschen nahmen Kredite bei einem örtlichen Geldverleiher auf, der unter mysteriösen Umständen zu Tode kam. Die Polizei sprach von einem Unfall. Die Witwe sprach von Mord und nannte Namen. Es gab zwei Festnahmen. Tiere wurden tot aufgefunden. Scheunen brannten nieder. Wieder starben Menschen.

Da fingen die Leute an, sich gegenseitig Hexerei vorzuwerfen. Schließlich trieben die Behörden alle zusammen, die nicht rechtzeitig untertauchen konnten, und übergaben sie der Inquisition.

Der Schnitter greift in sein Jackett und zieht eine schwarze Brieftasche heraus. Dieser entnimmt er einen Zeitungsausschnitt und legt ihn auf den Tisch. Ich kann ihn nicht lesen, weil es in einer fremden Sprache geschrieben ist. Litauisch vielleicht. Aber das Datum erkenne ich: vor zehn Jahren. Außerdem gibt es ein Bild von einem Mann, der wohl Ende dreißig ist, auch wenn er auf dem Polizeifoto älter wirkt.

Charlie dreht den Ausschnitt zu sich. »Erkennst du ihn wieder?«

»Weiß nicht.«

Er hat keine Sonnenbrille auf.

Wie wir vom Schnitter erfahren, heißt er Vitas Siménas. Als die Zeitung erschien, war er verheiratet und hatte eine Tochter. Der Artikel beschreibt, dass man ihm und seiner Frau vorwirft, Anführer des Hexen- und Magierzirkels zu sein, dem gerade der Prozess gemacht wird. Er hat gestanden, gewusst zu haben, dass seine Frau Hexerei praktiziert. Er schildert, wie sie zwei Nachbarn getötet hat, die sie vermeintlich um Geld betrogen haben.

Der Schnitter skizziert den Zauber, den sie nach Vitas' Angaben verwendet haben soll, und ich erkenne ihn als einen wieder, auf den ich als Schüler in St. Cyrprian in einem polnischen Grimoire aus dem 16. Jahrhundert gestoßen bin. Ich habe ihn selbst ausprobiert – ich war damals neun und unglaublich schlecht auf einen anderen Novizen zu sprechen. Er funktioniert nicht.

Mr Memory verblasst wie ein Traum. Charlie wischt sich mit dem Ärmel übers Gesicht.

Der Schnitter zieht einen weiteren Zeitungsausschnitt aus der Brieftasche. Zum Glück ist er auf Englisch: ein Interview mit dem offiziellen Vertreter der Britischen Sozietät der Magier bei dem Prozess. Er berichtet, dass das Verfahren in vorbildlicher Weise duchgeführt und der Ausbruch von Hexerei damit unterbunden worden sei. Er begrüßt Vitas Siménas' Geständnis, bedauert aber ausdrücklich, dass sieben Menschen – zwei Männer und fünf Frauen, darunter Siménas' Gattin – der unerlaubten Magie und Hexerei schuldig gesprochen und zum Tod auf dem Scheiterhaufen veurteilt wurden.

Sein Name: Matthew Le Geyt.

Bevor Charlie den Mund öffnen kann, wende ich mich an den Schnitter. »Und was ist mit Vitas passiert?«

Der Elementargeist schüttelt bloß den Kopf, als er seine Zeitungsausschnitte zusammensucht.

»Und das Mädchen – Kazimìera?«

Lächelnd fördert der Schnitter ein weiteres Papier zutage. »Matthew Le Geyt hat sie adoptiert und sie mit nach England gebracht.«

Hastig greife ich nach dem Blatt: offenbar eine offizielle Urkunde auf Litauisch, in der ich zumindest Namen und Daten erkenne. Was bedeutet das jetzt? Wenn sie Matthews Tochter ist – nur adoptiert, klar, aber immerhin –, dann muss meine Vermutung, dass sie vielleicht etwas miteinander haben, wohl falsch gewesen sein. Trotzdem, warum hat mir Matthew nichts davon erzählt? Ehrlich gesagt finde ich, das ist ein ziemlich starkes Stück.

Ich gebe dem Schnitter die Urkunde zurück. »Wird wohl eine lange Nacht?«

Er nickt und lächelt.

»Sie sehen nämlich ziemlich fertig aus. Vielleicht brauchen Sie ein bisschen Ruhe.«

Ich hebe die offene Hand und lasse sie vor seinem Gesicht nach unten gleiten. Sein Lächeln wird weicher, und seine Augen schließen sich.

»Le Geyt war doch dein Meister«, bemerkt Charlie.

»Kann mir schon vorstellen, was da gelaufen ist. Wahrscheinlich konnte Matthew ihre Mutter nicht retten, aber er wollte Kazia aus den Fängen ihres Vaters befreien.«

»Du hast ihn also erkannt? Auf dem Bild in der Zeitung?«

»Er war der Anführer der Bande, die mich im *Loch* zusammengeschlagen hat. Er will sich seine Tochter zurückholen.«

Langsam fügen sich die Teile in meinem Kopf zusammen. Für mich war Matthew immer ein großes Vorbild: mein Meister. Immer wenn ich nach meinen Instrumenten greife, spüre ich, wie er mich beobachtet: anerkennend … kopfschüttelnd …

Doch eigentlich habe ich nie darüber nachgedacht, was in seinem Kopf vorgeht, wenn sich seine Gedanken nicht um mich drehen. Plötzlich sehe ich ihn mit anderen Augen: Er war mal ein kleiner Junge wie ich, mit Eltern, die ihm ein Rätsel waren. Und vielleicht war die Magie gar nicht das, was er sich wünschte. Vielleicht träumte er in Wahrheit davon, zu heiraten und Kinder zu haben.

Ein normaler, durchschnittlicher Mensch zu sein, der darum kämpft, trotz nachlassender Sehkraft nicht den Überblick zu verlieren. Wie Caxton oder Ormerod. Ich erschauere.

In mir steigt ein Bild von Matthew auf, wie er in einem litauischen Gerichtssaal ein kleines Mädchen betrachtet, dessen Eltern der Prozess gemacht wird. Es ist nicht der Matthew, den ich kenne; es ist ein komplizierterer Mensch, der beschließt, jemanden aus diesem Schlamassel zu befreien.

Matthew war Mitglied eines religiösen Ordens, der nach

strenger Klosterdisziplin lebte. Es wäre ihm nicht möglich gewesen, sich um Kazia zu kümmern. Offenbar hat er seinen alten Freund Henry Wallace überredet, sie als seine verwaiste Nichte auszugeben und als Mitglied seines Haushalts vor Nachstellungen zu bewahren.

Und jetzt hat die Vergangenheit sie eingeholt. Ich erhebe mich. »Ich muss mit Matthew reden.«

»Eins noch, Frank.« Charlie zögert ein wenig. »Deine Busenfreundin Marvell … Sie hat darum gebeten, in eine andere Abteilung versetzt zu werden.«

Der Schnitter sitzt mit geschlossenen Augen da, das Gesicht versiegelt von einem glückseligen Lächeln. Neben ihm starrt Mr Memory – der nur noch ein Schemen ist – mit leerem Blick auf den Tisch.

Auch ich fühle mich im Moment nicht besonders real. Ich weiß nicht, warum ich so bestürzt bin. Schließlich haben Marvo und ich doch bloß zusammengearbeitet, und die meiste Zeit war sie eher ein Hemmschuh als eine echte Hilfe.

Ich kann es wie Mr Memory machen. Mich hinlegen und alles über mich ergehen lassen. Oder ich schlage schreiend nach allen Seiten aus. Morgen habe ich diese beschissene Anhörung vor dem Disziplinarrat, wo die Sprache sicher auch auf Cimerez kommen wird. Im Grunde heißt das also, dass ich nichts zu verlieren habe.

»Charlie, könntest du zwei Grabarbeiter für mich auftreiben? Irgendwie habe ich das Gefühl, eine Exhumierung steht an.«

Als ich einige Minuten später hinausschlüpfe, sitzen nur noch Charlie und der Schnitter am Tisch.

21. Kapitel

Das Entscheidende an der Macht ist, wer sie hat.

Schulhefte heraus für die nächste Geschichtslektion. Wir schreiben das Jahr 1555, und jeder, der etwas auf sich hält – Franzosen, Türken, Deutsche, Spanier – hat eine marodierende Armee in Italien. Vor Siena lagert ein riesiges spanisches Heer und schmeißt Sprengkörper über die Burgmauern. Die Situation in der Stadt ist verzweifelt. Bis jemand zwei Zauberer vorschickt. Dann geht es auf einmal ganz schnell: Am Himmel zieht ein ungeheures Gewitter auf mit Donner, Blitz, Flut und heftigem Sturm. Neunzig Prozent der spanischen Soldaten liegen dahingemäht auf dem Boden.

Es ist ein wahres Wunder, wie nach so einer Katastrophe die Köpfe zu rauchen beginnen. Alle stehen mit offenem Mund da und überlegen: Wer ist als Nächster dran? Da hat der Papst eine geniale Idee: Ich mache die Magie legal, dann kann die Kirche die Sache steuern. Nach kurzem Gerangel – Lebwohl, Mailand und Venedig – begreift man recht schnell, dass es am sichersten für alle Beteiligten ist, wenn *irgendjemand* das Ruder übernimmt.

Natürlich führt das zu einem gewaltigen Widerspruch. Wenn die Kirche wirklich daran glaubt, dass Dämonen gefallene Engel sind, die sich gegen Gott aufgelehnt haben und aus dem Himmel verbannt wurden, warum lässt sie dann zu, dass halbwüchsige Jungs sie aus der Hölle heraufbeschwören? Die Antwort war die päpstliche Bulle *Deo ipso annuente* von 1601, laut der mit Gottes Zustimmung Magier auf legale Weise die Macht göttlicher Sprache benutzen können, um den Gehorsam von Dämonen zu erzwingen.

Findet ihr das überzeugend?

Jedenfalls organisiert sich danach die Sozietät mit dem Segen des Papstes und gründet in ganz Europa Landessektionen. In England fangen sie in Oxford an, und zwar im Keller des All Souls College, wo niemand die Schreie hören kann. Über dreihundert Jahre lang funktioniert das bestens, bis die Sozietät nach Ausbruch der College-Kriege ihre Neutralität erklärt und ihren Sitz elf Kilometer flussabwärts nach Abingdon verlegt. Dort reißt sie die alte Abteiruine nieder und errichtet diesen protzigen gotischen Steinhaufen mit Büros in einem Flügel und St. Cyprian, wo ich all diese cleveren Zaubertricks gelernt habe, im anderen.

Springen wir weitere über neunzig Jahre nach vorn. Ich bin sechs Jahre alt und beobachte, wie mein Dad in der Küche einen Umschlag öffnet und eine Handvoll Geldscheine herauszieht. Das Licht schimmert durch das Papier, das gelb wie Dotterblumen und blau wie der Himmel ist.

»Dad, das ist mein Geld.« Ich strecke die Hand aus.

Er lacht bloß und lässt zwei Scheine knapp außerhalb meiner Reichweite baumeln. Ich bin Gegenstand des Handels und nicht etwa einer der Händler. Am nächsten Tag sitze ich allein auf der Rückbank eines Phantoms, starre auf den Nacken des Chauffeurs und frage mich, was ich angestellt habe und was mit mir passieren wird.

Während wir durch die Stadt flitzen, bekreuzigen sich die Menschen und verschwinden eilig nach drinnen. Wir biegen in die Einfahrt von St. Cyprian, und ich schaue hinauf zu diesem verrückten Monsterbau, der aus Zacken, Wasserspeiern und Tausenden von winzigen Spitzbogenfenstern besteht.

Auf dem Kiesweg erwartet mich ein älterer Junge: Charlie Burgess, ganz in Weiß gekleidet wie ein Engel aus einem Krippenspiel. Kein Tropfen fällt vom Himmel, doch als ich wie Espenlaub zitternd aussteige, öffnet er einen riesigen weißen Regenschirm und hält ihn über mich, während wir durch zwei Reihen von Schwarzeschen auf die Hauptpforte zusteuern.

Drinnen ist alles schwarz und weiß. Schachbrettfliesen. Weiße Wände und Decke, übersät mit schwarzen Symbolen. Gegenüber eine Bogentür, die eine Hälfte schwarz, die andere weiß. Zwei Männer empfangen mich, der eine in schwarzen Gewändern, der andere in weißen.

Sie führen mich eine Steintreppe hinauf, über einen gekachelten Absatz und durch eine Tür in die Bibliothek. Bücherstapel. Lesepulte. Das Zischen von Gas und der dunkle, schwere Geruch von Magie. Am anderen Ende des Saals ein Mann mit schwarzer Robe und Tonsur, der liest.

Klackend schließt sich hinter mir die Tür. Ich stehe da

und warte darauf, das mir jemand erklärt, was ich tun soll. Da sich niemand zeigt, schreite ich nervös auf ihn zu. Obwohl ich behutsam auftrete, knarrt eine Bodendiele. Er blickt erst auf, als ich nur noch zwei Meter von ihm entfernt bin.

»Setzen Sie sich, Sampson.«

Ich habe Dämonen in allen Gestalten und Größen gesehen; ich habe erlebt, wie Wesen erscheinen und verschwinden oder in tausend Stücke zerspringen. Aber das war der größte Schock meines Lebens. Zum ersten Mal überhaupt wurde ich gesiezt und mit dem Nachnamen angeredet, und nicht nur von irgendjemandem, sondern von diesem hochgewachsenen Mann mit dem schmalen, bärtigen Gesicht und den eisgrauen Augen.

Jahrelang hatte ich schreckliche Angst vor Matthew.

Heute zähle ich auf ihn.

Schon das Empfangskomitee ist anders. Nicht Charlie, sondern eine Abordnung der Ritter von St. Cyprian mit Schwertern und in voller Schutztracht: weiße Lederschuhe mit eingebrannten magischen Zeichen; weiße Leinenroben und -hosen mit Emblemstickereien aus rotem Seidengarn; Bronzehelme.

Ich weiß, was ihr jetzt denkt: alles rein symbolisch. Aber auch wenn die Sozietät der Magier keine Privatarmee ist, führt sie sich wie eine auf. Die Ritter von St. Cyprian sind ihr disziplinarischer Arm und setzen sich aus besonders asozialen Studienabbrechern zusammen: Rüpel mit einer jämmerlich schwachen Gabe und fehlenden Tischmanieren, die sich geschmeichelt fühlen, weil sie in den Reihen der Sozietät geduldet werden und deren schmutzige Arbeit erledigen dürfen. Sie haben keine Ahnung, wie man ein Kaninchen aus dem Hut zaubert, aber wenn es darum geht, einen unfolgsamen Magier wie von Zauberhand verschwinden zu lassen, sind sie in ihrem Element.

Ich habe sie erwartet und schaffe es, nicht in Ohnmacht zu fallen.

Außerdem habe ich auch den Trupp älterer Herrschaften erwartet, die voll kostümiert und mit albernen Frisuren in einem fensterlosen, kerzenbeschienenen Saal um eine lange Tafel herumlungern. Und ich werde nicht enttäuscht. Keine Spur von Matthew, und alle Anwesenden schauen mich an, als wäre ich gerade unter einem Stein hervorgekrochen.

Ich habe erwartet, dass sie mich durch die Mangel drehen, weil ich mit menschlichen Körperteilen davonspaziert bin. Auch in diesem Punkt werde ich nicht enttäuscht. Ich weise sie darauf hin, dass die meisten so etwas zu ihrer Zeit bestimmt auch gemacht haben, was nicht besonders gut ankommt.

Ab da geht es bloß noch abwärts. Der Name *Cimerez* kommt aufs Tapet. Es hat keinen Zweck, den Ahnungslosen zu mimen: Dämonen kreuzen nicht einfach zufällig auf. Ich erkläre, dass ich stark unter Druck stand und unbedingt ergründen wollte, weshalb ich keine Kontiguität gefunden habe, aber Ferdia schon.

»Verstehen Sie, es war eine Panikreaktion.« Ich frage mich, wo Matthew bleibt.

Die Ratsmitglieder hocken bloß da wie räudige, ausgestopfte Papageien. Alles abgehalfterte alte Knacker, die ich verachte. Keiner unter fünfzig. Seit mindestens dreißig Jahren haben sie keinen Funken Magie mehr zustande gebracht. Woher nehmen sie sich das Recht, über mich zu Gericht zu sitzen? Ich müsste nur einmal kurz schnippen, um sie alle umzunieten …

Wenn da nicht die vier magischen Zirkel in den Ecken des Saals und die vier jungen Zauberer in vollem Ornat und mit gezücktem Stab wären. Eigentlich müsste ich mich geschmeichelt fühlen, weil sie mich für so gefährlich halten.

Ich setze auf die Mitleidskarte. »Ich dachte, dass ich die Gabe verliere«, flüstere ich.

Mein Herz setzt kurz aus, als sich hinter mir knarrend die Tür öffnet. Hastig blicke ich mich um, weil ich mit Matthew rechne. Mit einem Schauder vernehme ich eine sanfte Stimme: »Und? Haben Sie sie verloren?«

Ignacio Gresh, der Großinquisitor, trägt einen schwarzen Anzug über einem grauen Hemd und eine mit dem Wappen der Sozietät bestickte schwarze Krawatte. Über einem dunklen, stark vernarbten Gesicht kleben silbrige Haarfransen mit Tonsur. Es sieht aus, als wäre er irgendwann in ein Feuer geraten. Genaueres weiß allerdings niemand.

»Hat Ihnen der Herr die Gabe entzogen?«

»Nein«, stammle ich. »Glaube ich zumindest. Ich meine …«

»Dann haben Sie mehr Glück als die meisten in diesem Saal.«

»Das ist kein Glück, sondern …«

»Verraten Sie mir eins, Sampson. Warum halten Sie sich für etwas Besonderes? Jedes Mitglied dieses Rats musste sich diesem Verlust stellen, und wir haben es alle bewältigt, ohne auf Kannibalismus oder unerlaubte Beschwörungen zurückzugreifen.«

»Ja, das sagen *Sie*.«

Kein kluger Schachzug. Gresh tritt vor und greift nach einer kleinen, silbernen Handglocke auf dem Tisch. »Ich denke, wir können jetzt zur Wahl schreiten.«

Er läutet die Glocke.

Scharrend werden Stühle zurückgeschoben. Wo bleibt Matthew? Er hat mir doch versprochen zu kommen.

An einem Ende des Saals erhebt sich ein kleiner Altar. Eigentlich ist es nur ein Metallkasten auf Beinen mit Emaillebildern von St. Cyprian, wie er Dämonen beschwört und in einem Kessel mit brodelndem Wasser gekocht wird. Einer nach dem anderen gehen die Anwesenden hinüber, um sich eine kleine Elfenbeinmurmel aus einem Teller auf dem Altar zu nehmen.

An der Wand auf der anderen Seite des Saals hängt ein Eichenbord, auf dem fünf Holzkassetten stehen. Jede misst etwa dreißig Zentimeter im Quadrat, ist fünfzehn Zentimeter hoch und hat im Deckel ein rundes Loch. Die Herren des Rats stimmen ab, indem sie eine Murmel in eine Kassette werfen. Die Zählung ist schlicht: Die Kassette mit den meisten Murmeln gewinnt.

Unschuldig: Ich marschiere mit weißer Weste aus dem Saal.

Rüge: Ich werde vor allen Mitgliedern der Sozietät zur Schnecke gemacht, die Lust darauf haben, sich einen abzulachen.

Befristete Aufhebung: Ich verliere meine Lizenz bis zu einem Jahr.

Entzug: Ich muss mich nach einem neuen Beruf umschauen.

Tod.

Die Abstimmung folgt keiner bestimmten Ordnung; sie stehen einfach herum und warten, bis ihnen danach ist. Drei von ihnen unterhalten sich tuschelnd. Einer kniet mit geschlossenen Augen und gefalteten Händen vor dem Altar und bittet um göttlichen Beistand – oder er wartet darauf, dass ihm jemand fünf Pfund zusteckt und ihm sagt, was er wählen soll.

Noch immer liegt eine letzte Murmel im Teller auf dem Altar. Gresh hat sich nicht bewegt.

Sein Blick folgt dem ersten Ratsmitglied, das zum Bord schreitet und seine Stimme abgibt. Die Murmel rollt in eine der mittleren Kassetten – welche, kann ich nicht erkennen. Auf jeden Fall nicht unschuldig. Aber auch nicht der Tod.

Schließlich rappelt sich der Kniende mühsam hoch. »So wahr Gott mein Richter ist.« Er durchquert den Saal und stimmt dafür, mich vorübergehend zu suspendieren.

Drei andere sind unterwegs, doch sie bleiben wie angewurzelt stehen, als der Tisch knarrt und Gresh seine Murmel vom Teller nimmt. Er schaut mich an. Seine Augen sind tot wie die eines Hais.

Niemand regt sich, als er hinüber zum Bord tritt. Er dreht sich mit gerecktem Arm, damit alle beobachten können, was er tut. Klappernd fällt seine Murmel in die Kassette. Tod.

Mir wird übel.

Klar, mit mir stimmt was nicht – ich habe einfach nicht

alle Tassen im Schrank. Jedesmal wenn die Kacke am Dampfen ist, denke ich mir, aha, so fühlt sich das an. Dann wird der Dampf immer stärker, und ich fühle mich noch schlechter und denke, das ist es jetzt, schlimmer kann es nicht mehr werden …

Doch diesmal ist es anders.

Ich könnte sagen, es ist, als hätte mir jemand den Boden unter den Füßen weggezogen. Als wäre ich in einen Abgrund gestürzt. Als hätte mir jemand bei lebendigem Leib die Eingeweide herausgerissen.

Aber das hier ist nicht *wie* irgendwas. Mir ist kalt. Ich versuche nachzudenken. Aber es hat keinen Zweck. Es kann einfach nicht sein, dass mir das passiert. Und weil ich nicht träume, müssen sie den Falschen erwischt haben.

Genau, es geht hier um einen anderen.

Flüstern. Rascheln. Das Klappern der Murmeln in den Kassetten. Ich versuche mitzuzählen. Ich sehe zwei Suspendierungen, vielleicht einen Entzug. Bis jetzt hält mich niemand für unschuldig oder ist der Meinung, dass eine Rüge ausreicht.

Und ich habe mindestens fünf Stimmen für den Tod gezählt.

Oh Gott.

Die letzte Murmel fällt. Gresh und zwei andere Herren des Rats drängen sich um das Bord. Die Tür knarrt. Alle sehen sich um.

»Entschuldigen Sie die Verspätung.«

Matthew tritt ins Kerzenlicht. Er trägt die offizielle Tracht des Generaloberen: einen schlichten, schwarzen Talar. Um mich dreht sich alles. Mein Herz klopft wie verrückt. Gerettet! Ich halte mich an einer Stuhllehne fest, um nicht zusammenzusacken.

»Wir haben die Abstimmung beendet«, verkündet Gresh. Mit einer Kassette im Arm tritt er zum Tisch. Er öffnet sie, und die Murmeln purzeln scheppernd heraus.

Er lächelt. »Tod.«

Vielleicht doch nicht gerettet.

In meinem Kopf erscheint ein Bild: Matthews Atelier an dem Tag als ich in St. Cyprian meine Prüfungsergebnisse bekam. Er steht am Fenster, eine schwarze Silhouette im grellen Sonnenlicht. Mit einem traurigen Lächeln dreht er sich um und erklärt mir, dass er nichts für mich tun kann, auch wenn er der Generalobere ist.

Blinzelnd finde ich mich in dem Saal wieder, der nur von Kerzen erleuchtet wird, und alle Anwesenden starren mich mit ernster Miene an – bis auf Gresh. Sein Gesicht trieft vor Schadenfreude. Anscheinend habe ich ihm den Tag gerettet.

Niemand spricht. Niemand regt sich. Und wieder dieses Gefühl, dass es nicht um mich geht, dass sie einen anderen meinen.

Ich bin kurz davor, mir in die Hose zu machen.

Matthew ergreift das Wort. »Hiermit übe ich als Generaloberer mein Vetorecht aus.«

Ein passender Moment, um aus den Latschen zu kippen.

Ich sitze auf einer Steinbank in einer Zelle ohne Fenster, meine Füße sind an die Wand gekettet. Klirrend dreht sich der Schlüssel im Schloss. Die Tür geht auf.

»Abnehmen.« Matthew tritt beiseite, damit der Wärter die Beinschellen öffnen kann.

»Danke«, ächze ich.

Mit erhobener Hand fordert er mich zum Schweigen auf und wendet sich an den Wärter. »Das wäre alles.«

Die Tür fällt zu. Ich starre auf den kleinen Stummel von Matthews fehlendem Finger. Ich war zwölf, als er ihn einer Präsenz zu fressen gab, um mir aus der Klemme zu helfen.

»Sie sind ein Dummkopf, Frank.«

»Warum haben Sie mir dann das Leben gerettet?«

Er lässt sich eine Minute Zeit, um darüber nachzudenken. »Erstens weil Sie mein Schüler waren und ich verpflichtet bin, mich um Sie zu kümmern. Aber vor allem, weil das alles gar nichts mit Ihnen zu tun hat: Gresh will sich Ihre Dummheit zunutze machen, um meine Stellung als Generaloberer zu untergraben.«

Da mir nichts Besseres einfällt, lasse ich den Kopf hängen.

Matthew erklärt mir, was Sache ist. Meine Lizenz wird für ein Jahr aufgehoben, und als Buße muss ich eine Wallfahrt zum Grab St. Cyprians in Rom unternehmen. Zu Fuß! Wenn ich in einem Stück zurückkehre, darf ich zum Zeichen meiner Reue vor die Sozietät treten und mir von der Vollversammlung der Mitglieder die Scheiße aus dem Leib prügeln lassen.

Falls ich diese Anweisungen nicht befolge, wartet Gresh als Großinquisitor mit seinem persönlichen Vorrat an trockenem Holz und Streichhölzern, und Matthew wird ihn nicht aufhalten können.

»Muss ich wirklich zu Fuß gehen?«

Matthew muss lachen. »Ich glaube, die Sozietät wird einfach froh sein, wenn Sie verschwinden. Ernsthaft, Frank, vielleicht tut Ihnen das sogar ganz gut – nein, ziehen Sie jetzt bitte kein Gesicht. Ein wenig Demut kann Ihnen nicht schaden.« Er setzt sich neben mich. »Wissen Sie überhaupt, was dieses Wort bedeutet?«

»Demut besteht darin, mich an meine Grenzen zu halten, nicht nach Dingen über mir zu streben und mich meinem Vorgesetzten zu fügen.« Diesen Spruch musste ich mit acht auswendig lernen.

»Als Magier hat man keinen Freibrief, beliebig Amok zu laufen; man trägt eine große Verantwortung. Die Sozietät könnte die ganze Welt beherrschen, aber wir haben uns dafür entschieden, den Menschen zu dienen.«

Das ist der Auftakt zu einer langen Predigt über meine Pflicht gegenüber Gott und der Gesellschaft und diesen ganzen Kram. Wir wissen alle, dass Matthew mir nicht zum ersten Mal den Arsch gerettet hat. Und mir ist doch sicher klar, dass das Veto, das er einlegen musste, um mich vor dem Scheiterhaufen zu bewahren, etwas ist, das Gresh gegen ihn verwenden kann. Aber ehrlich gesagt, drifte ich irgendwie ab.

Ich grüble darüber nach, was Cimerez gemeint haben könnte. Und James Groce: hat er wirklich Selbstmord begangen? Marvo: habe ich sie jetzt total vergrault? Kazia: werde ich sie je wiedersehen?

»… solange Sie weg sind, kann ich ein bisschen die Wogen glätten.« Anscheinend hat Matthew nicht mitgekriegt, dass ich nicht zuhöre. Und wahrscheinlich weiß er sowieso, dass er in den Wind redet. »Die Sozietät braucht Sie, Frank – aber vergessen Sie nicht, dass Sie auch die Sozietät brauchen.«

Er erhebt sich. Ich würde ihn gern fragen, was in Kernave eigentlich passiert ist, warum er Kazia adoptiert hat und ob da nicht in Wirklichkeit mehr dahintersteckt. Aber der Zeitpunkt ist wohl etwas ungünstig.

»Schön«, sagt er. »Dann bringe ich Sie jetzt raus. Und noch eine letzte Sache, Frank – bitte machen Sie nicht wieder eine Dummheit.«

22. Kapitel

Auch wenn ich es schon mal gesagt habe, sage ich es weiter, bis wir alle einschlafen: Mit mir stimmt irgendetwas nicht.

Die Uhr im Kathedralenturm schlägt drei. Vielleicht gibt es da oben im Himmel doch jemanden, der mich mag, denn die Nacht ist trocken, und der Mond liegt verborgen hinter Wolken. Der Karren parkt auf dem Brachland hinter Büschen. Eigentlich sollte ich einen Rucksack für meine Fußwanderung nach Rom packen, trotzdem bin ich hier, wie immer zu dünn angezogen und vor Kälte bibbernd, und folge Charlies Grabarbeitern mit zwei Spaten, einer verhängten Lampe und einer Kiste Bier über die Mauer zum Selbstmörderfeld.

Es gibt keine Grabsteine – der Sinn eines Selbstmörderfelds besteht ja gerade darin, dass die dort Verscharrten aus dem öffentlichen Gedächtnis getilgt werden sollen –, doch der Lichtstrahl aus einem schmalen Spalt in dem Tuch über der Lampe reicht, um Groce zu finden: Er liegt unter dem frisch aufgeschütteten Hügel in der Ecke unter einer uralten, grotesk verformten Eibe. Die Jungs sind der Meinung, dass sie sich für diesen Fund je ein Bier verdient haben.

Leo ist ein alter Knacker mit einem völlig zerknautschten Gesicht und langem grauen Haar, das flach gekämmt auf der kahlen Schädelmitte klebt. Martin ist der Mann fürs Grobe: deutlich jünger, rotes Gesicht, ungefähr eins siebzig groß und eins achtzig breit. Wenn ihr jemanden braucht, der bei euch eine Wand zwischen zwei Zimmern einreißen soll, dann ist Martin euer Mann. Ihr müsst bloß auf der anderen Seite jemanden hinstellen, damit er nicht gleich durch die Hausmauer zum Garten durchbricht.

Sie werfen die leeren Flaschen in die Büsche und fangen an, die Spaten zu schwingen, während ich fünf tote Zweige von der Eibe zupfe und sie im Gras zu einem Pentagramm anordne. Seit Groce hier deponiert wurde, hat es nicht geregnet, daher ist die Erde lose und trocken. Jedesmal wenn ich mich umschaue, fliegt eine Ladung aus der Grube.

»Wie lang noch?«, zische ich eine Stunde und zwei Bier später.

»Fertig«, antwortet eine leise Stimme direkt hinter mir.

Sogar mitten in der Nacht trägt er seine Sonnenbrille. Sein flachköpfiger Freund ist bei ihm und macht einen grimmigen Eindruck.

»Ich bin Vitas Siménas.«

Interessant, allerdings auch beunruhigend. Er streckt mir die Hand entgegen. Sie ist riesig, mit trockener, harter Haut.

Ich ringe mir eine Art Lächeln ab. »Ich glaube, ich kenne Ihre Tochter.«

Leo und Martin buddeln noch immer mit dem Rücken zu uns. Mit einem dumpfen Schlag trifft ein Spaten auf Holz. »Frank!«, ruft Leo. Erst als er sich umblickt, bemerkt er Flachkopf, der mit einer Pistole über dem Grab steht.

»Schaufel weiter, Leo.« Ich wende mich wieder an Siménas. »Wenn es Ihnen nichts ausmacht.«

Er zuckt mit den Achseln.

»Ich habe von Ihnen und Ihrer Frau gehört.«

»Stiehlt er meine Tochter, dein Chef.«

»Es war eine legale Adoption. Steht in der Zeitung.«

»Glaube ich, Kirche nimmt sie, oder ist sie tot.« Siménas wirkt aufrichtig empört. »Zehn Jahre ich suche nach ihr …«

Leo legt seinen Spaten neben dem Grab ab. Flachkopf tritt zurück und lässt ihn langsam herausklettern.

»Was ist denn los?« Blinzelnd öffnet Leo zwei Flaschen Bier.

»Weiß ich noch nicht.« Ich ziehe das Tuch von der Lampe. Siménas folgt mir zu der Grube, und wir spähen beide hinab.

Die Bezeichnung Sarg wäre übertrieben. Eigentlich ist es eher ein roh zusammengezimmerter Holzkasten, der nur so lange halten musste, bis James Groce im Boden war. Martin stemmt den Deckel hoch und klettert ebenfalls heraus.

Die Leiche ist in ein grobes Tuch gehüllt und riecht nach Ätzkalk und Verwesung. Ein dünner Holzpfahl ragt ungefähr fünfzehn Zentimeter aus seiner Brust, damit er nicht auf die Idee kommt, als Vampir oder Ähnliches zurückzukehren.

»Ich versteh wirklich nicht, warum die so ein Gedöns um Selbstmörder machen.« Leo reicht Martin sein Bier. »Tot ist tot, das sieht man doch.«

»Es gibt Zauber, mit denen man die Toten aufwecken und die Zukunft voraussagen kann«, sage ich.

»Aber ein Toter, was weiß er?«, seufzt Siménas.

Wir können nicht die ganze Nacht hier herumstehen und morbiden Gedanken nachhängen. Also hüpfe ich hinunter in die Grube. Mit je einem Bein zu beiden Seiten des Sargs zerre ich den Pfahl heraus, der sowieso bloß stört, und werfe ihn ins Gras. Der Flachkopf springt erschrocken zurück. Er bekreuzigt sich hektisch und kickt meine schützenden Zweige weg.

Tapfer den Geruch ignorierend, stelle ich die Lampe auf einer Sargecke ab und ziehe ein Taschenmesser heraus. Ich spüre, dass Siménas noch immer über mir steht, als ich mich daran mache, das Leichentuch vom Gesicht zu schneiden.

»Erzählen Sie ruhig weiter, ich höre zu.«

»Will ich meine Tochter zurück.«

Der Stoff fällt zur Seite. Groce hat den ernüchterten Ausdruck eines Menschen, für den der Tod seine schlimmsten Erwartungen erfüllt hat. Kurz streift mich die Frage, was ich hier eigentlich treibe. Dann schneide ich weiter an dem Tuch.

»Am Fluss vor Bischofhaus sehe ich ihn.« Siménas deutet auf Groce' Leiche. »Und junge Frau.«

»Und einen Hund?«

Während er sich über meine Bemerkung wundert, streife ich ein paar Insekten weg und hebe Groce' Hände an. Sie sind natürlich kalt. Und schwabbelig – wie Fisch, der zu lange rumgelegen hat. Aber ich habe zu wenig Licht, um die Schnittwunden an seinen Handgelenken zu deuten.

»Okay.« Rückwärts stakse ich zum unteren Ende des Sargs. »Holen wir ihn raus.«

Ich wende mich um, in der Erwartung, Leo und Martin zu sehen. Stattdessen kriege ich eine Spatenladung Erde ins Gesicht. Als ich versuche, aus der Grube zu klettern, trifft mich von der Seite ein Schlag am Kopf, und ich lande mit dem Gesicht nach unten auf James Groce.

Belassen wir es bei der Feststellung, dass es widerlich ist.

Ich will mich auf Hände und Knie hochstemmen, doch etwas Kaltes, Scharfes presst sich in meinen Nacken. Mit leichter Verzögerung begreife ich, dass es die Anstechkante des Spatens ist.

»Wo ist sie?«, zischt Siménas.

»Kazia? Das weiß ich nicht!« Der Druck wird stärker und zwingt mich nach unten. »Sie ist zurückgekehrt in den Palast …«

»Dort schaue ich schon!«

Ach ja, der Raubüberfall, der keiner war.

Plötzlich höre ich Rufe. Das metallische Drücken in meinem Nacken lässt nach. Wieder Schreie, gefolgt von mehreren peitschenden Geräuschen. Siménas lässt den Spaten fallen, der klappernd auf den Sarg stürzt.

Wieder will ich mich hochrappeln, doch dann wird mir die ganze Luft aus der Lunge gepresst, als mir jemand voll in den Rücken springt. Jetzt bin ich nicht mehr auf James Groce, ich bin *in* ihm. Ich würge und ächze. Der faulige Geschmack in meinem Mund könnte von meiner Galle stammen – oder von ihm. Ich jaule und kreische aus Angst, hier unten zusammen mit einer vermodernden Leiche lebendig begraben zu werden.

»Halt die Klappe, Frank!«, zischt mir Leo ins Ohr und schiebt sich von mir herunter.

Meine Arme sind wie Gallert, trotzdem schaffe ich es irgendwie, mich hochzustemmen. Ich spucke Erde und weiß Gott was sonst noch aus.

Ein Schrei. Weitere Schüsse. Schritte, die sich hastig entfernen.

Vorsichtig spähe ich über den Grubenrand und sehe zwei Silhouetten, die über die Friedhofsmauer turnen. Als ich hinausklettere, hetzt ihnen ein bewaffneter Bulle hinterher. Ein Schuss in der Ferne. Unter meinen Füßen knirscht Glas. Ich kauere mich nieder und taste vorsichtig herum. Schließlich halte ich Siménas' Sonnenbrille in den schwachen Schein des wolkenverhangenen Monds. Dann bemerke ich ein drängenderes Problem.

Anscheinend haben sich heute Nacht alle hier versammelt, die etwas gegen mich haben. Der Neuankömmling ist der griechische Gott von der AMB – der mit der Angst vor Mäusen. Die gute Nachricht ist, dass er offenbar sein Messer nicht dabeihat. Die schlechte Nachricht ist allerdings, dass er mit einer Pistole auf mich zielt.

Nun watschelt auch der fette Priester heran. Er hat X-Beine und gewaltige Schenkel, die schwerfällig aneinander vorbeiwabbeln. Er schlägt das Kreuzzeichen. »Weiche, Satan! Es steht geschrieben, du sollst Gott, deinen Herrn, anbeten und ihm allein dienen.«

Okay, das kratzt mich nicht, aber ich fürchte, dass mir der nächste Angriff schon eher was ausmachen wird. Ich sehe, wie sich der Finger des griechischen Gotts um den Abzug krümmt. Eigentlich müsste ich die Augen schließen, doch ich kann nicht. Wow, denke ich, das war's für mich.

Als ich auf St. Cyprian war, versprachen sie uns den Himmel und drohten uns mit der Hölle. Licht und Seligkeit. Feuer und Qual. Ich war ja noch ein Kind. Da glaubt man diesen Quatsch. Und man legt ihn irgendwo im Hinterkopf ab, sodass er immer da ist, auch wenn man nie daran denkt. Bis es zu spät ist.

Der griechische Gott hat es nicht eilig. Wohin jetzt? Nirgendwohin vielleicht.

Was für eine Zeitverschwendung. Lauf, Frank. Du könntest Glück haben, man weiß nie. Aber ich kann nicht anders, als diesen Spinner anzustarren, der sich todsicher ist, dass er ein Recht darauf hat, mich in die Hölle zu schicken …

In diesem Moment tritt Martin hinter der Eibe hervor und zieht ihm die Schaufel über den Schädel. Der Priester fährt herum und nimmt mit erstaunlicher Geschwindigkeit Reißaus.

Auch wir haben keinen Grund, uns noch länger hier herumzutreiben. Leo reicht die Leiche hoch. Wir wälzen sie über die Mauer und werfen sie auf den Karren. Keine Spur von Siménas. Schnell ziehen wir eine Plane über Groce, dann preschen wir zu meiner Bude.

23. Kapitel

Längs der schmalen Gasse hinter dem Termitennest verläuft eine ungefähr vier Meter hohe Mauer. Und wenn man an der richtigen Stelle sucht, sieht man zwei in den Mörtel zwischen den Steinen gehämmerte Eisenhaken, auf denen man mit den Füßen Halt findet.

Groce über die Mauer und in den Korridor vor meiner Werkstatt zu wuchten, ist der leichte Teil. Bei dem Geruch rümpft meine Tür die Nase, und ich muss zehn Minuten lang auf sie einreden, damit sie sich öffnet. Dann endlich können wir Groce auf den Tisch legen, wo ich ein Stück freigeräumt habe. Ich gebe Leo und Martin die Hälfte ihres Lohns. Sie klettern über die Mauer und poltern davon ins Morgengrauen, mit dem Versprechen, am Abend wiederzukommen und die Leiche für mich fortzuschaffen.

In meiner Werkstatt ist es eiskalt, doch angesichts von Groce' Zustand ist ein Feuer wohl keine gute Idee. Ich kippe ein großes Glas meines privaten Energiegebräus hinunter. Dann zerstoße ich Rosmarin- und Thymianblätter, rolle sie in zwei kleine Musselintücher und stopfe sie mir in die Nasenlöcher. Nachdem ich alle Lampen zusammengestellt habe, mache ich mich daran, Groce' Handgelenke zu inspizieren.

Also schön. Es fängt schon mal damit an, dass die Schnitte an beiden Handgelenken quer über die Adern verlaufen. Keine besonders effektive Art, sich zu töten. Wenn man es wirklich ernst meint, kommt es darauf an – ein nützlicher Tipp –, dass man den Unterarm von oben nach unten entlang der Adern aufschneidet. Aber da das die wenigsten Leute wissen, beweist es gar nichts.

Zweite Beobachtung: ein einzelner tiefer, sauberer Schnitt geht quer über das linke Handgelenk. Im Gegensatz dazu ist das rechte Handgelenk total verunstaltet: fast ein Dutzend kurze, flache Furchen, von denen nur zwei tatsächlich die Adern getroffen haben. Ich male mir das Ganze aus. Man hält das Messer in der einen Hand und versucht, das andere Handgelenk aufzuschlitzen. Der Griff ist schon ganz glitschig vom Blut, und man hat wahrscheinlich schon ein paar Sehnen gekappt, also wird man sich beim Wechseln der Hände sicher nicht besonders geschickt anstellen …

Zuletzt, als ich mit einer Lampe ganz nah hinleuchte, entdecke ich zwei zögernde Schnitte am linken Handgelenk. So etwas findet man bei den meisten Messerselbstmorden, egal ob am Handgelenk oder an der Kehle: eine Art nervöses Ausprobieren, das der Typ braucht, um den Mut für den großen Stich aufzubringen.

Nach einer Stunde werfe ich ein Tuch über die Leiche und hocke mich schmollend hin. Kein Zweifel: Groce hat sich selbst umgebracht.

Das heißt, es ist jetzt sieben Uhr früh, und ich sitze hier den ganzen Tag mit dem stinkenden James fest, bis Leo und Martin antanzen und ihn mir abnehmen. Falls sie sich überhaupt blicken lassen.

Entscheidend für den Erfolg beim Zaubern, begreife ich auf einmal, ist, dass man nicht lang darüber nachdenkt, was man da eigentlich tut. *Engel und Dämonen*. Marvo hat den Nagel auf den Kopf getroffen. Angenommen, es stimmt …

Aber ich bin zu müde, um Schlussfolgerungen zu ziehen, also lasse ich lieber meine Gedanken schweifen.

Bin ich wirklich in Kazia verliebt, oder finde ich sie einfach nur sexy? Was ist da der Unterschied? Wenn ich sie sehe, schlägt mein Herz schneller. Wenn ich an sie denke, ist es, als hätte mir jemand ein Loch in den Leib gestanzt. Vielleicht ist das Liebe, und ich kapiere es bloß nicht, weil so was für einen Trottel wie mich eine Nummer zu hoch ist. Ernsthafte Beziehungen sind nichts für mich. Das bringt mich bloß in Schwierigkeiten.

Ich ziehe Groce das Tuch vom Gesicht.

Was hat ihn eigentlich zu dieser Tat getrieben? Er war doch Priester, da hätte er so was überhaupt nicht machen dürfen. Aber vielleicht liebte er Alice, was immer das auch heißen mag.

Ich schließe die Augen und versuche mir das Ganze vorzustellen.

Es ist spät – fast Mitternacht. Groce wacht auf und bemerkt, wie sich Alice davonschleicht. Er folgt ihr hinunter zum Treidelpfad hinter dem Palast und durchs Tor in den Garten …

War es die Macht der Liebe, die den Wach-Elementargeist umgehauen hat? Natürlich keine ernsthafte Frage.

Er folgt ihr an einen Ort – wohin, weiß ich noch immer nicht, aber es muss in der Nähe des Palasts sein, weil Wallace auf sie wartet. Und in Groce' Herz brennt ein heftiger Schmerz, den er nur damit besänftigen kann, dass er Wallace ein Messer in die Brust bohrt.

Ich starre in Groce' totes Gesicht. »Warum hast du Alice nicht gleich dort umgebracht? Warum hast du damit gewartet?« Doch er liegt bloß schweigend da mit seinen geschlossenen Augen. Ihn interessiert das alles nicht mehr. Mich leider schon.

Vielleicht versuchte er, sie zu töten, doch sie entwischte ihm. Warum ist er ihr dann nicht nachgerannt? Und wer half ihm, den toten Bischof in die Bibliothek zu schleppen?

»Und warum dieser ganze Quatsch mit dem Kopf?«, frage ich laut.

Jetzt scheint um Groce' Lippen ein leises Lächeln zu spielen. Er weiß es, verrät aber nichts.

Okay, angenommen, er hat Alice wirklich geliebt. Er findet sie mit einem anderen und dreht durch. Sie versteckt sich, doch er spürt sie auf und bringt auch sie um, weil er sie so liebt. Oder es zumindest glaubt.

Wäre ich überhaupt zu Gefühlen fähig, die so stark sind, dass sie mich zu einer derartigen Wahnsinnstat treiben?

Als ich klein war, fing meine Umgebung öfter mal Feuer. Sachen im Haus. Das Kinderzimmer, in dem mich meine Mutter allein ließ. Nachdem dann auch noch das Pub, in dem Dad immer herumhing, niedergebrannt war, fiel bei meinen Eltern der Groschen, und sie verständigten die Sozietät. Dann kam ich, kurz nach Beginn meiner Ausbildung in St. Cyprian, über Weihnachten wieder nach Hause. Und diesmal ging nicht der Plumpudding in Flammen auf, sondern Dad.

Es kann also schon vorkommen, dass man einem Menschen was Drastisches antut, obwohl man ihn liebt

James Groce. Tötete mit Alice das Beste in seinem Leben. Dann schlitzte er sich die Pulsadern auf, um die Sache abzuschließen.

Erneut stopfe ich mir Kräuter in die Nase und reinige eine winzige Pinzette. Dann beuge ich mich über Groce' Gesicht. Ich packe die Wimpern des linken Auges und ziehe das Lid zurück.

Die äußere Pforte knarrt. Schnell blase ich die Lampen aus. Schritte draußen im Gang.

»Frank?« Marvo natürlich. »Bist du da?«

Sie klopft an die Tür. Im schwachen Schein, der durch das Fenster einfällt, kann ich schemenhaft erkennen, wie sich das Holz verformt, um anzugreifen.

»Frank!« Sie hämmert gegen die Tür, die mit heftigem Fauchen reagiert. Ich höre Marvos Schritte, als sie zurückfährt.

»Frank, ich weiß, dass du da drin bist!«

Schön für dich.

»Frank, ich hau so lange gegen die Tür, bis du aufmachst. Ist mir egal, ob sie mich beißt!«

Ich merke gar nicht, wie wütend ich bin, aber die Tür

schon. Als ich sie endlich aufkriege, ist der Schaden bereits passiert. Marvo krümmt sich an der Wand gegenüber und hält ihren Arm.

Was zum Henker ist mit ihr passiert? Ihr Haar ist auf einmal ganz weiß.

Schnell ziehe ich sie hinein. Überall klebt Blut, und vor Schock zittert sie so stark, dass sie sich kaum aufrecht halten kann.

Ich schleife sie zum Kamin und verstaue sie auf einem Stuhl. Dann zünde ich zwei Lampen an. Die Bisswunden müssen nicht gereinigt werden – das Wesen, das sie angefallen hat, existiert streng genommen gar nicht. Aber sie hat ziemlich viel Blut verloren, und so kann ich sie nicht nach Hause schicken. Hastig werfe ich das Tuch über Groce, bevor ich zurück zu Marvo husche, um ihr aus dem Dufflecoat zu helfen. Ich suche Aloe, Beinwell und exorziertes Wasser zusammen und sprenkle alles auf ein Stück Seide, das ich um ihr Handgelenk wickle.

»Tut's weh?«

»Was ist das für ein Gestank?«

»Ich habe einen ziehen lassen. Entschuldigung.«

Doch schon zuckt ihr Blick in alle Ecken. Ich muss sie loswerden, bevor sie Groce entdeckt.

»Du siehst furchtbar aus.« Sie starrt mich an, dann wird ihre Stimme weich. »Kümmert sich denn hier keiner um dich?«

»Das ist nicht die Aufgabe der Termiten. Ihre Aufgabe ist es, mich unter Kontrolle zu halten. Sie geben mir zu essen. Und sie beten, dass sie nicht zufällig im Weg stehen, wenn mich der Teufel holt. So kann man es ungefähr umschreiben.« Ich streiche über ihren Arm und murmle ein paar Worte. Dann löse ich den Verband.

Nach einem kurzen Blick auf die unversehrte Haut fragt sie: »Wie ist die Anhörung gelaufen?«

»Hat mich nicht weiter gekratzt.«

»Echt?«

»Na ja, es war okay. Ich muss eine Wallfahrt nach Rom machen, das ist alles.«

»Wann?«

»Hat keine Eile. Hauptsache, ich breche heute noch auf.«

Sie mustert mich eine Weile. »Reisen erweitert den Horizont.«

»Aber schadet den Füßen. Ich muss nämlich zu Fuß gehen. Und was führt dich hierher?«

»Ich wollte alles erklären.«

»Warum du mich hingehängt hast oder warum du dich hast versetzen lassen? Da gibt's nichts zu erklären.« Ich ziehe sie hoch. »Wiedersehen.«

»Frank, warte – versteh doch. Im Moment schaffe ich das alles einfach nicht.«

»Immerhin hast du es geschafft, dir eine Flasche Wasserstoffperoxid auf den Kopf zu kippen.« Ich bin enttäuscht. Sie hat sich die Haare gebleicht wie Caxton und die anderen bei der Kriminalpolizei. »Ich dachte, du bist auf meiner Seite.«

»Frank, ich *bin* auf deiner Seite.« Ihr Gesicht ist rot angelaufen.

»Kommt mir nicht so vor.«

»Du machst es mir nicht leicht.«

»Die Tür ist gleich hinter dir.«

Ich lasse ihren Arm los, doch sie rührt sich nicht. Sie sieht aus, als würde sie gleich in Tränen ausbrechen. »Was ich dir erzählt habe«, nuschelt sie, »du weißt schon, wegen Cimerez, also, das hat nicht ganz gestimmt. Einer von den Assistenten im Leichenschauhaus hat was mitgekriegt. Ich musste zu Caxton. Frank, sie hat mich so durch die Mangel gedreht ...«

Klar, das kenne ich. Ich meine, im Grunde ist man bloß ein Teenager, und dann steht man vor Caxton und wird angebrüllt, dass einem die Haare fliegen. Aber genau aus diesem Grund müssen die Jungen zusammenhalten.

Marvo mimt die Hilflose: große Augen, Arme flehend ausgestreckt. »Was hätte ich denn tun sollen?«

»Du hättest lügen können.«

»Ich bin scheiße im Lügen. Ich pack das alles nicht mehr.« Mit ausladender Geste zeigt sie durchs Zimmer. Plötzlich erstarrt sie. »Was ist das?«

Bevor ich sie festhalten kann, hat sie mich umkurvt und das Tuch von Groce gezogen.

»Bist du jetzt total durchgeknallt?« Ihr Gesicht ist auf einmal weißer als das Haar. »Willst du, dass sie dich umbringen?«

»Kann schon sein, aber schau dir mal das an.« Ich greife nach der Pinzette und ziehe Groce' Augenlid zurück. »Siehst du das? Dieses Mal?«

An der Innenseite des Lids ist ein winziger schwarzer Punkt, nicht größer als der Kopf einer Stecknadel.

»Das ist ein Unterwerfungsmal«, erkläre ich.

Sie zündet eine Kerze an und hält sie nahe hin. »Nie davon gehört.«

»Natürlich nicht. Ich habe so was auch noch nie gesehen – in St. Cyprian stand das nicht auf dem Lehrplan. Aber ich habe davon gelesen. In einem alten Grimoire.«

»Was ist ein Grimoire?«

»Ein Zauberbuch. Wir saugen uns diesen Kram nicht einfach aus den Fingern, weißt du. Wir haben ihn aus Büchern von Leuten, die inzwischen tot sind und ihn sich irgendwann früher aus den Fingern gesaugt haben.«

»Ich sehe da nur ein geplatztes Äderchen.«

»Das ist es aber nicht. Es ist ein Attribut wie meine Lizenz. Es funktioniert so, dass der Zauberer einen Dämon schickt. Der redet mit dem Opfer und überzeugt es davon, dass alles … du weißt schon … völlig sinnlos ist.«

»Braucht man dafür einen Dämon?«

»Das Mal ist ein geheimes Zeichen dafür, dass sich der Betroffene einem Zustand teuflischer Verzweiflung unterwirft, den nicht einmal göttliche Gnade heilen kann.« So stand es zumindest in dem Grimoire. »Der Dämon spricht mit dem Opfer, bis es in totale Depression verfällt. Dann erklärt er ihm, was zu tun ist. Wie es der Qual ein Ende setzen kann.«

»Hast du mal eine Lupe?«

Ich reiche sie ihr. Sie lehnt sich zurück, um tief Luft zu holen, dann beugt sie sich vor, um den Punkt zu betrachten. Schließlich tritt sie wieder zurück und atmet aus.

»Groce hat also Alice ermordet und sich dann umgebracht. Aber das ist nichts Neues. Für Caxton ist der Fall damit geklärt.«

»Sie ist eine dumme Kuh.«

»Das ist auch nicht neu.« Sie seufzt. »Komm schon,

Frank. Du hast ein Ergebnis, das dir nicht passt, und dann erfindest du einfach eine Geschichte.«

»Ich habe es nicht erfunden. Jemand hat Groce zu dieser Tat gezwungen. Und zwar derselbe, der den Wach-Elementargeist am Tor verschreckt hat. Derselbe, der Wallace' Kopf in den Reliquienschrein gestopft und dann die Kontiguität mit dem Körper durcheinandergebracht hat.«

»Kann man das denn überhaupt?«

»Laut Einstein nein. Kontiguität lässt sich mit magischen Kräften nicht zerstören. Trotzdem will mir einfach nicht in den Kopf, wie man diese Vorfälle ohne Zauberei erklären soll.«

Marvo gibt mir die Lupe zurück. »Caxton weiß auch, dass das alles keinen Sinn ergibt. Aber sie hatte Anweisung, den Fall abzuschließen. Sie ist sich ziemlich sicher, dass Groce den Bischof tatsächlich umgebracht hat, und das reicht ihr. Du verschwendest also deine Zeit.«

»Aber was hat Cimerez damit gemeint, dass dieser Typ keinen Kopf hat?«

Diesen Spruch muss ich mir auf meinen Grabstein meißeln lassen. Nicht dass ich einen kriegen werde, wenn ich so weitermache. Eher schon lande ich in einem kleinen Kästchen Asche auf Ignacio Greshs Nachttisch.

»Vielleicht hat er dich auf den Arm genommen«, meint Marvo. »Dämonen machen so was doch, oder?«

»Aber ich sollte es wissen, wenn er mich auf den Arm nimmt.«

»Letztlich dreht sich alles wieder bloß um dich, nicht wahr, Frank?«

»Verschwinde einfach, okay?«

Sie wirft das Tuch nach mir. »Ach komm, du weißt doch genau, wer hinter dem Ganzen steckt.«

»Ach?«

»Verdammt, Frank, für jemanden, der so hell ist, stehst du manchmal ganz schön auf dem Schlauch. Das Mädchen! Ich hab dir gleich gesagt, mit der stimmt was nicht.«

Ich brauche einen Moment, bis ich ihr folgen kann. »Und ich hab dir erklärt, dass Mädchen die Gabe nicht haben.«

»Wer sagt das?«

»Alle Bücher.«

»Und das glaubst du?« Sie schnappt sich ihren Dufflecoat, Gott sei Dank, und gerade will ich die Tür auffordern, sich zu öffnen …

Da wirft sie den Mantel wieder hin und sagt: »Dann beweis es.«

»Was beweisen?«

»Dass sie nicht dahintersteckt. Du hast recht, da muss Magie im Spiel sein. Also beweise, dass nicht sie dahintersteckt. Dieser Quatsch von John Dee dort …« Sie deutet auf die Formel an der Tafel. »Du hast doch erzählt, damit kann man Tote auferstehen lassen.« Sie tritt hinüber zu der Leiche. »Also, weck Groce auf und frag ihn, was passiert ist.«

»Soll das ein Witz sein?«

Sie steht beim Arbeitstisch und hält sich die Nase mit zwei Fingern zu, während sie Groce fixiert. »Frank, ich habe erlebt, wie du einen Dämon gerufen hast. Und du hast mir doch erklärt, dass *Nekro* eine Abkürzung für

Nekromant ist. Ein Nekromant holt die Leute von den Toten zurück, um die Zukunft vorherzusagen, oder? Das heißt, du *kannst* es.«

Irgendwie geht mir das alles viel zu schnell. Auf einmal ist mir ganz schwindlig. »In St. Cyprian haben wir es durchgenommen …«

»Na also.«

»Bloß dass wir es nicht wirklich gemacht haben. Man hat uns erzählt, dass Leute wie Simon Magus und John Dee fälschlicherweise von sich *behauptet* haben, sie hätten das Ritual durchgeführt. Und man hat uns gedroht: Sollten wir es probieren, würden wir unweigerlich auf dem Scheiterhaufen enden.«

»Ich werde es niemandem verraten.«

»Das hat nichts mit dir zu tun!«, brülle ich. »Ich bin derjenige, der es tun muss, und es geht nicht bloß darum, ob mir die Sozietät auf die Schliche kommt, sondern …«

Groce liegt einfach nur da. Marvos Kerze ist erloschen, sein Gesicht ist in Dunkel getaucht. Irgendwie wirkt er … weniger sauer darüber, tot zu sein.

Ich ziehe das Tuch über ihn. »Es geht auch darum, ob es richtig ist.«

»Ausgegraben hast du ihn doch auch.«

»Das ist was anderes.«

»Trotzdem erzählst du mir, dass ihn ein Zauberer dazu gebracht hat.«

Ich nicke. Ich fühle mich, als wäre ich selbst in der Hölle. Nicht in unserer Hölle aus Feuer, Schwefel und mistgabelschwenkenden Dämonen. Ich meine die griechische Version, den *Tartaros*, wo dieser Typ namens Sisyphos dazu verdammt ist, in alle Ewigkeit einen Fels einen Berg hinaufzuwälzen. Und immer wenn er zum Gipfel kommt, rollt der Fels wieder nach unten, zermalmt ihn, und er muss wieder von vorn anfangen.

»Und ich sag dir was, Frank.« Mit jedem Wort stößt Marvo den Finger gegen meine Brust. »Das Mädchen war es.«

Da ticke ich völlig aus. Ich schnappe mir ihren Mantel und werfe ihn nach ihr. Knallend öffnet sich die Tür, und als ich Marvo über die Schwelle stoße, springt der Wolfskopf schnappend und fauchend aus dem Holz.

Sie kracht gegen die Wand im Korridor. Aber sie ist noch nicht fertig mit mir. »Und du hast gesagt, du findest raus, wer Sean umgebracht hat. Du hast es versprochen.«

»Von wegen.«

»Doch, hast du. Du bist ein Scheißkerl, Frank. Du schwörst den Leuten hoch und heilig, dass du was machst, und dann hältst du dich nicht daran.«

»Ich habe nichts versprochen. Außerdem, was stellst du dir da vor?«

»Kontiguität.«

»Mit was? Warum diskutiere ich überhaupt darüber? Man braucht Materialproben, um die Kontiguität zu testen. Bei Wallace hatten wir den Kopf und den Körper. Soll ich Sean ausbuddeln und ihm ein paar Gliedmaßen abhacken? Das kann ich natürlich gerne machen!«

»Du kotzt mich an.«

»Also was?«

»Du taugst zu nichts!«

»Stimmt, ich tauge zu nichts. Hat mein Dad auch immer

zu mir gesagt.« Mein Geld steckte er allerdings gerne ein. »Also, würdest du jetzt bitte verschwinden?«

»Nur, wenn du versprichst, mir zu helfen.«

»Ich kann dir nicht helfen.«

»Versuch's doch wenigstens.« Ihre Finger krallen sich in meinen Arm. »Kannst du Sean zurückholen?«

Jetzt explodiere ich. »Das werden wir gleich sehen!« Ich zerre sie zurück ins Zimmer und schubse sie auf einen Stuhl. Sie wirkt zu Tode erschrocken, aber das interessiert mich nicht mehr, denn ich beuge mich bereits über den Tisch und ziehe das Tuch von der Leiche.

»Okay«, knurre ich. »Mal schauen, ob du Sean noch wiederhaben willst, wenn ich mit *dem hier* fertig bin.«

24.
Kapitel

Zugegeben, das ist Irrsinn. Ich meine, natürlich wird es nicht funktionieren, und ich hoffe sogar, dass es nicht funktioniert. Trotzdem, inzwischen spiele ich schon seit mehreren Monaten mit Dees Inkantation herum, ohne mir richtig zu überlegen, wo die Reise eigentlich hingehen soll …

Und jetzt stehe ich hier und habe keine Ahnung, was ich eigentlich bezwecke. Glaube ich wirklich, dass ich Groce von der anderen Seite oder von sonst irgendwoher zurückholen und eine vernünftige Auskunft von ihm bekommen kann? Oder will ich bloß Marvo einen Schreck einjagen, damit sie mich endlich in Ruhe lässt?

Wieder einmal bin ich in einer Situation gelandet – das passiert mir öfter, wie ihr vielleicht schon bemerkt habt –, in der ich mich abstrample wie ein Verrückter und es gleichzeitig in meinem Kopf schreit: *Was treibst du da eigentlich, Frank?*

Erst einmal bringe ich reichlich Kräuter und Gewürze zum Einsatz. Als der Rauchschleier dichter wird, male ich eine Reihe von Kreisen auf die Bodenfliesen und zeichne um sie herum Dees Symbole. Dann starre ich reglos auf das Ergebnis.

»Worauf wartest du?«, fragt Marvo.

»Sieht das okay für dich aus?«

»Woher soll ich das wissen?«

Ich zögere es noch mindestens eine Stunde hinaus, in der Hoffnung, dass sie vielleicht aufgibt und verschwindet. Ich merke, dass ihre Nerven blank liegen, und das ist schon die halbe Miete. Schließlich fällt mir nichts mehr ein, woran ich noch herumfummeln könnte. Eigentlich möchte ich gar nicht, dass es klappt, aber wenn ich es schon mache, dann wenigstens so gut wie möglich.

»Okay, bringen wir ihn rein.«

Eine Viertelstunde später lieg Groce nackt im Zentrum des Kreises auf dem Boden und wirkt gelangweilt. Marvo hat aufgehört, sich zu übergeben, und steht jetzt in einem kleinen Kreis links von ihm. Sie hat ein Tuch über der Nase und dem Mund und streut Kräuter in die Feuerschale.

Ich habe darauf verzichtet, ihr zu erzählen, dass unter die Kräuter und Gewürze auch Stückchen einer Katze und der gemahlene Staub des Zahns, den ich St. Oswald geklaut habe, gemischt sind. Wirklich nützlich, diese Reliquien.

Mit meinem Messer versiegele ich den äußeren Zirkel und trete dann in einen weiteren kleinen Kreis rechts von Groce. Ich überzeuge mich, dass ich durch den starken Rauchschleier noch die Tafel sehen kann. Dann ziehe ich meinen Stab aus dem Gürtel.

»Adonai, Tetragrammaton, Jehovah, Tetragrammaton …«

Ich rattere die üblichen Namen herunter, um Macht über den magischen Raum zu gewinnen. Der Rauch hat sich zurückgezogen und bildet an der Decke eine dichte Wolke, als würde sich ein Gewitter zusammenbrauen. Dann rezitiere ich nach einem letzten tiefen Atemzug Dees Inkantation von der Tafel.

Als ich zum Ende gelange, öffnet Groce die Augen und setzt sich auf.

»Oh mein Gott«, ächzt Marvo.

Mit offenem Mund stehe ich da und denke, *Wahnsinn, gerade habe ich jemanden von den Toten zurückgeholt. Bin ich genial ODER WAS?*

Und mit einem Schlag wird mir entsetzlich schlecht.

Stellt euch eine Uhr vor, deren Räder keine Zähne mehr haben. Groce ist seit fünf Tagen tot und hat einige ziemlich eklige Veränderungen durchgemacht. Er sitzt da wie eine abgelegte Stoffpuppe. Die Beine stehen ab wie zwei weiße Streichhölzer. Die Hände liegen schlaff mit der Innenseite nach oben neben den Schenkeln. Der Kopf hängt ihm schief auf die Schulter. Mitten in der Brust, wo ich den Pfahl herausgezogen habe, klafft ein Loch.

Diesmal bin ich wirklich zu weit gegangen.

Ein langer, fetter Tausendfüßler kriecht ihm aus dem Mund. Kräuter fliegen in alle Richtungen, als Marvo kreischend die Hände vors Gesicht schlägt. Wenn das Ziel der Veranstaltung bloß war, ihr eine Höllenangst einzujagen, dann habe ich meine kühnsten Hoffnungen übertroffen. Aber da Groce nun schon mal aufgewacht ist, sollte ich wohl Kontakt zu ihm aufnehmen. Vorausgesetzt, er ist es überhaupt.

»James Groce.«

Er kann sein Kopfhaltung nicht kontrollieren. Er fällt ihm auf die Brust, und seine Augen drehen sich nach oben, bis sie im Schatten unter seinen Brauen verschwinden.

»Im Namen des allmächtigen Vaters …«

Ich muss mich absichern, weil mir überhaupt nicht klar ist, womit ich es hier zu tun habe. Doch anscheinend funktioniert es: Auf dem Boden um Groce herum wimmelt es von Insekten und Maden – Ratten, die das sinkende Schiff verlassen. Zu beiden Seiten seines Körpers kriechen sie auf mich und Marvo zu.

Sie steht bloß keuchend da, die Hände vor dem Gesicht.

»Nicht bewegen!«, zische ich.

Meine Warnung ist überflüssig. Sie ist starr vor Schreck. Auch ich habe Gänsehaut und schiebe mich langsam an den hinteren Rand meines Zirkels.

Jetzt hat das Ungeziefer die Kreidegrenze erreicht. Dieser Kreis sollte mich eigentlich schützen, aber wissen die Viecher das auch? Inzwischen zittere ich am ganzen Körper und bin kurz davor, mich abzuwenden und wegzurennen, da machen sie plötzlich kehrt wie Truppen bei einer Parade und robben außen entlang weiter. Als sie an mir vorbeikommen, formieren sie sich neu und winden sich dem äußeren Zirkel entgegen.

Mit einem Ruck kommen sie zum Stillstand, dann drehen sich alle um und wenden sich Groce zu. Ein schimmernder schwarzer Ring.

Hinter ihrer Tuchmaske hat sich Marvo einen Finger in den Mund gesteckt, um fest auf den Knöchel zu beißen.

»James Groce.« Zeit für den Aufmarsch der üblichen Verdächtigen. »Ich befehle dir im Namen des großen Gottes Adonai, Tetragrammaton, Jehovah …«

Es ist, als würde man einen Ballon aufblasen. Groce' Hals strafft sich. Er hebt den Kopf. Seine Augen fixieren mich mit glasigem Blick.

»Wer bist du?« Seine Lippen bewegen sich mechanisch, um die Silben zu formen. Mit leichter Verzögerung dringen die Worte irgendwo aus der Ferne. Und ich begreife, woran er mich erinnert: an eine Marionette, die mit unsichtbaren Fäden bewegt wird.

Fragt sich nur, wer an ihnen zieht.

»Mein Name ist Frank Sampson. Ich bin der forensische Magier, der Ihren Tod untersucht, und möchte von Ihnen wissen …«

Sein Gesicht fällt in sich zusammen. »Was habt ihr mit mir gemacht?« Er hat es geschafft, eine Hand zu heben. Als er sie anstarrt, bildet sich auf der Innenseite eine Beule und zerplatzt. Eine kleine graue Made purzelt auf den Boden und windet sich über den Boden. Aber zu langsam. Die Hand saust nach unten und zerquetscht sie.

Auf dem Tuch vor Marvos Mund und auf ihrem Handrücken erkenne ich Blutflecken. »Mach Schluss, Frank. Mach Schluss«, flüstert sie.

Doch ich kann nicht. Jetzt bin ich so weit gekommen. Der Gestank ist überwältigend. Durch Groce' graue Haut ziehen sich schartige Risse.

»Sie haben sich umgebracht. Erinnern Sie sich?«

Langes Schweigen. Als würde er durch mich hindurch etwas anstarren. Sein Blick ist so unheimlich, dass ich unwillkürlich über die Schulter schiele. Zum Glück ist da nur meine Werkstatt mit den Büchern und Utensilien in den Regalen und dem Bild des Papstes, der das Ganze sichtlich missbilligend beobachtet.

Ich zucke zusammen, als Groce loslegt.

Ehrlich, ich habe schon öfter Leute schimpfen gehört. Meistens auf mich. Aber der wüste Schwall von Unflat und Hass, der aus Groce hervorbricht, stellt alles in den Schatten. Dieser tote Typ ist wirklich unglaublich angefressen. Vor allem ein Name taucht immer wieder auf:

Wallace.

Und wenn ich es richtig verstehe, schreit er, dass der Bischof ihn getötet hat.

Schließlich komme ich auch mal zu Wort. »Aber Sie haben doch Wallace getötet.«

Bei dieser Unterhaltung mit Groce gibt es ein großes Problem. Wenn er aufhört, Verwünschungen auszustoßen, und mich mit offenem Mund anstarrt, weiß ich nicht genau, ob er bloß verblüfft ist oder doch wieder das, was er eigentlich ist: tot.

Also frage ich: »Haben Sie mich verstanden?«

Er starrt Marvo an. »Du bist nicht Alice.«

Sie schüttelt den Kopf.

Tränen laufen ihm über die Wangen. »Er hat sie umgebracht.«

»Nein, Sie waren es. Und Wallace …«

»… hat mich umgebracht.« Er deutet auf das Loch in seiner Brust. »Mit dem Messer.«

Ich finde es sinnlos, ihn über den Pfahl aufzuklären. Allmählich wird das Ganze albern.

»Ich habe einen Hund gesehen«, bemerkt er.

Schon besser.

»Fenster.«

»Aha?«

Er schaut nach links und rechts, dann hebt er den Kopf, als würde er nach oben blicken. »Engel.«

Ich merke, dass ich in einem Traum bin. Ein tröstlicher Gedanke, denn das bedeutet, dass ich nur aufwachen muss, damit das alles nie passiert sein wird.

»Eine Treppe«, erzählt Groce weiter. »Nach unten.« Seine Hände scharren mit den Knöcheln über den Fußboden. Bogenförmig, weg vom Körper. Offenbar zieht er einen Kreis …

»Das reicht jetzt, Frank«, zischt Marvo.

Und sie hat recht. Ich hole tief Atem und hebe meinen Stab.

»Adonai, Eloim, Ariel, Jehovah! Ich heiße dich, zurückzukehren an den Ort, von welchem du gekommen bist …«

Groce verkrampft sich, als hätte jemand mit einem gewaltigen Ruck an seinen Marionettenfäden gezogen. Er dreht sich zur Seite und sackt zusammen.

Mehrere Sekunden lang bleibt alles reglos. Krächzend leiere ich die Inkantation herunter. Kein Ton von Marvo. Groce liegt bloß da, ein geschundener Haufen aus Haut und Knochen.

Dann höre ich ein leises Rascheln, das zu einem Rauschen wie Wind in einem Maisfeld anschwillt. Die Insekten robben und wuseln zurück zum Zentrum des Kreises. Durch Mund und Ohren, durch Risse und Schnitte verschwinden sie in Groce' Leiche.

Als sich nichts mehr rührt, wende ich mich nach Marvo um. »Zufrieden?«

»Mit dir stimmt doch was nicht, Frank!«

Ich habe die Bisswunde in Marvos Finger versorgt, und jetzt sitzen wir auf den Stufen vor meiner Werkstatt, obwohl draußen ein kalter Wind weht. Es bleibt uns keine andere Wahl, denn seit ich mit ihm herumgemurkst habe, verbreitet Groce einen wahrhaft unerträglichen Gestank.

»Ich meine, das war barbarisch.«

»Du hast mich dazu gebracht.«

»Okay, ich hab dich bekniet, aber wenn ich gewusst hätte …«

»Das reicht jetzt!«

Ich habe keine Ahnung, wen oder was ich da drinnen aufgeweckt habe. Klar ist bloß, dass das Ganze ein paar Nummern zu groß war für mich. Und jetzt wünsche ich mir nur noch, dass Leo und Martin kommen und die Leiche abtransportieren, damit ich das alles möglichst schnell verdrängen kann.

Auf der anderen Seite des Gartens gräbt Bruder Andrew in der Mittagssonne brav ein Gemüsebeet um. Oben am Himmel zieht eine Montgolfiere tuckernd eine Dampfwolke hinter sich her. Als ich mir gerade vorstelle, wie schön es wäre, da oben mitzufliegen, sagt Marvo: »Was er da erzählt hat, dass Wallace ihn umgebracht hat … ich meine, anscheinend können die Leute ja wirklich von den Toten zurückkehren. Das hast du jedenfalls bewiesen.«

»Groce hat Wallace getötet.«

»Ich habe kein Geständnis von ihm gehört.«

»Das war nicht Groce, den du da drinnen gehört hast.« Hoffe ich zumindest.

»Wer dann?«

»Keine Ahnung. Ein Wesen, das durch und durch traumatisiert war, wie nach einer Fahrt in die Hölle und zurück. Wahrscheinlich wusste es nicht mal, dass es tot ist.«

»Trotzdem, es hat haufenweise Sachen über Wallace erzählt.«

»Es war besessen. Von Hass, Durst auf Rache, was auch immer. Entscheidend ist, dass das vielleicht gar nichts mit dem Mord zu tun hatte.«

»Und es hat auch die Bibliothek erwähnt.«

»Hä?«

»Es hat hochgeschaut wie zur Bibliotheksdecke und *Engel* gerufen – erinnerst du dich nicht?«

Engel. Treppe nach unten …

»Weißt du, was dein Problem ist?«, antworte ich hastig. »Du schadest dir selbst mit deiner Schlauheit.«

»Ich sag dir, das Mädchen war es.«

»Du bist blöd.«

»Und du bist blind.«

»Versteh doch, Mädchen beherrschen keine Magie. Wie oft muss ich dir das noch erklären? Sie haben einfach nicht die Gabe.«

»Sagt wer?«

»Die Sozietät, alle Bücher …«

»Und du glaubst das natürlich. Frank, du bist eine Nervensäge, aber du hast eine Besonderheit, die …«

»Nur eine?«

»Halt die Klappe und hör mir zu!« Sie wedelt mit dem

Finger vor meinem Gesicht herum. »Das Besondere an dir ist, dass du Müll, den dir die Leute auftischen, nicht einfach so schluckst. Also, warum schluckst du ausgerechnet das?«

Zugegeben, ich habe einen unangenehmen Geschmack im Mund.

»Was weißt du eigentlich über sie? Was macht sie im Palast?«

Ich überlege, ob ich ihr erzählen soll, was mit Kazia und ihren Eltern passiert ist und dass Matthew sie gerettet hat.

»Verdammt, Frank, wach endlich auf!«

Ihr Geschrei reißt mich aus meinen Gedanken. »Hä?«

»Ich mag sie nicht, okay. Aber ich will nicht, dass sie draufgeht. Und wenn du weiter rumtrödelst, statt was zu unternehmen, wird genau das mit ihr passieren.«

Kurz nach Mitternacht wische ich die Formel von der Tafel. Wenig später knurrt meine Tür, und ich stelle erleichtert fest, dass Leo und Martin nervös im Korridor stehen. Beide stinken nach Schnaps, wahrscheinlich haben sie also die erste Hälfte ihres Lohns schon versoffen.

Ihre Ankunft ist das einzig Erfreuliche an einem unendlich langen Tag. Noch immer habe ich keine Ahnung, wen oder was ich mit meiner Inkantation geweckt habe. War es wirklich Groce oder vielleicht eine Art teuflischer Witz?

Acht Stunden habe ich allein mit dem Toten verbracht. Ich habe gründlich sauber gemacht und jeden Gedanken an das Ganze vermieden. Jetzt bin ich erleichtert, ihn endlich loszuwerden. Ich zahle Leo und Martin den Rest der ausgemachten Summe. Dann helfe ich ihnen, die Leiche über die Mauer zu hieven, und beobachte, wie der Karren um die Ecke verschwindet.

Es heißt ja immer, dass der Zweck die Mittel heiligt. Trotzdem musste ich an Marvos letzte Frage denken, als ich das Tuch um Groce zusammennähte: »Bist du sicher, dass du nicht gern ein paar Teile von ihm behalten würdest?«

25. Kapitel

Die meisten Zauberbücher enthalten ein Kapitel darüber, wie man sich unsichtbar macht. Dem *Großen Grimoire* zufolge benötigt man eine schwarze Katze, einen Spiegel und einen Topf voll Wasser, das um Schlag Mitternacht – ja, aber um welchen Schlag? – an einem Brunnen geholt wurde. Man legt die Katze in den Topf und kocht sie vierundzwanzig Stunden lang, dann zieht man sie heraus und wirft sie über die Schulter mit den Worten: »Nimm, was ich dir gebe, aber nicht mehr.« Jetzt kommt der witzige Teil. Man zerlegt die Katze und steckt sich, den Blick immer auf den Spiegel gerichtet, nacheinander die Knochen hinter die Zähne auf der linken Mundseite, bis man merkt, dass das Spiegelbild verschwindet. Zuletzt spricht man: »Vater, ich befehle meinen Geist in deine Hände.« Den Knochen, mit dem es geklappt hat, bewahrt man zur zukünftigen Verwendung auf. Was man mit dem Rest der Katze machen soll, erwähnt das Grimoire nicht. Auch nicht, ob sie lebendig oder tot sein soll, wenn sie in den Topf wandert.

Eine andere Möglichkeit besteht darin, dass man mit

Oktopus-Tinte Symbole auf ein Blatt Papier zeichnet, ein paar Beschwörungen murmelt, zweimal darüber streicht und sich den Zettel vorn an die Jacke steckt. Diese Prozedur hat sich ein cleverer Bursche namens Zebediah Wharton in sieben Jahren mühsamer Arbeit ausgedacht. Sein Werk kam allerdings erst posthum ans Licht, als die Sozietät entsprechende Aufzeichnungen in seinem Labor entdeckte. Sein Körper wurde nie gefunden.

Wie funktioniert diese Technik also? Jeder kennt das: Man ist auf einer Straße unterwegs und so mit irgendwelchen Sorgen beschäftigt, dass man an Bekannten vorbeigeht, ohne sie zu bemerken. Nun, ganz ähnlich läuft es auch hier, bloß dass jemand es gezielt herbeiführt. Eine Form von Irreführung, wie sie Trickbetrüger und Taschendiebe benutzen, um ihre Opfer abzulenken.

Ein Unsichtbarkeitszauber »verbietet« der Umgebung, den fraglichen Gegenstand oder Menschen zu sehen. Die so entstandene Lücke schließt der Betrachter, indem er andere Teile aus dem Gesichtsfeld einsetzt oder im entscheidenden Moment an etwas anderes denkt. So oder so ist es anstrengend für ihn – was natürlich die Wirkung des Zaubers zusätzlich unterstützt.

Das Beunruhigende an dieser Form der Unsichtbarkeit ist, dass man sich selbst nach wie vor wahrnimmt. Zum Glück ist Selbstvertrauen keine zwingende Voraussetzung für das Gelingen.

»Engel.« Das stieß James Groce mit nach oben gewandtem Blick hervor. »Engel.«

Es ist kurz nach halb zwei Uhr morgens, und ich bin

immer noch nicht unterwegs nach Rom. Stattdessen befinde ich mich am Torhaus des Palasts und versuche, mich an dem krummbeinigen alten Pförtner mit seiner Krücke vorbeizuschleichen. Da knirscht unter meinem Fuß ein Stein. Er macht ein paar wacklige Schritte und schaut sich misstrauisch um. Ich erstarre zur Salzsäule. Das Licht reicht, um zu erkennen, wie seine Augen glasig werden, als der Zauber einsetzt. Ich bücke mich und schaffe es, lautlos zwei Kiesel aufzuheben. Ich schleudere sie an die Wand hinter ihm. Er fährt herum und stolpert über seine Krücke. Als er sich aufgerappelt und die Hose hochgezogen hat, bin ich längst hinüber zur Tür des Palasts gehuscht.

In der Eingangshalle brennt eine kleine Öllampe. Als ich die Treppe hinaufspähe, erkenne ich oben im ersten Stock einen schwach flackernden Schein. Außer meinem Atem höre ich keinen Laut.

Zur Erzeugung von Licht gibt es alle möglichen cleveren Zauber, aber man braucht Zeit und ein Minimum an Ausrüstung dafür. Aber: Vor zwei Jahren wurde am Tatort eines Verbrechens eine kleine elektrische Taschenlampe entdeckt, die später unter ungeklärten Umständen aus dem Polizeirevier verschwand und völlig überraschend in meiner Werkstatt wieder auftauchte. Batterien für das Ding zu beschaffen, ist ein Albtraum – und sie kosten ein Vermögen. Deshalb benutze ich sie nur äußerst selten.

Jetzt zeigt sie mir den Weg durch den Korridor in die Bibliothek, wo ich den Strahl nach oben auf Groce' Engel richte – die rosafarbenen Putten, die über die Decke tänzeln. Ich schalte die Taschenlampe aus, denn durch die

Vorhänge sickert genügend Mondlicht. Dann verriegele ich die Tür und kippe den Inhalt meiner Tasche auf den Schreibtisch.

Erster Gegenstand: ein kleiner Kompass.

Zweiter Gegenstand: eine runde Kupferscheibe an einer Kupferkette. Die Scheibe hat einen Durchmesser von rund zehn Zentimetern und trägt das eingravierte Bild des ersten Mondpentakels. Nicht gerade ein erlesenes Schmuckstück, doch es besitzt die Macht, Unsichtbares sichtbar zu machen. Ich hänge sie mir um den Hals.

Dritter Gegenstand: ein neunundvierzig Zentimeter langer Kupferstab.

Vierter Gegenstand: ein Säckchen mit Kupferspänen.

Mir ist übel, was ich eigentlich sogar beruhigend finde. Zögernd setze ich mich auf den Stuhl hinter dem Schreibtisch, wo die kopflose Leiche entdeckt wurde. Ich schließe die Augen. Lausche. Rieche. Meine Brust hebt und senkt sich. Mein Herz klopft. Dann schlage ich die Augen auf.

Nichts.

Ich besitze keine übersinnlichen Fähigkeiten. Weder kann ich Gedanken lesen noch irgendwelche Gegenstände in die Hand nehmen und erkennen, wem sie gehören. Nicht einmal Eingebungen wie Marvo habe ich. Ich bin auf wilde Spekulationen angewiesen – mit denen ich meistens danebenliege. Wieder blicke ich hinauf zu den Putten an der Decke. Sie schauen auf mich herab, als würden sie sich über meine Dummheit amüsieren.

Nach einer Weile erhebe ich mich aus dem Stuhl und ziehe den Teppich hoch, unter dem ich allerdings nur harmlose Bodendielen entdecke. Dann schreite ich die Wände des Zimmers ab. Alles reine Zeitverschwendung. Vor Müdigkeit kann ich keinen klaren Gedanken fassen. Mein Schädel brummt. Die Beine zittern. Ein Heiler hätte vielleicht eine beginnende Grippe festgestellt, doch ich erkenne die Symptome medialen Widerstands. Ich weiß, dass da etwas ist. Dieses Etwas hat mich ebenfalls bemerkt, und sein Schutzzauber tut alles in seiner Macht Stehende, um mich zu bezwingen.

Ein Wettstreit des Willens. Meine Kräfte gegen die eines mir unbekannten Magiers. Möglicherweise sind es auch mehrere.

Der Kompass zeigt mir den magnetischen Norden. Mit geschlossenen Augen breite ich die Arme aus und drehe mich – in St. Cyprian habe ich das immer wieder geübt –, bis ich den geografischen Norden gefunden habe. Von dem Bild über dem Kaminsims äugt Wallace verachtungsvoll auf mich nieder. Zur Hölle mit ihm; er ist tot und hat es wahrscheinlich auch verdient.

Ich verneige mich. Ohne etwas zu verschütten, streue ich mir Kupferspäne in die Hand. Ich murmele die Beschwörung und puste sie durchs Zimmer.

Dann wende ich mich nach Süden. Verneigung. Murmeln. Pusten.

Westen.

Osten.

Als ich hinüber zum Kamin wanke, senkt sich eine unendliche Mattheit auf mich herab. Ich muss mich an den Sims lehnen und beten, dass mir die Beine nicht wegknicken. In meinem Kopf herrscht völlige Leere. Was mache ich hier? Erst nach zwei Sekunden fällt mir wieder ein, was ich sagen muss: »Nitrae, Radou, Sunandam.«

In aufrechter Haltung setze ich die Spitze meines Stabs an die Wand unmittelbar unter dem Porträt und fange an, gegen den Uhrzeigersinn eine schlingernde Linie über die Wand zu ziehen. Ich scharre über Buchrücken und biege um die erste Ecke.

Mit lautem Krachen fliegt ein Flügel des französischen Fensters auf. Die Vorhänge wogen im Wind und wickeln sich um mich. Beim Versuch freizukommen, verfange ich mich bloß noch mehr in ihnen.

Ich gerate in Panik. Der Stoff fühlt sich lebendig an und drückt mir den linken Arm nach unten. Er zupft und zerrt an meinen Fingern, um mir den Stab zu entreißen. Er zieht am Pentakel, bis sich die Kette um meinen Hals spannt wie eine Schlinge. Er legt sich über meine Nase, drängt in meinen Mund und schnürt sich um meine Brust, bis ich keine Luft mehr bekomme.

Instinktiv will ich dagegen ankämpfen, doch ich weiß, dass da gar nichts ist. Ich höre auf, mich zu wehren. Vollkommen schlaff lasse ich mich in den Griff des Vorhangs fallen. Er umfängt mich wie eine Mutter, die ihr Kind wiegt. Die Welt wird dunkel und warm …

Kalt drücken die Bodendielen an meine Wange. Keine Regung mehr in den Vorhängen.

»Suchst du was?« Wallace grinst von der Wand auf mich herab.

»Ja, du Mörder.« Ich merke, dass ich halluziniere, trotzdem kann ich nicht damit aufhören. »Möchtest du mir vielleicht helfen?«

»Wobei? Dass du dich zum Narren machst? Dafür brauchst du meine Hilfe nicht, du dürre kleine Missgeburt!«

»Arschloch!«

Sorry, ist mir so rausgerutscht. Ich wälze mich von den Vorhängen weg und rapple mich hoch. Wo war ich stehen geblieben? Ach ja.

»Nitrae, Radou, Sunandam.«

Noch ein Bücherregal. Die nächste Ecke. Die Wand hinter dem Schreibtisch. Meine Beine sind wie Gummi. Der Stab in meiner Hand zittert heftig.

Ich halte an, um zu verschnaufen. Vor meinen Augen dehnen die Buchreihen sich und ziehen sich wieder zusammen wie ein riesiges Akkordeon. In meinem Rücken spüre ich Wallace' Blick, der mich beobachtet wie ein Vater einen Knirps, der im Laufstall herumtobt.

Ich stütze mich mit der freien Hand ab und wanke weiter bis zur Tür. Ich bin kurz davor, mich zu übergeben. In meinen Ohren dröhnt ein Dampfhammer. Ich schließe die Augen, damit sich nicht mehr alles um mich dreht. Die Luft bleibt mir weg …

Nur mit letzter Willenskraft schaffe ich es, meinen Weg fortzusetzen. Mir wird klar, dass ich mich geirrt habe. Ich sollte nach dem Mädchen suchen, das ich liebe. Stattdessen habe ich mich aufgeführt wie ein Idiot und es mir mit allen verdorben. Marvo wird die Sache mit Groce bestimmt ausplaudern, und dann bin ich geliefert.

Zu den unentbehrlichen Eigenschaften eines guten Magiers gehört es, dass man weitermacht, wo jeder normale, verantwortungsvolle Mensch längst aufgegeben hätte. Der

Nachteil dabei ist, dass man sich in neunundneunzig von hundert Fällen bis auf die Knochen blamiert.

So wie jetzt.

Oder doch nicht? Plötzlich schlägt mein Zauber an, und ich bemerke etwas, was mir bisher völlig entgangen ist, obwohl ich mich am Morgen nach Wallace' Ermordung gründlich in der Bibliothek umgeschaut habe. In der Ecke rechts vom Kamin und links von der Tür entdecke ich, wonach ich gesucht habe: eine zweite, bis zu diesem Augenblick unsichtbare Tür. Sie ist schmal und endet oben in einem Spitzbogen. In die Oberfläche sind zahllose magische Symbole geschnitzt und gekratzt, von denen manche mehrere Jahrhunderte alt scheinen. Die Spitze meines Stabs schabt einen Staubregen von dem trockenen, grauen Holz.

Auf einmal bekomme ich wieder Luft. Das Zimmer hat aufgehört, hin und her zu schwanken, und auch das selbstgefällige Grinsen auf Wallace' Gesicht ist verschwunden. Die Kupferscheibe hat ihre Aufgabe erfüllt. Ich nehme sie ab und stecke sie in die Hosentasche. Langsam und möglichst leise drehe ich den ringförmigen Griff, bis ich spüre, dass sich auf der anderen Seite der Riegel hebt. Hinter der Tür führt eine Steintreppe durch das Dunkel hinab zu einer Ahnung von Licht.

Ich lausche. Nichts.

Ich schlüpfe aus meinen Stiefeln und trage sie im Arm, während ich lautlos die Stufen hinunterschleiche. Das magische Prickeln durch meine Socken wird immer stärker, bis ich schließlich einen gewölbten Säulengang erreiche, der um einen kerzenbeschienenen kreisförmigen Saal mit einem Durchmesser von mindestens zwanzig Metern führt. An den Außenwänden befinden sich Regale, Schränke und mehrere geschlossene Türen.

Vorsichtig stelle ich die Stiefel auf der untersten Stufe ab. Der Kellerboden besteht aus schwarzen Fliesen. Obwohl offenbar geputzt worden ist, kann ich noch die Überreste von fünf konzentrischen Zirkeln mit einzelnen Buchstaben und Symbolen erkennen, der äußerste mit einem Durchmesser von rund sieben Metern. Im Zentrum befindet sich ein Dreieck, dessen innerer Kreis groß genug ist, damit ein Mensch darin stehen kann.

Unmittelbar hinter den äußeren Zirkeln – im Osten, wie ich annehme – liegen ungefähr ein Dutzend Streifen, vermutlich aus Ziegenfell. Bevor sie weggeschoben wurden, waren sie wohl in Form eines Dreiecks aneinandergeheftet. Jetzt sehe ich sogar zwei Befestigungen: verbogene Eisennägel, die nach alter Tradition aus dem Sarg eines toten Kindes gezogen werden.

Abgesehen von einigen unorthodoxen Details blicke ich hier auf die Überreste eines *Großen Honorianischen Zirkels*. Ich selbst arbeite nicht mit so etwas. Hauptsächlich steht er in Verbindung mit einem Ritual, das im *Römischen Grimoire* beschrieben wird und dazu dient, Lucifuge Rofocale zu beschwören. Allerdings lässt es sich auch für andere Dämonen verwenden. Ein einfaches und mächtiges Ritual, das jedoch von der Sozietät abgelehnt wird, weil es schwer zu kontrollieren ist. Viele Magier ohne Lizenz schätzen es wegen der kurzen Reaktionszeit, denn für jede illegale Beschwörung gilt: Je schneller sie vorüber ist, desto besser!

Vier silberne Kerzenhalter sind zur einen Seite des Raums geschoben worden. In dreien brennen ruhig rote Kerzen, die so dick sind wie mein Handgelenk. Die zerborstenen Stücke des vierten liegen zusammengekehrt mit Kreidestaub, Kräutern, Holzkohlebrocken, mehreren Goldmünzen und weiteren Nägeln aus dem Ziegenfell-Dreieck auf einem Haufen.

Mein Blick wandert hinauf zur Kuppel, wo im Schein der Kerzen Sterne glitzern. Mein Gott, für so einen Ort würde ich über Leichen gehen! Eigentlich müsste man ihn für die Öffentlichkeit zugänglich machen: ein Musterbeispiel für die Höhle eines mittelalterlichen Zauberers.

Ich entdecke einen Mopp, der aus einem Eimer mit schmutzig braunem Wasser ragt; ein umgestoßenes Feuerbecken, eine Leinenrobe und eine Papierkrone auf einem Stuhl. Kauernd öffne ich ein Seidenbündel, das um mehrere Messer und ein zeremonielles Schwert geschlagen ist. Auf einer Messerklinge kleben dunkle Flecken. Ich betrachte das Schwert. Das Blatt ist kurz – keine sechzig Zentimeter lang –, aber scharf wie eine Rasierklinge. Obwohl es flüchtig abgewischt wurde, sind noch geschriebene Lettern und weitere dunkle Flecken zu erkennen.

Bemüht, eingetrocknete Blutspritzer am Boden zu vermeiden, husche ich in Socken herum, bis ich auf etwas Hartes trete. Ich bücke mich und hebe einen klobigen, hässlichen Ring auf: Gold mit einem gewaltigen Amethyst. Ohne zu zögern, lasse ich Henry Wallace' Bischofsring in die Tasche gleiten.

Ich stelle mir einen alten Wüstling vor, der ein Auge auf sein Hausmädchen geworfen hat. Dummerweise will sie nichts von ihm wissen. Aber er hat noch einen Trumpf im Ärmel: einen jungen Sekretär, der ein wenig verbotene Magie beherrscht und einen Dämon beschwört, der sie zwingen soll, zu dem Alten zu kommen.

Das Dumme an Magiern ohne Lizenz ist, dass sie schlecht ausgebildet sind und zu wenig Übung haben. Deswegen machen sie Fehler. Eigentlich soll der Zauber den Geliebten des Hausmädchens in tiefen Schlaf versetzen. Aber das passiert nicht, und er folgt ihr und dem Dämon …

Davon hat Caroline Beauchamp gesprochen. Sie hat keinen Hund beobachtet, sondern einen *Dämon*, der Alice Constant vom Fluss aus durch das Tor führt. Vorbei an einem Elementargeist, der bei diesem Anblick einfach umkippt, und hinein in den Palast, wo James Groce sie schließlich einholt und was entdeckt?

Na ja, den ganzen Kram hier unten im Saal eben. Und einen nackten Bischof.

Daraufhin brennen bei den Beteiligten alle Sicherungen durch. Groce schnappt sich ein Messer und ist der Meinung, dass es am besten in der Brust von Wallace aufgehoben ist. Durch den Schock fällt vermutlich der Bann von Alice ab. Sie ergreift die Flucht und überlässt es Groce und Akinbiyi, sich mit dem toten Bischof herumzuschlagen. Ich wette, dass Akinbiyi die geniale Idee hatte, das Ganze als politisches Attentat zu tarnen, um damit den Gebrauch schwarzer Magie zu kaschieren und den Ruf seines Brötchengebers zu wahren. Also schneiden sie

Wallace den Kopf ab und stopfen ihn in den Reliquienschrein. Total bescheuert, aber es funktioniert. Es sieht aus, als hätte die Spinnerfraktion der Anti-Magier-Bruderschaft mit dieser Tat ein groteskes Zeichen setzen wollen …

Bis ich daherkomme und keine Affinität zwischen Kopf und Körper finden kann. Na schön, nach mir kommt gleich Ferdia und stellt die Kontiguität fest; aber wie gesagt, er hat seinen Höhepunkt längst hinter sich und ist nicht unbedingt der Hellste. Deswegen gelangt er zu dem Ergebnis, das er erwartet.

Den Nagel auf den Kopf trifft Cimerez mit seiner Einschätzung: »Tatsache ist, Frank, dieser Typ hat keinen Kopf.«

Jetzt kapiere ich den Witz.

Einen Dämon zu beschwören, ist eine riskante Angelegenheit. Wenn er nicht richtig entlassen und dorthin zurückgeschickt wird, wo er herkommt, hat er die Seele des Magiers praktisch an der Angel und muss sie nur noch einholen. Das kann Jahre dauern, aber irgendwann ist der Fisch an Land. Deswegen ist es wichtig, rechtzeitig die Leine zu kappen.

Das zeremonielle Schwert in meiner Hand ist geweiht. Von dieser Sorte habe ich ein Dutzend. Ich benutze sie, um am Ende eines Rituals die Affinität mit einer von mir gerufenen Präsenz zu durchtrennen – so wie ich es bei Cimerez getan habe. Und ich kann mir vorstellen, wenn ich damit einem Menschen den Kopf abhacke … nun, dann würde das trotz Einsteins zweitem Gesetz wohl die natürliche Affinität zwischen dem Kopf und dem Körper zerstören. Auf magische Weise traumatisiert, würden sie einander vergessen. Keine Kontiguität mehr. Ein Körper ohne Kopf.

Ein gutes Gefühl. Endlich habe ich die Sache im Griff, und alles ergibt einen Sinn.

Anscheinend habe ich meine Gabe doch noch nicht verloren.

Aber auch wenn man alles im Griff zu haben glaubt, ist es nicht einfach, gleichzeitig mit einer Taschenlampe, einem Zauberstab, mehreren Messern und einem Schwert zu jonglieren. Fast zwangsläufig kommt etwas ins Rutschen. In diesem Fall das Schwert, das klirrend auf die Fliesen stürzt. Und mit dem Verklingen des letzten Halls höre ich eine Bewegung.

Ich bin auf Magie spezialisiert, okay? Nicht auf Handgreiflichkeiten. Also lasse ich das Schwert liegen und ducke mich hinter eine Säule. Knarrend öffnet sich eine Tür. Ich spähe hinter der Säule hervor und warte darauf, dass Akinbiyi auftaucht.

Wenn man die Puzzlesteinchen erst mal zusammengesetzt hat, ist es eigentlich ganz klar. Ich erinnere mich noch gut an den ersten Tag: wie er mir und Marvo auf dem Weg zum Flusstor nachlief; sein Gesichtsausdruck, als Charlie den Gebrauch von Magie andeutete. Er ist im Palast und erledigt ständig irgendwelche Sachen für Wallace.

Okay, Kazia hat erzählt, dass er schon einundzwanzig ist – sicher ein bisschen ungewöhnlich. Trotzdem ist er definitiv nicht zu alt, um seinem Chef gelegentlich mit einfacheren Zaubertricks unter die Arme zu greifen.

Aber natürlich liege ich falsch. Es ist nicht Akinbiyi. Er ist genauso wenig ein Magier wie Caxton. Der Einzige, dem ich etwas vormache, bin ich selbst – und zwar gründlich.

Eine Silhouette erscheint. Mir bleibt fast das Herz stehen, als Kazia in den Saal stolpert.

26. Kapitel

Sie sieht aus wie nach einer Rundfahrt durch die Hölle. Hohle Wangen, rote Ränder um die Augen. Ihr Haar ist verfilzt und plattgedrückt vom Schlafen. Sie ist barfuß, und ihre zitternden Hände kämpfen mit den Knöpfen einer schäbigen Strickjacke, die viel zu dünn und trotzdem irgendwie niedlich wirkt über der zerknitterten Bluse. Sie fängt an zu gähnen …

Und erstarrt mit weit offenem Mund, als sie das Schwert auf dem Boden bemerkt.

Sie bückt sich, um es aufzuheben, und schaut sich nervös nach allen Seiten um.

Als sie meine Stiefel am Fuß der Treppe bemerkt, komme ich hinter ihr aus der Deckung und frage: »Was zum Teufel machst du hier unten?«

Gute Arbeit, Frank. Sie springt fast einen Meter in die Luft und schlägt mit dem Schwert um sich. Ich fahre zurück, um nicht wie Wallace geköpft zu werden, stolpere über einen Kerzenhalter und stürze hin. Mein Schädel kracht auf den Boden …

Und meine Kopfschmerzen sind zurück. Außerdem tut

mir der Hals weh, gleich unter dem Adamsapfel, wo die Schwertspitze meine Haut pikst. Als ich versuche wegzukrabbeln, bohrt sie sich tiefer hinein. Ich spüre, wie mir ein Blutstropfen über die Kehle rinnt.

»Aber du kannst es nicht sein«, stammle ich. »Du bist ein Mädchen!«

Sie tritt zurück. Ich lege den Finger an den Hals. Tatsächlich, ich blute.

Sie wartet darauf, was ich tue, die Knie leicht gebeugt und das Schwert in beiden Händen, wie eine aufregend attraktive Gladiatorin.

Ich tue lieber nichts. Meine Gedanken überschlagen sich, das Ganze will mir einfach nicht in den Kopf. In St. Cyprian haben wir doch schon im ersten Schuljahr gelernt, dass Mädchen nie die Gabe erhalten können!

Gibt es noch irgendetwas, das ich glauben kann?

»Wie lang bist du schon hier unten?«

Sie muss kurz überlegen. »Fast vier Tage.«

»Du versteckst dich vor deinem Vater? Ich bin ihm über den Weg gelaufen.«

Sie senkt das Schwert. »Hat er dich angegriffen?«

»Mir geht's gut. Und dir?«

Sie ist totenbleich, und die Furchen in ihrem Gesicht wirken so tief eingraviert wie das Emblem auf dem silbernen Pentakel um ihren Hals. Als sie sich bewegt, tanzt es funkelnd im Kerzenschein an einer dünnen Kette.

Marvo hatte von Anfang an recht. Der Teufel soll sie und ihre Eingebungen holen.

Wieder male ich mir eine Szene aus – der ersten ähnlich,

doch mit einem entscheidenden Unterschied. Wir befinden uns hier unten im Keller, vor zehn Tagen. Der Große Honorianische Zirkel ist vollendet, mit je einer brennenden roten Kerze im Norden, Süden, Osten und Westen. Doch nicht Akinbiyi, sondern Kazia steht im Zentrum, dem Ziegenfell-Dreieck im Osten zugewandt. Wie üblich trägt sie Papierkrone, Leinenrobe und Slipper. Sie hält ihren Stab in der Hand, in ihrem Gürtel stecken die Messer, und das Schwert liegt quer über ihren Füßen.

Sie ist nicht allein. Flackerndes Kerzenlicht fällt auf Henry Wallace, der unter dem Säulengang in einem weiteren Kreis sitzt. Er trägt seinen blauen Seidenmorgenmantel und trommelt ungeduldig mit den Fingern auf die Armlehnen seines Stuhls. Hinter ihm führt eine Tür in eine kleine Kammer mit einem frisch gemachten Bett.

Ihre Stimme wird laut und wieder leise. Die Kerzenflammen wabern heftig und erlöschen fast. Sie hält die Spitze ihres Stabs an die glühenden Kohlen im Feuerbecken.

»Ich rufe und beschwöre dich, bei Baralamensis, Baldachiensis, Paumachie, Apoloresedes und den allermächtigsten Fürsten Genio, Liachide; ich exorziere und bezwinge dich …«

So geht das lange Zeit. Das ist der Nachteil, wenn man keine Zaubererlizenz hat: Ohne reguläre Ausbildung entwickelt man kein richtiges Gespür dafür, auf welche Teile man ohne Gefahr verzichten darf, weil sie bloß der Ausschmückung dienen. Ich kann ganze Seiten von diesem Kram weglassen und brauche garantiert nicht mal halb so lang wie sie.

Doch irgendwann kommt sie zum Punkt.

»Erscheine nun unverzüglich und zeige dich mir in huldvoller und angenehmer Gestalt, ohne Missbildung und Scheußlichkeit. Komme sogleich, komme sichtbar und tritt vor mich, wie ich es begehre.«

Und so geschieht es. Im Ziegenfell-Dreieck materialisiert sich ein schwarzer Hund, der offenbar ihre Sprache versteht.

»Geh zum Haus von James Groce, dem Pfarrer der Gemeinde St. Ebbe, und versetze ihn in tiefen Schlaf. Führe sodann Alice Constant hierher an diesen Ort.«

Sofort macht der Hund kehrt und trabt die Treppe hinauf. Wallace streckt sich seufzend auf seinem Stuhl. Kazia verharrt reglos im Zirkel. Die Kerzenflammen zucken im Luftzug von der Treppe.

Eine Stunde verstreicht.

Wallace ist eingedöst. Kazia spürt die Veränderung als Erste. Die Atmosphäre im Saal hat sich verdichtet. Von oben kommt ein Geräusch von Krallen, die über Stein scharren. Flatternd öffnen sich die Augen des Bischofs. Er erhebt sich und zieht den Knoten seines Morgenmantels fester. Dann streicht er sein Haar glatt, wie um sich von seiner besten Seite zu präsentieren.

Der Hund ist wieder da. Er bleibt stehen und sieht Kazia mit offenem Maul an, als würde er grinsen. Die lange, gespaltene Zunge zuckt aus dem Maul. Er kreischt wie ein Esel.

Kurz darauf kommt Alice Constant die Treppe herab und betritt den Saal. Ihr Blick ist starr, der Mund leicht geöffnet. Sie hat die Hände am Hals, um ihr Nachthemd zuzuhalten. Als Wallace ihre Hände wegzieht, reagiert sie nicht. Sie ist wie eine mechanische Puppe.

Der Hund trottet zurück in sein Dreieck. Als sich Kazia ihm zuwendet und dabei weiter das Schwert auf den Zehen balanciert, fällt der Morgenmantel des Bischofs zu Boden.

Meint der Kerl, dass er sexy aussieht?

Plötzlich poltern auf der Treppe Schritte. James Groce stürzt herein. Als er Alice und Wallace bemerkt, bleibt er wie angewurzelt stehen. Dann stürmt er in den Zirkel und reißt ein Messer aus Kazias Gürtel.

Wallace hält Alice an den Schultern und reißt sie herum, um sich zu schützen. Die Klinge funkelt im Kerzenschein. Quiekend weicht Wallace aus und sucht Deckung hinter Alice.

Mit der freien Hand zerrt Groce sie weg. Wallace jault auf, als ihm die Klinge die Hand aufschlitzt. Und dann steckt das Messer plötzlich in seiner Brust. Groce taumelt zurück. Wallace steht einfach da und starrt auf den Griff, der aus ihm herausragt. Er versucht, danach zu greifen, aber seine Hand gehorcht ihm nicht mehr.

Er blickt zu Kazia, die damit beschäftigt ist, den verletzten Zirkel wiederherzustellen. Mit einem letzten Schritt in ihre Richtung sackt er in die Knie und stürzt zur Seite.

Kazia hat in diesem Moment eine Menge am Hals. Einen toten Bischof. Einen wutschnaubenden Pfarrer. Ein Hausmädchen in Trance. Und einen zunehmend unruhigen Dämon, den sie dringend loswerden muss. Sie hebt den Stab …

Alles natürlich einleuchtend, sobald man sich einen Reim

darauf gemacht hat. Das kurz geschorene Haar, alles. Ich habe reichlich Grund, mir in den Arsch zu beißen.

Kazia hat wahrscheinlich nichts damit zu tun, dass Wallace die Rübe abgehackt wurde. Dazu sah sie zu überrascht aus, als sie das Tuch von der Leiche zog. Akinbiyi muss auf die brillante Idee verfallen sein, den Kopf in den Reliquienschrein zu stecken und so den Verdacht auf die AMB zu lenken. Kazias Schwert war als erste Waffe zur Hand. Und weder Akinbiyi noch Groce hatten auf dem Schirm, dass das Schwert einer Magierin geweiht ist.

Zack! Schon rollt der bischöfliche Kopf. Ein Rätsel, mit dem sich Ferdia und ich herumschlagen dürfen.

Jetzt beobachtet Kazia reglos, wie ich mir die Stiefel anziehe. Ich erinnere mich, dass ich in diese großen, herrlichen Augen geblickt habe und das Gefühl hatte, sie lägen hinter einem Schleier, der verbirgt, was in ihnen vorgeht.

Jetzt ist es, als würde ich auf blaue Rollläden starren. Sie hat sich komplett abgekapselt.

Es bricht mir das Herz. Sie hat mich von Anfang an zum Narren gehalten. Und dafür musste sie nicht mal ihren Stab schwenken oder Kräuter verstreuen. Sie schaute bloß lächelnd zu, wie ich mich selbst verzauberte. Mit einem dunklen Schleier, der mich blind machte für alles, was tatsächlich geschah.

Manche Leute behaupten, dass man einen Zauber nur durchschauen muss, um ihn hinter sich zu lassen. Das stimmt nicht. Gebannt sitze ich auf der untersten Stufe und starre wie eine Maus in die Augen einer Schlange, ohne mich lösen zu können.

Ihr Blick wird klar, und sie greift nach meiner Hand. Ich ziehe sie weg, doch sie beugt sich vor und umfasst sie.

Kazias Finger sind ganz kalt. Und noch während mir durch den Kopf geht, sie zu wärmen, fragt sie: »Willst du mir helfen?«

Zugegeben, damit habe ich nicht gerechnet. Aber wenn ich es mir genau überlege, sitzt sie wirklich tief in der Patsche. Ihr alter Herr interessiert sich nur fürs Geschäft. Wenn er sie zurück nach Litauen schleppt, kann er durch die Ausbeutung ihrer Gabe ein Vermögen verdienen, zumindest solange sie anhält. Und wenn Kazia zu den Bullen geht, werden sie sich nicht einmal die Mühe machen, sie wegen Beihilfe zum Mord vor Gericht zu stellen. Nein, sie werden sie einfach der Sozietät übergeben, damit man sie in Stücke reißt und diese anschließend grillt.

»Was du mir neulich im Kinema erzählt hast«, fährt sie fort. »Über diesen Magier ohne Lizenz, dem du helfen wolltest …«

Ich habe ihr nicht verraten, wie es ausging. Dass er auf dem Scheiterhaufen landete und mich schreiend beschimpfte, weil er dachte, ich hätte ihn verpfiffen. Hatte ich was damit zu tun? Nein. Trotzdem habe ich noch immer Schuldgefühle und werde alles daran setzen, um zu verhindern, dass Kazia das gleiche Schicksal ereilt. Außerdem ist sie mir vielleicht dankbar, wenn ich ihr aus der Klemme helfe. Sie hält noch immer meine Hand. Ich lasse zu, dass sie mich hochzieht.

»Sehe ich das richtig …« Ich zögere. »Du hast so was die ganze Zeit gemacht? Du hast Dämonen gerufen, damit sie Wallace Frauen bringen?«

»Er hat mir gedroht, dass er mich als Magierin ohne Lizenz anzeigt und …«

»Hast du nicht mit Matthew geredet?«

»Ich habe mich geschämt.«

Sie fängt an zu schluchzen. Ich weiß, was jetzt meine Pflicht wäre. Ich müsste sie in den Arm nehmen, aber ich bin mir nicht sicher, was ich dann tun würde. Wahrscheinlich etwas Falsches.

»Du ziehst also deine Zaubershow ab, und Alice rollt an. Dummerweise hängt sich Groce an ihre Fersen und legt Wallace um. Den Dämon hast du ordnungsgemäß entlassen, oder?«

Sie nickt widerstrebend.

»Anscheinend hat sich Akinbiyi dein Schwert geschnappt und Wallace den Kopf abgeschnitten. Damit ist die Kontiguität durchtrennt und …«

Plötzlich höre ich hinter mir Schritte auf der Treppe.

Wer kann das sein? Oder was? Akinbiyi? Caxton? Ein Dämon? James Groce, der eine Revanche will?

Nein, es ist bloß ein Junge in brauner Schuluniform mit einem Segeltuchbeutel über der Schulter. Er ist vielleicht neun und so unauffällig, dass man ihn auf der Straße gar nicht beachten würde. Wer ist dieser Knirps, dem sie so vertraut, dass er von ihrem Versteck wissen darf? Auf einmal begreife ich, dass das natürlich kein echter Junge ist; sie hat sich einen Elementargeist erschaffen, der nun einen Laib Brot und eine Flasche Wasser aus dem Beutel zieht.

»Und was ist mit mir?«, frage ich. »Warum hast du nicht mit mir gesprochen, verdammt?«

»Ich wollte ja …«

»Wann?«

»Aber dann sah ich meinen Vater und hatte Angst.«

Schon seit einer Weile muss ich mich zusammenreißen, um sie nicht anzuschreien, aber jetzt spüre ich, dass ich die Beherrschung verliere. »Du verkriechst dich hier unten wie ein Frettchen in einem Loch, weil du glaubst ... Ja, was eigentlich? Dass ein Ritter ohne Furcht und Tadel sich zusammenreimt, wo dein Versteck ist und dich hier rausholt? Wie blöd darf man eigentlich sein?«

»Ich sag dir doch, ich habe mich geschämt.«

»Hast du mir nicht vertraut?«

»Warum sollte ich? Schließlich arbeitest du für die Polizei.«

Ich lache. »Jetzt nicht mehr. Ein Riesendurcheinander. Ich habe Groce exhumiert ...«

Und da begreife ich, wie sich Marvo fühlt, wenn plötzlich aus dem Nichts eine ihrer Eingebungen daherschwirrt. Der Gedanke streift mich wie ein Bus: den Dämon, der James Groce dazu gebracht hat, sich und Alice umzubringen, muss Kazia geschickt haben!

»Aber warum denn, Frank?« Sie schaut mir tief in die Augen. Ihre Hand liegt auf meinem Arm. Ich habe den Eindruck, sie kann in mir lesen wie in einem offenen Buch.

»Ich weiß auch nicht. Ich dachte ... keine Ahnung, was ich mir dabei gedacht habe! Auf jeden Fall habe ich ihn ins Leben zurückgeholt.«

Erst nach mehreren Sekunden fragt sie: »Hat er dir was erzählt?«

»Genug. Sonst wäre ich nicht hier.«

»Ich musste es tun – verstehst du denn nicht? Die Polizei war ihm auf der Spur, und wenn er alles gestanden hätte … Ich war nicht schuld, aber du weißt genau, was sie mit mir machen würden. Außerdem hat er Henry getötet.«

»Und was ist mit Alice?«

»Das war nicht geplant.«

Ich könnte jetzt antworten: »Tatsächlich?« Doch ich lasse es. Abgesehen von allem anderen wird mir nämlich klar, dass auch ich nicht ganz unschuldig bin. Wenn ich Alice mit meinem blöden Maustrick nicht so einen Schreck eingejagt hätte, wäre sie vielleicht nicht weggelaufen. Und erst durch ihre panische Flucht war sie Groce' Messer in die Quere gekommen.

Kazia mustert mich gespannt. »Was willst du jetzt machen?« Unwillkürlich registriere ich, dass sie den Schwertgriff wieder fester gepackt hat. Ein Hieb, und ich bin Frühstücksfleisch.

Alles in mir kreischt: *Lauf, Frank, lauf!*

Aber ich kann nicht.

Die Gabe sucht man sich nicht einfach aus. Anfangs findet man es vielleicht witzig, wenn man Dinge in Brand stecken und Freunden Pickel ins Gesicht hexen kann. Doch dann merkt man, dass sich die Leute vor einem fürchten. Und sie nehmen es einem übel, dass man diese Tricks auf Lager hat, die sie nicht beherrschen. Sie haben Angst, dass man auf die Idee kommen könnte, sie in einen schleimigen Wurm zu verwandeln.

Die Einzigen, mit denen man sich unterhalten kann, sind andere Magier – und auch sie reagieren verschnupft, wenn man Dinge draufhat, die ihre Fähigkeiten übersteigen. Und kein Zauberer, dem ich begegnet bin, war bereit, über die eine Sache zu sprechen, die uns Tag und Nacht beschäftigt: Wie lang wird die Gabe anhalten? Und was kommt danach?

Es gibt dieses reale *Loch* mitten in Oxford. Und es gibt das geistige Loch, in dem jeder Magier abgeschnitten vom Rest der Welt haust. Was glaubt ihr, wozu meine Werkstatt so eingerichtet ist?

Hätte ich an Kazias Stelle anders gehandelt? Egal, was sie getan hat, ich kann nicht zulassen, dass sie hier unten wie eine Ratte in der Falle verkümmert.

»Ich hol dich hier raus.«

Sie hebt das Schwert. »Ich gehe nicht zu meinem Vater zurück.«

»Hab ich davon was gesagt? Wie genau ich es mache, weiß ich noch nicht. Aber ich lass mir was einfallen.«

Im Moment sitzt mir niemand im Nacken. Caxton hat mich sowieso abgeschrieben, und die Herrschaften von der Sozietät glauben, dass ich im Termitennest bin und für die Wanderung nach Rom packe. Bei Kazia ist es was anderes. Ihr Alter ist ihr auf der Spur, und es ist nur eine Frage der Zeit, bis auch die Bullen nach ihr suchen.

»Zumindest aus Oxford kann ich dich rausbringen.«

Mit dem Zug klappt das sicher nicht, denn die Sozietät überwacht den Bahnhof. Ich stelle mir eher eine Kahnfahrt nach London vor. So was lässt sich organisieren, ohne dass Fragen gestellt werden.

»Und was ist mit dir?«

Mit mir? Erschrocken begreife ich, dass ich nur noch eine Haaresbreite von der Erfüllung meiner Wünsche entfernt bin. Da muss doch was nicht stimmen …

»Ich komme mit, aber nur, wenn du dieses Schwert weglegst.«

In Oxford hält mich nichts. Meine Fangemeinde schrumpft zunehmend. Und es dauert garantiert nicht lange, bis die Sozietät von Groce' Wiederauferstehung Wind bekommt und anfängt, Holz für ein kleines Freudenfeuer zu sammeln. Da kann ein bisschen räumlicher Abstand nicht schaden.

Ich schaue auf meine magische Uhr. »Ich muss noch was erledigen.«

»Scrypst du mich an?«

»Das ist zu riskant. Ich komme heute Nacht wieder. Spät, wenn alles ruhig ist.«

Klirrend fällt das Schwert zu Boden. Sie streicht mir über die Wange. Ihre Lippen sind weich.

Ich kann nicht abstreiten, dass es dumm und gefährlich ist. Aber es könnte Spaß machen.

27. Kapitel

Viel zu tun. Ich laufe noch einmal rüber zu meiner Werkstatt, um ganz sicherzugehen, dass alle Spuren der Wiederbelebungsprozedur beseitigt sind. Schließlich gönne ich mir eine Verschnaufpause. Ich nehme Kazias Silberscheibe vom Hals, die sie mir nach mehreren zunehmend spannenden Küssen geschenkt hat.

Schon seltsam dieses Küssen. Ich weiß nicht, was ich sonst dazu sagen soll. Ich meine, ein ganzes Leben lang isst und schluckt man mit dem Mund, und plötzlich tun sich da völlig neue Möglichkeiten auf. Das heißt jetzt nicht, dass es mir nicht gefällt. Es gefällt mir sogar ziemlich. Trotzdem finde ich es seltsam.

Jedenfalls erkenne ich in dem eingravierten Emblem auf Kazias Talisman ein Pentakel Jupiters, das unter anderem Schutz gegen alle irdischen Gefahren bietet.

Trotzdem habe ich nach wie vor das Gefühl, dass irgendwas nicht stimmt – dass ich die Geschichte immer noch nicht ganz kapiert habe.

Seit ich Kazia zum ersten Mal sah, hatte ich die Fantasie, dass sie vielleicht genauso auf mich steht wie ich auf sie.

Sicher bloß eine fixe Idee. Es gibt einen viel naheliegenderen Grund, warum sie sich mit mir abgegeben hat: Ich war nützlich. Von mir konnte sie Dinge erfahren, die ihr niemand sonst erzählt hätte, und ich war zu blauäugig, um ihr Spiel zu durchschauen.

Wenn jetzt alle Karten auf dem Tisch liegen, weshalb ist sie dann immer noch bereit, mit mir abzuhauen? Klar, ihr Dad ist ihr auf den Fersen, trotzdem muss da noch was anderes sein. Und auf einmal glaube ich zu verstehen …

Ich habe neun Jahre in St. Cyprian gelernt. Eine ganze Bibliothek voller Grimoires. Kräuter, Gewürze, Körperteile von Tieren, alles im Überfluss vorhanden. Meister und Studienkollegen, die nur darauf brennen, sich einzumischen und mich auf meine Fehler hinzuweisen.

Kazia wuchs mit der Angst vor einem Pochen an der Tür auf. Sie musste miterleben, wie ihre Mutter verbrannt wurde. Von einem Kerl, den sie nicht einmal kannte, wurde sie in ein fremdes Land verschleppt. Dann musste sie zehn Jahre lang gruslige Sachen für einen alten Widerling machen.

Klar, so ganz rund klingt das noch immer nicht. Egal, sie braucht einen Freund. Ich bin Zauberer, und ich stecke in Schwierigkeiten. Das sollte fürs Erste als gemeinsame Basis reichen.

Trotzdem, ich brauche so viel Schutz wie nur möglich. Also hänge ich mir Kazias Pentakel wieder um. Außerdem versuche ich, Matthew anzuscrypen, obwohl ich keine Ahnung habe, was ich ihm erzählen soll. Doch so weit kommt es gar nicht. Der diensttuende Funktionär der Sozietät ist nicht erfreut, von mir zu hören; kurz angebunden teilt er mir mit, dass Matthew außer Haus ist. Wo genau, weiß niemand.

Irgendwann kann ich nicht mehr, und der Schlaf übermannt mich. Ich träume, dass ich vor einem offenen Fenster stehe und einen Vogel sehe, der weniger flattert als schwebt. Und eigentlich ist es auch kein Vogel, sondern ein Fisch, genauer gesagt bloß der Kopf, der statt mit Federn mit schneeweißem Fell bedeckt ist. Aufmerksam und ohne Furcht verharrt er keine fünf Zentimeter vor meiner Hand in der Luft …

Nach dem Aufwachen räume ich weiter auf. Ich probiere es noch einmal bei Matthew, aber er ist immer noch nicht zurück.

Inzwischen ist es schon dunkel, und ich kann nicht mehr auf ihn warten. Ich stecke mein ganzes Geld und einen Klumpen Gold ein. Dann greife ich nach meinem Koffer – und stelle ihn wieder hin. Zehn Minuten lang starre ich ihn an und habe Schuldgefühle wegen Matthew. Aber das Ding ist einfach zu auffällig für mein Vorhaben. Ich ziehe ein paar Sachen heraus, die ich vielleicht brauchen werde – Kräutertütchen, eine Phiole exorziertes Wasser, zwei Zauberstäbe, zwei Messer –, wickle alles in Seide und stecke es in einen Rucksack. Meinen Scryper lasse ich zurück; ich habe sowieso keine Lust, mit irgendjemandem zu reden.

Oben drauf werfe ich noch eine Unterhose zum Wechseln und eine Zahnbürste. Dann verabschiede ich mich von meiner Tür und klettere über die Mauer.

Marvos Adresse habe ich schon vor Ewigkeiten aufgetrieben. Trotzdem dauert es eine Weile, bis ich ihre Hütte in einer engen Gasse im hinteren Teil von Littlemore finde. Hinter einem verrotteten Gartentor, das nur noch an einer Angel hängt, führt ein schmaler, von tropfenden Ästen überhangener Weg durch kniehohes, feuchtes Gras.

Ich stapfe zum Haus und bücke mich unter dichtem Efeugewucher hindurch, das die ganze Fassade bedeckt. Drinnen brennt kein Licht. Das ändert sich erst, nachdem ich mehrere Minuten geklopft habe. Die Tür geht auf.

Marvos Mum ist älter, als ich erwartet hätte. Sie trägt den roten Dufflecoat ihrer Tochter über einem Nachthemd und an den Füßen Pantoffeln. Überall graues Haar. An einem Faden um den Hals Glasperlen. In einer Hand eine Öllampe. In der anderen ein Küchenmesser.

Als ich mich vorstelle, nickt sie, als würde das als Erklärung reichen. »Magdalena ist noch bei der Arbeit.«

»Dann warte ich auf sie.«

»Wie Sie wollen.«

Damit schlägt mir die alte Schachtel die Tür vor der Nase zu.

Zehn Minuten später sitze ich noch immer auf der Schwelle und frage mich, wie viel Zeit ich hier noch vertrödeln darf, bevor ich Kazia abholen muss. Plötzlich öffnet sich die Tür erneut. Marvos Mum hält noch immer die Öllampe, nur das Küchenmesser hat sie gegen ein Amulett mit dem Bild des Heiligen Benedikt vertauscht.

»Also gut.« Sie hat einen irischen Akzent. »Rein mit Ihnen.«

Ich trete ins vordere Zimmer und bleibe im Dunkeln zurück, als sie im Nebenraum verschwindet und die Tür hinter sich zuzieht. Ich stopfe meine Mütze in die Hosentasche und lasse den Rucksack auf den Boden fallen. Wieder vergeht Zeit. Irgendwie fühlt es sich im Haus kälter an als draußen. Schließlich finde ich eine Schachtel Streichhölzer und zünde eine Lampe an.

Hinter mir stehen ein altes Sofa und Sessel mit verschlissenem Bezug. Ein ramponiertes Klavier, dem mehrere weiße Tasten fehlen. Das übliche Bild des Papstes, der erleichtert scheint, dass er nicht in so einer Bruchbude hausen muss. Auf einem Tisch ein Teller mit einer Süßspeise, eine Brille mit dicken Gläsern und eine Lupe.

Ich starre auf ein Foto, das auf dem Klavier steht. Ein pummeliger Junge, acht oder neun vielleicht, der mich begeistert angrinst, weil er meint, dass ich der Bitte seiner großen Schwester folgen und herausfinden werde, wer ihn umgebracht hat. Mit der Fingerspitze streiche ich über das schwarze Seidenband, das über eine Ecke des Bildes geklebt ist.

Das ist alles ziemlich traurig, und ich überlege allmählich, ob ich nicht lieber gehen soll. Da klappern draußen auf der Straße Hufe. Ich spähe durch den Efeu vor dem Fenster hinaus und erkenne Marvo, die aus einem Polizeitransporter steigt. Dann höre ich die Haustür und die Stimme ihrer Mum: »Der Freak ist da.«

Flüstern. Dann öffnet sich die Zimmertür.

»Was willst du?«, fragt Marvo.

»Mich verabschieden.«

Ich bin fast am Ende meiner Geschichte angekommen. Marvo sitzt da und starrt mich an. Sie deutet auf das Pentakel an meinem Hals. »Hat sie dir das gegeben?«

Bevor ich antworten muss, kommt ihre Mutter herein. »Sind Sie noch immer da?«

»Schon gut, Mum.«

Die Alte ignoriert den Wink mit dem Zaunpfahl. Leise vor sich hin brabbelnd reibt sie ihr Amulett zwischen Zeigefinger und Daumen.

»Du hast doch gesagt, dass es keine Magierinnen gibt«, flüstert Marvo.

»Tja, das war wohl ein Irrtum.«

»Ich hab dich gewarnt.«

»Du hättest mich lauter warnen sollen.«

Schließlich wendet sie sich ihrer Mutter zu. »Hast du letzte Woche diesen Bericht in der Zeitung gelesen? Ein Typ in Brighton verspielt sein ganzes Geld beim Pferderennen. Er läuft runter zum Hafen, springt in seine protzige Yacht, segelt hundert Meter raus, lädt sein Gewehr und ballert zwei Löcher in die Schiffswand.«

Ich frage mich, was das mit mir zu tun hat.

Marvo fährt fort: »Am Strand hören die Leute den Knall. Sie sehen, dass er sinkt. Jemand fährt mit einem anderen Boot raus. Und was macht der Verrückte? Er sprintet raus aufs Deck, fuchtelt mit seinem Gewehr herum und droht damit, auf jeden zu schießen, der näher kommt.«

Eigentlich interessiert mich diese Geschichte nicht besonders. »Warum hat er sich nicht gleich eine Kugel in den Kopf gejagt? Damit hätte er den anderen einen Haufen Ärger erspart.«

»Falsche Frage. Die entscheidende Frage lautet: Wie rettet man jemand, der nicht gerettet werden will?« Sie verschränkt die Arme und massiert sich die Schultern. »Findest du es auch so kalt?«

»Bin am Erfrieren. Ich muss jetzt los.«

»Je eher desto besser«, meint der Schatten in der Tür.

»Mum, kannst du bitte rausgehen?« Marvo schaut mich wieder an. »Wohin willst du denn?«

»Zuerst nach London – dort kann man leicht untertauchen.« Den Rest spreche ich nur ungern aus, weil er selbst für meine Ohren nicht besonders brillant klingt. »Ich dachte, wir können uns vielleicht irgendwie nach Litauen durchschlagen ...«

»Was für ein Schnapsidee, Frank. Hast du überhaupt einen Pass?«

»Es gibt auch andere Möglichkeiten.« Ich gestikuliere. »So schwer wird das schon nicht sein.«

»Sie verschweigt dir was.«

»Klar, das sehe ich auch so.« Ich ziehe meine Mütze heraus und setze sie auf. »Vielleicht sollte ich es noch mal bei Matthew probieren.«

»Nein, Frank.«

»Warum nicht.«

»Weiß nicht.«

Ich warte auf eine Erklärung, die nicht kommt. »Was hast du denn, Marvo?«

Sie nimmt sich einen Moment Zeit, um nachzudenken. »Du bringst ihn in eine schwierige Situation.«

»Keine Ahnung, was du meinst.«

»Dann zerbrich dir nicht den Kopf darüber.« Sie zuckt mit den Achseln. »Hast du mir alles erzählt?«

»Sicher.«

»Ich bin auf deiner Seite, egal, was passiert.«

»Warum?«

Sie schweigt, und lange ist nur das lateinische Gemurmel ihrer Mutter zu hören: »Vade retro Satana! Numquam suade mihi vana. Sunt mala quae libas. Ipse venena bibas.«

»Weiche zurück, Satan! Verführe mich niemals zur Eitelkeit. Böse ist, was du mir anbietest. Trinke selbst dein Gift.«

»Reg Garston meint …«

»Ja?« Sie wartet, und als ich nicht fortfahre: »Was meint er?«

»Dass du auf mich stehst«, murmle ich.

»Na ja, er ist eben ein Schwachkopf.«

»Wahrscheinlich. Jedenfalls … es geht nicht. Ehrlich, das wäre dumm!«

Ich weiß, keine besonders schlaue Bemerkung. Ist mir einfach rausgerutscht. Mit offenem Mund starrt sie mich an, als hätte sie plötzlich erkannt, dass ihre Mutter doch recht hat, was mich betrifft.

»War nicht so gemeint.«

Zu spät. Sie ist aufgesprungen und funkelt mich wütend an.

Verzweifelt versuche ich, mich irgendwie rauszuwinden. »Ich habe versprochen, dass ich ihr helfe.«

»Dann lass dich nicht aufhalten, Frank. Auf Wiedersehen.«

Sie schiebt ihre Mutter vor sich her in den Flur. Dann höre ich Schritte auf der Treppe nach oben.

Ich stehe da und schaue mich um. Was haben die Leute bloß? Warum müssen sie alles immer in den falschen Hals kriegen? Sean strahlt mich von seinem Bild aus an, als wollte er mir zu meinem diplomatischen Auftritt gratulieren. Nun, es hat keinen Sinn mehr, hier noch länger rumzuhängen. Ich nehme meinen Rucksack, blase die Lampe aus und trete hinaus in den Flur.

»Ich habe nie das Wort *Freak* benutzt«, empfängt mich eine zitternde Stimme.

Im fahlen Licht, das durch die Glasscheibe in der Haustür einfällt, kann ich nur ein kauerndes Bündel am Fuß der Treppe erkennen. Sie hat die Arme um die Knie geschlungen, und als sie aufschaut, sehe ich Tränen auf ihren Wangen glitzern.

»Tut mir leid«, sage ich.

Oben knarrt eine Diele.

»Gehst du jetzt bitte, Frank?«

Das wäre sicher das Beste. Völlig zerknirscht stehe ich vor ihr, ohne zu wissen, was ich tun soll. Ihr Blick geht mir durch und durch. Schließlich wende ich mich ab und setze mich zögernd in Bewegung.

»Warum ist es hier bloß so kalt?«

Kurz bevor ich die Tür öffne, merke ich, dass ich am ganzen Körper schlottere. Als ich mit dem Fingernagel über die Scheibe fahre, kratze ich eine dünne Frostschicht weg.

Oh verdammt.

28. Kapitel

»Hol deine Mum runter. Sofort!«

Ich rase in den hinteren Teil des Hauses. Zum Glück ist die Küche riesig. Es gibt einen offenen Kamin und ein Büfett mit hässlichem, ungleichem Geschirr. Hektisch klaube ich Teller und Besteck von dem wackligen Esstisch; der Krach von zersplitterndem Porzellan hallt durch das ganze Haus, als ich alles in den Ausguss schmeiße. Dann drehe ich den Tisch um und mache mich daran, die Beine abzubrechen und sie in die Feuerstelle zu werfen.

Als Marvo ihre Mutter hereinzerrt, habe ich die Mitte des Raums freigeräumt, den Läufer weggezogen und bin dabei, Zeug aus meinem Rucksack zu kramen. Bevor die alte Schachtel ihr Gesicht zu einer empörten Miene arrangieren kann, schreie ich: »Ich brauche Schnur, einen Hammer und einen Nagel.«

»Was bilden Sie sich …«

»Tu, was er sagt, Mum.« Marvo schaut mich an. »Wie lang noch?«

»Höchstens fünfzehn Minuten. Und alles, was ihr an Salz dahabt. Habt ihr Kräuter im Garten?«

»Thymian, Rosmarin …«

»Auch Knoblauch. Und Geld.«

»Was?«

»Das ganze Geld, das im Haus ist. Und alles, was aus Seide ist.«

Das muss ich ihnen lassen: Sie sind schnell. Zwei Minuten später habe ich in die Mitte des Küchenbodens einen Nagel geschlagen und die Schnur daran befestigt. Ich nehme die Packung Salz …

»Gott der Götter, Herr über alle Herren, segne und heilige dieses Salz.«

Mit der Schnur als Maßband streue ich einen erstaunlich regelmäßigen Doppelzirkel aus Salz mit einem Durchmesser von rund zwei Metern.

Während Marvo flüsternd mit ihrer Mum streitet, trete ich zurück und betrachte das Schlachtfeld.

Bis auf eine Lücke von wenigen Handbreit sind die Kreise geschlossen. Ich habe die Himmelsrichtungen berechnet und vier kleine Kerzen angezündet. Marvo hat mir eine Schale Milch und eine Flasche Weinbrand gebracht. Meine Phiole exorziertes Wasser halte ich bereit.

Inzwischen liegt der Frost schon dicht auf der Fensterscheibe. Aus einer Pfanne brennender Zweige schlagen flackernd die Flammen. Kniend male ich mit Kreide Symbole zwischen die zwei Zirkel. Mutter und Tochter stehen Seite an Seite und schauen mir zu.

»Ringe!«

Ich zerre meinen herunter. Marvo wirft mir ihren zu. Ich pfeffere beide in den Ausguss.

»Habt ihr zufällig den *Dictionnaire infernal* im Haus?«

Sie sehen sich an. »Sean hatte eine Ausgabe«, erwidert Mrs Marvell zögernd. »Brauchen Sie es?«

»Nein, war bloß neugierig.«

Sie braucht eine Sekunde, bis sie kapiert. Als sie hinaus in den Flur eilt, wird die Tür von einem eisigen Luftzug krachend an die Wand geschlagen. Die Kerzen flackern und erlöschen fast. Dann erholen sich die Flammen wieder, und ich deute auf das kleine Bündel Kräuter zu Marvos Füßen.

»Der Thymian. Du musst mir ein paar Zweige zu einer Art Pinsel zusammenbinden.«

Wieder krame ich Zeug aus meinem Rucksack. Ich knote einen roten Seidenschal um meine Taille und stecke mir ein Blatt Papier an die Brust.

Dort fühle ich auf einmal etwas Heißes: Kazias Pentakel. Als ich vorhin das Eis von der Glasscheibe an der Haustür kratzte, wusste ich sofort, dass sie dahintersteckt. Doch seitdem bin ich so in Panik, dass ich nicht mehr daran gedacht habe.

Jetzt baumelt der Beweis blau glühend an einer Kette um meinen Hals.

»Ich hab's dir gesagt.« Marvos Stimme ist so leise, dass ich sie kaum höre. Dabei klingt sie überhaupt nicht triumphierend. Bloß verängstigt.

Verzweiflung ist eine große Verlockung, aber ich bleibe lieber bei der Panik. »Ich muss weitermachen.«

Es ist zu spät, um das Pentakel wegzuwerfen: Es hat seine schmutzige Arbeit getan. Kazias Abgesandter weiß, wo er mich findet. Hastig stecke ich die Silberscheibe in die Hintertasche meiner Hose, ohne darauf zu achten, dass sie mir den Hintern toastet. Dann nehme ich mir ein Bündel Kleider vor, das Marvo heruntergebracht hat, und halte ein Paar Strümpfe in die Höhe. »Sind die aus reiner Seide?«

Sie nickt, und ich reiße sie rücksichtslos über meine Stiefel, um sie anzuziehen.

»Tut mir leid.«

»Ist das das Richtige?« Mrs Marvell erscheint mit einem zerrupften Taschenbuch.

»In den Zirkel.«

Sie fixiert mich und lässt es demonstrativ auf einen Stuhl fallen. »Vielleicht erklären Sie mir mal, was hier los ist.«

»Ein Dämon ist unterwegs, um mich zu holen.«

Sie packt ihre Tochter an der Hand und zieht sie Richtung Hintertür.

»Zu spät«, rufe ich. Die Temperatur fällt noch immer, und auf dem Wasser und der Milch bildet sich eine Eisschicht. Keine Zeit für Diskussionen. »Wenn ihr rausgeht, wird er euch vernichten.«

»Unsinn, wir …«

Sie kreischt auf, als eine zischende Schlange von der Decke fällt und sich kurz darauf in den Boden bohrt. Ich weiche einer weiteren stürzenden Natter aus und schubse Mutter und Tochter in den Kreis. Mit einem Zauberstab und zwei Messern aus dem Rucksack springe ich ihnen nach. Prüfend schaue ich mich um. Die Holzkohle glüht. Ich habe die Kräuter und die Flüssigkeiten, meinen Klumpen Gold und das Geld. Marvos Mum hält eine Handtasche umklammert. Vielleicht ahnt sie, was ihr blüht, falls ich sie nicht schützen kann …

Das Buch, das Buch! Hektisch springe ich aus dem

Kreis, rutsche aus und stürze auf den Boden, auf dem sich eine spiegelglatte Eisschicht gebildet hat. Ich rapple mich hoch, schnappe mir den Dictionnaire und werfe ihn Marvo zu. Dann reiße ich eine Decke vom Boden und hechte zurück in den Kreis.

Zum Glück habe ich noch genug Salz in der Packung, um die Lücken im Zirkel zu schließen. Hastig verschmiere ich an der Innenseite Knoblauch. Ich nehme das Messer mit dem schwarzen Griff und gieße ein paar Tropfen exorziertes Wasser auf die Klinge.

Im Geist rassle ich die Beschwörung herunter, während ich mit dem Messer herumhetze, um den Kreis zu versiegeln. Als ich Marvos Mutter die Decke zuwerfe, blättert sie gerade mit glotzenden Augen durch die Illustrationen im *Dicitionnaire infernal*: eine Riesenfliege; ein Esel mit Pfauenrad, der auf den Hinterbeinen steht; ein Geschöpf mit dem Kopf eines Menschen, eines Schafs und eines Stiers, den Beinen eines Hahns und dem Schwanz einer Schlange rittlings auf einem Löwen mit den Flügeln und dem Hals eines Drachen; ein Mann mit dem Kopf und den Schwingen einer Eule auf dem Rücken eines Wolfs …

Ich tauche das Thymianbüschel in die Milch und sprenkle sie nacheinander in Richtung der vier Kerzen. Dann schließe ich die Augen.

Natürlich ist das alles nur eine verzweifelte Notlösung. Nichts stimmt: die Zeit, der Ort, die Symbole, die Kräuter. Mir wäre viel wohler, wenn ich in aller Ruhe alle Vorschriften hätte erfüllen können. Nach Lage der Dinge muss ich einfach darauf vertrauen, dass ich es mit schierer Willenskraft schaffe, das Ganze zusammenzuhalten.

Und es fühlt sich besser an, als ich erwartet hätte. Ich schlage die Augen auf. Marvo beäugt mich zweifelnd. Ich schaue mich um …

»Ich hatte doch einen Stift.«

Dann entdecke ich ihn. Ganz hinten an der Wand liegt er auf dem Boden, als wollte er mich herauslocken. Doch dafür ist es jetzt zu spät. Die flackernden Kerzen werfen kein Licht mehr, und der einzige Schimmer kommt von der blässlichen Phosphoreszenz der dicken Frostschicht auf allen ebenen Flächen in der Küche.

Ich schlottere am ganzen Körper. Die Alte faltet die Decke auseinander, um sie Marvo über die Schulter zu legen.

»Ich brauche was zum Schreiben!«

Die Dimensionen des Zimmers haben sich verändert, als wären die Wände in weite Ferne gerückt. Immer dichter und schneller regnen die züngelnden Schlangen herab, die beim Aufprall in kleinen Flammen aufgehen. Eine Schar schwarzer Vögel schießt hin und her, und der Wind ihrer Flügel kühlt mein Gesicht. Im Kamin brennt ein Feuer, und darin liegt ein plärrendes Baby, dessen Haut von den Flammen Blasen wirft.

»Augenbrauenstift?« Marvo zieht das Ding aus der Handtasche.

»Warum machen Sie nichts?«, schreit ihre Mum.

»Ich mache ja schon was.«

Hastig zeichne ich ein Symbol auf einen Papierhut und setze ihn auf. Ich ziehe eine weiße Seidenbluse aus dem Kleiderhaufen, die ich ebenfalls an der Vorderseite mit Symbolen bemale.

»Hey, die hat ein Vermögen gekostet!«

Ich versprenge nach allen Seiten Milch und gieße Weinbrand in die Feuerschale, während ich mich gleichzeitig in die Bluse mühe und Beschwörungsformeln murmele. Als ich eine Handvoll Kräuter auf die Holzkohle streue, steigt der Rauch in einer Säule auf, wabert waagrecht an der Decke entlang und strömt zuletzt zwischen den beiden Zirkeln zu einem durchsichtigen zylindrischen Wall zusammen.

Ich warte auf die Präsenz. Solange ich nicht weiß, mit wem wir es zu tun haben …

Schließlich bildet sich ein undeutlicher Schatten im Zimmer, der zugleich unendlich weit entfernt scheint.

»Rührt euch nicht vom Fleck. Was auch passiert, ihr müsst im Kreis bleiben.«

»Sonst noch was?«, fragt Marvo.

»Egal was ich sage, ihr tut es – und wenn es noch so blöd klingt.«

»Da haben wir ja schon Übung, oder, Mum?« Sie stupst ihre Mutter in die Rippen. Über ihre Lippen kriecht ein nervöses Lächeln. »Wird es funktionieren?«

Zum Glück habe ich keine Zeit, diese Frage zu beantworten. Der Schatten ist gewachsen und zeigt jetzt eine erkennbare Gestalt.

Zwei goldene Augen, leuchtend wie die eines Vogels. Spitze gelbe Zähne, die zu einem gierigen Grinsen gebleckt sind. Ziegenbockhörner – eine alte Tradition. Eigentlich habe ich auch mit Flügeln gerechnet, aber die würden wohl eher stören, wenn es bloß ums Zerfetzen, Zerquetschen und Zerstückeln geht. Ob er uns mit in die

Hölle schleppen will, weiß ich nicht, doch er ist mit Sicherheit gekommen, um uns zu Brei zu schlagen und diesen dann über die Wände zu schmieren. Das passende Werkzeug hat er dabei. In einer Hand hält er einen Dolch mit drei gezackten Klingen und in der anderen eine Streitaxt. Falls das nicht reichen sollte, hat er im Gürtel auch noch eine Geißel mit Metallhaken an einem Dutzend schwerer Ketten.

Er ist locker zwei zwanzig groß und textilmäßig unterversorgt. Knapp vor dem Zirkel hält er an und starrt durch den Rauchwall verachtungsvoll auf uns herab. Dann holt er mit der Axt aus. Es kracht, als wäre ein Schiff gegen die Mole gedonnert, und das ganze Haus erbebt. Der Schlag hinterlässt eine tiefrote Furche in der Luft, aus der Blut auf den Boden tropft.

Marvos Mum hat sich die Decke über den Kopf gezogen. Nur eine Hand lugt noch heraus und umklammert das Amulett. Ich suche verzweifelt in dem Buch. Es ist eine billige, unvollständige Ausgabe – nur halb so umfangreich wie die in meiner Werkstatt. Ich hoffe, der Scheißkerl steht da drin, weil ich wissen muss, wer er ist.

Langsam schreitet er um den Kreis.

Da haben wir ihn schon! Alastor, der Scharfrichter. Der Würgeengel.

So wird man für seine Hilfsbereitschaft belohnt.

Schließlich bleibt er stehen. Er nimmt die Axt in die Rechte und streicht mit der freien Hand über den Wall aus Rauch. Ein Klauenfinger scharrt hin und her, als wollte er ihn in einen unsichtbaren Riss in der Barriere bohren. Er zieht die Geißel aus dem Gürtel und hebt sie hoch über den Kopf. Mit einem grausigen Geräusch sausen die Haken nieder und hinterlassen Blutstreifen in der Luft. Fleischfetzen fallen zischend auf den gefrorenen Boden.

Nun, da ich seine Identität kenne, habe ich auch eine Vorstellung, wie ich ihn in Schach halten kann. Doch ich muss Zeit gewinnen, um die richtigen Symbole und Kräuter vorzubereiten. Also nehme ich eine Münze von dem Stapel neben mir und werfe sie zu ihm hinaus. Sofort sperrt er den Rachen auf und verschluckt sie. Ich rüttle Marvo an der Schulter.

»Immer wenn es so aussieht, als könnte er durchbrechen, schmeißt du ihm eine hin.«

In ihrer Hektik stößt sie den Stapel Münzen um. Eine rollt aus dem Kreis, und sie will unwillkürlich danach greifen. Gerade noch rechtzeitig reiße ich ihren Arm zurück. Den Bruchteil einer Sekunde später bohrt sich Alastors Dolch tief in den Boden.

Ich brauche Blut, aber ich habe keine kleinen Tiere zur Hand. In meiner Not fasse ich nach dem Messer mit dem weißen Griff.

»Oh König der Ewigkeit, blicke gnädig auf den unwürdigsten deiner Diener und sein Opfer …«

Marvo ächzt, als ich mir in den Arm schlitze. Ich lasse das Blut in eine kleine Schale rinnen und schreibe dann mit einem Finger rings an den Innenrand des kleineren Zirkels die Namen alter Bekannter: Adonai, Tetragrammaton, Jehovah. Die Lettern heben sich nur schwach vom Holzboden ab.

Während ich überprüfe, ob ich auch alles richtig geschrieben habe, wickelt mir Marvo ein Seidentuch um den Arm und bindet die Enden zusammen.

»Damit du uns hier nicht verblutest.«

Inzwischen hackt Alastor weiter mit der Axt auf den Wall ein. Mit jedem Hieb wird die Luft innerhalb des Kreises heftig zusammengepresst. Es ist, als würde man in einer riesigen Trommel hin und her geschleudert. Marvo wirft weiter Münzen hinaus, auch wenn sie so stark zittert, dass sie sie kaum zu fassen kriegt. Jedesmal wenn er eine verschlingt, erstarrt der Dämon mit einem merkwürdigen Lächeln im Gesicht. Nach ein paar Sekunden macht er sich wieder an die Arbeit.

Wie durch ein Wunder ist das Glühen im Feuerbecken noch nicht erloschen. Wieder gieße ich Weinbrand nach und lasse Kräuter auf die dampfende Holzkohle rieseln.

»Alpha, Omega, Elohim, Zabahot …«

Der Schutzwall aus Rauch wird dichter. Alastor hält inne und betrachtet ihn mit leicht geneigtem Kopf. Dann stürzt er sich mit aller Gewalt dagegen, die Axt in einer Hand, die Geißel in der anderen. In rasender Abfolge prasseln die Hiebe nieder.

»Mehr Geld!«, brülle ich.

»Nichts mehr da!«

»Verbrenn die Scheine.«

Sie glotzt mich an. Ich schnappe mir eine Zehnpfundnote und werfe sie in glühende Holzkohle. Sie explodiert wie ein Feuerwerkskörper. Mit einem dümmlichen Grinsen auf den Lippen taumelt Alastor zurück.

Während Marvo Geld in die Flammen streut, krieche ich mit der Schale Blut im Kreis und kritzle wie ein Irrer

Symbole an die Innenlinie. Dabei brabble ich Beschwörungsformeln.

»Ich will das Buch aufschlagen mitsamt seinen sieben Siegeln. Ich habe Satan geschaut, als er vom Himmel fiel wie ein leuchtender Blitz. Du bist es, der mir die Macht verlieh, Drachen, Skorpione und all deine Feinde zu zertreten …«

Bei jedem Hieb spritzt Blut. Streng genommen ist es wohl nicht real, doch dort draußen sieht es allmählich aus wie im Schlachthaus. Trotzdem, er kommt nicht durch. Dummerweise hat er nichts Besseres zu tun, als hemmungslos weiterzudreschen mit seiner Axt, deren Klinge niemals stumpf wird. Mit kreidebleichem Gesicht schielt Marvos Mum unter ihrer Decke hervor.

»Tun Sie was!«, kreischt sie.

»Was zum Beispiel? Soll ich an das Gute in ihm appellieren?«

Sie schleudert ihr Amulett nach ihm. Er sperrt das Maul auf und verschluckt es.

»Es muss doch irgendeine Möglichkeit geben!« Marvos Vertrauen in meine Fähigkeiten ist rührend.

»Ich kann nicht gegen einen Dämon kämpfen …«

Plötzlich ein ohrenbetäubender Donnerschlag, kurz darauf gefolgt von einem fast unhörbaren Klirren. Erstickender Schwefelgeruch erfüllt die Küche. Einen halben Meter hinter Alastor blinkt Mrs Marvells Amulett auf dem Boden.

»Dämonen sind unsterblich«, erkläre ich. »Per definitionem.«

»Und was hast du jetzt vor?«, fragt Marvo.

»Lass mich bitte nachdenken.«

»Ich habe Angst!«

»Glaubst du, ich nicht?«

Irgendwie scheint sie das zu beruhigen. »Was musst du machen?«

»Dämonen tanzen nicht einfach vor der Haustür an wie Zeugen Jehovas. Jemand schickt sie, und der Zauber muss aufrechterhalten werden. Das heißt, irgendwo ist noch ein magisches Dreieck mit einem Zauberer darin.«

»Das Mädchen, ich hab's dir gesagt!«

Marvos Mutter lässt die letzten Geldscheine in das Feuerbecken fallen. Ich ziehe Kazias silbernes Pentakel aus der Hosentasche und drehe es ins Licht, um die eingravierten Symbole zu erkennen. Als ich kurz aufblicke, bemerke ich, dass Alastor das Pentakel mit seinen goldenen Augen sehnsüchtig anstarrt. Er streckt mir die offene Hand entgegen ...

»Wo hab ich den Augenbrauenstift hingelegt?«

»Hier!« Angespannt beobachtet Marvo, wie ich mehrere Symbole auf das Pentakel kritzele. »Wozu dient das?«

»Ich muss euch hier allein lassen. Geht das?«

»Nein.«

»Er wird mir folgen. Ihr habt nichts zu befürchten.« Hoffe ich zumindest.

Dann dämmert mir, wovor Marvo Angst hat: dass ich meine Haut rette, während sie und ihre Mutter zu Hackfleisch verarbeitet werden.

Als ich mich im Zirkel bewege, stapft mir Alastor nach. Sein Blick hängt an dem Pentakel, und er weint Tränen aus Blut. Die Ketten seiner Geißel schleifen über den Boden und ziehen Spuren durch das Eis; hin und wieder verfängt sich ein Haken an einer Dielenkante und reißt einen dicken Splitter heraus.

»Wir kommen mit!«

»Ihr könnt nicht mitkommen, verdammt!« Meine Hände zittern so stark, dass ich mich bei einem Symbol verzeichne. Ich reibe mit den Fingerspitzen darüber, doch dabei verschmiere ich alles bloß. »Wie kriegt man dieses Zeug weg?«

»Nimm dein Hemd.«

Ja, warum nicht? Schlimmer kann es sowieso nicht mehr werden. Ich spucke und scheuere wild über den Fleck, bis er verschwunden ist. Dann zeichne ich das Symbol neu und fange mit dem nächsten an.

»Wozu soll das überhaupt gut sein?«

»Es soll ihn daran hindern, mich in Stücke zu zerhacken.« Ich halte das Pentakel in den Kerzenschein und deute. »Das ist der Mond, siehst du? Er reflektiert Licht, und wenn Licht reflektiert wird, kann es nicht auf das fallen, was dahinter ist. Diana – die Jägerin – sie ist die Göttin des Mondes …«

»Was für ein Gewäsch!«

»Ja, aber magisches Gewäsch.«

»Warum können Sie uns nicht mitnehmen?«, flüstert Mrs Marvell. Die letzte Banknote geht in Flammen auf und zerfällt gleich darauf zu Asche.

»Ihr würdet mich bloß stören. Hier im Kreis seid ihr sicher.«

Ich nehme Marvos Hand. Sie ist eiskalt, und ich wundere mich, wie klein sie ist. Ich spüre ihr Zittern.

»Er ist hinter mir her. Wahrscheinlich hat er Schmerzen.«

»Für mich sieht er einfach unglaublich angefressen aus.«

»Das auch. Kazia hat ihn aufgeweckt und ihn zu einer Abmachung gezwungen: Wenn er mir Herz und Lunge herausreißt und auch den Rest zu mundgerechten Bissen verarbeitet, darf er sich wieder ins Bett legen. Wenn er es aber nicht schafft, kehrt er im Morgengrauen zu ihr zurück, und sie wird ihm etwas von ihrem Blut geben – um sich loszukaufen. Danach muss sie ihn entlassen und die Affinität lösen.«

»Was für eine Affinität?«

»Sie hat ihn gerufen und ist damit eine Beziehung zu ihm eingegangen. Bei der Entlassung eines Dämons kann eine Menge schiefgehen. Wenn sie einen Fehler macht, ist sie sein Frühstück.«

»Klingt gut.«

Ich hänge mir das Pentakel um den Hals. »Ich schau mal, ob ich sie von der Speisekarte nehmen kann.«

Zugegeben, mein Plan macht mir große Angst. Es ist, als würde ich mich nur mit einem ärztlichen Attest in eine Drachenhöhle wagen. Eine der stärksten Waffen eines Magiers ist der Glaube an seine Methoden und Materialien. Und genau dieses Selbstvertrauen fehlt mir im Moment.

Marvos Hand liegt auf meinem Arm. »Frank, sie will deine Hilfe nicht.«

»Trotzdem muss ich es probieren. Zauberer ohne Lizenz … sie sind nicht richtig ausgebildet. Sie setzen viel zu häufig auf Dämonen, obwohl es viel bessere Möglichkeiten gibt.«

Alle starren mich an: Mutter, Tochter und Dämon.

»Sie beschwört ständig irgendwelche Präsenzen, und wenn man das nicht voll beherrscht, greift das auf Dauer den Verstand an. Das Böse sickert ein, man wird paranoid …«

Ja, ich muss es versuchen. Ich reiche ihr das Messer.

»Das lasse ich dir da, damit du den Zirkel hinter mir versiegeln kannst.«

Marvo schaut es zweifelnd an.

»Du fährst einfach einmal im Kreis damit herum und sagst immer wieder: *Im Namen des Allerhöchsten.* Kannst du dir das merken?«

»Im Namen des Allerhöchsten.«

»Du musst schnell sein, aber du darfst dich nicht verplappern. Bereit?«

Natürlich sind sie nicht bereit. Und als ich mich umdrehe, steht Alastor kaum einen Meter von mir entfernt und beobachtet mich erwartungsvoll. Vielleicht ist mein Plan doch nicht so gut.

Zurück zu Mrs Marvell. »Denken Sie an Sean.« Als Marvo die Stirn runzelt, werfe ich ihr einen warnenden Blick zu. »Haben Sie ihn wirklich geliebt?«

»Wie können Sie so was fragen?«

»Vermissen Sie ihn?«

Ihr kommen die Tränen. Schnell halte ich ihr Kazias silbernes Pentakel an die Wange. Als ich es wegziehe, glitzert darauf ein winziger Tropfen, der sich wie ein Spinnennetz über die gezeichneten Symbole verteilt und sie in Gold verwandelt.

Mit der Spitze zwischen Finger und Daumen strecke ich

das Pentakel Alastor entgegen. Er blinzelt. Schnell durchschneide ich den inneren Kreis. Nachdenklich betrachtet der Dämon sein Waffenarsenal. Dann steckt er die Axt in den Gürtel und holt mit der Geißel aus, dass die Ketten durch die Luft pfeifen.

In diesem Augenblick durchtrenne ich den äußeren Zirkel, reiche Marvo das Messer und trete hinaus.

Was sind Dämonen eigentlich?

Die Kirche sagt, dass einige Engel sich gegen Gott auflehnten, der sie daraufhin aus dem Himmel in die Hölle verbannte. Das bringt die Sozietät in eine schwierige Lage. Falls Dämonen tatsächlich gefallene Engel sind, ist es dann nicht verantwortungslos, sie zu rufen, um Kontiguitäten aufzuspüren oder Frauen zum Ablegen ihrer Kleider zu bewegen? Wie können wir Magier behaupten, Gottes Werk zu verrichten, wenn wir Wesen aus der Hölle heraufbeschwören?

Die offizielle Lesart der Sozietät ist, dass wir Dämonen durch die Macht des göttlichen Wortes – dieser ganze Kram mit Adonai, Jehova und Tetragrammaton – dazu zwingen, gegen ihren Willen zu handeln. Dadurch bleiben wir rein und heilig und entgehen der Verdammnis.

So betrachtet ist die Beschwörung eines Dämons eine Übung, mit der man seine Frömmigkeit beweist. Die Hardliner unter uns tun sich durch Keuschheit, Fasten und Gebete hervor. Für mich ist das nichts. Und so begnüge ich mich damit, dass ich nicht weiß, was Dämonen sind. Ich weiß nur, dass bestimmte Handlungen bestimmte Wirkungen haben.

Nun, das hoffe ich zumindest und verwette sozusagen meinen Kopf darauf. Ich strecke Alastor das Pentakel entgegen.

»Erblicke dieses Zeichen, welches Auflehnung wider meinen Willen verbietet und dir auferlegt, in deine Behausung zurückzukehren.«

Er kehrt zwar nicht in seine Behausung zurück, aber immerhin macht er ein wenig Platz. Hinter mir höre ich das Scharren der Messerspitze auf dem Boden und Marvos Stimme:

»Im Namen des Allerhöchsten …«

Ich zittere nicht mehr. Ich vibriere. Meine Hand schwitzt so stark, dass ich Gefahr laufe, das Pentakel fallen zu lassen. Und ich traue mir nicht zu, den Griff zu verändern oder die Hand zu wechseln. Langsam schiebe ich mich seitwärts zur Tür. Alastor folgt mir. Marvo und ihre Mum starren mir nach. Mit einer Geste signalisiere ich Marvo, dass sie weiterrezitieren soll.

»Alles wird gut«, rufe ich, als ich mich rückwärts durch den Flur zwänge und dabei das Pentakel vor mich halte wie einen Schild. »Bleibt ganz ruhig.« Ich fummle nach dem Türgriff. »Und verlasst auf keinen Fall den Kreis, bis ich wiederkomme.«

Als ich hinaustrete, höre ich noch: »Und wenn du nicht wiederkommst?«

29. Kapitel

Draußen auf der Hauptstraße ist es zehn Uhr abends, und aus den Pubs strömen gerade die Leute. Eine bessere Tarnung kann man sich gar nicht wünschen, wenn man als Teenager in Papiermütze, Frauenbluse und zerrissenen Seidenstrümpfen über den Stiefeln unterwegs ist und einen zwei zwanzig großen, bis zu den rasiermesserscharfen Zähnen bewaffneten, nackten Dämon im Schlepptau hat.

»Wir fahren zu einem Kostümball«, erkläre ich, als eine Droschke anhält.

Einen mulmigen Moment lang befürchte ich beim Einsteigen, dass Alastor vielleicht Lust bekommt, den Fahrer als Imbiss zu verputzen. Da fällt mir ein, dass ich noch immer den Bischofsring von Wallace in der Tasche habe. Ich werfe ihn Alastor zum Fraß vor. Seine Augen blitzen, seine Kiefer öffnen sich wie die Pforten der Hölle, und er beißt mit einem durchdringenden Knirschen zu, von dem ich Zahnschmerzen bekomme. Dann stolpert er mir nach und sackt mit verdrehten Augen auf die Sitzbank gegenüber. Das Taxi setzt sich in Bewegung.

Was sagt man zu einem Dämon, der gerufen wurde, um einen zu zerfleischen und in die Hölle zu schleifen?

»Kann ich dich was fragen?«

Keine Antwort. Er hängt einfach nur zusammengesunken und mit einem Speichelfaden im Mundwinkel da. Irgendwie ist das gar nicht so falsch, was ich zu dem Fahrer gesagt habe. Dämonen sind wie die Gäste auf einer Motto-Party. Sie kommen als Piraten, Ritter in Rüstung, Pantomime-Pferde und so weiter … jedenfalls ist die Maske garantiert total übertrieben.

Wenn man eine Präsenz beschwört, um einen verlorenen Schatz zu finden, kriegt man einen verdammten Riesenköter mit Walrosshauern, phosphoreszierendem Geifer und einem walisischen Akzent. Oder einen siebzig Zentimeter großen Polizeignom auf einem Dreirad. Irgendjemand da unten hat anscheinend echt Humor.

Und wenn man jemanden – mich zum Beispiel – umlegen will, kriegt man einen Schlächter wie Alastor. Die Wirkung des Rings lässt bereits nach, und ich schiebe ihm das Pentakel unter die Nase, damit er es ja nicht übersieht. Er blinzelt, schüttelt seine Ketten und … furzt.

Dämonen furzen gern und viel.

»Darf ich …?« Ich verrenke mich, um das Fenster zu öffnen.

Ihn interessiert das anscheinend nicht weiter. Dafür ist er zu sehr mit Sabbern beschäftigt.

»Also sag mal, stimmt das alles? Dieses Zeug, das wir in Theologie gelernt haben, als ich im Seminar war?« Mir klappern natürlich die Zähne. »Gab es wirklich eine Rebellion im Himmel, nach der ihr alle rausgeflogen seid?«

Kein Kommentar.

»Wahrscheinlich nicht so prickelnd, das Leben in der Hölle.«

Uns haben sie damals beigebracht, dass Dämonen von der Rückkehr in den Himmel träumen. Manche von ihnen glauben, sie können sich mit Gewalt dort Zutritt verschaffen, die anderen denken, wenn sie lang genug warten und in der Zwischenzeit nicht zu viel Unfug anstellen, wird Gott irgendwann ein Einsehen haben und sie heimlich durch den Lieferanteneingang reinlassen.

»Kann ich dich vielleicht sonst irgendwie aufheitern?«

Ich spähe durchs Fenster und sehe, dass wir gerade die Iffley überqueren. Als ich mich wieder umdrehe, hat sich Alastor verwandelt.

In meinen Dad.

Keine Ahnung, wie das funktioniert, auf jeden Fall stehe ich wieder in der Küche wie damals und sehe, wie mein Vater das Geld im Umschlag nachzählt.

Ich strecke die Hand aus. »Dad, das ist mein Geld.«

»Genau.« Er hält zwei Scheine so hoch, dass sie knapp außer meiner Reichweite sind. Er lacht. »Komm schon, es gehört dir, du musst es dir bloß holen.«

Natürlich weiß ich, dass das eine Falle ist und dass es schlimm enden wird, wenn ich sie tatsächlich zu fassen kriege. Trotzdem springe ich auf und ab und schnappe nach den Scheinen.

Mein Dad spottet: »Magerer kleiner Freak!«

Mit einem Ruck hält die Droschke an.

Es ist wieder Alastor mit seinem mittelalterlichen Waffenarsenal, dem ich das Pentakel entgegenhalte.

»Ich seh da nix von einem Ball«, meint der Kutscher, als ich rückwärts aussteige.

Ich krame einen Geldschein heraus. »Hoffentlich haben wir uns nicht im Termin vertan.« Ich wende mich an Alastor. »Hast du zufällig zwei Pfund fürs Trinkgeld?«

Unten am Tor beim Fluss schrumpft der neue Wach-Elementargeist einfach zusammen, als sich Alastor nähert. Im Palast herrscht Stille. In der Bibliothek ist die Tür zum Keller sichtbar – für mich zumindest, weil ich sie jetzt kenne – und offen. Ich weiß zwar nicht, ob mir ein Überraschungseffekt recht viel bringt, trotzdem schleiche ich mich mit einer Hand an der Wand und der anderen um das Pentakel so leise wie möglich nach unten. Alastor folgt mir und lässt mich nicht aus den Augen, wie ein Gast in einem Restaurant, der den Dessertwagen begutachtet.

Unten riskiere ich vorsichtig einen Blick. Über dem Saal hängt ein schwacher Schein, trüb und dunkel wie Honig. Zwischen zwei Säulen erkenne ich eine auf dem Boden sitzende Gestalt mit dem Kopf auf den Knien. Auch wenn es dumm ist, den Bruchteil einer Sekunde lang stolpert mein Herz, und ich hoffe, dass es nicht Kazia ist.

Aber sie ist es natürlich. Sie trägt eine Papierkrone und eine Seidenrobe, beide mit weit mehr Symbolen übersät als notwendig. Sie hält ihr Schwert umklammert und hat den Zauberstab in den Gürtel gesteckt. Ihre anderen Utensilien sind ordentlich auf einem Hocker mit Seidenüberwurf aufgereiht. Daneben steht ein Eimer, der mit einem Tuch bedeckt ist. Sie befindet sich genau in der Mitte eines schlampig mit Kreide gezeichneten Großen Zirkels. Ihre

Augen sind geschlossen, doch ich weiß, dass sie nicht schläft. Sie ist ganz darauf konzentriert, die Fäden eines unvollendeten Geschehens in der Hand zu halten.

Ich trete hinaus in den Säulengang. Vier Kerzen, bereits zu zwei Dritteln heruntergebrannt. Zwei Feuerschalen, aus denen noch immer dünne Rauchfetzen hochwirbeln und sich mit der Wolke unter der Kuppel vermischen.

Im Osten und Westen sind zwei kleinere Kreise, jeweils besetzt von einem Menschen und einem bedeckten Eimer.

Akinbiyi steht im Zentrum des westlichen Zirkels, den Kopf betrübt gesenkt. Er trägt eine mit einem schwarzen Seidenschal geschlossene weiße Leinenrobe.

Im östlichen Kreis befindet sich ein Mann, aber ich kann nicht erkennen, wer es ist. Der Kopf ist vollständig verhüllt von der Kapuze seiner weißen Kutte.

Hinter mir lässt Alastor einen Furz.

Akinbiyi zuckt zusammen. Kazia blickt mit ausdrucksloser Miene hoch. Mit festem Griff packt sie ihr Schwert und steht auf.

Die vermummte Gestalt im östlichen Zirkel hat sich nicht bewegt. Wer ist das? Nicht Ferdia – die Haltung ist anders. Dieser Typ verharrt leicht nach vorne gebeugt, als wollte er sein Gesicht verbergen.

Ich habe den Saal von Norden betreten und stehe jetzt vor einem Kreidedreieck, das nur einen Gegenstand enthält: einen Kelch, der mit einer dunklen Flüssigkeit gefüllt ist. Blut – vermutlich von Kazia. Der Lohn des Dämons, falls er mich nicht bezwingen kann und noch durstig ist.

»Wie sind Sie davongekommen?«, fragt Akinbiyi.

Ich halte das Pentakel hoch.

Er faucht Kazia an: »Das hättest du vorhersehen müssen!«

»Wie?«

»Du musst jede Möglichkeit in Betracht ziehen!«

Die dritte Gestalt richtet sich auf und schiebt ihre Kapuze zurück. Mir läuft ein eisiger Schauer über den Rücken: An der Hand des Unbekannten fehlt der kleine Finger.

»Warum sind Sie nicht zu Ihrer Wallfahrt aufgebrochen, Frank?«, fragt der Boss. »Warum können Sie nicht ausnahmsweise einfach tun, was man Ihnen sagt?«

30.
Kapitel

Ich brauche eine Weile, um meine Gefühle zu sortieren.

Bin ich überrascht? Nicht wirklich. Jetzt, da es unübersehbar ist, kommt es mir total naheliegend vor. So als hätte ich es im Grunde schon ahnen müssen, als Matthew anfing, neugierige Fragen nach den Ermittlungen zu stellen. Nur das letzte Verbindungsglied fehlte, damit es *klick* macht.

Bin ich wütend? Eigentlich müsste ich es sein – und ich werde es sicher auch irgendwann. Aber im Augenblick fehlt mir dafür eindeutig die Kraft.

Was bin ich also?

Erledigt.

Mein Herz rast. Mir ist schlecht, ich spüre ein Würgen in der Kehle. Der Arm, der das Pentakel in die Höhe hält, wiegt eine Tonne. Alle schauen mich an und warten darauf, dass ich aufgebe.

Noch nie in meinem Leben war ich so müde. Matthew ist der einzige Mensch, auf den ich mich immer verlassen habe. Ohne ihn … ich weiß nicht … fällt alles auseinander. Und was das Schlimmste ist: Ich fühle mich, als hätte ich ihn im Stich gelassen und nicht er mich. Hätte ich bloß auf die Leute gehört und mich nicht aufgeführt wie ein kompletter Blödmann, dann hätte es nicht so enden müssen.

Natürlich kann ich immer noch abhauen. Rüber in meine Werkstatt, ein paar Sachen einpacken und mich einfach aus dem Staub machen. Ich meine, was hält mich denn hier noch? Vorsichtig setze ich zu einem ersten Schritt nach hinten an.

»Was für Symbole haben Sie verwendet?« Matthew streicht mit den Fingern über seinen Bart, und es ist, als hätte er mich mit einem Zauber belegt. Ich kann mich nicht bewegen. Hilflos starre ich ihn an.

»Darf ich sie sehen?« Die Stimme meines Meisters. Er streckt die Hand aus.

Meine Beine bewegen sich wie von selbst, und ich trete auf ihn zu.

»Na los, Frank. Nicht so schüchtern.«

In meinem Kopf erlöschen die Lichter, eins nach dem anderen. Bald wird es dunkel sein, dann kann ich mich entspannt schlafen legen, und jemand anders wird sich um alles kümmern.

Er schenkt mir ein herzliches Lächeln. All die Jahre in St. Cyprian war er der einzige Mensch, der immer an mich geglaubt hat.

»Was ich neulich zu Ihnen gesagt habe … dass Sie mein bester Schüler sind. Das war nicht gelogen.«

Ich fühle mich ohnmächtig. Warm und tröstlich spüre ich Alastors Atem in meinem Nacken, als ich Matthew das Pentakel hinhalte.

»Wissen Sie, meine Augen sind nicht mehr so gut wie früher.«

Die ganze Zeit bin ich durch einen Sumpf von Lügen gewatet, doch es ist diese eine Lüge, die mich rettet. Wie ein winziger Tropfen sickert eine Ahnung – dass sich Matthew der Prozedur der Sozietät unterzogen hat und seine Sehkraft deshalb noch genauso gut sein muss wie in seinen jungen Jahren – in mein betäubtes Gehirn.

Flackernd springen die Lichter wieder an. Ich mache einen Satz zur Seite und schiebe Alastor das Pentakel unter die Nase.

Matthew war schon sprungbereit. Doch als er merkt, dass die Gelegenheit vorüber ist, entspannt er sich.

»Na gut, Frank, behalten Sie es ruhig.« Erneut lächelt er. »Ich weiß noch, wie ich Ihnen das damals beigebracht habe oben in der alten Kelley-Kammer.«

Daran kann ich mich auch erinnern. Für jeden Magiernovizen kommt der schreckliche Augenblick, in dem er zum ersten Mal mit einem Pentakel in der zitternden Hand aus dem Zirkel tritt und den fauligen Atem eines Dämons im Gesicht spürt. Ein Junge in meinem Jahrgang machte sich in die Hose. Ein anderer fiel in Ohnmacht, und der Boss musste hinausstürzen, um ihn zu retten. Nur ein Viertel der Novizen schafft es. Die meisten anderen werden rausgeworfen oder laufen von sich aus schreiend davon. Und ungefähr einmal im Jahr wird einer in der Kiste hinausgetragen. Oder das, was noch von ihm übrig ist.

»Anscheinend haben Sie damals gut aufgepasst.«

»Nur schade, dass ich so ein Blödmann bin.«

»Jeder Mensch kann sich ändern.« Sein Optimismus ist erstaunlich.

»Sie hätten Gresh einfach erlauben sollen, mich zu verbrennen.«

Eine schiere Ewigkeit lang fixiert er mich. »Aber das hatten Sie nicht verdient. Und wie gesagt, ich bin Ihr Meister. Es ist meine Aufgabe zu verhindern, dass Sie verbrannt werden.« Er setzt ein trauriges Lächeln auf. »Wäre es nicht das Vernünftigste, zu einer Übereinkunft zu gelangen? Ich glaube nicht, dass Sie hier unbedingt im Vorteil sind.«

Da hat er nicht ganz Unrecht. Ich habe wieder mal ein Marathonpensum hinter mir. Die Welt um mich herum flackert hin und her, und das liegt nicht bloß an den Kerzen. Ich müsste das Pentakel nicht mal fallen lassen. Allein durch meinen Willen halten Silber, Salzwasser und Augenbrauenstift Alastor in Schach. Und schon ein kurzer Moment der Unaufmerksamkeit würde reichen …

Wie aufs Stichwort meldet sich Akinbiyi zu Wort: »Und jetzt?«

Der Boss schaut sich nicht einmal nach ihm um. »Nun, das liegt ganz bei Frank. Wie lang er sich das noch zumuten will.«

»Ich muss gehen.«

»Gehen? Wohin?«

»Auf die Toilette.«

»Benutzen Sie das dafür vorgesehene Gefäß. Ich habe Ihnen gesagt, dass es eine lange Nacht wird.«

Akinbiyi wendet sich ab und kauert sich über den Eimer. Dann hallt das Geräusch von plätscherndem Wasser durch den Saal.

Und ich begreife endlich. Marvo hat recht: Ich mache mir bloß was vor. Ich schleppe diese Prinz-Eisenherz-Fantasie mit mir herum, dass ich Kazia retten kann. Niemand sonst teilt diese Fantasie, sie selbst am wenigsten. Noch immer steht sie da und starrt mit leerem Blick an mir vorbei. Zusammen nach Litauen abhauen? Von wegen. Sie will meinen Tod genau wie Matthew.

Ein merkwürdiges Gefühl macht sich in mir breit, als wäre mein Herz zu Eis erstarrt. Ich meine, wenn ich die zwei Menschen nennen müsste, die für mich am wichtigsten sind ... Eigentlich zum Lachen, wenn es nicht so blöd wäre. Und so beschämend.

Aber ich habe keine Zeit für Selbstmitleid. Jetzt muss ich mich aufs Überleben konzentrieren. Danach kann ich heimschleichen und mir Löcher in die Haut bohren, um zu sehen, ob mir davon wohler wird.

Ich lasse den Blick durch den Saal wandern. Die brennenden Kerzen und Feuer in den Becken. Die Kreidekreise. Die Leute in ihren Kostümen. Das Pentakel in meiner Hand. Kann es sein, dass ich zu Hause in meinem Bett liege und das alles bloß träume? Ein vertrautes Gefühl, aber bisher war es nie ein Traum.

Das Herzstück der Veranstaltung ist Alastor. Er geht völlig auf in seiner Rolle als kosmischer, psychopathischer Dämon. Sie ist seine Bestimmung, sie umfasst, was er am besten kann. Wenn er die Chance bekommt, wird er mich genüsslich in Stücke reißen. Oder Kazia. Auch Matthew und Akinbiyi sollten ihm besser nicht in die Quere kommen.

Matthew tut so, als würde er den Laden schmeißen, aber

die ganze schmutzige Arbeit hat er Kazia überlassen. Sie war es, die Alastor beschworen und ihm seinen Auftrag erteilt hat.

Jede Macht, die gerufen wird, muss wieder zurückgesandt werden. In dem unwahrscheinlichen Fall, dass ich bis zum Morgengrauen überlebe, wird sich all seine Bosheit gegen Kazia richten. Sie hat Instrumente und Methoden, um mit dieser Gefahr fertigzuwerden. Der Kelch enthält Blut. Kazias Blut. Wenn er mich nicht fressen kann, wird sie ihn mit einem Teil von ihr besänftigen.

Doch ob er mich nun erwischt oder nicht, um ihn wieder loszuwerden, muss sie noch ein letztes Ritual vollziehen, um vor ihm sicher zu sein.

Das Schwert, das sie umklammert, muss die Affinität durchtrennen.

Das läuft alles über die Symbole. Wenn man also nichts mehr zu verlieren hat und das Spiel mit einem Schlag beenden möchte …

Dann schmeißt man alles durcheinander. Zuerst ein kleines Ablenkungsmanöver. Ich wende mich an Akinbiyi: »Sie haben Wallace den Kopf abgeschnitten, nicht wahr? Sie wussten, was er hier unten treibt. Sie haben seine Leiche entdeckt und daneben Groce mit schuldbewusster Miene. Sie wollten einen Skandal verhindern, und da ist Ihnen der bevorstehende Jahrestag des Todes von St. Oswald eingefallen. Eine hervorragende Gelegenheit, um das Ganze als politisches Attentat der AMB hinzustellen. Zusammen mit Groce haben Sie Wallace hinauf in die Bibliothek getragen und ihm das Buch in die Hand gedrückt. Dann haben Sie den Kopf in die Kathedrale gebracht und ihn im Reliquienschrein deponiert.«

»So ungefähr«, murmelt Akinbiyi.

»Sie haben ihn sicher gehasst wie die Pest.«

Wortlos starrt er mich an.

»Ich meine, ihm einfach den Kopf absäbeln … finden Sie das nicht ein bisschen übertrieben? Da muss doch was Persönliches im Spiel gewesen sein.«

»Worauf wollen Sie eigentlich hinaus?«, erkundigt sich Matthew.

»Bin bloß neugierig. Jedenfalls, weil Sie schon mal dabei waren, haben Sie sich einen Kerzenhalter geschnappt und damit das Bibliotheksfenster eingeschlagen, damit es nach einem Überfall aussieht.«

Ich schiebe mich rückwärts am Kreis entlang und tue so, als würde ich die Symbole inspizieren. Alastor folgt mir wie ein Schatten und zerrt seine Ketten hinter sich her. Ich müsste lügen, wenn ich behaupten wollte, dass ich mich an ihn gewöhne.

Zurück zu Akinbiyi.

»Nachdem die Bullen abgezogen waren, gingen Sie zu Matthew. Kazia lebt im Palast, weil die Sozietät ein religiöser Orden ist, also kann sie nicht in St. Cyprian bleiben. Hin und wieder erweist sie Wallace eine kleine Gefälligkeit, aber eigentlich arbeitet sie für Matthew, richtig?«

Niemand widerspricht mir.

»Jedenfalls tanzen Sie bei Matthew an und erzählen ihm voller Stolz, wie toll Sie die Sache gedeichselt haben. Und er flippt aus!«

»Ebenso wie Sie«, sagt Matthew, »fand ich das Ganze …

ziemlich theatralisch.« Er zuckt mit den Achseln. »Man muss eben das Beste daraus machen.«

»Und es lief ja auch alles glatt. Bis dann irgendwann der Kopf aufgetaucht ist und ich mich eingemischt habe.«

»Auch das ist etwas, das ich Ihnen beigebracht habe: Gründlichkeit.«

Diese Bemerkung geht mir auf den Keks. Die Gründlichkeit, das bin bloß ich – eine der vielen bewundernswerten Persönlichkeitsmerkmale, mit denen ich mich in Oxford so beliebt gemacht habe. Mit Matthew hat es nicht das Geringste zu tun.

»Und ich kam zu diesem bizarren Ergebnis: keine Kontiguität zwischen dem bischöflichen Kopf und Körper.«

Matthew nickt. »Dieses Rätsel hat mir auch großes Kopfzerbrechen bereitet.«

Offenbar ist er wirklich davon überzeugt, die Lage hier im Griff zu haben. Das verunsichert mich. Ich dachte, es ist für alle ersichtlich, dass ich das Sagen habe. Habe ich da etwas übersehen?

Matthew lächelt nachsichtig. »Was spielen Sie uns hier eigentlich vor, Frank? Rechnen Sie lieber nicht mit einem Retter in der Not.«

»Warum nicht?«

»Deshalb.« Er deutet auf Kazia. »Wenn Sie die Polizei holen, sorge ich dafür, dass sie auf dem Scheiterhaufen landet.«

Starr vor Angst reißt Kazia Augen und Mund auf. Sie sieht aus, als wäre sie über eine Klippe gestoßen worden und würde jeden Blick nach unten vermeiden, um nicht erkennen zu müssen, wie nah sie dem tödlichen Aufprall schon ist.

In Matthews Gesicht klebt ein hässliches Grinsen. »Immerhin hat sie Groce getötet.«

»Nicht direkt.« Was soll diese Haarspalterei, Frank?

»Sie hat den Dämon gerufen, der ihn dazu bewegt hat, Alice zu ermorden, den Abschiedsbrief zu schreiben und sich dann umzubringen. Das läuft aufs Gleiche hinaus.«

»Aber sie hat in Ihrem Auftrag gehandelt.«

»Trotzdem, das Risiko würde ich eingehen.« Er deutet ein Lächeln an. »Ich kenne die Schwachstellen vieler Leute.«

Ich merke, dass Kazia mich anstarrt. Sicher nicht aus Liebe – auch wenn ich keine Ahnung habe, wie so was aussehen würde. Ihr Blick drückt eher Verwirrung aus oder vielleicht Bedauern.

Dazu wäre noch einiges zu sagen. Aber ich rede sowieso schon viel zu viel.

Immerhin bin ich dank diesem Geplauder jetzt, wo ich hinwollte: am südlichen Punkt des Kreises. Kazia steht fast direkt zwischen mir und dem Kelch voll Blut. Alastor folgt mir in zwei Metern Abstand, hat aber seinen gierigen Blick auf sie gerichtet.

Sie wirkt beinahe so erschöpft, wie ich mich fühle. Kein Wunder, sie sitzt seit Stunden in diesem Zirkel und hält den Zauber zusammen.

Jetzt gähnt sie. Sie bückt sich, um das Schwert über ihre Zehen zu legen, und richtet sich wieder auf.

Dann streckt sie sich, und die Augen fallen ihr zu …

»Vorsicht, er …«

Die Warnung des Bosses kommt zu spät. Ich stürze nach vorn. Über den Boden schlitternd, wische ich mit dem Hintern einen Abschnitt des inneren Zirkels weg. Die Schwertklinge schneidet mir in die Hand, als ich sie packe. Hektisch rolle ich auf der anderen Seite aus dem Kreis heraus und stoppe gerade noch rechtzeitig im Dreieck, ehe ich den Kelch umstoße.

Ich greife danach.

»Haltet ihn auf!«, brüllt Matthew.

Doch ich habe blitzschnell das Blut bereits in seine Richtung geschüttet.

Was passiert jetzt? Etwas gänzlich Unerwartetes.

Stellt euch vor: Wie eine schwebende rote Wolke segelt das Blut durch die Luft.

Kazia murmelt Beschwörungsformeln und ist verzweifelt bemüht, ihren Zirkel wieder zu versiegeln.

Ich liege wie eine Assel zusammengerollt im Dreieck, umklammere das Schwert und wedle wild mit dem Pentakel herum.

Alastor marschiert im Uhrzeigersinn um den Kreis auf mich zu, strahlend vor Vorfreude, die Axt hoch über dem Kopf.

Matthew ist mit erhobenen Händen erstarrt. Aber er muss sich keine Sorgen machen …

Denn Akinbiyi hat seinen Kreis verlassen. Wahrscheinlich wollte er mich packen, hat mich verfehlt und ist übers Ziel hinausgeschossen. Und als er schnell zurückflitzte, bekam er das Blut voll ins Gesicht. Jetzt läuft es triefend über seine weiße Leinenrobe, und *er* ist plötzlich das Tagesgericht!

Alastor lässt mich links liegen. Ich sehe, wie seine Füße qualmende Abdrücke auf den Fliesen hinterlassen, dann wende ich mich lieber ab. Die Geräusche sind schlimm genug. Als ich die Augen wieder öffne, ist Akinbiyi weg – in der Hölle, wenn ihr das glauben möchtet. Jedenfalls ist nichts mehr von ihm da.

31. Kapitel

Als ich wieder nach Littlemore komme, sitzen Marvo und ihre Mum eingehüllt in der Decke im Kreis.

Eine halbe Stunde lang streiten wir herum, aber so finde ich wenigstens Zeit, den Schnitt in meiner Hand zu heilen. Zuletzt zeichne ich mit den Fingern zwei Formen in die Luft, und Mrs Marvell sackt in sich zusammen.

Ich fische meinen Ring aus dem Ausguss und hänge mir meinen Rucksack um. Dann schleife ich Marvo samt ihrem Dufflecoat hinüber zum Termitennest, über die hintere Mauer und in meinen Korridor …

Wo irgendein Saukerl meine Tür versteinert hat. Ja, er hat sie buchstäblich in Stein verwandelt.

»Und jetzt?«, fragt Marvo.

Ich schiebe die Finger ineinander und strecke die Arme mit den Handflächen nach außen über den Kopf, bis die Knochen knacken. »Entspann dich und schau einem Meister bei der Arbeit zu.«

Die Sozietät kann Lizenzen zur Ausübung von Magie ausgeben. Sie kann sie aber auch wieder entziehen. Es gibt kein juristisches Verfahren, kein Recht auf Berufung. Nur eine Eule am Fenster mit einer Nachricht im Schnabel; oder, noch eher, zwei Muskelpakete auf der Schwelle. Vermutlich ist das hier ihr Werk: ein kleiner Anreiz, die Wanderung nach Rom anzutreten.

Das lasse ich mir nicht bieten.

Es gibt Wesen, die überleben, wenn sie im Eis eingefroren sind. Versteinerung ist die Standardmethode der Sozietät, um Tür-Elementargeister bewegungsunfähig zu machen. Deshalb habe ich für diesen Fall Vorsorge getroffen.

Zunächst benötigt er menschliche Wärme. Meinen Körper, der sich an ihn drückt. Meine Hände, die ihn streicheln. Und den Klang meiner Stimme.

»Schon gut, ich bin hier. Mezekiel, Ramoth. Schon gut, schon gut …«

Nach zehn Minuten fühlt sich die Oberfläche warm an. Nach fünfzehn zeigt sie die Struktur von Holz. Nach zwanzig gibt sie ein leises Winseln von sich, und der Kopf erscheint. Ich kitzle ihn an den Ohren und kraule sein Fell. Ich flüstere ihm zu, dass er ein braver Junge ist und seine Sache gut gemacht hat.

Als ich mich umdrehe, lehnt Marvo grinsend an der Wand.

»Was ist?«

»Wenn du mit Menschen nur halb so gut umgehen könntest.«

Alles klar. Jedenfalls sind wir jetzt drinnen … wo alles zu Klump geschlagen ist. Die gute Nachricht ist, dass sie zwar an meinem Wandschrank waren, aber die Abstellkammer übersehen haben, wo ich die wirklich gefährlichen Sachen aufbewahre. Trotzdem ist es schlimm genug: verstreute Papiere und Utensilien, verschüttete Kräuter, Gewürze und Tränke, zerdeppertes Glas und Geschirr. Da sie ohnehin nicht damit gerechnet haben, dass ich je wieder hier hereinkomme, war das reine Boshaftigkeit.

Fangen wir mit dem Kostüm an. Wir brauchen beide eine volle Garnitur. Während ich in dem Textilhaufen beim Kleiderschrank herumwühle, erzähle ich Marvo zu Ende, was sie verpasst hat.

»Und wer lebt jetzt noch?«, fragt sie schließlich.

»Bis auf Akinbiyi alle.«

Exorziertes Wasser, Myrrhe, Zimt und Kalmus in Olivenöl. Salz. Weihrauch.

Marvo runzelt die Stirn. »Dann kann Kazia den Dämon doch einfach entlassen.«

»Ohne ihr Schwert?« Ich greife nach einem abgewetzten schwarzen Buch.

»Vielleicht sollten wir die Sache einfach Caxton überlassen.« Marvo beobachtet argwöhnisch, wie ich das ganze Zeug in den Rucksack stopfe.

Ich nehme zwei Silberscheiben und fange an, darauf herumzukritzeln. »Matthew ist der Generalobere der Sozietät der Magier. Das macht ihn zu einem der mächtigsten Männer im ganzen Land. Ich dagegen bin bloß ein suspendierter Zauberer, der es der Sozietät heimzahlen will.«

»Und das Mädchen? Du hast doch vor allem Angst um sie.«

Ihre Stimme hat einen eigenartigen Tonfall. Was ich wahrnehme, ist Verbitterung, Trauer, Resignation. Und ich merke, dass mir das Vorbereiten von Instrumenten und

Beschwörungen hundertmal leichter fällt, als zu kapieren, wie Menschen ticken.

Ich möchte Marvo nicht wehtun, aber es ist, als würde sie es darauf anlegen. »Tut mir leid …«

»Sie wollte dich umbringen.«

Geld für die Droschke. Ein ziemlich teurer Tag bisher. »Was sollte sie denn machen? Man hat sie vor die Wahl gestellt: sie oder ich.«

»Und was soll jetzt aus ihr werden? Was stellst du dir vor?«

»Ich stelle mir vor, ich hätte sie kennengelernt, bevor das alles passiert ist. Kannst du das eventuell für mich arrangieren?«

Draußen im Korridor fragt Marvo: »Was hast du konkret vor?«

»Ich kann sie dort nicht einfach zurücklassen.«

»Aber wenn du sie befreist, was ist dann mit deinem Meister?« Sie macht große Augen. »Du willst ihn dem Dämon vorwerfen.«

Ich schüttle den Kopf. »Ich weiß nicht, was er mit Matthew machen würde.«

»Du glaubst doch nicht an die Hölle.«

»Mag sein. Aber ich könnte mich täuschen.« Ich ziehe die Eingangstür auf. »Wäre nicht das erste Mal.« Ich reiche ihr eine Silberscheibe und eine Goldkette. »Hier, die wirst du brauchen. Häng sie dir einfach um den Hals.«

Sie dreht die Scheibe ins Licht und betrachtet das Emblem: zwei konzentrische Kreise mit kreuz und quer verstreuten Symbolen. »Funktioniert das auch?«

»Mit etwas Glück.«

Mir wird plötzlich bewusst, dass ich tatsächlich vorhatte, Alastor auf Matthew zu hetzen – bis Akinbiyi verspeist wurde. Doch das war in der Hitze des Gefechts.

Jetzt habe ich mich wieder beruhigt.

Das Pentakel, das mir Kazia geschenkt hat, liegt immer noch am Fuß der Treppe. Dort habe ich es zurückgelassen, damit Alastor nicht vorbeikommt. Im Zentrum des unterirdischen Saals bewegt sich das Mädchen meiner Träume in ihrem Kreis, um ihn nicht aus den Augen zu lassen, während er an der Linie entlangstapft und gelegentlich anhält, um mit der Axt zuzuschlagen. Der Boss verfolgt das Ganze im Schutz seines eigenen Zirkels.

Als ich das Pentakel aufhebe und es mir umhänge, wirbelt Alastor herum und stürzt auf mich zu. Dann bremst er brüllend vor Wut und Enttäuschung ab und stößt faulig stinkende Rauchwolken aus.

Marvo hat ihre Anweisungen. Ich durchschneide den großen Zirkel und schiebe sie hinein. Als ich ihr folge und die Grenze hinter mir wieder versiegele, reicht sie Kazia das dritte Pentakel.

Der Boss braucht nicht lang, um Lunte zu riechen. Ich zünde weiße Kerzen an und brenne Weihrauch ab. Dann streue ich Salz nach allen Richtungen und besprenge alle im Zirkel mit exorziertem Wasser. Alastor ist zurückgetreten und kratzt sich mit der Spitze seines Dolchs am Kopf. Das Ritual ist nicht mein Spezialgebiet, deswegen mache ich es nach dem Buch, das ich mitgebracht habe. Marvo beugt sich über meine Schulter und liest die Antworten des Responsoriums.

»Von allen Sünden …«

»Erlöse uns, oh Herr.«

»Aus den Fängen des Teufels …«

»Erlöse uns, oh Herr.«

Der Boss meldet sich zu Wort. »Nicht ihr üblicher Stil, Frank.«

Ohne ihn zu beachten, mache ich weiter. Schließlich haben wir noch einiges vor uns. Psalmen. Bibelgeschichten …

Der Exorzismus nach dem *Rituale Romanum* der katholischen Kirche von 1614.

»Was bezwecken Sie damit? Wollen Sie den Lizenzverlust umgehen? Sie spielen mit Dämonen, Frank. Dafür werde ich Sie auf den Scheiterhaufen bringen.«

Der Dämon selbst beobachtet das Ganze gespannt. Man sollte übernatürlichen Wesen nie psychologische Motive zuschreiben, aber irgendwie macht er einen beunruhigten Eindruck. Ich halte mich an das Ritual: »Ich befehle dir, unreiner Geist, wegen der Geheimnisse der Menschwerdung, des Leidens, der Auferstehung und der Himmelfahrt unseres Herrn Jesus Christus, wegen der Aussendung des Heiligen Geistes und der Wiederkunft unseres Herrn zum Gericht: gib mir den Tag und die Stunde deines Fortgangs mit irgendeinem Zeichen kund!«

Alastor geht in Flammen auf. Durch den Rauch sehe ich meinen Dad, der verzweifelt versucht, mit den Händen das Feuer zu löschen. Er bemerkt mich.

»Frank.«

Sein Haar brennt. Seine Haut zerplatzt. Er schlägt schreiend um sich.

»Um Gottes willen, Frank!«

Ich glaube nicht, dass die anderen dieses Trugbild sehen können; es ist nur Alastor, der in meinem Kopf herumfuhrwerkt. Ich kämpfe mich weiter durch das Ritual und frage mich, ob es eine Rolle spielt, dass ich diesen ganzen Humbug eigentlich nicht glaube. Obwohl ihre Stimme zittert, liest Marvo die Antworten, ohne einen Fehler zu machen.

Matthew grübelt darüber nach, warum ich Kazia nicht einfach das Schwert zurückgebe, damit sie den Dämon entlassen kann wie jeder normale Magier. Ein ums andere Mal wiederholt er: »Was wollen Sie damit erreichen?«

Vom Rauch umgeben, wälzt sich mein Vater auf dem Boden und fleht mich an, die Feuerwehr, meine Mum, seine Mutter zu holen.

Nur Kazia ist völlig stumm. Sie steht einfach da und starrt auf den Boden.

Endlich kommen wir zur Sache.

»Ich treibe dich aus, unreiner Geist, zusammen mit jeder feindlichen Macht Satans, jedem Gespenst der Hölle und all deinen grausigen Gefährten, im Namen unseres Herrn Jesus Christus.«

Kazia macht einen Schritt zurück, als ich mich zu ihr wende. Gerade noch rechtzeitig packt Marvo sie am Arm, damit sie nicht den Kreis verlässt, und hält sie fest, während ich die Fingerspitze ins Öl tauche und Kazia mehrere Kreuze auf die Stirn zeichne.

»Reiße dich los und weiche von diesem Geschöpf Gottes. Er selbst befiehlt es dir, auf dessen Wort du von den Höhen des Himmels in die Hölle gestürzt wurdest. Er selbst befiehlt es dir, der dem Meer, den Winden und Stürmen gebot. Höre es also und fürchte dich …«

Das Kreischen meines Vaters dringt an mein Ohr: »Bitte Frank, bitte Frank …«

»Ich beschwöre dich also, du verfluchte Schlange, im Namen des unbefleckten Lammes, das über Schlangen und Basilisken schritt und auf Löwen und Drachen trat, weiche von dieser Frau.«

Wer schreibt so ein Zeug? Wie auch immer …

»Dir gebietet das Wort, das Fleisch geworden ist. Dir gebietet der aus der Jungfrau Geborene. Dir gebietet Jesus von Nazareth …

»Weiche von ihr!«

Ich sprenkle heiliges Wasser nach allen Seiten. Mein Dad zischt und qualmt.

»Weiche von ihr!«

Marvo stimmt ein.

»Weiche von ihr!«

Und auf einmal ist mein Dad verschwunden. Die Flammen sind erloschen, der Rauch hat sich verzogen. Unsicher rappelt sich Alastor auf und sucht stolpernd seine verstreuten Waffen zusammen.

»Das hat wehgetan, Frank«, knurrt er.

»Tut mir leid, ich hab das nicht geschrieben.«

»Verdammte Sadisten.« Er hebt seine Streitaxt auf und steckt sie sich in den Gürtel. »Okay, bringen wir es hinter uns.« Man sieht ihm an, wie er sich innerlich bereitmacht.

Doch ich breche das Ritual ab. Ich nehme den Papierhut ab und fordere Marvo mit einem Nicken auf, meinem Beispiel zu folgen. »Ich bin fertig.«

Dann durchschneide ich den Zirkel und trete hinaus. Natürlich habe ich für alle Fälle noch das Pentakel um den Hals. Völlig bescheuert bin ich auch nicht.

»Frank.« Die Stimme meines Meisters. »Sie können ihn nicht einfach hier zurücklassen.«

Ich winke Marvo zu mir. »Warum nicht?«

»Nun, was ist mit mir?«

»Sie dürfen ihm Gesellschaft leisten.«

Matthew wird kreidebleich. Ihr könnt euch gar nicht vorstellen, was für eine Genugtuung das ist. Als hätte ich das Kommando über die ganze Welt übernommen. Wenn ich mit dem Finger schnippe, müssen ganze Nationen vor mir zu Kreuze kriechen. Ein fantastisches Gefühl.

So fantastisch, dass mich der Verdacht beschleicht, irgendwas übersehen zu haben.

Auch Marvo ist skeptisch. »Und wenn er hier rauskommt?«

»Danke, dass du mich erinnerst.«

Ich grabe einen Zettel und ein Stück Holzkohle aus der Tasche, um eine Reihe Symbole an die Wand links und rechts vom Fuß der Treppe zu zeichnen. Plötzlich höre ich Kazias Stimme: »Was ist mit mir?«

»Der Exorzismus hat die Affinität durchtrennt, er hat also kein besonderes Interesse mehr an dir. Außerdem bist du geschützt.« Ich deute auf das Pentakel um ihren Hals. »Und sobald ich das hier fertig habe, kann er den Saal nicht mehr verlassen.«

»Und wenn sich jemand hier herunterverirrt?«, wirft Matthew ein.

»Der Tarnzauber bleibt bestehen.«

»Ich werde verhungern.«

»Ich organisiere belegte Brötchen.«

Als Kazia vorsichtig aus dem Zirkel tritt, bewegt sich Alastor auf sie zu. Er hebt die Geißel hoch, und sie zuckt zusammen. Doch dann fällt sein Blick auf das Pentakel, und er erstarrt. Die Geißel sinkt herab, und die Ketten klirren fast bedauernd über den Boden.

Sie schlägt einen Bogen um ihn und hält neben mir an.

Erst jetzt merke ich, dass ich auf einen Kuss von ihr warte.

Immerhin habe ich ihr das Leben gerettet, oder? Ich meine, ich hätte sie Alastor zum Fraß vorwerfen können. Ich hätte mich mit Matthew verbünden und sie der Inquisition ausliefern können. Und dass ich es nicht getan habe, sollte wohl ein kleines Küsschen auf die Wange wert sein.

Schließlich hat sie doch was übrig für mich. Nicht viel vielleicht, aber ein bisschen. Ein kleines bisschen.

Und selbst wenn sie mich zum Narren gehalten hat, gibt es da noch einen anderen Faktor: Ich bin ein Magier.

Ich meine, man braucht sich ja bloß mal in Kazias Lage zu versetzen. Man hat die Gabe, aber man muss es verheimlichen, um nicht in Lebensgefahr zu geraten. Matthew weiß, dass sie von Wallace zu widerlichen Dingen gezwungen wird, doch er greift nicht ein.

Hat ihr einer der beiden je gesagt, dass sie intelligent und was Besonderes ist?

Mir wird klar, dass Kazia immer Angst vor mir hatte. Schon seit dem ersten Tag im Bischofspalast, als sie sich über die Brüstung beugte und sah, wie Marvo mit mir im Schlepptau hereinkam. Andererseits wollte sie sich sicher auch mit mir anfreunden, weil sie nur zusammen mit einem anderen Zauberer, der das alles versteht, ganz sie selbst sein kann.

Was ist jetzt mit diesem Kuss? Ich warte noch immer. Doch sie hat wieder diesen leeren, verschlossenen Ausdruck im Gesicht, als wäre ich ein Fremder. Schnell huscht sie zur Treppe.

»Wohin willst du?«

»Glaubst du, das erzähle ich dir?«

Noch ein Grund, um dankbar für das Fehlen von Spiegeln hier unten zu sein. Im Moment möchte ich mein Gesicht lieber nicht sehen. Ich fühle mich, als hätte mich ein Gaul getreten.

»Tut mir leid, Frank. Ich mag dich …«

Sie macht eine komische Geste, als würde sie Dreck vom Tisch wischen.

Die Verzweiflung packt mich. Weil Marvo und Matthew zuhören, flüstere ich. »Wir könnten doch … du weißt schon, was wir besprochen haben. Zusammen abhauen.«

»Das war nicht ernst gemeint von mir.«

»Trotzdem, es wäre nicht unmöglich.«

»Ach Frank.« Sie nimmt meine Hand. Ein kleiner Fortschritt, oder? »Ich kann nicht nach Hause. Dort würden sie mich umbringen.«

»Hier bringen sie dich auch um.«

»Ich kenne ein paar Leute. Mein Vater ist hier.«

»Dem kannst du nicht vertrauen.«

»Ich verstehe ihn.« Ihre Finger streichen über meine Wange. »Tut mir leid, Frank. Dich verstehe ich nicht. Ich meine, du kannst doch nicht mal für dich selbst sorgen. Was willst du dann mit mir?«

»Ich lass mir was einfallen.«

»Du wirst deine Lizenz nicht wiederbekommen.«

»Woher willst du das wissen?«

»Die Arbeit für Matthew …« Unwillkürlich folge ich ihrem Blick in seine Richtung. Er steht mit verschränkten Armen in seinem Kreis. Ich hasse es, wenn sie ihn beim Vornamen nennt. »Ich glaube, ich weiß mehr über die Sozietät als du.«

Ich entziehe ihr meine Hand.

»Ich habe nur magische Aufträge für ihn ausgeführt«, erklärt sie. »Das ist alles.«

»Behauptet sie«, spottet Alastor.

Aber ich glaube ihm nicht. Ich schaue Kazia an. »Und Wallace?«

»Man tut, was man tun muss.« Sie setzt ein letztes trauriges Lächeln auf. »Zum Beispiel jetzt.«

Mit diesen Worten wendet sie sich ab und rennt die Treppe hinauf.

»Warte!«, rufe ich ihr nach.

»Lass mich!«

Ich sprinte ihr nach. Auf halber Höhe der Treppe kommt ein Stuhl heruntergehüpft und reißt mich von den Beinen. Als ich mich wieder aufgerappelt habe und oben bin, ist sie längst verschwunden.

»Marvo!«, brülle ich nach unten.

»Was ist?«

»Können wir jetzt endlich abschwirren?«

32. Kapitel

Ich schließe die Augen und sehe, wie Kazia mit ausdruckslosem Gesicht aus dem Zirkel tritt, als würde sie mich überhaupt nicht kennen. Das gefällt mir nicht, also öffne ich sie wieder.

Marvo starrt mich an. »Du hast recht, Frank.«

»Womit? Ich meine, seit dieser ganze Scheiß angefangen hat, habe ich doch kein einziges Mal richtiggelegen.«

Vor dem Bahnhof haben wir uns ein Taxi genommen, und jetzt passieren wir gerade Oxpens. Durch das Fenster erkenne ich die zackige Silhouette des Gerüsts um den Kathedralenturm, genau wie an dem Morgen, als diese ganze Geschichte anfing. Ich hätte nie gedacht, dass man in zehn Tagen so viel Spaß haben kann.

»Du hast recht damit, dass sie eine Chance verdient hat.«

»Wenn deine Mum draufgegangen wäre, würdest du nicht so reden.«

Marvo grinst. »Um meine Mum umzubringen, braucht es mehr als einen Dämon.«

Inzwischen habe ich mich an ihr gebleichtes Haar gewöhnt. Das Dumme ist, es erinnert mich an Kazia.

Und dann ist es wieder, als würde sie meine Gedanken lesen, denn sie sagt: »Wenn sie dich wieder bitten würde … du weißt schon … dass du ihr hilfst …«

»Da besteht keine Gefahr.«

»Klar, aber du würdest es tun, oder?«

Ich nicke.

»Dann muss es Liebe sein. Das ist die einzige Erklärung für so viel Blödheit!«

Mir fällt keine passende Erwiderung ein.

»Und was machst du jetzt?«, fragt Marvo.

Ich zucke mit den Achseln. »Irgendwelche Vorschläge?«

»Sprich mit Caxton.«

Ich schüttle den Kopf. »Die Sozietät will, dass ich nach Rom pilgere. Und daran halte ich mich.«

»Das soll wohl ein Witz sein!«

»Hast du eine bessere Idee? Matthew ist nicht mehr da, um mich zu schützen. Wenn ich nicht gehe … nun, bis zu den Freudenfeuern am Guy-Fawkes-Tag ist es bloß noch einen Monat.«

Marvo wendet das Gesicht ab und starrt eine Weile schweigend aus dem Fenster. Schließlich sagt sie: »Es muss doch noch jemand anders geben, dem du vertrauen kannst.«

»Da gibt es nur dich und Charlie.«

»Charlie kann dir nicht helfen …«

»Und *du* lässt besser auch die Finger davon. Vergiss mich einfach.«

Sie wird rot. »Ich glaube nicht, dass ich das kann.«

Na schön, ich habe ein Brett vor dem Kopf, aber jetzt verstehe ich endlich. Reg Garston hat recht. Trotzdem, es ist, als hätte mir Marvo dieses wunderschön mit einer Seidenschleife verpackte Geschenk überreicht, das sie eine Stange Geld gekostet hat. Ich bin ihr dankbar, aber auch … unglaublich verlegen und eigentlich sogar sauer, weil ich absolut nichts damit anfangen kann.

Also starre ich es bloß an und packe es nicht einmal aus, und das ist wirklich ziemlich blöd von mir.

»Dann tut es mir leid.« Ich weiß nicht, was ich sonst sagen soll.

Ich weiß, wie unfair das ist. Ich selbst stehe auf Kazia, aber wenn Marvo auf mich steht, komme ich nicht klar damit. Weil ich merke, dass Marvo es wirklich ernst meint. Dagegen war mir bei Kazia im tiefsten Inneren immer klar, dass sie mich die ganze Zeit bloß verscheißert hat. Und genau deshalb fühlte ich mich bei ihr irgendwie sicher.

Abgesehen von dieser Geschichte mit Alastor natürlich.

Jedenfalls fahren wir weiter, und nach einer Weile schüttelt Marvo den Kopf. »Soll er einfach da unten bleiben? Das geht doch nicht.«

»Hä?«

»Dein Boss.«

»Ich will ihn nicht an Alastor verfüttern.«

»Und freilassen kannst du ihn auch nicht.«

»Also sollte er sich besser an die belegten Brötchen gewöhnen.«

»Und der Dämon?« Marvo macht eine vage Geste. »Wird ihm das nicht irgendwann zu langweilig?«

»Keine Ahnung. Über so eine Situation steht nichts in den Grimoires.« Ich lächle. »Damit habe ich Neuland betreten.«

Sie zückt ihren Scryper. »Lass mich Caxton anrufen.«

Ich packe sie am Arm, bevor sie ihn aufklappen kann. Dann folgt ein kurzes Gerangel, aber ich bin stärker als sie.

»Hab ich dir wehgetan?«

Sie schüttelt den Kopf. »Du kannst Kazia nicht mehr helfen.«

»Zumindest kann ich ihr einen Vorsprung verschaffen. Außerdem ist in meinem Arbeitsraum noch Zeug, das ich loswerden muss. Und wir zwei sollten uns noch eine plausible Geschichte für dich überlegen.«

Also haben wir auf der ganzen Fahrt hinaus zu ihrer Mum Stoff zum Streiten. Schließlich einigen wir uns darauf, dass die Ereignisse der letzten Nacht niemals stattgefunden haben und sie nichts über die Exhumierung von Groce' Leiche weiß.

Sie nickt. »Das muss reichen.«

Als wir vor ihrem Haus ankommen, schaue ich auf meine magische Uhr. »Also, dann verabschiede ich mich jetzt.«

Ihre Hand setzt zu einer Bewegung an. Ich merke, dass sie mir wieder die Wange tätscheln will, und das packe ich in diesem Moment einfach nicht. Also weiche ich zurück, auch wenn ich sehe, dass es ihr was ausmacht. Daran kann ich nichts ändern.

»Du wolltest mir doch mit Sean helfen.«

»Dafür ist jetzt nicht der richtige Zeitpunkt.« Ich kann mir nicht vorstellen, dass der je kommen wird. »Tut mir leid.«

Mit einem traurigen Lächeln auf den Lippen steigt sie aus. Als sie das Gartentor aufschiebt, gibt die überlebende Angel ihren Geist auf, und das ganze Ding fällt auseinander. Sie versetzt den modrigen Resten einen wütenden Tritt und steuert aufs Haus zu. Vor der Schwelle bleibt sie stehen und ruft: »Was ist mit meiner Mum?«

»Sie ist bloß leicht hypnotisiert. In ein oder zwei Stunden wird sie aufwachen und sich an nichts mehr erinnern.«

Der rote Dufflecoat verschwindet im Haus, und die Tür fällt zu. Ich klopfe ans Dach der Droschke.

Der erste Zug nach London geht um 5 Uhr 24. Ich komme gerade noch rechtzeitig zurück zum Bahnhof, um mir eine Fahrkarte zu kaufen und mich dort zu zeigen.

In einer Ecke lungert so ein langes Elend mit Schnauzer herum. Der Typ hat sich mit der Schirmmütze und Jacke eines Gepäckträgers herausstaffiert, aber bestimmt seit Menschengedenken keinen Koffer mehr hochgehoben. Ich kenne ihn, weil er während meiner Schulzeit in St. Cyprian öfter dort aufgekreuzt ist. Einer von den beschränkten Zivilschlägern aus den Reihen der Ritter von St. Cyprian. Er treibt sich auf dem Bahnhof herum, um zu beobachten, wer kommt und geht. Wenn etwas Interessantes passiert, meldet er es der Sozietät.

Er registriert mich und das Pilgeremblem, das ich mir vorn an die Wollmütze geheftet habe. Ich tue so, als hätte ich ihn nicht gesehen. Dann kommt der Zug an. Klar, ich müsste natürlich zu Fuß gehen, aber warum soll ich der Einzige sein, dem keine Kompromisse erlaubt sind?

Als der Zug abfährt, werfe ich einen Blick zurück. Das lange Elend hängt am Scryper.

Dann tuckern wir am Bischofspalast und der Kathedrale vorbei und rattern über die Boney-Brücke.

Ein Stück weiter vorn ist die Black-Brücke bei Nuneham, an der schon seit Monaten herumgewerkelt wird. Um sie zu überqueren, müssen die Züge ihr Tempo stark drosseln.

Ich bin bereit. Die Tür ist offen, Dampf und heiße Asche wehen mir ins Gesicht. Eigentlich habe ich damit gerechnet, dass wir langsamer fahren. Denk nicht lange nach, Frank. Spring einfach!

Krachend pralle ich auf, und mir bleibt die Luft weg. Ich hüpfe und rolle, dann liege ich im hohen Gras am Fuß der Gleistrasse und hoffe, dass mich niemand beobachtet hat. Hastig öffne ich den Rucksack und hole die Heilutensilien heraus.

Als mir nichts mehr wehtut, stehe ich auf und fange an, mit einer Kelle am Fuß eines Baums ein flaches Loch in die Erde zu buddeln. Darin vergrabe ich eine kleine Blechbüchse, deren Deckel mit Wachs versiegelt ist. Schließlich schütte ich das Loch wieder zu und verberge es unter Laub. Die Kelle werfe ich in den Fluss, dann mache ich mich an der Trasse entlang auf den langen Marsch zurück nach Oxford.

Heather Petty

My Dear Sherlock – Wie alles begann

ca. 320 Seiten, ISBN 978-3-570-17152-3

London 2015: Als das 17-jährige Genie Sherlock auf die 16-jährige Jamie Moriarty trifft , ist er fasziniert von ihrem Scharfsinn und ihrem Witz. Zwei Seelenverwandte haben sich gefunden – und als kurz nach ihrer ersten Begegnung im Regentspark ein schauerlicher Mord geschieht, dessen Opfer in der Jugend mit Moriartys verstorbener Mutter befreundet war, begibt sich das Mädchen auf die Suche nach dem Täter. Sherlock immer an ihrer Seite werden sie beide tief hineingezogen in die Vergangenheit von Moriartys Familie und decken ein schreckliches Geheimnis auf. Sollte Jamies gewalttätiger Vater ein Mörder sein – und hat er sein nächstes Opfer womöglich schon im Visier?

20228

cbj

www.cbj-verlag.de

Jonathan Stroud

LOCKWOOD & CO.

LONDON, ENGLAND: In den Straßen geht des Nachts das Grauen um. Menschen verschwinden und um die Ecken wabern tödliche von Geisterwesen ausgesandte Plasmanebel. Denn seit Jahrzehnten wird Großbritannien von einer wahren Epidemie an Geistererscheinungen heimgesucht.

LOCKWOOD & CO. ist eine der zahlreichen Agenturen, die sich überall gebildet haben, um gegen diese Plage vorzugehen. Gemeinsam haben die drei Agenten von Lockwood & Co. alle Hände voll damit zu tun, dem Horror von London die Stirn zu bieten und nebenbei das Ganze auch noch irgendwie zu überleben.

Lockwood & Co. –
Die Seufzende Wendeltreppe
432 Seiten,
ISBN 978-3-570-15617-9

Lockwood & Co. –
Der Wispernde Schädel
512 Seiten,
ISBN 978-3-570-15710-7

Lockwood & Co. –
Die Raunende Maske
ca. 400 Seiten,
ISBN 978-3-570-15963-7

20231_3

cbj

www.cbj-verlag.de

Joseph Delaney

Seventh Son

288 Seiten, ISBN 978-3-570-15580-6

Die ungekürzte Romanvorlage zum großen Kinofilm mit Jeff Bridges, Julianne Moore und Ben Barnes!

Der erste Band einer wunderbaren Schauergeschichte: Thomas Ward ist der siebte Sohn eines siebten Sohnes und da ist es naheliegend, ihn bei einem Geisterjäger in die Lehre zu schicken. Der Job ist hart: Der Spook ist ein abweisender Mann und viele von Toms Vorgängern haben versagt. Aber irgendwie muss Tom lernen, Geister auszutreiben, Hexen zu fangen und Boggarts zu bannen. Doch dann wird er hereingelegt, befreit unwillentlich Mother Malkin, die grausamste Hexe des Landes, und der Schrecken beginnt ...

20227

cbj

www.cbj-verlag.de